Todeströpfchen

Eva Bader hat in München Literaturwissenschaften studiert und weiter an der Uni herumgewurstelt, bis sie Mutter wurde und keine Lust mehr auf weinerliche Erstsemester hatte. Seither schreibt sie nur noch, was ihr Spaß macht. Sie lebt mit Mann, drei Kindern, Kater Klaus und Fisch Peter irgendwo in Oberbayern.

EVA BADER

Todeströpfchen

OBERBAYERN KRIMI

emons:

Bibliografische Information der Deutschen Nationalbibliothek
Die Deutsche Nationalbibliothek verzeichnet diese Publikation in der Deutschen Nationalbibliografie; detaillierte bibliografische Daten sind im Internet über http://dnb.d-nb.de abrufbar.

MIX
Papier aus verantwortungsvollen Quellen
FSC® C083411
FSC
www.fsc.org

Umschlagmotiv: mauritius images/P. Widmann
Umschlaggestaltung: Tobias Doetsch
Gestaltung Innenteil: César Satz & Grafik GmbH, Köln
Druck und Bindung: CPI – Clausen & Bosse, Leck
Printed in Germany 2016
ISBN 978-3-95451-969-9
Oberbayern Krimi
Originalausgabe

Dieser Roman wurde vermittelt durch
die Agentur Schlosserhaus, Grassau.

Für meine Tante Greti, die durch ihren anlässlich einer Familienfeier gesprochenen legendären Satz »Des hob i scho obido« den Inspirationsstein ins Rollen brachte. »Obido« – was so viel bedeutet wie »hinuntergetan« – war mein Arbeitstitel. Ich habe einfach überlegt, wer im schönen Fünfseenland irgendwo etwas hinuntergetan haben könnte und weshalb.

Himpelchen und Pimpelchen

Himpelchen und Pimpelchen,
die stiegen auf einen Berg.
Himpelchen war ein Heinzelmann
und Pimpelchen ein Zwerg.
Sie blieben lange oben sitzen
und wackelten mit den Zipfelmützen.
Doch nach dreiunddreißig Wochen
sind sie in den Berg gekrochen.
Da schlafen sie in guter Ruh.
Seid mal still und hört gut zu!

Ch ch ch ch …

Anonymer Kinderreim als Fingerspiel,
zuerst erwähnt im Großheppacher Kinderbuch von 1916

Ein dünner Doktor und der flüssige Regenbogen

1942

»Nein danke, ich trinke kein Bier.«

Der Satz ging ihm wieder und wieder durch den Sinn. Sein eigener Satz. Er hätte ihn nicht sagen sollen, letzte Woche im Gasthof Widmann. Da hatte er endlich einmal Lust gehabt, sich unter das Volk zu mischen, hatte sich zu den Einheimischen in die Dorfwirtschaft begeben, um sich sehen zu lassen und Kontakt zu normalen Bürgern aufzunehmen. Um Gerüchte zu zerstreuen. Und dann hatte er die symbolisch ausgestreckte Hand der Einheimischen zurückgewiesen. Sie hatten ihn an ihren Stammtisch eingeladen, einer war sogar aufgestanden, um ihn hinüberzubitten.

»Wollen S' ein Bier mit uns trinken, Herr Hunderth?«

Und ihm, dem Geistesarbeiter, dem Wissenschaftler, war nichts anderes eingefallen als das: »Nein danke, ich trinke kein Bier.«

Schlimmer hätte er diese armen Bauern nicht vor den Kopf stoßen können. Der Kerl, der ihn aufgefordert hatte, war sichtlich konsterniert gewesen. Ein paar Sekunden hatte er noch dagestanden in seinem dunklen Filzhut, der Strickweste und den abgetragenen Hosen, dann hatte er die Nase hochgezogen und sich wieder zu den anderen an den Stammtisch gesetzt. Zu den ehrwürdigen Gilchinger Männern, die sich bestimmt sofort wieder die Mäuler über ihn zerrissen, sobald er seinen Schweinsbraten gegessen hatte und gegangen war. Wie dumm konnte man nur sein, bei allen sieben Siegeln der Kabbala? Was hatte er sich denn dabei gedacht?

Leutselig hatte er sein wollen, wie es ihm seine Haushälterin geraten hatte. Kurz einmal mit dem Strom schwimmen, sich hineinschmiegen in die Stallwärme. »Lassen S' sich doch amoi in der Wirtschaft sehen, gehen S' amoi unter d' Leit, Herr Hunderth. Zeigen S', dass Sie ein Mensch aus Fleisch und Blut sind. Dass Sie aa amoi an Schweinsbraten essen wie a jeder. Wissen S', man redt scho …«

Das hatte ja hervorragend geklappt. Wahrscheinlich fanden sie ihn jetzt noch verrückter als vorher, die Leute im Dorf. Das hatte er nun von der Leutseligkeit. Die stand ihm einfach nicht.

Dabei waren es gar nicht die Leute, die er fürchtete. Im Grunde war es die Erinnerung. Die feuchtwarme und trotzdem zugige Atmosphäre der Gaststube mit ihren speckigen Wänden, das Gemurmel der Gäste, der Geruch nach angebrannten Zwiebeln; all das hatte ihn unerwartet schnell in ein armseliges Häuschen am Rande Krumbachs zurückversetzt, wo seine Mutter wegen ihm und seinen Geschwistern immer nur stumm die Hände rang, weil sie zum Schimpfen zu schwach war. Vor Hunger.

Da wollte er nie wieder hin. Dieser Wunsch nach etwas Besserem als Krumbach hatte ihn über Aubing, Hamburg, Metz, München und Italien bis nach Gilching geführt, wo er jetzt tat, was er tun musste.

Erst in der nächtlichen Einsamkeit des mondbeschienenen Ackers unterhalb des Steinbergs fiel ihm auf, dass er noch immer nicht schwitzte. Dabei gab es doch eigentlich allen Grund dazu – Angst, Hitze, Anstrengung. Auch Scham, doch, ja, nach all den wilden Jahren war da noch Scham in ihm, als er in aller Heimlichkeit die schwer beladene Schubkarre den Leitenweg am östlichsten Rande Gilchings entlangschob. Langsam flachte der Steinberg neben ihm zum Parsberg hin ab. Schon hinter der nächsten Kurve würde die Rosenburg auftauchen, bleich wie eine Fratze, mit spärlichen Fenstern in der hohen Fassade.

Bisher war es ruhig geblieben. Im Dorf auf der anderen Seite des Ackers schliefen alle. Die Bauern brauchten ihre körperliche Erholung. Doch wer sagte, dass nicht ausgerechnet hinter einem dieser pseudogotischen Fenster ein nachtwandlerisches Gesicht auftauchen könnte? Fritz beeilte sich. Noch vor der Rosenburg musste er den idealen Ort finden, um seine Fracht loszuwerden, die mehr schlecht als recht von einer Rosshaardecke verborgen wurde.

Fritz hatte sie in größter Hast über den Körper gebreitet, der in der Karre saß wie andere Leute am Ostseestrand. Die langen Beine des Doktors aus Berlin hingen nach vorn über den Schüttrand und schlackerten, wenn das schlecht aufgepumpte Vorderrad über eine Unebenheit des unbefestigten Wegleins rumpelte. Er fuhr geradeaus, als spielten die beiden Männer im Mondschein ein Kinderspiel. Eine Mutprobe im Dunkeln. Die Rosshaardecke reichte ihm vom

Kopf kaum bis zu den Knien hinunter. Andersherum, also gegen die Fahrtrichtung sitzend, wäre der dünne Doktor vielleicht einfacher zu verstauen gewesen. Nein, andersherum wäre er sogar ganz bestimmt besser zu verstauen gewesen. Der Körperschwerpunkt hätte sich gegen die hohe Kippschräge aus Blech geschmiegt, und mit ein bisschen Drücken, Rücken und Einknicken der Beine hätte womöglich der ganze Mensch unter die Decke gepasst.

Doch Fritz hatte die Vorstellung, dessen Gesicht mit dem erstaunten Ausdruck ihm zugewandt zu wissen, nicht ertragen. Die Augen standen ja immer noch offen und starrten jetzt in die Nacht. Er hätte sich, wenn auch nicht direkt angeklagt, so doch zumindest beobachtet gefühlt. So aber hing Dr. Dinnekes Kopf entspannt nach hinten, und Fritz stieß nur manchmal mit dem Knie gegen den rosshaarbedeckten Schädel, das war besser. Mit viel Fantasie konnte man sich vorstellen, der Kopf, der da baumelte, sei ein unreifer Kürbis.

Fritz bemühte sich, schnell den Wald zu erreichen, wo er besser geschützt wäre. Seine Arme schmerzten, und das raue Holz der Schubkarrengriffe bohrte Splitter in seine Handflächen. Er war nicht geschaffen für solch grobe Arbeit. Auch seine Kleidung nicht. Von allen Seiten her drang die Nachtluft unter sein Hemd und seine Hose, machte beides schwer und steif wie Pappmaché.

In so einer bizarren Situation hatte er sich noch nie befunden, nicht einmal in seinem an bizarren Situationen gewiss nicht armen Dasein. In dieser Rolle fühlte Fritz sich fremd. Er mochte Hunderte gestandene Deutsche von seinen Fähigkeiten überzeugt haben, er wechselte die Gesichter wie andere Leute ihre Bettwäsche: routiniert. Doch das hier hatte er bisher nicht in seinem Repertoire gehabt. Als Scharlatan, Tunichtgut, Luftikus, Blender, sogar als Giftmischer zu gelten – das war er gewohnt, das perlte an seinem gewinnenden Lächeln und seiner starken Aura ab. Aber ein Mörder? Ein Leichenverscharrer?

So hatte er sich nie gesehen. So jemand wollte er nicht sein. Aber jetzt tat es eben not, eine Leiche zu verscharren, um sein Lebenswerk zu bewahren. Und selbst in dieser, seiner bisher am stärksten fordernden Rolle schwitzte er nicht, verdammt. Sein Körper betrog ihn nie.

Im Laufe seiner Metamorphose zum großdeutschen Alchemisten hatte er sich der Außenwirkung zuliebe einiges abgewöhnen müssen. Zunächst Vertrauen in irgendwen zu haben. Soziale Bindungen schwächten nur. Selbst seine Frau kannte nur einen Bruchteil seines wahren Ichs, frei nach dem Satz des bayerischen Märchenkönigs Ludwig des Zweiten: *Ein ewiges Rätsel will ich bleiben mir und anderen.* Zum Glück lebte seine Frau die meiste Zeit auf einem Südtiroler Schlösschen, das er ihr mit dem Geld der Geheimgesellschaft gekauft hatte.

Nach dem Vertrauen hatte er sich all die kleinen, scheinbar unauffälligen Verhaltensweisen abgewöhnt, die ihn als Sohn armer Leute brandmarkten: das Brot neben den Teller zu legen, Wasser und Wein aus demselben Glas zu trinken, Socken auch noch mit Löchern zu tragen, Zigaretten bis zum Filter zu rauchen – solche Dinge. Wer geizig lebte, beschränkte auch seinen Geist. Seit seiner Hamburger Zeit zwang sich Fritz, im Restaurant immer das teuerste Gericht zu bestellen. Auch wenn er allein war. Auch wenn es ihm nach etwas anderem gelüstete. Großes Leben, großer Geist, da ging es ums Prinzip.

Und zuletzt hatte er sich das Schwitzen abgewöhnt. Zu leicht hätten Zuschauer sein feuchtes Hemd oder die glitzernden Tröpfchen an den Schläfen als Zeichen von Angst deuten und damit instinktiv ihren Glauben an ihn und das Vorgeführte verlieren können. Schweiß war gefährlich, selbst wenn er durch die offene Flamme eines Bunsenbrenners hervorgerufen wurde. Schweiß war eine ärgerliche Reminiszenz an das unkontrollierte, zur Verstellung noch nicht fähige Ur-Ich. Schweiß säte Zweifel im Publikum. Und da er sich ein zweifelndes Publikum nicht erlauben konnte, hörte er mit dem Schwitzen auf. Wie so vieles in seinem Leben war auch das nur eine Frage des Wollens gewesen.

Genau genommen handelte es sich bei dem Nichtschwitzen auch in dieser Situation um eine äußerst schlaue Reaktion seines sonst recht durchschnittlichen Körpers. Als ob dieser die entferntesten Ausdünstungen des Giftes spüren und sich prophylaktisch dagegen schützen wollte, indem er die Hautoberfläche schroff und abweisend hielt und die Poren so stark wie möglich verengte. Nur nicht entweichen lassen, die wertvolle Feuchtigkeit. So musste er nichts aus der Atmosphäre aufnehmen. Er wollte getrennt von der Außenwelt bleiben, ganz abgeschottet, bloß nichts hereinlassen wie sein Assistent Zieber Toni.

Was hatte der auch immer seine Ärmel hochkrempeln müssen! Hundertmal hatte er, Fritz, ihm gesagt, ein Laborkittel sei kein Karnevalskostüm, sondern ein Schutz. Aber der Kerl hatte immer nur gelacht und die Ärmel nur umso demonstrativer hochgekrempelt. »An Karneval gibt's bei uns sowieso ned, und im Fasching geh i, wiar i mog!«

Der Zieber Toni war eben ein waschechter Bayer und damit wie alle diese vermaledeiten Gilchinger Bauerndeppen ringsherum ein Sturschädel gewesen. Alle mit Ausnahme der Resi.

Beim dritten Fasching dieses Krieges war er nicht mehr dabei gewesen, der Herr Zieber. Eine unglückliche Mischung aus Sturschädel und Kindskopf, wie er sich mit verwundertem Gesichtsausdruck, aber ohne Atemschutzmaske über den geöffneten Glaskolben gebeugt hatte. »Mei, schaugn S' amoi, Herr Hunderth, a so a scheene Farb. Grod wia a gschmoizns Gold«, hatte er das neue Destillat bewundert. »Oder a flüssiger Regnbogn.«

Bevor Fritz seinen Assistenten zurückhalten konnte, hatte der auch schon seinen dicken Zeigefinger in die Flüssigkeit gestippt. Fehlte gerade noch, dass er ihn ableckte.

Doch auch so war er noch am selben Abend verstorben, wobei er die verwunderte Miene bis zu seinem Tod nicht ablegte. Keine Schmerzen, nicht bei so hoher Dosierung. Längerfristig hätte wahrscheinlich das Einatmen der Dämpfe schon genügt, so nah, wie der Toni seinen Zinken über den Kolben gehalten hatte. Doch die giftigste aller menschengemachten Substanzen der Erde war mit Leichtigkeit in nur einem Sekundenbruchteil durch die dicke Haut seines bäuerlichen Zeigefingers diffundiert. Dimethylquecksilber gab schöne Leichen.

»Jaja, das Herz«, befand der herbeigerufene Arzt sofort, ohne dass er Fritz näher zu den Umständen des Todesfalls befragt hätte. »Dabei sieht er aus wie ein kräftiger Bursche, gell? Aber davon darf man sich nicht täuschen lassen. Ganz typischer Fall von Degeneration, wenn Sie mich fragen. Ostischer Einschlag. Sehen Sie die flachen Nasenflügel, die Wangenknochen und die dunklen Locken dazu? Würde mich nicht wundern, wenn in der Vergangenheit ein paar Zigeuner dabei waren. Solche Mogelpackungen gibt es gar nicht so selten rund um München. Stellen Sie sich nur mal vor, so einer geht an die Front und fällt da einfach um, während sich die Kameraden auf ihn verlassen«, plauderte der Arzt weiter. »Gut, dass es ihn jetzt schon erwischt hat. So ein Schwächling wird Ihnen im Labor bestimmt nicht lange fehlen, mein lieber Herr Hunderth. Ich werde mich bei Gelegenheit einmal umhören, ob es in Dachau nicht einen geeigneten oder sogar besseren Ersatz für ihn gibt, ich habe da so meine Kontakte.« Dann hatte er einen Totenschein ausgestellt und war gegangen.

Für diesen Tod konnte der Fritz nichts. Er hütete sich, den wahren Grund von Tonis Ableben zu verraten, wenn er auch nicht ganz sicher war, ob Resi ihn nicht schon erraten hatte. Ihre Augen und ihre weibliche Intuition waren überall.

Erst vorgestern hatten sie Toni Zieber auf einem schattigen Plätzchen des Gilchinger Friedhofs beerdigt. Wenigstens war er auch zu kindsköpfig und sturschädelig gewesen, um zu heiraten, sonst hätte er am Ende noch Kinder hinterlassen. Und trotzdem hatte Fritz seine Erschütterung kaum verbergen können.

Er hatte ihn gemocht, den großäugigen jungen Dummkopf. Sein Tod hatte ihm endgültig bewusst gemacht, wie vergeblich sein Wirken letztendlich war. Wie schädlich. Und wie tödlich.

Es war ja keine Absicht gewesen, das Dimethylquecksilber herzustellen. Wirklich nicht. Eigentlich hatte er den Destillationsprozess nur etwas hinauszögern und allgemein grandioser aussehen lassen wollen. Der ewig gleichen Laugenherstellung neuen Pep verleihen, um Skeptiker wie eben einen Dr. Dinneke, der in der Schubkarre lag, von seinen Künsten zu überzeugen. Alles sollte etwas beeindruckender aussehen. Mehr grüne Dämpfe, mehr Schwefelgeruch, mehr Knistern und dazu effektvoll zerplatzende Schaumbläschen und silbrig-ölige Schlieren. Was man sich eben so erwartete von der Goldherstellung.

Über diese Gedanken erreichte er eine Stelle, an der das dichte Unterholz endlich einen Durchlass Richtung Steinberg bot. Er war breit genug für eine Schubkarre. Obwohl das Gelände stark anstieg, gelang es Fritz, den bedenklich schaukelnden Dr. Dinneke ein paar Meter den Hang hinaufzuschieben, ohne ihn versehentlich herauszukippen.

Hier oder nirgendwo. Die kleine Lichtung war vom Weg aus nicht einzusehen, und ein Rinnsal aus einer etwas höher liegenden Quelle hatte den Boden aufgeweicht. Beste Voraussetzungen.

Schon wollte Fritz die ideale Stelle aussuchen, um die Schaufel anzusetzen, als er stockte. Er musste nicht einmal einen Kontrollblick auf die Schubkarre werfen, um zu wissen, dass er einen dummen Anfängerfehler gemacht hatte. Die Schaufel!

Da stand er nun, der große Alchemist, mit seinem zweiten Todesopfer innerhalb einer Woche – und hatte nicht einmal eine Schaufel dabei. Fritz lachte. Nur kurz und nicht verzweifelt. Er hätte es in seinem Leben nicht so weit gebracht, wenn er sich nicht stets zu helfen gewusst hätte. Wieder einmal war es sein Improvisationstalent, das gefordert war.

Er drehte sich einmal um sich selbst, und tatsächlich: Da war sie schon, die Lösung. Steine! Überall Steine. Die Bauern der angrenzenden Felder hatten über Jahrhunderte hinweg kleine und größere Steinbrocken am Fuß des Hügels abgeladen, der nicht umsonst Steinberg hieß. Sie bildeten große, mit Moos überwucherte, aber lockere Haufen, hübsch illuminiert vom Mondlicht. Er würde auch ohne Schaufel klarkommen.

Nach getaner Arbeit starrte Fritz noch eine Weile auf das schlafende Gilching. Erst anschließend schob er die leere Schubkarre so sanft und leise wie möglich nach Hause. Jetzt ruhten beide auf der malerischen eiszeitlichen Seitenmoräne, die das Fünfseenland so effektiv von den Blicken der Landeshauptstadt abschirmte. Der Toni ganz oben auf dem Friedhof und der Doktor ganz unten am Hügelfuß.

Der Steinberg, auf dem auch sein Labor lag, hatte Fritz schon lange Unterschlupf gewährt. Er fühlte sich wohl hier. Nicht gerade zugehörig, aber wohl. Gilching – die Resi, der Toni, der Gasthof Widmann und die sturschädeligen Einheimischen mit ihrem ach so gesunden Misstrauen – war ihm gefährlich nah ans Herz gewachsen. Das begriff er erst jetzt, als es langsam brenzlig wurde.

Höchste Zeit, dass er diese Sackgasse, dieses Dorf verließ. Und zwar unbelastet. Mit leeren Händen. Und auf keinen Fall mit einem dieser verplombten Glasfläschchen im Gepäck, die noch in der Küche auf der Anrichte standen und deren Inhalt sowohl Toni Zieber als auch Dr. Dinneke ihr unerwartetes Ableben verdankten.

***

Gut zwölf Stunden vorher

Der unangekündigte Besucher auf dem Steinberg stellte sich als Dr. Dinneke aus Berlin vor.

Fritz hatte das Laboratorium früh verlassen und nach einem leichten Mittagessen gerade seine Reinschrift der vormittäglichen Experimente beendet. Er wollte sich soeben zu einem kleinen Spaziergang aufmachen, als es schellte.

»Resi!«, rief er, einen Arm bereits in der Strickjacke. »Resi, es schellt!«

Doch seine fleißige Haushälterin erwiderte nichts. Wie er sich nun erinnerte, hatte sie sich vier Stunden freigenommen, um ein paar Häuser weiter ihre kranke Schwester zu pflegen. Leicht ungehalten zog Fritz sich die Strickjacke vom Arm und öffnete die Tür persönlich.

Einen Meter näher, als es der Anstand geboten hätte, stand eine dunkle Bedrohung vor ihm. Die hochgewachsene, wenn auch dürre Figur nahm sich gegen den friedlichen Gilchinger Frühsommerhimmel aus wie ein Scherenschnitt, die voluminöse Mütze verlieh der Silhouette etwas Surreales. Der Mann, der mehr oder weniger schon mit der Nasenspitze an der Hunderth'schen Haustür kratzte, war einen guten Kopf größer als Fritz und trug die nachtschwarze Uniform eines SS-Offiziers. Rockaufschläge, Schulterklappen, Ehrenabzeichen, silberne Gürtelschnalle – alles blitzte und glänzte, doch am meisten die eisig blauen Augen des Besuchers. In der sie umgebenden Dunkelheit seiner Kleidung schienen sie hell zu leuchten.

Um ein Haar hätte der Hausherr vor Schreck aufgeschrien. Mit allem hatte er gerechnet; mit dem Pfarrer, dem Bürgermeister, einem Dutzend Nachbarskinder oder der kompletten Großfamilie seiner Resi. Viele interessierten sich für die mysteriösen Vorgänge auf dem Steinberg. Doch zwei Meter große SS-Offiziere, die sah man in Gilching eher selten. »Ja?«, schnappte er und fügte nach einem Räuspern hinzu: »Bitte?«

»Mein Name ist Dr. Norbert Dinneke – Offizier, wie Sie sehen. Ich komme in einer gewissen Angelegenheit aus Berlin«, sprach die dunkle Erscheinung mit leiser, weicher Stimme. »Habe ich die Ehre mit Herrn Fritz Cherub Hunderth von der Gesellschaft 164?

»Der bin ich, aber …« Fritz war selbst erstaunt, dass er prompt und einigermaßen sinnhaft antwortete. Eigentlich hätte er erwartet, dass der Schock seine Reaktionsgeschwindigkeit empfindlicher mindern müsste. Es war das erste Mal seit Monaten, dass jemand wegen der Geheimgesellschaft bei ihm vorsprach, die er zwei Jahre zuvor auf Rat einiger führender Nationalsozialisten zur besseren Verwaltung deren finanziellen Zuwendungen gegründet hatte, und nun tauchte dieser Mensch keine Woche nach dem unglücklichen Ableben seines einzigen Assistenten auf. Das konnte kein Zufall sein. Oder doch? Er hatte schon das ganze noch junge Jahr über das Gefühl gehabt, dass es ihm hier in Gilching eigentlich zu gut ging. Dass er schon zu lange auf die gleichen Geldgeber setzte und es vielleicht falsch gewesen war, sich seine Unterstützer in den höchsten politischen Kreisen zu suchen. Wo er selbst doch gar kein Interesse an Politik hatte und sich lieber den mikro- als den makrokosmischen Zusammenhängen widmete. Jetzt hatten sie also einen der ihren geschickt, einen glühenden Parteigänger. Noch dazu einen Studierten, der sich auskannte.

Das konnte nur bedeuten, dass sie es wussten. Wussten, dass er sie hinhielt. Dass das bedeutendste Ergebnis seiner bisherigen kostspieligen Forschung der Unfalltod seines Assistenten war. Sogar bis nach Berlin war dieses Wissen gedrungen, und das bedeutete, dass man ihn fallen lassen wollte. Ihm mindestens den Geldhahn zu-, wenn nicht gleich den Hals umdrehen. Zu so etwas waren die Herren in ihren schwarzen Uniformen so selbstverständlich fähig wie alte Damen zum Sockenstricken.

Fritz blieb nur eine Möglichkeit, und die hieß: leugnen. Es bestand immer noch die – wenn auch unwahrscheinliche – Möglichkeit, dass der unangekündigte Herr Dr. Dinneke aus einem anderen Grund hier war. Vielleicht wegen einer Gesetzesänderung, einer familiären Angelegenheit, aus rein journalistischem Interesse … »Aber was soll mit dieser Gesellschaft –«

»Machen Sie sich keine Umstände, ich weiß Bescheid«, unterbrach ihn der Besucher. »Ich darf eintreten?«

Ein Mammut im Vorfrühling

Etwa fünfundsiebzig Jahre später

Das Eheglück der Maeßmers war nicht mehr das, was es einmal gewesen war. Keine fünf Jahre nach der Hochzeit wurde es von einem sozialen Programm empfindlich bedroht. Das Programm war zwar mehr als vorsintflutlich, aber gerade deshalb unausweichlich. Die Bedrohung stammte aus einer Zeit noch vor der Erfindung der Keilschrift und sogar der Sprache und war aufgrund ihres Alters so allumfassend und dennoch ungreifbar, dass den Eheleuten Carla und Roland noch dreißigtausend Jahre später die Worte zu ihrer Bekämpfung fehlten: Es handelte sich um die biologisch fundierte Rollenverteilung zwischen Mann und Frau. Oder besser gesagt zwischen Mama und Papa.

Die zweiunddreißigjährige Grafikdesignerin Carla, die schon immer unbedingt mehrere Kinder hatte haben wollen, fühlte sich in ihrer zweiten Schwangerschaft gründlich in die Falle gelockt. Zwar weitestgehend von sich selbst, aber trotzdem. Wann immer sie mit schmerzendem Rücken die Böden schrubbte oder dem plärrenden Erstgeborenen Lukas erklären musste, dass sein Vater ganz bestimmt gleich aus der Arbeit käme und ihm etwas vorlesen würde, tauchte vor ihrem geistigen Auge ein schwerfälliges Mammut auf, das, umringt von zweibeinigen, mammutfellbehängten Speerträgern, auf einen tiefen Abgrund zustapfte. Es war natürlich ein weibliches Mammut.

Ihr bisschen Freizeit, wenn Lukas im Kindergarten war, verbrachte sie mit Schlaf, Vorsorgeuntersuchungen beim Frauenarzt, Vorkochen, Durchwischen, Hinterherputzen und Nestbauen. Abends, wenn Lukas schlief, war sie nicht selten zu erschöpft, um überhaupt noch ihren Computer hochzufahren. Seit der Gestaltung der großen Garderoben-Dschungelwand in Lukas' Kindergarten hatte sie keinen nennenswerten Auftrag mehr an Land gezogen. Irgendwie auch verständlich, wo doch ihre Website Spinnweben ansetzte und sie ihr klingelndes Handy zwischen lauter Windeln und vollgerotzten Taschentüchern nie rechtzeitig fand. Ihr ursprünglicher Plan, dass sich Selbstständigkeit und Mutterschaft hervorragend ergänzen würden, war längst in Rauch aufgegangen. Da ergänzte sich gar nichts. Sie hatte sich das alles anders vorgestellt.

Ihr Gatte, der mittlerweile fünfunddreißigjährige Polizist Roland, steckte seinerseits in einer Zwickmühle. Er wollte seine schwangere Frau so gut wie möglich unterstützen, aber dafür brauchte eine schnell wachsende junge Familie mit nur langsam schrumpfender Hypothek doch vor allem eins: Geld. So viel wie möglich. Also legte Roland Maeßmer, der seit Langem nur ausgezeichnete Bewertungen für seine Tätigkeit als Polizeihauptmeister erhielt, sich für seine Starnberger Inspektion in die Riemen wie ein Schwermatrose. Er übernahm jede mögliche Sonderaufgabe und jede Zusatzschicht. Er verpasste keine Fortbildung, war immer pünktlich und niemals krank, auch wenn zu Hause Frau und Sohn mit dem fünften Kindergartenvirus in Folge darniederlagen. Roland Maeßmer war zu einer absolut zuverlässigen und trotz dritter oder vierter Überstunde immer noch akkuraten Dienstmaschine geworden. Ein tadelloser Terminator. Ein Traum von einem Beamten.

Die Verwandlung war auch seinem Chef Dr. Spengler nicht entgangen, der den fleißigen Mitarbeiter sowohl belohnen als auch an sich binden wollte. Hinter dessen Rücken nominierte er ihn für die Beförderungsstufe A9, wegen »außerordentlicher und das Maß einer regulären Hauptmeistertätigkeit bei Weitem übersteigender Tüchtigkeit sowie großer Ermittlungserfolge im Kampf gegen die Drogenkriminalität«.

Womit die Aufklärung des Zehenfalls im letzten Herbst gemeint war, die in erster Linie Rolands Frau Carla und seiner uralten Nachbarin Gitte Grabow zuzuschreiben war. Wie auch immer, das Wunder nahm seinen Lauf: Roland wurde der zweijährige Umweg über die Beamtenhochschule Fürstenfeldbruck erspart, und er wurde aufgrund entsprechender Leistungen direkt zum Kommissar ernannt. Ein extrem seltener Vorgang. Das Büro des bayerischen Polizeipräsidenten sandte Glückwünsche und die Einladung zur offiziellen Beförderungsfeier im Münchner Hauptpräsidium. Mit dem höheren Rang würde auch ein deutlich höheres Gehalt einhergehen.

So weit, so märchenhaft. An dem Tag, an dem sein Chef ihm die frohe Botschaft verkündete, musste Roland eine Menge kräftige Schulterklopfer und genauso viele Biere mit den Kollegen über sich ergehen lassen, sodass er pflichtbewusst das Auto stehen ließ und stattdessen den neuen Expressbus X900 zur Heimfahrt nach Gilching wählte.

Auf der übelkeitsfördernden, schnellen Schaukelfahrt nach Hause überlegte Roland, was er sich und seiner lieben Carla wohl von dem baldigen neuen Wohlstand gönnen würde. Ein größeres Auto, einen schönen Urlaub oder eine Putzhilfe? Er freute sich, mit der Gehaltserhöhung seine Frau entlasten zu können. In den letzten Monaten war die Glut im ehelichen Ofen zu ziemlich viel Asche geworden, aber jetzt ging es endlich wieder aufwärts! Das hatten sie sich wirklich verdient.

Doch als er gegen neun Uhr abends die heimische Wohnungstür aufschloss und seiner Carla die Nachricht überbrachte, war sie überhaupt nicht erfreut. Der dickere Batzen Geld schien ihr nichts im Vergleich zur damit einhergehenden zeitlich schmäleren Verfügbarkeitsspanne ihres Gatten.

»Was nützt mir ein neues Auto, wenn mein Kind nicht mehr weiß, was man mit dem Papa macht, weil der nie zu Hause ist?«

Roland machte der Vorwurf durchaus betroffen. Ob seine Frau eigentlich noch wusste, was man mit so einem Papa machen konnte? Nachts …? Aber das sagte er vorsichtshalber nicht. Lieber griff er etwas verkniffen zu seinem Tablet-Computer, um einen Blick auf die Börsenkurse zu werfen.

Doch nichts tat sich. Der Akku war leer, das Display fast blind, verziert von einem Muster aus Essensresten und fettigen Fingerabdrücken. Sehr kleinen Fingerabdrücken. Das ganze Tablet roch nach Ketchup.

»Carla? Du hast … hast du Lukas wieder mit meinem Tablet spielen lassen? Das war teuer, verdammt! Das ist meins! Der macht mir das Ding noch kaputt!«

»Was soll er denn sonst den ganzen Nachmittag lang machen, wenn ich was erledigen muss? Oder wenn ich einfach viel zu kaputt bin, um mit ihm zu spielen? Ich kann ihn nicht vierundzwanzig Stunden zu Gitte stecken. Und du bist ja nie da.«

Roland rülpste, Bierduft breitete sich aus. »Ich will nicht, dass mein Sohn sich berieseln lässt! Wo leben wir denn, im Trailerpark? Nur Idioten setzen ihre …« Er wollte zu einem Kurzreferat über aktiven und passiven Medienkonsum ausholen, doch Carla kam ihm zuvor.

»Alle Kindergartenkinder dürfen das, mein Lieber. Nicht ständig, aber ab und zu. Soll er da nicht mitreden können? Auch dein Sohn muss Medienkompetenz erlernen.«

»Erziehung ist keine Einbahnstraße!«, gab Roland eine Phrase wieder, die er Jahre zuvor anlässlich Lukas' Geburt von der Hebamme aufgeschnappt hatte.

»Im Moment helfen mir der Feuerwehrmann Sam und Wickie, der Wikinger, jedenfalls sehr viel mehr bei der Erziehung als du.«

Roland gab sich unbeeindruckt. »Erziehung, Erziehung, ich höre immer nur Erziehung! Und wer bezahlt die, hä? Ich reiße mir jeden Tag zehn Stunden den Arsch für euch auf, und du hast nichts Besseres zu tun, als unser Kind permanent vor der Glotze zu parken. Was bist du nur für eine Mutter?«, entfuhr es ihm.

Carla antwortete nicht.

In dieser Nacht schlief sie unter dem Vorwand, Lukas hätte erhöhte Temperatur, im Kinderzimmer. Am Tag darauf kam Roland so spät von der Arbeit, dass er sie bereits leise schnarchend im Kinderzimmer vorfand. Diesmal ohne Vorwand.

Am übernächsten Tag schien Carla sich schließlich berappelt zu haben. Sie hatte Kekse gebacken, die sie hübsch in Klarsichttütchen verpackte und Roland zur Spätschicht in die Inspektion mitgab, um seine Beförderung zu feiern. »Das sind Low-Carb-Kekse mit Haferflocken und Rosinen, die kann auch die Sybille essen.«

Roland schnupperte an dem Gebäck und blickte für Carlas verletzte Seele eine Spur zu skeptisch drein. »Was ist Low Carb?«

»So was wie Steinzeitnahrung«, versuchte Carla, ihrem Jäger und Sammler die Kekse schmackhaft zu machen.

»So sehen die Dinger auch aus. Für mich hättest du aber noch etwas mehr gedörrtes Mammut reintun können. Oder Wollnashorn.«

»Ach, vergiss es einfach«, blaffte Carla. »Ist halt gesund.«

Der seinerseits eingeschnappte und in seiner Männlichkeit gekränkte Roland fand, die Kekse wären zu gesund, um sie seinen Kollegen zuzumuten. Wie so oft versuchte er, seine inneren Dämonen zu bezwingen, indem er noch auf dem Weg zur Arbeit eine Taube zur Strecke brachte. Außerdem konnte man Tauben dieses Low-Carb-Zeug bestimmt zumuten. Die fraßen schließlich alles.

Er hielt auf dem wenig frequentierten Parkplatz des Altgilchinger Friedhofs und riss eines der liebevoll verschnürten Tütchen auf, um das Backwerk in den Wind auf dem Hochplateau des Steinbergs zu bröseln. Sein in letzter Zeit bevorzugtes Jagdrevier. Wie sich herausstellte, waren Tauben total scharf auf die Kekse.

Es folgte der schnelle Tod eines untersetzten, einäugigen Vogels, der immer noch kaute, als Roland ihm das Genick brach. Jedenfalls sah es so aus. In Wirklichkeit können Tauben ja nicht kauen, nur würgen.

Mit dem schalen Geschmack einer sich abnutzenden Befriedigung im Mund machte sich Roland in seinem alten VW Polo auf den Weg nach Starnberg.

Stumpfe Gegenstände

Etwa fünfundsiebzig Jahre zuvor

Der schwarz gekleidete Mann zog ein wenig den Kopf ein und bewegte sich mit einer Miene durch den Flur, die an die eines erfahrenen Völkerkundlers im fernen Afrika erinnerte.

Prompt spürte Fritz ein Jucken in den Kniekehlen, Achseln und Leisten, als hätte er sich zu lange nicht gewaschen. Sein Mageninhalt ballte sich zusammen, hinter seinen Ohren begann es zu kribbeln. Er litt körperlich unter dem seltenen Gefühl, geprüft und bewertet zu werden.

Unbeholfen setzten sich die Männer im Salon einander gegenüber, wobei der Herr aus Berlin mit seinen spitzen Knien fast das Teetischchen umstieß.

Fritz kam das dumme Lied in den Sinn, das seine Haushälterin Resi oft vor sich hin sang: *Spannenlanger Hansel, nudeldicke Dirn, gehn wir in den Garten, schütteln wir die Birn* … In seiner Hilflosigkeit bot er dem Doktor Kaffee und Kuchen an, obwohl es dafür eigentlich noch zu früh am Tag war.

Folgerichtig lehnte der Gast ab. Dafür sei später immer noch Zeit, oder hätte der werte Hausherr heute etwa weitere Termine? Nein? Gut. Man könne im Übrigen ruhig etwas warm miteinander werden, er sei nicht hier, um irgendjemandem in irgendeiner Angelegenheit auf den Zahn zu fühlen. Nein, nein, beileibe nicht! Sein Erscheinen wäre von einem weitaus erfreulicheren Anlass inspiriert. Er machte eine Kunstpause, die ihre Wirkung auf den entgeisterten Gastgeber nicht verfehlte, und erklärte sodann: »Ich komme wegen dem nächsten Julfest.«

»Dem … bitte was?«, entfuhr es Fritz.

»Dass Sie das nicht kennen, wundert mich etwas«, sagte der Doktor und zog seine buschigen Augenbrauen hoch, die im Halbdunkel des Salons schimmerten wie das gesträubte Fell raufender Kater.

»Natürlich kenne und, äh, ehre ich das Julfest«, sagte Fritz rasch.

»Ich komme auf Geheiß von Reichsleiter Bormann, um Ihnen eine ganz besondere Gabe für das nächste Julfest zu überreichen. Es handelt sich dabei um eine große Ehre. Streng genommen ist diese Gabe exklusiv verdienten Offizieren der Schutzstaffel vorbehalten. Man fürchtet, profane Hände würden das altehrwürdige Symbol nordischer Kulturkraft nur entweihen.« Er hob seine Aktentasche auf den Schoß, klappte sie auf und entnahm ihr ein Päckchen, das er Fritz mit beiden Händen entgegenhielt. »Doch Sie, mein verehrter Herr Hunderth, werden offenbar von höchster Stelle gefördert. Das hier ist ein Präsent vom Reichskanzler persönlich.«

Mit einem dankenden Nicken nahm Fritz das Geschenk entgegen. Die schmucklose schwarze Schachtel war ungefähr so groß wie ein Schuhkarton und hatte das Gewicht eines Backsteins. Er konnte sich nicht vorstellen, was darin sein könnte. Eine Waffe? Eine Skulptur?

Nachdem er den flachen Deckel aufgeklappt hatte, sah er beide Vermutungen bestätigt. Das Ding war eine massive, unglasierte Keramik, halb so lang wie sein Unterarm und offenbar handgetöpfert. Es hatte die perfekte Form und Größe, um jemandem den Schädel einzuschlagen. Seine Linienführung entbehrte jeglicher Harmonie und bestach durch bemüht grobschlächtige Realisierung – es wirkte wie die Arbeit eines vorpubertären Hilfsschülers. Auf Klumpfüßen stehend, besaß es auf allen vier Seiten jeweils eine Öffnung in Form eines Herzens und darunter eine Art Sonnenrad mit Speichen. Um die beiden Motive herum waren zahllose kleine Löcher von fragwürdiger Symmetrie in den dicken Ton gekerbt worden. Worum auch immer es sich bei dem plumpen Objekt handelte, eins stand fest: Es war hässlich wie die Nacht.

Fritz räusperte sich. »Wie originell«, sagte er vorsichtig. »Ein Dekorationselement?«

»Sie sind mir ja ein Witzbold«, lachte der unerwartete Gast. »Aber woher sollten Sie das auch wissen, Sie sind schließlich kein Mitglied der Schutzstaffel. Das hier, das ist nicht irgendein beliebiger Tand, damit die Hausfrau etwas zum Abstauben hat. Das, mein lieber Herr Hunderth, ist ein original Julleuchter! Gefertigt übrigens keine dreißig Kilometer von hier, im schönen Allach.«

In Dr. Dinnekes Stimme lagen Wärme und eine Spur von Ironie, aber Letztere konnte auch eine unfreiwillige Begleiterscheinung seiner insgesamt komisch anmutenden körperlichen Präsenz sein. Fieberhaft überlegte Fritz, wie er nun reagieren sollte. Wenn er sich zu übertrieben freute, wäre das vielleicht unglaubwürdig. Oder es würde ihn einfältig erscheinen lassen. Wenn er dagegen zu lachen begann, würde er sich womöglich als respektloser Querulant ausweisen. Er entschied sich für höfliche Neugier. »Aha. Ein Julleuchter. Wirklich sehr … interessant. Wenn ich ehrlich bin, habe ich davon noch nie etwas gehört, obwohl ich das Julfest sehr schätze. Also, das Julfest an sich, nicht wahr, denn wer täte das nicht … Gibt es denn zu dem Leuchter genaue Verwendungsvorschriften?«

»Gut, dass Sie das fragen«, sagte Dr. Dinneke ernst. »Tatsächlich wurden uns in der jüngeren Vergangenheit mehrere Fälle zu Gehör gebracht, bei denen die unsachgemäße Verwendung von Julleuchtern zu schweren Schäden an Mensch und Tier geführt hat.« Er wartete, lauerte, entblößte seine geraden gelblichen Schneidezähne und konnte sich dann doch nicht mehr zurückhalten. »Glauben Sie mir etwa?« Er schlug sich auf die Schenkel. »Das ist doch nur eine Erfindung, damit sich die Hundertzwanzigprozentigen auch etwas unter den Tannenbaum stellen können, etwas völkisch Korrektes. Ich habe nur einen Vorwand gebraucht, um Ihnen meine Aufwartung zu machen. Der Julleuchter kam mir eben gerade recht. Von mir aus können Sie das Ding gleich nach meiner Abreise aus dem Fenster werfen.« Der Doktor lachte, während seine ledernen Stiefelschäfte gegen den hölzernen Rahmen des Polstersessels knarzten.

Fritz wunderte sich. Hatte der Offizier die ganze lange Fahrt von Berlin in der schwarzen Paradeuniform zurückgelegt? Mit dem engen Gürtel, dem steifen Kragen und den hohen Reiterstiefeln musste sie ziemlich unbequem sein. Sowieso albern, diese Reiterstiefel. Konnte so ein studierter Fatzke wie Dinneke überhaupt reiten? Gab es irgendwo dort, wo schwarz uniformiertes Bürokratengeschmeiß mit akademischen Weihen herkam, auch nur ein einziges Pferd? Und trotz der weiten Anreise sah die Uniform noch immer tadellos aus. Fritz Cherub Hunderth hatte nie an einer regulären Universität studiert. Julleuchter hin oder her – seine Menschenkenntnis sagte ihm, dass vor ihm ein penibler, pflichtbewusster Kleingeist saß.

Was sich bestätigte, als er den Doktor nach der Übergabe des Julleuchters ins Laboratorium hinüberführte, weil der Gast vor dem Kaffee unbedingt noch einen Blick hineinwerfen wollte.

»Na, den Rasen könnten Sie mal wieder mähen lassen«, befand er.

Fritz nickte und gab sich Mühe, die Geste nicht allzu entschuldigend aussehen zu lassen. Dinneke würde ihn nicht auf dem falschen Fuß erwischen. Das hier war sein Revier. Sein Reich. Hier kannte er sich aus, hier hatte er bisher noch alle von seinen Künsten überzeugt. »Für die Pflege des Anwesens ist meine Haushälterin zuständig, sie genießt mein vollstes Vertrauen. Ich persönlich befasse mich lieber mit den Geheimnissen der Physik als mit der Länge der Grashalme«, antwortete er dann.

»Der Physik?« Dr. Dinneke warf Fritz einen eindeutig amüsierten Seitenblick zu. »Da hat der deutsche Ingenieursgeist doch schon genug bewegt, finden Sie nicht? Ich meine, das Entstehen des Universums werden wir sowieso nicht so schnell datieren, und die wahren Geheimnisse liegen heutzutage wohl eher auf dem Gebiet der Chemie, nicht wahr?« Wie schon zuvor hatte der Herr aus der Reichshauptstadt eine unangenehm lauernde Haltung eingenommen. Er legte den Kopf schief und wartete ein paar Sekunden, um Fritz Gelegenheit zu einer Erwiderung beziehungsweise Bestätigung des Gesagten zu geben.

Fritz tat ihm den Gefallen nicht. Er würde nichts riskieren. Wenn er etwas entgegnete, dann nur das Unverfänglichste, Alltäglichste. Ihm war schon lange klar, worauf der Doktor hinauswollte. Seit sich der unerwartete Besucher unverblümt als Doktor der Chemie vorgestellt hatte, schlug Fritz das Herz bis zum Hals. Er fürchtete, dass der Kerl ihm nicht nur auf die Finger, sondern direkt bis ins Knochenmark schauen würde. Er musste ihm irgendetwas vorführen, das er nicht im Handumdrehen entlarven könnte. Keinen Taschenspielertrick, keine Sperenzchen. Etwas, das auch den Kenner faszinieren, aber gleichzeitig keinerlei Misstrauen hervorrufen würde. Doch was könnte das sein? Sollte er grüne Dämpfe durch den Kamin steigen lassen, wie er es ab und zu für die dankbare Gilchinger Jugend tat? Glas blasen und golden schillernden Baumschmuck für Frau Dr. Dinneke kreieren? Julfestschmuck? Mumpitz. Dafür hätte der Doktor vermutlich nicht einmal ein müdes Lächeln übrig.

Weil er nicht wusste, was er dem Besucher sonst zeigen sollte, entschloss sich Fritz zu einem Frontalangriff. Er tat das, was er sowieso jeden Tag seit Monaten exerzierte, was er schon Hunderte Male in allen nur denkbaren Spielarten getan hatte: Er erweckte den Roten Löwen, das mythische Pulver zwischen den Welten und der erste Schritt zur Unsterblichkeit. Das Lebenselixier. Den Stein der Weisen. Die Königsdisziplin der Alchemie. Wer den Roten Löwen richtig zu packen verstand, dem spielten alle Naturgesetze in den Schoß. Noch dazu war es eine äußerst ansehnliche, klassische Prozedur mit all den Handgriffen, die auch die Schulwissenschaft kannte. Erleichtert darüber, eine Entscheidung getroffen zu haben, sperrte er einen mit schwarzem Samt ausgekleideten Wandschrank auf und entnahm ihm eine winzige Phiole. In ihr bewegte sich ein träges Tröpfchen durchsichtiger Flüssigkeit.

»Hier haben wir einen Deziliter Mercurialwasser«, erklärte Fritz sein Vorgehen. »Putrefactio und Reductio sind schon erfolgt, jetzt geht es direkt an die Sublimatio.«

Natürlich war auch dieser Versuch zum Scheitern verurteilt, schon allein der Gestirne wegen. Das Opus magnum, das für irdisches Gelingen die ideale Planetenkonstellation voraussetzte, während des Vollmonds durchführen? Lächerlich! Gut, dass es jetzt nur dem Demonstrationszweck diente.

Der Doktor folgte seiner Vorführung konzentriert. Er sprach kein Wort, sondern hob nur hin und wieder fast unmerklich die linke Braue.

Fritz kam zwar auch jetzt nicht ins Schwitzen, doch seine Hand war bei all diesen bereits tausendmal ausgeführten Bewegungen eine Spur unsicherer als sonst.

Dabei hatte er so schon viele Menschen davon überzeugt, Gold machen zu können. Am Anfang sogar sich selbst. Und anschließend alle anderen. Den jungen Erbschnösel Rienhard, dessen Chemikerfreund Kummer, dadurch sogar General Ludendorff und all die anonymen Mächtigen, die ihr Geld nur zu gerne über verschlungene Wege aus dem Dunkel in das schwefelumdampfte Licht seines Labors schickten. Nachdem Ludendorff in die Gesellschaft 164 eingetreten war, hatte es für seine Gönner, auch für die wichtigsten Industriellen, kein Halten mehr gegeben.

Es war keine Absicht seinerseits gewesen, sie hatten ihm ihr Geld förmlich aufgedrängt. Und er war ja auch selbst überzeugt gewesen von dem, was er tat, jedenfalls am Anfang. Er betonte, gewichtete, sortierte die Elemente ein klein wenig anders – und gewann dadurch neue Ansätze, Einblicke und Ideen. Perspektiven, die den klassisch ausgebildeten Wissenschaftlern mit ihrer sachlichen Herangehensweise für immer verschlossen bleiben würden. Für die war die Natur doch nur das, was man aus dem Zusammenhang gerissen unter sein Mikroskop klemmen konnte, die hatten doch gar kein Verständnis für die universellen, organischen Sinfonien des Lebens. Wie sollte man denn, wenn man tagein, tagaus nur mit anderen Laborkittelträgern in der Universitätsbibliothek die immer gleichen Standardwerke las, überhaupt auf neue Ideen kommen? Das war doch keine Umgebung für einen individuellen Geist. Für einen Querdenker. Ein Genie.

Selbstverständlich misslang die Erweckung des Roten Löwen auch diesmal.

»Von der Freimaurerei halten Sie nichts?«, brach Dinneke auf dem Rückweg vom Laboratorium zur Villa sein Schweigen. Er hatte die Hände auf dem Rücken verschränkt und stakste durch das hohe Gras wie ein Storch. »Ich meine, da sich gewisse Inhalte der Freimaurer-Riten mit der Alchemie ja durchaus zu überschneiden scheinen …«

Fritz versuchte zu lächeln. »Nein, ich war niemals Mitglied einer Loge und lehne die ganze jüdische Geheimniskrämerei entschieden ab. Sämtliche Grundlagen meiner Arbeit sind durch und durch arisch.« Er machte eine Pause, um dem Doktor die Tür zur Villa aufzuhalten. »*Die Wahrheit muss nur deutsch gelehrt werden.* Sie kennen doch den berühmten Ausspruch von Paracelsus?«

Der Doktor nickte mit unbewegter Miene. »Paracelsus. Aha.«

Dem Menschen einen Glauben schenken, heißt, seine Kraft verzehnfachen. Das hatte ein schlauer Franzose namens Gustave Le Bon in einem Werk namens »Psychologie der Massen« gesagt, das Fritz einmal in seiner Hamburger Zeit überflogen hatte. Aber der Mann hier, dieses lange schwarze Strichmännchen aus Berlin, der wollte sich nicht beschenken oder bestärken lassen. Der glaubte nichts von dem, was auf dem Steinberg vor sich ging, und würde bestimmt nicht zögern, das seinen Auftraggebern so mitzuteilen. Doch das konnte Fritz nicht zulassen. Das war er schon allein dem Andenken seines armen Assistenten schuldig.

Aus diesem Grund gab er dem Strichmännchen gleich nach dem Laboratoriumsbesuch ein paar Tropfen seines jüngsten Zufallsprodukts in den Kaffee. Gut, dass er ihn schwarz mochte, am Ende hätte das Zeug auf den Sahneschlieren noch bunt geschillert wie eine Seifenblase. Ein paar Tropfen, natürlich eine grobe Überdosis. Ein einziger hätte genügt, um einen Elefanten zu töten. Aber Fritz wollte auf Nummer sicher gehen, alles musste schnell passieren. Auf jeden Fall, bevor Dr. Dinneke in Berlin anrufen konnte. Besser noch, bevor er das Haus am Steinberg wieder verlassen konnte.

»Hatten Sie nicht noch Wäsche zu machen, Resi?«, komplimentierte er seine Haushälterin wieder hinaus, die, nachdem sie von ihrem Schwesternbesuch zurückgekehrt war, nach ihm sah. »Und hernach gebe ich Ihnen den Nachmittag frei. Gehen Sie ruhig noch einmal zu Ihrer Schwester hinüber! Mein Gast und ich führen Männergespräche; ich werde ihn persönlich bedienen.«

»Ja, wissen S' denn iawahaupts, wo ois steht, Herr Hunderth?«, wunderte sich das Fräulein.

»In Ihrer perfekten Ordnung werde ich mich schon zurechtfinden. Bei Ihnen hat doch alles seinen Platz«, schmeichelte er ihr, und sein Plan ging auf: Schmunzelnd ging Resi zu ihrer Wäsche.

Dr. Dinneke lobte den Kaffee. »Echte Bohnen! Na, wenigstens in dieser Hinsicht verfügen Sie über ganz unbescholtene Quellen, mein lieber Herr Hunderth.« Sein Lächeln war weder hämisch noch spöttisch, eher anerkennend. Wie das eines siegreichen Sportlers nach einem knappen Kampf. Er lächelte immer noch, als er die Tasse zum zweiten Mal an die schmalen Lippen führte.

Er war tot, bevor Fritz selbst wieder richtig zu atmen begonnen hatte. Herz-Kreislauf-Stillstand.

***

Der kleine Spaziergang zurück nach Hause auf den Steinberg fühlte sich gut an. Die Nacht war immer noch jung. Fritz stellte den Schubkarren geräuschlos neben dem Labor ab und war froh, keine Schaufel dabeigehabt zu haben. Er liebte solch grobe Gerätschaften nicht. Schaufeln, Rechen, Hacken und derlei hatten alle die Eigenart, ihrem Benutzer blaue Flecken zu verpassen und im unpassendsten Moment lärmend umzufallen. Als er die Haustür aufschloss, war sein Magengrummeln bereits verflogen. Er trat in den dunklen, warmen Flur, und die Ruhe legte sich über ihn wie eine weiche Decke. Er seufzte erleichtert.

Auch wenn seine Frau die schmale, hohe Villa nicht standesgemäß fand – er mochte sie. Während der letzten Jahre war sie für ihn zu einem schützenden Panzer geworden. Eigentlich war er gar nicht unglücklich darüber, dass seine Helene die meiste Zeit über auf ihrem Südtiroler Schlösschen weilte. Mit dem Schlösschen hatte er wiederum so seine Probleme. Es thronte über dem Tal wie ein Zeigefinger der Moral – und wenn ihm eines fehlte, dann Moral. Hier in Gilching, neben den anderen Villen auf dem Steinberg, fiel er mit seinem Laboratorium zwar auch auf, war aber nicht komplett ohne Deckung. In Gilching drehten sich nur fünfzig Prozent der Dorfgespräche um ihn und die geheimnisvollen Vorgänge hier oben. Wenn überhaupt. So ein einfacher Dorfbewohner gewöhnte sich an vieles, wenn man ihn nur ließ. Sie hatten ihn ja sogar schon zum Bier eingeladen … verdammt.

Ob Resi schon schlief? Sicherlich. Es war spät. Er selbst ging nie vor Mitternacht ins Bett, trotzdem variierte die Zeit, zu der er sich schlafen legte. Resi war in ihrem täglichen Rhythmus jedoch verlässlicher als jedes Uhrwerk. Von sechs bis sechzehn Uhr putzte, wusch und kochte sie, was das Zeug hielt, dann erledigte sie ihre Einholungen im Dorf und saß noch bis Punkt neun Uhr abends mit einem Buch auf ihrem Zimmer, bevor sie das Licht löschte.

Fritz wusste die unaufdringliche Tüchtigkeit seiner Haushälterin sehr zu schätzen und vergewisserte sich ihrer Loyalität mit der einen oder anderen Großzügigkeit. Resi sah nicht schlecht aus für ein Bauernmädel, doch mit ihren langen Röcken und der gestärkten Haube weckte sie in ihm keinerlei erotisches Interesse, worüber er froh war. Ihr Verhältnis zeichnete sich durch unerschütterlichen

Respekt füreinander aus. Für einen einsamen Wolf wie ihn konnte es nichts Besseres als eine solche Perle geben.

Erschöpft nahm Fritz Hut und Mantel ab und machte sich auf den Weg ins Badezimmer. Vor dem Schlafen wollte er sich gründlich waschen. Sicherlich klebten noch ein paar Erdkrumen an seiner Hose und seinen Hemdsärmeln. Hoffentlich würde sich Resi mit seiner Erklärung der abendlichen Gartenarbeit zufriedengeben. Um sie nicht zu wecken, verzichtete er darauf, das Licht einzuschalten, und blieb so lange im Flur stehen, bis sich seine Augen an den Mondschein gewöhnt hatten.

Doch als er die Tür zum Salon passierte, hörte Fritz ein Räuspern. Er erstarrte. Das Geräusch kam vom großen Ohrenbackensessel am Fenster. Von genau dort, wo er noch wenige Stunden zuvor mit Dr. Dinneke Kaffee getrunken hatte. Wo er den Julleuchter entgegengenommen hatte. Da, im Dunkeln, mit Blick auf den mondbeschienenen Hof, saß jemand!

Langsam machte er drei Schritte Richtung Sessel. Das Häkeldeckchen auf dem Tisch strahlte so überirdisch weiß, als leuchtete es von selbst. Ihm fiel auf, dass er seinen spillerigen Überraschungsgast ohne die gebührenden Grabbeigaben bestattet hatte: den Aktenkoffer und natürlich den Julleuchter.

Bei Dinnekes Dahinscheiden hatte der Aktenkoffer zu seinen Füßen gestanden, der Julleuchter auf dem Tisch. Während die Kaffeetasse aus des Doktors Hand rutschte und zersprang, blieb der Julleuchter felsenfest stehen. Nicht einmal der kurze, heftige Todeskampf seines Überbringers hatte seine grobschlächtige Stabilität wie auch immer beeinträchtigt. Jetzt aber war das Kaffeetischchen genauso leer wie der Fußboden darunter. Keine Kaffeeflecken, keine Scherben. Und weder Aktenkoffer noch Julleuchter.

»Da ham S' an netten Bsuach ghabt, Herr Hunderth, gell?« Resi klang unergründlich ungerührt, so wie immer. Ausdruck ihrer zentralbayerischen Nonchalance. Sie machte sogar einen Witz. »Des is a guader Bohnenkaffee gwen, den hob i fei extra vom Eilles aus Minga schicka lassn. Aber koa Wunder, dass er dem Bsuach so schlecht neiganga is. Sie ham hoit koa Übung in so was, Herr Hunderth. A Mo in meiner Kuchl! Des hot ja nix wern kenna. Kümmern S' eana liaber wieder um Ihr Labor, da ghern S' hi.

A gscheida Mensch wie Sie suit si doch ned mit so was die Bratzen dreckad machen.«

»Der Aktenkoffer … und der Julleuchter … Wo sind sie?«, flüsterte er.

Resi schien sich über den ungewöhnlichen Begriff nicht zu wundern. »I hob ean obido.«

»O-bi-do«, sprach Fritz ihr nach. So anders als der hiesige Dialekt war sein Mittelschwäbisch gar nicht. Im Fünfseenland sprach man ein vereinfachtes Bayrisch ohne Ecken und Kanten, das für einen wortgewandten Weltbürger wie Fritz kein Problem darstellte. Und trotzdem begriff er nicht. Obido?

Resi deutete sein Schweigen als Kritik. »I hob ma hoit denkt, des waar vielleicht z' auffällig. I moan, so an Leichter, so an speziellen, den hot ja ned a jeder.«

»Gut«, sagte Fritz und machte eine fahrige Handbewegung. »Und was ist mit dem Rest?«, fragte er tonlos. »Die kleinen Flaschen in der Küche … die … Sie haben doch nicht …?«

»Die Flascherl oglangt? Naa. I hob scho aufbasst, i hob extra die Kohlenzang gnomma. Brauchen S' eana koane Sorgen macha, Herr Hunderth. Da find neamand mehr irgendebbs. Des hob i ois scho obido.«

Fritz fragte niemals nach, wohin sie das Zeug gebracht hatte. Weit konnte es ja eigentlich nicht gewesen sein. Resi war nicht länger weg gewesen als er selbst, und ihr stand nur ein klappriges Lastenfahrrad als Fortbewegungsmittel zur Verfügung, das sie nach Anbruch der Dämmerung nie und nimmer benutzt hätte.

Er blieb gerade lange genug in Gilching, um es nicht nach einer Flucht aussehen zu lassen. Die paar Tage bis zu seiner Abreise nach Südtirol ließ er sich von Resi trotzdem keinen Eilles-Kaffee mehr zubereiten.

Vertreibung aus dem Paradies

Ein eisiger Wind zog durch die weiten Straßen der Waldkolonie. Trotz des forschen Schrittes, den sie an den Tag legte, fröstelte Nadine Körber-Detlefsen in ihrem schicken, aber etwas zu frühlingshaft dünnen Trenchcoat. Die Gilchinger Immobilienfachwirtin zog es vor, innerörtliche Distanzen zu Fuß zu bewältigen. Die Bewegung war ihr eine willkommene Abwechslung zur Schreibtischarbeit, die unweigerlich auf jeden Kundentermin folgte.

In der Waldkolonie ließ es sich besonders gut spazieren gehen, obwohl der Wald längst nur noch im Namen des Ortsteils präsent war. Doch die echten Wälder lagen nicht weit entfernt. Sie begannen gleich hinter der Lindauer Autobahn, die die Waldkolonie nach Süden hin begrenzte. Das würzige Aroma von feuchtem Moos und Fichtennadeln zog wie eine Erinnerung an die Urzeit durch die Fluchten von bunt durcheinandergewürfelten Gebäuden, deren aderngleiche Verästelungen die Wald- und die Melchior-Fanger-Straße waren. Ein seltsames Geschwür, diese Bebauungszone. Nirgendwo anders in Gilching war der Kontrast zwischen alteingesessenem und neureichem Betongold größer.

Kurz hielt Nadine Körber-Detlefsen an, um einen dröhnenden Zementmischer vorbeizulassen, und versenkte dabei die Spitze ihres rechten Kalbslederstiefels in einer Schlammpfütze. Die Waldstraße hatte auf dieser Höhe immer noch keinen Bürgersteig. Ärgerlich. Doch kein Grund für die vielen Stadtflüchtlinge, nicht hierherziehen zu wollen. Das waren sowieso alles Pendler, die keine Zeit haben würden, in ihrem neuen Wohnort spazieren zu gehen, weil sie die dafür benötigte Zeit in der S-Bahn oder im eigenen SUV im Stau saßen. Wer brauchte da schon einen Bürgersteig?

Die stilbewusste Maklerin zog ihren Trenchcoat enger und bog in eine schmale Seitenstraße. Sie war am Ziel. Ein verwitterter Jägerzaun vor einem großen, verwilderten Grundstück. Hier gab es tatsächlich noch ein paar Bäume von nennenswerter Höhe. Bestimmt nicht mehr lange. Eigentlich schade drum, aber das war der Lauf der Zeit. Bestimmt würden die neuen Besitzer für eine anders schöne Bepflanzung sorgen, mit Japanischem Zwergahorn oder Scheinlorbeer in kubischen Kübeln aus Gussgranit. Was man eben heutzutage schick fand und praktisch, weil nach Feierabend keine lange Gartenpflege mehr anstand. Sie legte einen perfekt manikürten Zeigefinger auf den unscheinbaren Klingelknopf an dem Gartentürchen.

Die Frau, die kurze Zeit später in der Tür des dahinterliegenden Holzhäuschens erschien, war ein gänzlich anderer Typ als die Maklerin. Einen noch größeren Kontrast zu ihr hätte Nadine Körber-Detlefsen nur erzielen können, wäre sie zu diesem Termin splitterfasernackt erschienen. Oder in einem goldenen Raumanzug. Oder in einer Burka mit Gesichtsmaske.

Die Frau sah nicht so aus, als ob sie ein anderes Schönheitselixier als natürliches Olivenöl verwenden würde. Grimmig funkelten die hellen Augen im gesund gebräunten Gesicht. Lange silberblonde Locken wucherten nach allen Seiten und legten sich bis zur Hüfte auf den Zopfpullover aus ungefärbter Schafwolle. Die Holzhausbewohnerin trug eine Sarouel-Hose aus bereits etwas durchscheinendem Webstoff, ihre nackten Füße steckten in spanischen Strohsandalen. Die Maklerin schloss daraus, dass der Strom im kleinen Häuschen offenbar doch noch nicht wie vereinbart abgestellt worden war. Der Umstand würde ihre Verhandlungsposition nicht gerade stärken. Sie streckte die Hand aus, um die Frau zu begrüßen, kam aber nicht dazu. Ein wolfsartiger Mischling mit Husky und Schäferhund drin drängte sich neben die Sarouel-Hose in die Türöffnung, sträubte das Fell und fletschte die Zähne.

»Nix gibt's«, eröffnete die gekündigte Mieterin das Gespräch. »Ich bleibe. Da muss der Arsch von Erbprinz schon ein paar Inkassoheinis aus Russland schicken und nicht so eine alte Modepuppe wie Sie. Hat Ihnen eigentlich schon mal jemand gesagt, dass chemische Haarfarbe Krebs verursacht?« Sie machte Anstalten, die Tür wieder zu schließen.

Nadine Körber-Detlefsen lächelte fein und stellte einen Kalbslederstiefel in den Rahmen, obwohl der Hund noch immer knurrte. So schnell ließ sie sich nicht beeindrucken. Sie war schon über dreißig Jahre im Geschäft, und in den letzten zwanzig war die Nachfrage stetig stärker geworden – um nicht zu sagen, vollends durch die Decke gegangen. In ihrem Arbeitsleben hatte sie schon so einiges gesehen. Bessere Pappschachteln an der Bundesstraße, die für siebenstellige Beträge weggingen, obwohl man vom Gartenzaun aus die Seitenspiegel der vorbeizischelnden Autoschlange tätscheln konnte. Siebzigerjahre-Einfamilienhäuser mit liebevoll gepflegten Gärten, deren Erben das Abbruchunternehmen und den Architekten für den profitablen Vierspänner schon Monate vor dem Tod der Oma beauftragten. Erst kürzlich hatte sie zum zweiten Mal innerhalb von fünf Jahren dieselbe Altbauwohnung verkauft – mit einer Wertsteigerung von neunzig Prozent. Längst war sie darüber hinweg, sich mit Gedanken über ihre Klienten zu belasten. Der Markt war gnadenlos, aber ehrlich. Immobilienblase? Aber bitte schön, doch nicht im Landkreis Starnberg! Und sie hatte den Hype ja nicht erfunden. Sie war Maklerin geworden, weil sie gerne vermittelte und Menschen zur Immobilie ihrer Träume verhalf. Und die Verwirklichung eines Traums gab es nun einmal nicht umsonst. Sie war durchaus zufrieden mit ihrer Berufswahl.

Der aktuelle Fall war allerdings so einer, auf den sie gerne hätte verzichten können. Das vorletzte noch erhaltene Haus aus der Gründungszeit der Waldkolonie. Eigentlich wenig mehr als eine Holzhütte. Ein hundertjähriges Wochenend-Knusperhäuschen mit taubenblauen Fensterläden und Fassadenschnitzereien im Jugendstil, charmant hübsch, aber natürlich ohne zeitgemäße Infrastruktur. Ohne Dämmung. Ohne Keller. Ohne Denkmalschutz. Dafür mit einem uralten Obstgarten auf fast tausend Quadratmetern. Der Besitzer war kürzlich gestorben, und der Erbe wollte das lukrative Grundstück mit drei Doppelhäusern bebauen. Doch die Mieterin, bald genauso lange dort wohnend wie sie selbst im Geschäft, kämpfte mit Zähnen und Klauen. Die Maklerin konnte das sogar verstehen. Für irgendetwas im Leben musste der Mensch doch kämpfen, fand sie. Wofür, wenn nicht für sein behaglich eingerichtetes Heim? Ohne das wären doch alle Menschen nur Nacktschnecken mit Hirn, hilflos den Jahreszeiten und Elementen ausgeliefert. »Frau Rothwald –?«

Mit einer despektierlichen Geste schnitt die Mieterin ihr das Wort ab. »Wer denn sonst. Und Sie sind die Immozecke, die mich rausschmeißen soll.« Es war keine Frage.

Immobilienfachwirtin Nadine Körber-Detlefsen hob beschwichtigend die Hände. »Ich bitte Sie! Wir wollen doch ganz sachlich bleiben. Ich handle nur im Auftrag des Eigentümers, und die –«

»Klappe zu. Ich kann diese Kapitalistenkacke nicht mehr hören. Habe ich mir als Mieterin jemals etwas zuschulden kommen lassen? Bin ich jemals auch nur einen Euro in Zahlungsrückstand geraten?«

»Darum geht es doch gar nicht. Ihnen ist wegen Eigenbedarfs gekündigt worden.«

»Eigenbedarf, Eigenbedarf! Seit wann sind drei Doppelhäuser Eigenbedarf? Hat der Typ vielleicht zehn Weiber und fünfzig Bälger, oder was? Der Arsch wohnt in einem Palast in Schwabing, in einem Luxuspenthouse, was soll der da in Gilching wollen? Den Scheiß können Sie jemand anderem erzählen!«

»Frau Rothwald, ich bin nicht hier, um mit Ihnen zu argumentieren. Ich bin hier, um zu vermitteln. Es gibt ein letztes Angebot im Guten: Der Besitzer würde Ihnen zur selben Miete ein Apartment in Seefeld zur Verfügung stellen. Zwei Zimmer, Küche, Bad, dritter Stock, renoviert. Außerdem fließen bei rechtzeitiger Räumung zehntausend Euro Auszugsprämie.«

»Kein Interesse. Ich bleibe.«

»Wie Sie wollen. Sie haben doch noch die Praxis an der Römerstraße, gell? Dann können Sie nach dem Rauswurf ja vorübergehend dort einziehen. Oder in Ihre seltsame Schwitzhütte auf dem Steinberg.«

Elke Rothwald fuhr zurück. »Woher wissen Sie davon?«

»Ist das ein Geheimnis?« Die Maklerin hob die Schultern. »Hab ich beim Walken entdeckt. Außerdem kenne ich den Grundstücksbesitzer. Von mir aus können Sie sich auch ins Ausland absetzen, fest steht jedenfalls, dass Sie das Haus bis zum einunddreißigsten März geräumt haben müssen, sonst erfolgt die Zwangsräumung und es fließt auch keine Prämie. Am ersten April rollt hier der Bagger.«

Die kampfeslustige Heilpraktikerin wurde ruhig. Die Husky-Schäferhund-Mischung winselte. »Verstanden.«

Nadine Körber-Detlefsen seufzte und nickte. Ihr Auftrag hier war erledigt; mehr konnte sie nicht tun. Als Elke Rothwald die Tür schloss, hatten die Kalbslederstiefel bereits den Rückweg angetreten.

Von Tollkirschen und Infusionsbeuteln

Ein Giftmörder stellt drei Anforderungen an das Gift seiner Wahl. Es muss zuverlässig, schnell und unauffällig wirken. Niemandem ist geholfen, wenn das Siechtum wochenlang anhält und beim Opfer verdächtige grüne Eiterbeulen hervorruft. Oder die Wirkung des Zeugs nicht einschätzbar ist und man sich bei der Dosierung nie sicher sein kann. Noch ein Löffelchen? Oder zwei? Aber dann fällt der komische Geschmack im Kaffee oder Lieblingsmüsli des Umzubringenden demselben am Ende noch auf.

Mit dem Vergiften ist es wie mit dem Kochen: Man muss sich hundertprozentig auf seine Zutaten verlassen können, um überhaupt erst eine Routine zu entwickeln und auf diese aufbauend die Meisterschaft zu erringen. Und wie auch beim Kochen bevorzugte Elke Rothwald Bio-Qualität.

***

»Globuli gegen blutigen Durchfall und Wasser in der Lunge? Ernsthaft? Was haben Sie sich dabei nur gedacht?« Der junge Arzt schüttelte den Kopf und gab sich nicht einmal Mühe, seinen verachtenden Gesichtsausdruck zu verbergen. »Die Frau hat Darmkrebs im Endstadium, was glauben Sie denn! Das ist ein Altenheim, Frau Rothwald, ein Altenheim! Diese Leute sind bei uns, um ihre letzten Jahren mit so wenig Schmerzen wie möglich zu verbringen. Um rüberzurutschen, ohne dass es wehtut, sozusagen. Und dann kommen Sie mit Ihren Globuli und Bachblüten daher, also ehrlich!« Er stellte das kleine braune Glasfläschchen mit den weißen Kügelchen auf das Sideboard und schnaubte. »Das ist ungefähr so hilfreich wie ein Plüscheinhorn im Kessel von Stalingrad.«

»Tja, Sterben ist eben nichts für Feiglinge«, sagte Elke Rothwald leise. »Aber wenn die Globuli einem alten Menschen Erleichterung verschaffen, dann ist ihr Einsatz doch gerechtfertigt.« Unbeirrt fuhr sie fort, der alten Frau Scheuermann den Handrücken zu streicheln. Ihr Daumen grub sich dabei so tief in die mürbe Haut, dass er mehrere Faltenreihen vor sich herschob, doch die zu dem Handrücken gehörige Patientin spürte nichts davon.

Dr. Heuchert zupfte sich den Kittelkragen zurecht. »Die Hälfte von denen ist doch schon so dement, dass sie Sie sowieso für den Engel der Weihnacht halten«, murrte er und spielte damit auf Elkes offen getragene aschblonde Locken mit den grauen Strähnen an, die ihr bis zur Hüfte reichten. »Insofern könnten Sie denen die Globuli eigentlich auch gleich wie Puderzucker in den Arsch blasen, dann haben die wenigstens noch etwas Action an ihrem Lebensabend. Ist ja wirklich nicht so, als ob das noch irgendeinen Unterschied machen würde, aber es kostet uns wenigstens nix. Das ist ja das Schöne an euch Ehrenamtlichen!«

Elke atmete auf, als sich die Zimmertür schloss und sie mit Frau Scheuermann wieder allein war.

Mit Dr. Heuchert kam sie einfach auf keinen grünen Zweig, obwohl sie ihn anfangs durchaus nett gefunden hatte. Mittelgroß, mittelblond, Dreitagebart, schiefes Lächeln. Kein gegelter Schönling wie so viele junge Kittelträger, denen der Unternehmerpapa das Studium bezahlt hatte. Sein Zwinkern auf den Fluren, sein fester Händedruck – beides hatte sie beinahe als Flirtversuche verstanden.

Aber natürlich hatte er nicht mit ihr geflirtet. Sie hätte es gleich wissen müssen. So einer wie der stand nicht auf starke Frauen mit Lebenserfahrung wie sie. So einer mochte nette kleine Weibchen mit Kinderwunsch, die ihm für eine Doppelhaushälfte und zwei Bälger ihre Jugend und Seele verkauften.

Frau Scheuermann fühlte sich durch die Globuli trotzdem besser, davon war Elke überzeugt. Sie spürte das am Puls, der nun in einem gleichmäßigeren Rhythmus schlug. Sie las der alten Dame noch eine Viertelstunde aus »Das Totenschiff« von B. Traven vor. Einerseits, weil sie wusste, wie sehr Frau Scheuermann die Abenteuerromane ihrer Jugend geliebt hatte. Andererseits, weil die monotonen Beschreibungen von Segelhandwerk und Wetterdetails sie selbst so beruhigten, dass sie sich gut in die Frau hineinfühlen konnte.

Sie roch denselben Duft der Zitronenverbene, die in einem Plastik-Übertopf auf dem Fensterbrett stand. Sie atmete im selben

Takt wie die leicht verwässerten Lungenflügel unter dem vom Heimpersonal falsch gewaschenen und deshalb eingelaufenen Kaschmir-Twinset. Sie blinzelte im selben Zwielicht, das durch die pflegeleichten Polyestergardinen drang, bis die Worte auf dem gelbstichigen Papier verschwammen und sie nur noch summte, statt vorzulesen. Es störte Frau Scheuermann nicht. Elke konnte den tiefen Frieden spüren, der sie trotz des Darmkrebses und der Wasserlunge erfüllte.

Wollen Sie erlöst werden?

Die zentrale Frage würde sich irgendwann einmal allen Menschen stellen. Für manche, wie die gut neunzigjährige Frau Scheuermann, ziemlich spät im Leben; für andere schon sehr viel früher.

Das Problem war nur, dass die meisten Menschen sich nicht nur vor dem Beantworten dieser Frage, sondern auch vor der Fragestellung selbst scheuten. Die Drückeberger! Nur zu gerne gaben sie die Verantwortung für ihren Tod ab. An Gott, an Alkohol und Drogen, an einen Arzt oder an irgendjemanden, der da war und nicht davor zurückschreckte, ihre Hand bis zum Ende zu halten.

Und dieser Jemand musste nicht unbedingt der hinterbliebene, noch nicht so demente Ehepartner, das Krokodilstränen weinende Kind oder der erbschleicherische Enkel sein. Die Leute, die ihren Lebensabend in einem Pflegeheim im Landkreis Starnberg verbrachten, konnten sich zu großen Teilen Aufrichtigkeit leisten. Sie, Elke Rothwald, hielt den Leuten gerne die Hand. Auch den Drückebergern.

Dabei war sie bislang nicht überstürzt vorgegangen. Die Frage nach der Erlösung hatte sie Frau Scheuermann zum Beispiel schon oft gestellt, zuerst mündlich nach der Krebsdiagnose und mittlerweile, im Morphinkoma, nur noch in Gedanken. Bisher hatte die alte Dame immer mit Nein geantwortet. Bis jetzt.

Eine Bewegung am Fenster lenkte Elkes Aufmerksamkeit auf sich, und sie sah zur Zitronenverbene hinüber, deren Blätter zitterten wie in einem Herbststurm. Bei geschlossenem Fenster. Ein Zeichen! Elke fokussierte ihre Gedanken auf die bewusstlose Frau im Pflegebett und empfing eine Botschaft: *Es ist so weit. Ich will nicht mehr. Bitte helfen Sie mir hinüber, Frau Rothwald.*

»Aber gerne, meine Beste. Dafür bin ich doch da«, murmelte

Elke. Sie atmete tief durch und griff in ihre Patchwork-Handtasche, um darin nach einem ganz speziellen Kugelschreiber zu suchen. Eigentlich brachte sie bei solchen Gelegenheiten immer ein Stück selbst gebackenen Nusskuchen mit. In dem schmeckte man das Gift nicht, und es blieben je nach aufgenommener Kuchenmenge noch zwölf bis sechsunddreißig Stunden bis zum Ableben, die eventuellen misstrauischen Seelen ihre Anwesenheit bei dem Sterbenden zu vergessen halfen. Doch wenn jemand wie die gute Frau Scheuermann nur noch intravenös ernährt wurde, musste man erfinderisch sein.

Elkes Hand schloss sich um den himmelblauen Kugelschreiber, dem man sein verborgenes Inneres nicht ansah. In einem kleinen Reservoir neben der funktionierenden Farbmine war ein aufziehbarer Tank für ein paar Milliliter beliebiger Flüssigkeit integriert, der in einer kleinen Spritze endete. Eigentlich war der Kugelschreiber ein Scherzartikel, gedacht für platte Witze mit Tinte oder Theaterblut.

Es dauerte nur einen Augenblick, bis Elke den Kugelschreiber über Frau Scheuermanns Mund hielt. Die trockenen Lippen und weitgehend zahnlosen Kiefer waren leicht geöffnet, wie um ihr das Hineinträufeln des Botulinumtoxins zu erleichtern. Geschafft. Elke verstaute den in ein Taschentuch gewickelten Kugelschreiber wieder und hielt die Hand der alten Frau, deren Lebenskraft so geschwächt war, dass der Atemstillstand schon nach wenigen Minuten eintrat.

Anschließend drückte sie den Notruf und eilte in den Flur. Als sie Dr. Heuchert mühsam beherrscht die Information des Todes von Frau Scheuermann überbrachte, reagierte der überraschend milde.

»Da haben Sie ja doch mal etwas ausgerichtet mit Ihren Globuli«, sagte er beinahe anerkennend. »Es ist doch schön, wenn's relativ flott zu Ende geht, nicht wahr? Mich wundert bloß, dass Ihnen das nichts ausmacht, Frau Rothwald. Ich meine, Sie sehen hier die Leute doch wie die Fliegen sterben.«

Elke freute sich ehrlich über das Lob, auch wenn der Doktor die ernste Angelegenheit des Sterbens ihrer Meinung nach zu frotzelig behandelte.

»Ich helfe gerne«, sagte sie bescheiden. »Die Pflegeversicherung zahlt ja nicht für Menschlichkeit, wenn man sie am dringendsten braucht.«

»Damit haben Sie recht«, murmelte der junge Doktor und betrachtete sie mit einem Blick, in dem sie zum ersten Mal so etwas wie Interesse sah. »Haben Sie sich übrigens schon einmal die Residenz Alpenblick angeschaut? Sie wissen schon, das nagelneu eröffnete Heim für unsere anspruchsvolleren Senioren.«

Elke war überrascht. »Nein, noch nicht. Ich dachte, bei so feinen Leuten wäre meine Unterstützung nicht vonnöten.«

Dr. Heuchert hüstelte. »So kann man sich täuschen. Geld allein hilft im Alter auch nicht unbedingt. Vor allem, wenn man plötzlich extrem pflegebedürftig, aber im Oberstübchen noch vollkommen klar ist. Auch im Alpenblick haben wir eine Menge sehr, hm, sagen wir mal einsamer Patienten. Ich weiß das, weil ich jetzt in beiden Häusern tätig bin. Ist ja derselbe Träger. Jedenfalls wollte ich Sie fragen, ob Sie nicht vielleicht Interesse hätten, Ihr Tätigkeitsfeld dahingehend auszuweiten. Damit auch unsere Luxuspatienten in den Genuss Ihrer … äh … Fähigkeiten kommen können.«

»Und wie genau sollen diese ausgeweiteten Fähigkeiten aussehen? Soll ich Bücherwagen herumschieben oder noch mehr Bewohnern Händchen halten?«

Der Doktor hatte offenbar einen trockenen Mund, denn er schluckte angestrengt. »Ihre Hospizbegleitung. Ich dachte, Sie könnten besonders jenen Bewohnern beistehen, die schon ganz am Ende ihres Weges angekommen sind.«

Elke blinzelte. Sie musste sich noch damit anfreunden, dass der attraktive Arzt auf einmal so nett zu ihr war. »Und in der Residenz Alpenblick hätten Sie dann auch nichts mehr gegen meine Globuli?«, konnte sie sich einen kleinen Seitenhieb nicht verkneifen.

Dr. Heuchert verlagerte etwas ungeschickt sein Gewicht auf das andere Bein, sodass das hellgraue Linoleum unter den dicken Korksohlen seiner Schuhe quietschte. »Darüber kann man natürlich geteilter Meinung sein, aber in der neuen Einrichtung sind die alternativen Heilmethoden recht beliebt. Gerade die Angehörigen der Oberschicht bestehen ja geradezu darauf. Geben Sie denen einfach, was Sie wollen. In der Hinsicht können Sie sich von mir aus, wie soll ich sagen, austoben …« Er kicherte kurz.

Elke nicht. »Und ab wann?«

Dr. Heuchert wurde wieder ernst. »Gerne ab sofort. Ich denke da speziell an zwei Patientinnen, Schwestern. Wenn ich ehrlich bin, haben sie sogar schon nach Ihnen gefragt.«

»Nach mir?«

»Ja, sie wünschen sich, von einer Fachkraft für natürliche Behandlungsweisen betreut zu werden.«

»So einen Wunsch kann ich den Damen wohl nicht abschlagen. Wie heißen sie?«

»Dubois. Sind die einzigen Patienten mit französischem Namen, aber den müssen Sie sich nicht merken. Fragen Sie am Empfang einfach nach den schweren Schwestern. Aber lassen Sie das bloß nicht die Patientinnen hören, die sind ein bisschen eitel. Und sagen Sie, Dr. Heuchert schickt Sie.«

»Gut. Momentan habe ich ziemlich viel in meiner eigenen Praxis zu tun, aber in der nächsten Woche werde ich wohl vorbeischauen können.«

»Ausgezeichnet. Das freut mich, wirklich.« Der Doktor nickte, wandte sich grußlos ab und ging. Als er am Ende des lindgrün gestrichenen Flurs um die Ecke bog, massierte er sich mit beiden Zeigefingern die Schläfen mit den militärisch kurz getrimmten Stoppeln.

***

Elke nahm sich viel Zeit, um die alte Frau Scheuermann gebührend zu verabschieden. Sie wartete, bis die Pfleger kamen, das Bett mit der Toten abdeckten und davonschoben. Sie hielt auch dann noch Wache, als die Putzfrau schon begann, das Zimmer zu desinfizieren.

Eigentlich hätte sie längst gehen können, doch Elke Rothwald lebte nicht mehr in ihrem Knusperhäuschen in der Waldkolonie. Sie war bereits in ihre Praxis an der Römerstraße umgezogen, vor der jetzt schrecklicher Feierabendverkehr herrschte. Und da man das Geld für die seit Ewigkeiten geplante Umgehung jetzt in

Flüchtlingsunterkünfte stecken musste, würde die Römerstraße auf unabsehbare Zeit ein Sinnbild ihrer persönlichen Hölle bleiben.

Diese musste man sich als einen Ort vorstellen, der seine Einwohnerzahl in den letzten dreißig Jahren mehr als verdreifacht hatte. Einen Ort, der überquoll vor Zugezogenen und Neugeborenen wie ein zu kleiner Topf Popcorn, in den immer noch mehr Mais gestopft wurde. Einen Ort am Arsch von München, das verantwortungslos mit seinen magnetischen Futtertrögen immer weiter neues Pack anlockt.

Pop, pop, pop, dachte Elke jedes Mal, wenn sie Gerfried Kohls gelben Umzugs-Lkw in die Römerstraße biegen sah. Noch mehr Popcorn.

Gilching. Ein planlos aufgeblähtes, fauliges Geschwür von einer Schlafstadt. Nur dass Gilching noch nicht einmal den Anstand besaß, sich Stadt zu nennen. Also ein Schlafdorfgeschwür. Ein Ort des Grauens purer Bürgerlichkeit, wie sie in diesem Land doch seit Jahrzehnten hätte ausgerottet sein müssen. Die Häuser eine stillose Aneinanderreihung von betonierten Scheußlichkeiten, dazwischen lächerliche Minigärten mit Plastikteichen und überdimensionierten Zäunen aus steingefüllten Drahtkörben, kaum Platz für ein Büschelchen echten Grases oder gar einen Löwenzahn. Die Natur lebte hier schon lange nicht mehr. Wie überall im Fünfseenland war sie zur selbstverständlichen Staffage einer hochpreisigen Operette verkommen und wurde prostituiert, um noch mehr Kapitalismusknechte anzuziehen, die »auf dem Land« leben wollten.

Und dann die Kinder. Kinder! Jede Straße, jeder Platz wimmelte von ihnen, als ob es niemals Gaskammern oder Patentämter gegeben hätte. Als ob die Segnungen der Geburtenkontrolle an diesen Leuten komplett vorbeigegangen wären, schnackselten sie und warfen in einem fort kleine Menschen. Oft genug reisten die neu Zuziehenden schon mit einem halben Bus voller Bälger an, um diese vor Ort noch weiter zu vermehren und die verbliebenen unberührten Flächen des Fünfseenlands mit ihren geländegängigen Buggyreifen zu durchpflügen.

Es gab kein Entkommen. Die neuen Eltern waren mit ihrem unseligen Trieb in der Öffentlichkeit präsent wie keine Generation vor ihnen. Auf jeder zweiten Parkbank saß eine stramme junge Mutter und säugte ihren dritten nackten Wurm, während vor ihr die älteren Geschwister mit ihren grell lackierten Laufrädern und ergonomisch korrekten Fahrradhelmen plärrend auf die Fresse flogen.

Im gesamten Münchner Umland ärgerte man sich nicht mehr über Hundehaufen auf dem Gehweg, sondern über die vollen Windeln, die die Gemeinschaftsmülltonnen verstopften. Die Bisphenol-A-haltigen Splitter verlorener Schnuller gruben sich überall in die Sohlen anständiger Leute. Leute, die nicht tagein, tagaus herumvögelten, um neue kleine Drecksbälger in die Welt zu setzen. Anständige, aufrechte Menschen wie sie selbst. Solche mit Respekt vor Gaia und der Begrenztheit ihrer Ressourcen.

Dabei war es gar nicht Gilching, das Elke Rothwald so hasste. Nein, sie hasste das, was diese gierigen, geschichtslosen jungen Menschen von überall her aus ihrem Heimatort gemacht hatten.

Die Dörfer im Münchner Speckgürtel hatten über Jahrhunderte hinweg bewiesen, dass sie durchaus im Einklang mit der Natur bestehen konnten, wenn sie nur nicht wuchsen. Nachhaltigkeit war das Zauberwort, auch in Bezug auf die Menschendichte, nicht Wachstum.

Diese unerträglich quirlige Würmerbrut. Dieser Ameisenhaufen, der schon längst ausgeräuchert gehört hätte. Die Zecken auf Gaias geplagter Haut. Die Überflüssigen. Die meisten von ihnen ahnten es selbst noch nicht, doch im Grunde war der Tod genau das, worauf sie mit all ihrer verzweifelten Existenz hinarbeiteten. Wertvolle Bodenflächen mit neuen Doppelhaushälften versiegeln, Umzugswägen mieten, Kinder in die Welt setzen – alles waren nur Verzweiflungstaten, die das Unvermeidbare zu leugnen halfen. Und die Täter waren Drückeberger, die die zentrale Frage vor sich herschoben, um es sich und der Umwelt später nur umso schwerer zu machen.

Gut, dass sie gerne Nusskuchen backte und immer einen Kugelschreiber dabeihatte. Blöd nur, dass der schlampig geführte Pharmavertrieb aus Rosenheim neulich insolvent geworden war. Denn eigentlich wurde Botulinumtoxin grundsätzlich nicht an Privatleute abgegeben, und schon gar nicht gefährlich unverdünnt.

Nachdem sie von dem Bankrott erfuhr, hatte Elke sofort nach einer anderen Möglichkeit gesucht. Es war ja nicht so, dass Gift schwierig zu beschaffen gewesen wäre, im Gegenteil. Der Mensch war von giftigen Substanzen geradewegs umzingelt, und die stammten nicht einmal aus dem Auspuff, dem Schornstein oder der Apotheke. Mutter Natur selbst war ein nie versiegender Quell an verschiedensten Giften. Ein einfacher Waldspaziergang genügte, um sich ein Dutzend Mal um die Ecke bringen zu können. Gegen den Einfallsreichtum der Evolution in Sachen Feindesabwehr war die Feinstaubhysterie der Großstädter ein Witz.

Elemente, Pflanzen, Pilze, sogar Tiere – eines giftiger als das andere. In den luftigen Wäldern um den Sonderflughafen Oberpfaffenhofen wuchsen so viele Tollkirschen und Einbeeren am Wegesrand, dass Elke sich ein ums andere Mal wunderte, dass die zahlreichen Ausflüglerfamilien immer lebendig zurückkehrten. Mussten sich diese Kinder mit den rot geschwitzten Gesichtern denn niemals in die Büsche zum Pinkeln verdrücken, und hatten sie dabei nie Gelegenheit, sich heimlich eine dieser wunderschönen, dicken Früchte in den Mund zu stopfen? Gegen die Toxizität der Einbeere hätte auch kein neonbunter Fahrradhelm geholfen. Bei einem normalgewichtigen Kleinkind genügte eine davon, um letalen Atemstillstand herbeizuführen.

Und die Tollkirsche war auch nicht viel harmloser. Mit ihren glänzenden schwarzen Früchten lud sie vielleicht nicht so sehr zum Essen ein wie die Einbeere, dafür gesellte sie sich besonders gerne zu Brombeeren und erreichte eine genauso praktische Pflückhöhe wie die älteren und besonders reich tragenden dieser Beerensträucher. Wieso nur vergriff sich nicht öfter eine unaufmerksame Rentnerin an ihr?

Elke wusste die Antwort: Weil sich heutzutage niemand mehr die Mühe machte, der Natur persönlich ein paar mickrige Schätze abzuringen. Brombeeren und Heidelbeeren gab es doch auch im Penny-Markt an der Ecke, und da waren sie dreimal so groß wie im Wald und ganz sicher ohne Käfer. Nicht einmal Pilzsammler gab es mehr, wo doch die Gilchinger Pilzzucht ganzjährig geöffnet hatte und man mit deren Austernpilzen nichts falsch machen konnte.

Es schien, als wäre Elke die Einzige, für die Tollkirsche und

Einbeere in den Sommermonaten rings um Gilching wucherten wie die Rosenhecken um Dornröschens Märchenschloss. Und sie wusste deren Bemühungen durchaus zu schätzen. Allerdings hatten diese zwei wichtige Nachteile: Die Wirkung war nicht immer gleich stark und verflog relativ schnell. Elke hatte viel und systematisch an ihren Patienten herumexperimentiert. Wenn man die Beeren trocknete, kochte oder einfror, waren sie nicht mehr toxisch genug, um mehr als nur Bauchschmerzen hervorzurufen. Trotz langjähriger Versuchsreihen war es ihr nicht gelungen, einen Belladonna-Auszug herzustellen, der seine Giftigkeit über mehr als ein paar Stunden hinweg beibehielt. Zudem war es gerade erst März. Bis es wieder frische Beeren gäbe, würden noch vier Monate ins Land gehen müssen. Mutter Natur mochte ihr in dieser Hinsicht so hilfreich entgegenkommen, wie sie wollte: Für ihre Zwecke war es nicht genug.

Und jetzt näherte sich der letzte Vorrat ihres zuverlässigen, schnellen und unauffälligen Mittelchens aus Rosenheimer Produktion dem traurigen Ende. Womit sollte sie im neuen Quartal nur ihre Klienten erlösen?

Im Flur nahm sie ihre Jacke aus Wollwalk mit veganen Lederakzenten vom Haken und schlüpfte hinein. Sie warf sich ihre Patchwork-Tasche über und verließ das Altenheim, ohne die Frau an der Rezeption eines Blickes zu würdigen. Es war eine Alleinerziehende mit mindestens zwei Kindern, wie sie aus unbeabsichtigt mitgehörten Gesprächsfetzen wusste. Die würde sich zwar so schnell keine Doppelhaushälfte leisten können, aber sie hätte es sicherlich gewollt!

Draußen wurde Elke von Husky-Schäferhund-Mischling Shiva freudig begrüßt. Ihre Hand tätschelte das treue Tier zwischen den Ohren. Sie dachte an das Geräusch beim Zerdrücken einer mit Blut vollgesogenen Zecke und lächelte grimmig. Pop, pop, pop. Auf dem Heimweg fröstelte sie. Der Schnee war zwar längst geschmolzen, doch das änderte nichts an den nach wie vor niedrigen Temperaturen. Auf den Schmelzwasserpfützen glitzerte noch immer dünnes Eis.

Elke schob ihre Hände tief in die Jackentaschen und stutzte.

Zwischen dem flauschigen Walkstoff stießen ihre Fingerkuppen an etwas Hartes, Glattes, das auf dem Weg ins Heim noch nicht dort gewesen war. Sie tastete weiter. Das fremde Ding war rund, dünn, knapp fingerlang und gluckerte. Sie fand vier Stück davon und zog eines heraus: Es war eine klare Plastikampulle ohne Kanüle.

Im bläulichen Licht einer Straßenlampe blieb sie stehen, um die Beschriftung des Aufklebers zu entziffern: »Omnifix 100«.

Sie kannte das Produkt natürlich. Relativ starkes Insulin, das ein Teil der Heimbewohner hin und wieder benötigte. Für diejenigen aber, die keine Diabetiker waren, konnte es ein bequemes Ticket in den Tod darstellen. Unterzucker, Koma, Hirnschäden, Kreislaufstillstand. Das ging umso schneller, je geschwächter der Körper war. Man konnte es in die Haut oder einfach in die Infusion spritzen. Und vor allem post mortem nicht nachweisen. Elke ließ die Ampulle wieder zurück in die Tasche gleiten, pfiff leise nach ihrem Hund und setzte ihren Heimweg fort.

Dr. Heuchert. Sieh an. Das hätte sie dem jungen Schönling gar nicht zugetraut. Hatte er also doch irgendwie mit ihr geflirtet!

Backsteine und Bohei

Die letzten Monate hatten es gut gemeint mit Gitte Grabow. Die entsetzlichen Ereignisse rund um die Stilllegung des Gilchinger Zementwerks, an der sie selbst keinen geringen Anteil gehabt hatte, waren langsam in Vergessenheit geraten. Wenn sie jetzt daran dachte, hüpfte ihr kalkgesäumtes Herz nur noch ein knappes Millimeterchen, wie sie erleichtert feststellte. Ja, mit siebenundneunzig musste man mit allen seinen Körpersäften haushalten, auch mit dem Adrenalin. Zum Glück war dieser aufreibende Herbst vorbei.

Vom darauffolgenden langen und schneereichen Winter hatte sie sich nicht etwa abschrecken, sondern, im Gegenteil, eher anregen lassen. Das war nicht immer in ihrem Leben so gewesen. Früher, im Kontinentalklima ihrer ostpommerschen Heimat, hatte sich die Kälte so tief in ihre Knochen gefressen, dass sie vom Zähneklappern Kopfschmerzen bekommen hatte und bis in den April hinein mit heißen Backsteinen im Bett schlafen musste.

In Oberbayern war das ganz anders. Hier spürte man den nahen Süden, und die Kälte fuhr ihr nicht mehr in die Knochen, um ihr wehzutun, sondern konservierte sie. So blieb sie lebendig frisch wie ein Würstchen im richtigen Kühlschrankfach.

Mehr als einmal war sie sogar mit ihren Nachbarn, der liebenswürdigen Familie Maeßmer, ein Stückchen die Landsberger Straße ortsauswärts gefahren, um am kleinen Lärmschutzwall entlang der Autobahnauffahrt Schlitten zu fahren. Das hieß, der tüchtige Polizeihauptmeister Roland Maeßmer – sollte er nicht eigentlich demnächst zum Kommissar befördert werden? – hatte den Schlitten mit dem kleinen Lukas bis zur völligen Entkräftung den Hügel hinaufgezogen, während die schwangere junge Frau Maeßmer und sie sich vom Flachland aus mit Zusehen und Kreischen begnügt hatten. Hinterher gab es für alle Kakao und warme Apfeltaschen im gleich gegenüberliegenden Schnellrestaurant, was Gitte zuerst empört ablehnte, dann aber rasch zu schätzen wusste. Von den Panoramascheiben des Café-Bereiches aus hatte man einen wundervollen Blick in den Sonnenuntergang, die runden

Polstersessel waren sehr bequem, und es gab Kaffeesahne und zwei verschiedene Sorten Zucker in Hülle und Fülle und in Tütchen. Auf so etwas achtete man, wenn man den Hungerwinter 1945/46 erlebt hatte.

Nein, wenn man wie sie so liebe Menschen um sich hatte, dann war das Alter wirklich keine große Herausforderung.

Gitte Grabows neu belebter Glanz strahlte auch nach außen. Der Stern der ehemaligen Schauspielerin, der mit ihrer Ankunft in Gilching 1979 wie ein nächtlicher Meteorit über unbewohntem Gelände vollends verglüht gewesen zu sein schien, stieg seit dem Zementwerksdrama und ihrem persönlichen kleinen Presseskandal wieder empor.

Ein paarmal war sie im Fernsehen aufgetreten, hatte einen Preis für Zivilcourage entgegengenommen und zusammen mit dem Bürgermeister das neue Gilchinger Altenheim eröffnet. Der offizielle Name lautete Seniorenresidenz Alpenblick. Eigentlich war es ja kein richtiges Altenheim, sondern eine Art Luxusresort für Menschen im letzten Lebensabschnitt, die sich lieber mit Hotelhandtüchern abtrocknen lassen wollten, als es selbst mit ihren eigenen zu tun. Urlaubsflair bis zum letzten Atemzug. Gitte zog persönlich heimeliges Wohnen in den eigenen vier Wänden vor.

Sie hatte sogar einige Fanpost erhalten und einen Heiratsantrag von einem zweimal verwitweten Beamten der Bundesbahn, der fast so alt war wie sie und ihr anbot, ihren Gesang jederzeit musikalisch auf dem Hackbrett zu begleiten. Sie hatte dankend abgelehnt. Hackbretter konnte sie nicht leiden, und ihre jahrzehntelange Freiheit als alleinstehende Dame würde sie niemals wieder aufgeben, auch nicht für einen Beamten. Davon abgesehen konnte sie die Bundesbahn nicht leiden, die es seit Jahrzehnten versäumte, den Bahnhof Gilching seniorengerecht umzubauen. Oder war das gar nicht die Bundesbahn, die diese feuerwehrroten S-Bahnen betrieb? Ständig verspätet waren die jedenfalls auch, und manchmal konnte man in ihrem Garten sein eigenes Wort nicht mehr verstehen, so laut und häufig klangen die monotonen Ansagen vom Bahnsteig herüber.

Das Angebot, sich als »Miss 90+« für eine Miederwarenfirma

ablichten zu lassen, das sie erst vor ein paar Wochen erhalten hatte, zog sie allerdings tatsächlich in Erwägung.

Von all diesen Dingen, die so plötzlich in ihrem Leben passierten, fühlte Gitte Grabow sich höchst geschmeichelt. Auch wenn sie aus freien Stücken niemals wieder einen Fuß in das neue, von ihr selbst eröffnete Luxusaltenheim setzen würde, weil sie die dort versammelten Herrschaften viel zu langweilig fand. Ihr selbst ging es ausgezeichnet. Jeden Vormittag gönnte sie sich ein Gläschen perlenden Rosé zum Krabbencocktail, um ihr neues altes Leben zu feiern, und am Abend noch mal eines. Oder zwei. Das war Tradition und bewährte sich schon seit 1953.

Neuerdings – die Fernsehgagen ermöglichten es – kam der perlende Rosé auch nicht mehr vom Discounter, sondern wieder von einem anständigen italienischen Weingut, wie sich das für eine Dame ihres Standes gehörte: Der Conca d'Oro stammte von der Familie Conegliano aus Venetien, was ja quasi direkt hinter der Alpenkette lag, die sie bei guter Wetterlage von ihrem Haus aus sehen konnte. Allerdings nur, wenn sie sich auf dem Dach am Kamin festklammerte, was jedoch in den knapp vierzig Jahren, die sie dort schon wohnte, noch niemals vorgekommen war.

Ein schmackhaftes Tröpfchen jedenfalls, der Conca d'Oro, und auch nicht zu süß. Keiner von der Sorte, die zu Befindlichkeiten am nächsten Morgen führte. Sie ließ ihn sich kistenweise aus dem Weinladen des freundlichen Herrn Wolfertstetter liefern und lagerte stets drei Flaschen gleichzeitig stehend in ihrem Kühlschrank, den sie sich nur mit ihrem obligatorischen Krabbencocktail und etwas guter Butter teilen mussten. Wozu sich auf die alten Tage noch mit weniger zufriedengeben?

Der Conca d'Oro sah auch einfach edel aus mit seinem puristischen und kleinen Etikett, dem konisch zulaufenden Flaschenhals und dem weißen Baumwollgarn über dem echten Korken. Er schmeckte beinahe genauso gut wie damals, als Gitte in einer Vollmondnacht zwischen den Rebstöcken eines Weinguts in der Nähe von St. Emilion mit dessen Besitzer Jean-Gilbert auf dem sonnenwarmen Erdboden gelegen hatte und … zum ersten Mal einen perlenden Rosé getrunken hatte. Im Gegensatz zur rasch nachlassenden Begeisterung für den auf Dauer doch etwas langweiligen Jean-Gilbert war aus dieser Liebe eine fürs Leben erwachsen.

Beinahe war es ihr peinlich, sich in den vergangenen mageren Jahren an die Schraubverschlussware aus dem Discounter gehalten zu haben. Aber jetzt war Schluss damit! Man musste die Feste feiern, wie sie fielen, und am besten, bevor man selbst fiel!

Die große Gitte Grabow dachte Dinge dieser Art jedes Mal, wenn sie eine frische Flasche Conca d'Oro entkorkte, und kostete jedes Tröpfchen ihres rosigen Lebenselixiers aus. Und je älter das junge Jahr wurde, desto unternehmungslustiger fühlte sie sich. Was wiederum auch keine große Überraschung war, so prächtig, wie bestimmt bald der Frühling im Fünfseenland Einzug halten würde.

Leider ging es nicht allen Bewohnern des kleinen Hauses am ruhigen Ende der Gilchinger Sonnenstraße so prächtig. Und jedes Mal, wenn Gitte Grabow daran dachte, spürte sie das Bedürfnis nach einem weiteren Glas perlenden Rosé.

Es handelte sich um ihre lieben Nachbarn, die junge Familie Maeßmer. Den kleinen Lukas liebte sie am meisten. Vor allem, seit sie im vergangenen Herbst beinahe zusammen gestorben waren. Im letzten Moment war sie zu ihm auf das Förderband geklettert und hatte ihm die Augen zugehalten, damit er nicht sehen musste, dass sie gleich in die fauchende Gesteinsmühle des Zementwerks stürzen würden. Was dann jedoch nicht geschehen war. Zum Glück. Seither waren sie einander sehr verbunden.

Aber auch Lukas' Eltern, Carla und Roland Maeßmer, wollte Gitte nicht mehr missen. Die sich gegenseitig allerdings wohl schon. Im Moment schien in Sachen ehelichen Glückes nicht mehr viel los zu sein.

Die beiden stritten immer häufiger. Zwar warteten sie damit höflich, bis ihr dreijähriger Sohn schlief, doch über das Gehör ihrer Nachbarin gaben sie sich offenbar Illusionen hin. Gitte Grabow mochte vielleicht an anderen Stellen etwas eingerostet, abgewetzt oder auch verkalkt sein, doch ihre Ohren waren nach wie vor die eines Luchses, sofern sie regelmäßig die Batterien ihres Hörgeräts wechselte. Die Wasserleitungen transportierten ihr glasklar jedes Wort aus der unteren Wohnung ins Badezimmer.

Meist ging es bei den Streitereien um Finanzielles. Carla litt mit ihrem erstaunlich dicken Acht-Monats-Bauch unter schrecklichen Rückenschmerzen, doch Roland behauptete, eine privat bezahlte Massage für sechzig Euro die Woche wäre das Höchste der Gefühle. Andernfalls könnten sie sich das neue Auto niemals leisten.

Schrecklich, schrecklich. Fast hätte Gitte Grabow sich abends schon ihres Hörgeräts entledigt, um von den Streithähnen nichts mehr mitbekommen zu müssen. Nur die Furcht, dann im Notfall auch den Brandmelder nicht mehr wahrzunehmen, ließ sie davon Abstand nehmen.

Polizisten! Die saßen doch immer nur in ihren bequemen Streifenwägen und lächelten abwesend, wenn sie durch die Gegend fuhren, um osteuropäische Kriminelle vom Einbruch in einsame Einfamilienhäuser abzuhalten. Eine Methode, die nicht besonders effektiv war. Erst letzte Woche war ins Nachbarhaus eingebrochen worden, das musste man sich einmal vorstellen, direkt nebenan!

Nicht auszudenken, was diese Halunken Unschätzbares hätten mitnehmen können, wenn sie sich in der Hausnummer geirrt hätten. Ihre Originalkostüme aus dem Film »Ein Nerz und eine Seele«, ein vollständiges Kaffeeservice aus Meißner Porzellan mit Goldrand und eine handgeschriebene Weihnachtspostkarte von Orson Welles. Einen halben Keller voller neuwertiger Kinderfahrzeuge. Oder, wie furchtbar, gleich das nette dreijährige Lockenköpfchen Lukas!

Und die arme Carla konnte noch nicht einmal einen perlenden Rosé trinken, um ihre Nerven zu beruhigen und sich auf andere Gedanken zu bringen. Das machten die Schwangeren heutzutage so. Oder besser – sie machten es eben nicht so.

»Gehirnwäsche!«, hatte sie Carla zu bekehren versucht. »Das ist doch nur Gehirnwäsche der Leitmedien. Natürlich sollen Sie sich nicht jeden Tag einen Vollrausch antrinken, aber ein kleines Gläschen im größten Stress wird schon nicht gleich …«

Aber nein. Da war und blieb sie äußerst standhaft, die junge Frau Maeßmer. Eigentlich nötigte Gitte diese Haltung ja auch eine Menge Bewunderung ab. Aber trotzdem: Das war doch kein Leben für eine junge Frau! Den ganzen Tag bis zur Todmüdigkeit hinter einem Zwerg herzuspringen und dann nicht einmal abends zum Dessert ein Gläschen in Ehren genießen zu dürfen.

Kein Wunder, dass sie mittlerweile eher wie vierzig als wie zweiunddreißig aussah. Kaum ein Drittel ihres eigenen Alters, aber schon so am Ende. Zu gerne hätte Gitte Grabow mehr für Carla getan, als ihr nur hin und wieder für ein paar Stündchen das Kind abzunehmen.

Doch was blieben ihr, einer annähernd Hundertjährigen, schon für Möglichkeiten? Großzügige Spenden in die Familienkasse waren jedenfalls nicht drin, nachdem sie nie im Leben mit einem so langen desselbigen gerechnet hatte, das ja auch irgendwie finanziert werden musste. Sie verfügte noch nicht einmal über ein Auto, um Lukas vom Kindergarten abzuholen. Aber selbst wenn, hätte sie es nie und nimmer gewagt, sich in ein solch modernes Gefährt zu setzen. Ihre Fahrpraxis stammte noch aus einer Zeit, in der man die Schalthebel aus echtem Nussbaumholz geschnitzt hatte.

Die einzige Möglichkeit war, sich in kulinarischer und gesellschaftlicher Hinsicht einzubringen. Auch im Winter hatten sie ihre im Herbst begonnene Tradition des sonntäglichen Gemeinschaftsbrunches beibehalten. Und nun, mit Ostern vor der Tür, wäre es doch Zeit, die lieb gewonnene Veranstaltung auf die Gartenterrasse zu verlagern. Vorausgesetzt, die Temperaturen würden tagsüber in den zweistelligen Bereich steigen.

Gleich morgen würde sie die Maeßmers fragen, ob es ihnen etwas ausmachen würde, demnächst ein paar Gäste einzuladen. Am Ostersonntag in drei Wochen zum Beispiel. Nicht dass sie um ihren achtundneunzigsten Geburtstag einen Bohei machen wollte. Im Gegenteil, sie feierte ihre Geburtstage nie offiziell. So etwas brachte nur Unglück. Aber zusätzliche Gäste würden die Runde bestimmt etwas auffrischen. Vielleicht ein paar Kinder? Freunde von Lukas? Die könnten im Garten bei der Gelegenheit sogar Ostereier suchen, das wäre ein Spaß.

Meine Ehre heißt Treue

Nur wenigen ehemaligen Angestellten des Zementwerks Kneißl war es gelungen, nach der dramatischen Stilllegung eine Weiterbeschäftigung zu finden. Die technischen Ingenieure Crantz und Meierle taten sich zum Beispiel nach wie vor schwer auf dem Markt. Obwohl sie im Grunde einer gefragten Sparte angehörten, mussten sie mittlerweile sogar mit Zeitarbeit vorliebnehmen. Aber bei den kriegsähnlichen Szenen, die wenige Monate zuvor zur Stilllegung des Werks geführt hatten, hatten sie sich auch nicht gerade mit Ruhm bekleckert. Ihre ehemaligen Untergebenen freuten sich insgeheim diebisch darüber, wenn sie beim Stammtisch im Gasthof Widmann saßen und die neuesten Gerüchte über die Ex-Vorgesetzten austauschten.

Baggerführer Anton Baudrexl war einer von denen, die mit einer Weiterbeschäftigung keine Probleme gehabt hatten. Die Baubranche im Fünfseenland boomte wie eh und je, und wenn nicht der Winter mit ein paar wetterbedingten Wochen Zwangspause dazwischengekommen wäre, hätte Baudrexl sogar ohne jede Unterbrechung weitergebaggert. Es war nun mal das, was er konnte. Er baggerte gut und vor allem gerne.

Sein neuer Job bei einer Baufirma unterschied sich nicht besonders von dem alten. Ob es nun Kiesschichten oder Tonmergel waren, die ausgehoben werden mussten, war ihm egal. Freilich, sein neuer Bagger war kein uraltes japanisches Arbeitstier mehr, sondern ein wendiges Modell aus den USA. Beinahe elegant. Beim Anlegen einer Baugrube für so ein Einfamilienhaus musste man schon ein klein wenig detaillierter vorgehen als beim Kiesabbau in einem Steinbruch, daher hatte er auch an einer einwöchigen Nachschulung in Ingolstadt teilgenommen. Aber ansonsten hatte sich kaum etwas geändert. Ein paar Kollegen in Blaumännern, die gleichen Kabbeleien mit den Chefs und derselbe Kalkstaub, der abends sämig in die Dusche floss.

Selbst die Mittagspausen waren identisch: Es gab alternierend Leberkas-, Fleischpflanzerl- und Salamisemmeln und manchmal auch Schweinsbraten mit Kartoffelsalat. Man richtete sich nach dem Angebot des örtlichen Metzgers. Dazu wurde ein Flascherl Tegernseer und hinterher ein Kaffee aus der Thermoskanne getrunken. Und wenn Baudrexl Glück hatte, dann standen freitags sogar Fischsemmeln auf dem Speiseplan. Mit Matjes und enormen Bergen von Zwiebelringen darauf, die mochte er am liebsten.

Das Einzige, was sich immer wieder änderte, war Baudrexls Kollegenkreis. Er selbst wurde ja nur ein paar Tage oder maximal wenige Wochen auf einer Baustelle eingesetzt und dann zur nächsten geschickt. Das bisserl Mobilität gefiel ihm durchaus, so sah man wenigstens etwas von seiner Heimat. Wenn die Anfahrt länger als eine Viertelstunde dauerte, scherzte er seiner Frau gegenüber, er ginge auf Dienstreise.

Auf jeder neuen Baustelle gab es also auch neue Kollegen. Die Firma Karl Klarl Konstruktion konnte auf so viele Angestellte und Zulieferer zurückgreifen, dass sie bei jedem Projekt die mit der kürzesten Anfahrt auswählte. Selbst nachdem sich KKK nach der verhinderten Glatzen-Bebauung und dem Mordverdacht gegen ihren Chef im letzten Jahr etwas gesundgeschrumpft hatte, waren immer noch vier Bauleiter übrig.

Nicht dass Baudrexl etwas gegen Bauleiter an sich hatte. Aber dieser eine, ein gewisser Dr. Jürgen Strawitzki, war einfach nur unangenehm. Blasiert und überqualifiziert. Mitte dreißig, aber ein Kinn wie ein Babypopo. Zu lange auf der Uni gewesen und noch nicht genug Branchenpraxis, um einen Draht zu seinen Kollegen zu finden.

Und genau mit diesem Bauleiter stiefelten nun ein paar gestandene Lastwagen- und Baggerführer, darunter auch Baudrexl, auf dem Gilchinger Steinberg herum und bereiteten den Neubau eines besonders hochpreisigen Einfamilienhauses vor.

Nur ein paar Steinwürfe entfernt wurden gerade die letzten Außenarbeiten am neuen Gilchinger Rathaus beendet. Kaum dass die Frühlingssonne auch nur halbwegs den Frost aus dem Boden gezogen hatte, brummte der Baubetrieb schon wieder. Viele neue Projekte standen in den Start- beziehungsweise Baggerlöchern.

Baudrexl war es recht. Für die Gilchinger Baustellen musste er morgens nicht hetzen und konnte dann mit dem Rad zur Arbeit fahren. Das Projekt am Steinberg war für ihn sogar fußläufig zu erreichen und versprach, besonders viel Spaß zu machen, Dr. Strawitzki hin oder her. Eine so schöne Hanglage gab es selten. Ausnahmsweise hatte der Architekt auch etwas mit der Umgebung anzufangen gewusst und das Gebäude terrassiert in die Schräge geplant, als würde es den Steinberg hinaufsteigen oder sich liebevoll an ihn schmiegen. Dieses Haus würde kein Fremdkörper auf dem schönen Grundstück bleiben. Sogar die paar alten Bäume im vorderen Bereich hatte man stehen lassen.

Baudrexls Baggerschaufel glitt durch den geschmeidigen Boden wie ein Messer durch weiche Butter. Die Baugrube hob sich beinahe von selbst aus, und auch seine Kollegen ließen sich von der Ausstrahlung des Ortes hinreißen. In der Pinkelpause war er sich sicher, den sonst so brummigen Verschaler Pannke summen zu hören, als er zwischen den alten Bäumen saß und Schrauben für die ersten Bretterwände vorsortierte. Die Aussicht auf das sonnige Ortszentrum war herrlich. Kniff man die Augen zusammen, konnte man sogar die mutigen Gäste zählen, die vor der Eisdiele GelatOK! am Markt draußen saßen und sich in grüne Fleecedecken hüllten.

Zu gerne hätte auch Baudrexl seine Pinkelpause zwischen den alten Bäumen gemacht und sein Wasser mit dem Panoramablick Richtung Eisdiele abgeschlagen, doch leider gab es Nachbarn, die ihn zur Benutzung eines Dixi-Klos zwangen. Außerdem war Dr. Strawinski wieder aufgetaucht, um etwas mit dem Kipperfahrer zu besprechen. In dessen Anwesenheit durfte er sich keine Fahrlässigkeit erlauben. Baudrexls Laune sank etwas. Blöde Hygieneverordnung.

Als er erleichtert seine Tätigkeit wieder aufnahm, war der Zauber des Orts irgendwie verflogen. Die Baggerschaufel glitt nicht mehr, sie kratzte und rumpelte. Je näher er sich an die alten Bäume heranarbeitete, desto stärker wehrte sich der Boden. Größere Steinbrocken lagen versteckt unter dem Gras, und er musste mehrmals aus seiner Fahrerkabine steigen, um Wurzeln zu entfernen, die sich mit den Schaufelzähnen verkeilt hatten.

Sehnsüchtig linste Baudrexl hinunter zur Eisdiele, doch in der letzten Stunde war es kälter geworden. Eine Wolke hatte sich über Gilching festgesetzt. Die letzten mutigen Eisdielenbesucher warfen ihre grünen Fleecedecken ab wie flüchtende Ritter ihre Rüstung und verzogen sich ins Innere. Baudrexl seufzte. Vielleicht hatte er sich vorhin auch nur eingebildet, den grantigen Pannke summen zu hören.

Erneut stockte die Schaufel. Erdiges Gestrüpp hatte sich um die Zähne gewunden, als wollte der Boden den Vormarsch des Baggers stoppen. Früher in den Kiesgruben hätte er in einer solchen Situation erst recht Gas gegeben und dem Gestein gezeigt, wozu japanische Motorentechnik gepaart mit bayerischer Durchsetzungskraft in der Lage war. Doch auf der Ingolstädter Weiterbildung hatte man ihm nicht nur einmal nahegelegt, bei kleinen, feinen Wohnbauprojekten vorsichtiger zu sein. Ein allzu kraftmeierndes Herangehen konnte schnell Flurschäden zur Folge haben, die einem am Ende noch eine Rüge vom Umweltschutz einbrachten.

Also stoppte Baudrexl ein weiteres Mal die Maschine und nahm das Problem genauer in Augenschein.

Zuerst fiel ihm der Geruch auf. Modriger Gestank wie in einem schlecht gelüfteten feuchten Keller stieg ihm in die Nase. Dann sah er, dass das Gestrüpp zwischen den Schaufelzähnen nicht nur aus Gestrüpp, sondern auch aus Lumpen bestand. Aus einem Haufen alter schwarzer Lumpen. Dazwischen erkannte Baudrexl ein großes graubraunes Objekt von merkwürdig gebogener Form, wie ein Ornament oder ein riesiger Schmetterling aus Mineralguss. Dabei etwas Steifes, Längliches, einer Schlaufe nicht unähnlich. Ein viereckiges Metallstück glänzte daran. Ein Ledergürtel!

Und darunter, im Erdreich zwischen den schon weggebaggerten Steinen, die Knochen. Nicht so ausgeblichen und durchnummeriert wie in den Abbildungen im Biologiebuch seiner Kindheit, aber doch unmissverständlich. Die Rippen und Oberschenkelknochen standen leer hervor. Baudrexl hatte mit seiner Baggerschaufel dem Skelett den Gürtel mitsamt dem Hüftbecken ausgezogen.

Stumm starrte er eine Weile auf die Bescherung und fasste dann mit unsicherer Hand nach der vor ihm baumelnden Gürtelschließe. Er drehte sie um, erblickte den Adler und das verbotene Kreuz und las die Inschrift: »Meine Ehre heißt Treue«.

»Na sauber. So oaner«, murmelte der Baggerführer und ließ das Metallstück wieder los. Es schwang zurück und klimperte leise gegen den schmierigen Hüftknochen. »Herr Strawitzki, entschuldigen S' die Unterbrechung, aber i miassad Eana a dringende Mitteilung machen …«

Genervt sah der Angesprochene von seinem Smartphone auf. »Herr *Dr.* Strawitzki. Ja, bitte schön, Herr Baudrexl?«

»Oiso … I hob da grod … I moan, i hob … an Dodn ausgrom.«

»Einen was?«

»An Dodn. Einen Toten! Eine Leiche. A boar Knochn und so.«

Die sowieso schon blasse Gesichtsfarbe wich nun vollends aus Dr. Strawitzkis Zügen. »'ne Leiche? Echt jetzt?«, flüsterte er. »Der Herr Klarl hat mich ja schon gewarnt, dass Gilching uraltes frühzeitliches Siedlungsgebiet ist, wo sich Römerfriedhöfe und keltische Hügelgräber nur so tummeln. So ein Kackmist aber auch. Und genau in so einen muss ich reinbuddeln. Was soll der blöde Kelte denn hier oben gesucht haben, bitte schön? Hier gibt's noch nicht mal einen Fluss oder was man als Kelte so gebraucht hätte.«

»I glaab, Sie verwechseln da wos. Des mit de Kriegsschiffe warn die Wikinger und ned die Kelten. Aber der Dode do, der ko eh gor koa Kelte ned sei«, wandte Baudrexl ein. »Und bestimmt aa koa Römer.«

»Und woher wollen Sie das wissen? Haben Sie Archäologie studiert, oder was?«, schnappte Dr. Strawitzki.

»Naa, des ned. Aber i denk ma hoit, dass bloß die wenigsten Kelten Uniformen oghabt ham. Und erst recht ned söichene mit am Hakenkreuz auf da Gürtelschnoin. Oda ned?«

Eine Minute später stand Dr. Jürgen Strawitzki vor dem Fund und rieb sich das glatte Kinn. »Wenn wir das dem Amt melden, schicken die garantiert die Kriminalpolizei mit Spurensicherung und allem, was geht. Oder gleich ein Dutzend Archäologen, das jedes Sandkorn einzeln abpinseln will. Das wird Wochen, wenn nicht Monate dauern, bis wir weiterarbeiten können!«

»Dann dean ma's hoit ned dem Amt melden«, schlug Baudrexl

mit Unschuldsmiene vor. »Oiso, i moan, i hob scho aa amoi bessa gseng ois wia heit. Des is ja scho ois recht staubig. Und so a Baggerschaufel, des is ja ned direkt a Mikroskop, ge? Da ko ma scho amoi wos überseng. Oda ned?«

»Bitte wie?«, fragte Dr. Strawitzki nach. Er hatte nicht einmal die Hälfte dessen verstanden, was sein Vorarbeiter da von sich gab, und konnte sich in so einem kniffligen Sachzusammenhang keine Missverständnisse erlauben. »Wie war noch gleich Ihr Vorschlag, Herr Baudrexl?«

»I dadad oiso sogn, dass i jetzt direkt weiterbaggern dad. Es muass ja no vui passiern heit.«

Die Bauleitung hatte dem nichts entgegenzusetzen, und so baggerte der brave Baudrexl tatsächlich einfach weiter, bis das schwarz gekleidete Skelett von neuen Schichten aus steinigem Erdreich bedeckt war. Als die frühe Dämmerung nahte und man auf der Baustelle Feierabend machte, war die Grabesruhe des Dr. Dinneke aus Berlin mehr oder weniger wiederhergestellt, auch wenn er sie nun ein paar Meter weiter nordöstlich als früher fand. Dr. Dinneke, der nicht nur ein guter Chemiker, sondern auch ein heimatverbundener Potsdamer gewesen war, hätte die Annäherung an seine alte Heimat sicherlich gut gefallen.

Wem es nicht so gut gefiel, war Baudrexl. Natürlich war er selbst kein Nazi und verspürte daher nicht allzu viel Mitleid mit einem toten solchen. Doch dessen Leiche ließ ihm trotzdem keine Ruhe. Wer konnte schon wissen, warum der Kerl da lag? Soweit Baudrexl wusste, hatte es in Gilching im Zweiten Weltkrieg nicht gerade epische Endkämpfe gegeben. Die Wahrscheinlichkeit, als Nazi von einem Amerikaner oder erbitterten Widerstandskämpfer ausgerechnet auf dem Steinberg besiegt und verscharrt worden zu sein, dürfte eher gegen null gehen. Was also hatte ein toter Nazi da zu suchen, keinen Kilometer von seinem eigenen Vorgarten entfernt?

Obwohl er sich als ein unerschrockenes Mannsbild betrachtete, schauderte es Baudrexl auf dem Nachhauseweg. Die Sache war ihm schon ein wenig an die Nieren gegangen.

Daheim angekommen, trank er deshalb gleich zwei Feierabendbiere, täuschte seiner Frau gegenüber eine beginnende Erkältung vor und ging früh ins Bett. Und dabei beließ er es, was sowohl schade war als auch fatale Auswirkungen haben sollte.

Denn hätte Anton Baudrexl sich einen Ruck gegeben und den Vorfall der Polizei gemeldet, so wäre mit Sicherheit die klassische Aufklärungsmaschinerie in Bewegung geraten, und im Falle einer anständigen gerichtsmedizinischen Untersuchung des Skeletts wäre ans Licht gekommen, dass es keine erkennbare Todesursache gab. Und wäre der Rechtsmediziner nun ein Vertreter seiner Zunft gewesen, der etwas auf diese hielt und seinen Job liebte – sagen wir, so jemand wie ein gewisser Dr. Said Al-Jamal –, dann hätte er im Anschluss vielleicht eine Isotopenanalyse gemacht und die horrenden Quecksilberwerte entdeckt, was wiederum seinem Freund und Kollegen Roland Maeßmer die Aufklärung des folgenden Fisch-Vergiftungsfalls erleichtert und die beklagenswerte Gilchinger Giftmordserie wenn nicht ganz verhindert, so doch unter dem wachsam gewordenen Auge des Gesetzes zumindest etwas erschwert hätte.

Ein Schal und die Schwulen

Ausnahmsweise stritten sich Carla und Roland an diesem Tag schon, bevor Lukas eingeschlafen war. Zuerst, kaum dass Roland gegen sechzehn Uhr von seiner Mittelschicht aus Starnberg zurückkam, war da die Sache mit dem Schal von Oma Regina.

Lukas' Großmutter väterlicherseits hatte ihn selbst gestrickt und per Luftpost aus Menorca geschickt, wo sie und Rolands Vater als Luxusrentner in einer Finca lebten und mehr oder weniger zum Spaß Ferienwohnungen vermieteten.

Die gute Frau Maeßmer senior war also circa dreihundertsechzig Tage im Jahr nicht im Leben ihres einzigen Enkels anwesend. Dieser liebte sie trotzdem, ihre ebenso einzige Schwiegertochter Carla liebte sie genau deswegen.

Es war nicht das erste Mal, dass Regina ihre fehlende Großmütterlichkeit durch zweifelhafte Handarbeiten auszugleichen versuchte. Erst im vergangenen Herbst hatte sie einen grünen Schal geschickt, der sich beim ersten Tragen prompt verselbstständigt hatte und vom Kinderhals durch einen Bauzaun in die Kiesgrube des Zementwerks geflattert war. Wodurch Carla überhaupt erst näheren Kontakt mit den vermeintlichen Mördern einer vermissten Waldkindergärtnerin namens Sabine hergestellt hatte – aber das war eine andere Geschichte.

Diesmal handelte es sich um einen relativ schmalen Schal aus kühlem, glattem Baumwollgarn, laut beigefügter Postkarte von Oma Regina »etwas farbenfroh Frisches für die kommenden Frühlingstage!«.

Ihr Sohn und Enkelvater Roland sah das leider anders. Misstrauisch beäugte er das etwa einen Meter lange Werk mit seinen Streifen in allen Regenbogenfarben. »Das ist kein Schal, sondern das perfekte Kinder-Strangulations-Werkzeug.«

»Warum bist du denn schon wieder so genervt? Schau, sie hat ihn extra nicht so lang gestrickt, damit Lukas sich eben nicht stranguliert. Der Schal ist doch wirklich frisch und farbenfroh.«

»Das ist nicht farbenfroh, das ist schwul.«

»Und was hast du gegen Schwule, bitte schön? Mein Bruder Claus ist schwul. Dein Kollege Schlomo ist schwul, wenn ich mich nicht komplett täusche. Dieser nette Gerichtsmediziner aus München, der rassige Ali, der hat auch keine Freundin, oder? Na also. Du bist praktisch umzingelt von Schwulen, die allesamt ganz nette Kerle sind!«

»Ich habe überhaupt nix gegen Schwule, aber mein Sohn …«

»Dein Sohn wird garantiert nicht schwul, nur weil er einen bunt geringelten Schal trägt! Allerhöchstens wird er krank, wenn er ihn nicht trägt, so ist es doch. Schwul wird man durch Gene und durch nichts anderes.«

»Dein Bruder Claus, sag ich doch. Unter den Voraussetzungen muss man es ja nicht auch noch fördern.«

»Fragen wir doch Lukas selbst. Immerhin ist es sein Geschenk. Lukas? Schau mal, was dir Oma Regina wieder Schönes geschickt hat. Einen ganz warmen und weichen Schal. Gefällt er dir?«

Lukas, der nur ungern sein Playmobil-Wikingerschiff aus den Augen ließ, musterte den Schal mit unbewegter Miene. »Nein.«

»Wie, nein? Aber warum denn nicht? Der ist ganz flauschig, und Oma Regina hat ihn extra für dich gestrickt.«

»Du bist penetrant«, zischte Roland.

Lukas hob unglücklich die Schultern. »Da ist Lila dabei. Lila ist für Mädchen. Und Mädchen sind blöd.«

Die Tomatentanja-Tragödie

Er saß auf einem Stuhl aus unbehandelter Fichte, den man nur im Alter zwischen drei und fünf Jahren ansatzweise bequem finden konnte, und kaute langsam. Eigentlich hätte es ihm gut gehen müssen. Der Stuhl war sein Stammplatz, er trug seinen Lieblingspulli, seine Nase lief nicht. Vor ihm lag die hellblaue Brotzeitbox mit der Rakete drauf. Seine Lieblingsbrotzeitbox. Darin befanden sich neben einem angebissenen Käsesandwich ein hart gekochtes Ei, drei kleine Tomaten und ein halbes Wiener Würstchen. Er wusste nicht, wieso ihm seine Mutter immer wieder harte Eier und kleine Tomaten mitgab. Die Schale der Eier war so schwierig zu entfernen, und kleine Tomaten konnte er nicht leiden. Vielleicht dachte sie ja, dass er die kleinen Tomaten mochte, weil er sie nicht wie die meisten Käsebrote, Gurkenscheiben oder Paprikaringe wieder nach Hause zurückbrachte.

Dabei verschenkte er die kleinen Tomaten immer nur heimlich an Tanja. Tanja war verrückt nach Tomaten. Tomatentanja. Aber heute wollte sie seine kleinen Tomaten nicht. Wahrscheinlich würde sie nie wieder seine kleinen Tomaten haben wollen. Heute saß sie nicht einmal mehr neben ihm, sondern zwei Plätze weiter, neben Fynn-Uwe.

Die Frühstückszeit hatte gerade erst angefangen, und doch fürchtete Lukas sich schon vor ihrem Ende. Bald würden alle ihre Brotzeitboxen zuklappen müssen, weil die freie Spielzeit begann. Nervös schielte er zur Puppenecke.

Es gab nicht viel, was einem angehenden Bauingenieur oder Raumschiffkonstrukteur wie dem kleinen Lukas Maeßmer so viel Angst einjagte wie die Puppenecke. Sie war nach einer kurzen, schon länger zurückliegenden Stippvisite seinerseits das alleinige Revier der Mädchen. Und das von Fynn-Uwe. Fynn-Uwe war noch neuer in der Gruppe als Lukas, aber dafür schon fünf. Niemand sonst war fünf, deshalb wollten alle der Freund von Fynn-Uwe sein.

Sogar Tanja, die bis dahin doch seine Freundin gewesen war.

Tanja war beinahe genauso alt wie er, also fast dreieinhalb, und hatte die schönsten Haarspangen von allen. Beim Krippenspiel an Weihnachten war sie die Maria gewesen, und obwohl sie immer an der falschen Stelle zu singen angefangen hatte, war sie einfach das hübscheste Mädchen der Kindergartengruppe. Sie hatte riesengroße grüne Augen, und ihre Arme waren immer braun. Nach Weihnachten hatte Tanja erzählt, dass sie im Urlaub gewesen war und dafür um die ganze Welt hatte fliegen müssen. Am Zielort hätte es immer Pommes gegeben. Ihre Arme waren wirklich sehr braun, aber nur da, wo nicht die Loombands hingen. Lukas glaubte nicht, dass sie die alle selbst gemacht hatte, weil die Mamas so etwas viel besser und schneller konnten. Seine Mama hatte allerdings noch nie ein Loomband für ihn gemacht, obwohl er die eigentlich sehr schön fand.

Bisher hatte Tanja immer mit ihm gespielt. Und das Frühstück getauscht, obwohl das eigentlich verboten war. Tanja hatte oft die kleinen runden Käsetaler dabei, die ihm seine eigene Mama nie kaufen wollte, weil die so viel Abfall machten. Tanja hatte sie immer gegen seine kleinen Tomaten getauscht, wie beste Freunde es eben machen.

Aber seit dem letzten Wochenende war alles anders.

Lukas hatte am Montagmorgen den Gruppenraum betreten, Tanja hinter dem Herd in der Puppenecke entdeckt und war freudestrahlend zu ihr gelaufen. »Hallo, Tanja! Wollen wir spielen, wir sind Piraten?«

Doch in Tanjas hübschem Gesicht zeigte sich zum ersten Mal kein Interesse, sondern Genervtheit. Ablehnung. »Nein.«

»Aber warum denn nicht?«

»Weißt du, du bist ein Bub.«

Ratlos sah ihr Lukas in die grünen Kulleraugen. Das war doch sonnenklar, darüber hatte er sich noch nie Gedanken gemacht. Natürlich war er ein Bub! Was denn sonst? Schließlich hatte er einen Pipimax. Seine Mama hatte ihm erklärt, dass er später einmal ein genauso großer Mann werden würde wie sein Papa. Mindestens. Und er hatte ihr geglaubt. »Ich weiß«, nickte er also.

Tanja seufzte und reckte das Kinn. »Ich spiele nicht mehr mit Buben«, beschied sie und trollte sich grußlos zu ihren Freundinnen.

Lukas legte den Kopf schief und schob sich ein paar Finger seiner rechten Hand in den Mund, die er fest gegen die untere Zahnreihe drückte und bis zum Mittagessen nicht mehr herausnahm. Schnell fand er heraus, was Tanja ihm eigentlich hatte sagen wollen: Ich spiele nicht mehr mit Buben unter fünf. Denn gegen Fynn-Uwe mit seinem komischen Pullover ohne Ärmel, aber mit Hemd drunter, gegen den hatte sie ganz und gar nichts.

Lukas wusste wirklich nicht, was sie an dem fand. Fynn-Uwe hatte nie irgendwelche Bilder auf seinen Klamotten. Keine Cars-Autos, nichts von Star Wars, keine Minions. Nicht einmal Lukas' persönlichen Favoriten Wickie, den schlauen Wikingerjungen, obwohl Fynn-Uwes Haare fast genauso lang waren, nur dass er eben keinen Helm trug. Fast wie ein Mädchen. Und dann hatte Fynn-Uwe Tanja eine Eiskönigin-Barbie geschenkt. Mit Verpackung. Ganz neu. Einfach so, ohne Geburtstag.

Von da an ging Lukas nicht mehr in die Puppenecke und behielt seine Zuneigung für Wickie für sich. Er glaubte nicht, dass er jemals wieder eine andere Freundin finden würde, weil alle Mädchen nur mit Fynn-Uwe spielten oder es zumindest wollten. Und alle Buben auch.

Zum Glück war es aber nicht so, dass er ganz allein gewesen wäre. Nein, schließlich hatte er ja Hattaputta und Bumbalalu. Die beiden waren eines Nachts in seinem Traum aufgetaucht und am nächsten Tag einfach dageblieben, bis er sich an sie gewöhnt hatte. Niemand konnte sie sehen, und das war auch gut so, weil normale Leute sich bestimmt vor Hattaputtas grünwarziger Krötenhaut und Bumbalalus drei Augen und Armen erschrocken hätten. Aber wenn er allein in seinem Kinderzimmer war und nicht mehr wusste, wie man ein Feuerwehrauto baute oder die Schuhe richtig herum anzog, dann sprachen sie mit ihm. Manchmal auch im Kindergarten, wenn er in der Bücherecke unter der Treppe oder draußen hinter den Johannisbeersträuchern saß. Die beiden waren riesengroß. Sie wussten alles. Sie beschützten ihn vor Bösewichten wie den alten Frauen, die manchmal am Zaun vor seinem Haus vorbeigingen und schimpften, er wäre zu laut. In solchen Fällen schob er sich die Finger in den Mund und drückte sie ganz fest gegen die Zähne, aber Hattaputta und Bumbalalu streckten dann den Frauen oder manchmal auch seiner Mutter so schlimm die Zunge heraus, dass er sich halb kaputtlachen musste und keine Angst mehr hatte.

Doch neben Fynn-Uwe verblassten selbst Hattaputta und Bumbalalu. Sie waren stark, aber nicht stark genug für einen Jungen, der schon fünf war. Außer den beiden müsste es doch noch jemanden geben, der auf ihn, Lukas, aufpassen könnte. Einen, den auch andere Leute sehen könnten und vor dem sich Fynn-Uwe so richtig fürchten würde. Und Lukas wusste auch schon, wer oder was dieser Jemand war: ein Hund!

Seit Hattaputta ihm verraten hatte, dass Fynn-Uwe Angst vor Hunden hatte, gab es für Lukas keine lieberen Tiere auf Erden. Nicht einmal die kleinen grünen Drachen von Onkel Claus, die in einem Aquarium voller Sand wohnten und sich nie bewegten, kamen gegen sie an. Einmal hatte er Mama gefragt, ob er sich einen von Onkel Claus' Drachen ausleihen könnte für den Spielzeugtag im Kindergarten. Der war jeden Donnerstag, und jedes Kind durfte dann etwas von zu Hause mitbringen. Aber Mama hatte ihn wie immer nicht verstanden.

»Du kriegst kein Haustier, und schon gar keins, das andere Tiere frisst! Die ganze Arbeit würde ja doch wieder an mir hängen bleiben, und ich habe keine Lust, ständig irgendwelche ekligen Insekten für ein Reptil zu fangen. Außerdem sind die doch sterbenslangweilig. Wie wäre es stattdessen mit einer Katze? Streichle doch mal den Nachbarskater, der sitzt sowieso den ganzen Tag oben bei Gitte auf dem Fußabstreifer. Der würde sich bestimmt freuen.«

Also kam so ein grüngelber Drache leider auch nicht infrage, auch wenn sich Fynn-Uwe bestimmt sehr vor ihm gefürchtet hätte. Nein, was Lukas wirklich haben wollte, war ein riesengroßer und sehr gefährlicher Hund. Zumindest einen, der so aussah. Der könnte ihn dann immer beschützen, wenn Hattaputta und Bumbalalu nicht rechtzeitig zur Stelle waren. Oder wenn er mit Gitte im Café Edelmann Waffeln aß und sie so lange brauchte, um vom Klo wieder die Treppe hinaufzukommen, und er allein warten musste.

Der Hund könnte ruhig ein bisschen so aussehen wie Chucky

vom Schreibwarengeschäft neben Wolfgangs Semmeleck. Chucky war ein Mischling mit viel Boxer drin, sagte Mama, obwohl Lukas noch nie gesehen hatte, wie sie boxte, und er auch nicht glaubte, dass Hunde überhaupt boxen konnten.

Andere Leute hatten oft Angst vor Chucky, obwohl sie so lieb war. Sie kam jedes Mal angerannt, wenn Lukas mit Papa bei Wolfgang Croissants kaufte. Wahrscheinlich wollte sie gerne etwas abhaben. Sie wollte überhaupt alles gerne fressen, und wenn Lukas ihr ein Hundeleckerli geben durfte, nahm sie es ihm so zärtlich aus den Fingern, dass er sich wirklich nicht fürchten musste, auch wenn sie dabei seine Hand vollsabberte. Nur wenn jemand einen Luftballon dabeihatte, flippte sie aus. Einmal hatte Lukas in der Raiffeisenbank einen großen grünen geschenkt bekommen, und Chucky hatte ihn ihm weggenommen und war laut bellend darauf herumgesprungen, bis er geplatzt war.

Hattaputta hätte das bestimmt gefallen. Der hatte genauso eine grüne Warzenhaut aus Gummi wie der kaputte Luftballon und war noch viel stärker und wilder als Chucky. Aber leider für niemanden außer Lukas sichtbar.

Touché

Aus Rücksicht auf die Natur ist das Vergraben von Caches verpönt und bei geocaching.com in den Nutzungsbedingungen ausdrücklich untersagt. Auch das Eingraben von Rohren, deren getarnter Deckel durch die Finder dann ohne Grabwerkzeuge entfernt werden kann, ist im Leitfaden von geocaching.com untersagt. Daher werden überwiegend bereits vorhandene natürliche oder künstliche Hohlräume als Versteck verwendet: kleine Höhlen, Nischen zwischen Felsen oder Baumwurzeln, Mauerritzen, alte Gebäude und so weiter. Um die Gefahr von Zufallsfunden zu mindern und die Suche zu erschweren, sind insbesondere bodennahe Verstecke meist mit Laub, Rinde, Moos, Steinen oder Zweigen getarnt. Besonders raffinierte Verstecke sind unter anderem in extra dafür angefertigten Bohrungen versenkte Filmdosen, beschriftete Magnetfolien, Informationen an Mauern, Felsen, unter Sitzflächen von Parkbänken und in Ritzen von Schautafeln. Auch in ehemaligen Schaltkästen, an Angelsehnen, in Rohrstangen oder unter Wasser können Geocaches deponiert sein.

Wikipedia

Sören Bauer war ein Geocacher der ersten Stunde. Kaum war der damals noch nagelneue Zeitvertreib nach Zentraleuropa geschwappt – er war im Jahr 2000 in den USA »erfunden« worden –, begab sich Sören bereits in die bundesdeutsche Flora und Fauna. Bewaffnet mit einem der damals noch taschenbuchgroßen GPS-Empfänger sowie jeder Menge Landkarten ging er auf moderne Schatzsuche. Von den angeblich mittlerweile weit über dreihunderttausend Caches in Deutschland hatte er seither – gefühlt – ein Fünftel gefunden und ein Zehntel selbst versteckt.

An diesem frühlingshaften Märzvormittag führte ihn sein Steckenpferd Geocaching auf den Steinberg. Eigentlich vermied es Sören nach Möglichkeit, direkt in seinem Wohnort Gilching auf Schatzsuche zu gehen. Angesichts der vielen Teilzeitcacher, die sich im schönen Fünfseenland zur Hochsaison gegenseitig auf die Füße traten, war ihm der Anreiz nicht groß genug. Er bevorzugte die schwer zugänglichen, landschaftlich spektakulären Caches. Nicht die, bei denen man auf dem nächsten Parkplatz oder Bahnhof nur umfallen musste, um sie zu finden. Auch der hier auf dem Steinberg war eigentlich ein Familiencache. Naturersatz für Faule. Währenddessen einen Schokoriegel und eine Dosenlimo konsumieren und hinterher zur Belohnung zu McDonald's an der Landsberger Straße gehen. Das Fast-Food-Restaurant konnte man von hier aus sogar sehen, wenn man sich umdrehte, das wirkte auf die verzogenen Bälger bestimmt motivierend.

Wenn es eines gab, das Sören Bauer von Herzen verabscheute, dann waren es dickliche, Schokoriegel mampfende Kinder, die Trampelpfade von Cache zu Cache zogen und dabei permanent nach ihrer Xbox quäkten. Doch zurzeit war die Cacheszene direkt in Gilching zum Glück nicht besonders aktiv, dafür war das Wetter noch zu kalt. An diesem Cache, das hatte er in der Datenbank gesehen, hatte es seit Wochen keine Aktivität mehr gegeben. Und wenn man sich an einem werktäglichen, nebelfeuchten Vormittag zum Cachen begab, dann war die Chance auf dicke Kinder eigentlich sowieso gleich null.

Sören Bauer sah sich um. Da er die Gilchinger Ortsgeschichte schon allein durch sein intensiv betriebenes Hobby recht gut verinnerlicht hatte, kannte er auch die Historie des verwilderten Grundstücks.

Zu Zeiten, die ähnlich aufstrebend gewesen waren wie die aktuellen, hätte an dieser Stelle ein Fünfsternehotel entstehen sollen. Ein schlossähnlicher, vielflügeliger Bau mit klassizistischer Fassade, schneeweiß und umgeben von einem lockeren Halbkreis, bestehend aus Villen für Münchner Privatiers. Es war schon alles geplant und vorfinanziert gewesen, doch dann war die Weltwirtschaftskrise über das Deutsche Reich und damit auch über diesen noch kaum erschlossenen Winkel des Fünfseenlandes hereingebrochen.

Nur ein paar wenige der separat entworfenen Villen waren fertig geworden, die bis weit ins vergangene Jahrhundert hinein ziemlich isoliert am Hang des Steinbergs stehen sollten. Mittlerweile war die bauliche Verdichtung nachgerückt und hatte für einen kruden Mix aus sämtlichen Baustilen gesorgt. Keine Spur von der Noblesse des Architekten-Villenviertels, als dessen glänzende

Mitte das Fünfsternehotel geplant gewesen war. Mit Sicherheit hätte es Gäste aus aller Herren Länder angelockt, die vom Gipfel des Steinbergs aus ihren Blick bis hinüber nach München und bei leichter Föhnlage sogar bis zur Zugspitze hätten schweifen lassen können.

Heutzutage, beinahe hundert Jahre später, war kaum mehr etwas zu sehen vom geplanten Glanz. Die ehemals parkartige, teilgerodete Fläche war längst wieder ein Waldstück wie der Rest der Moränenkuppe auch. Ausgewachsene Fichten und allerlei mitteldicke Laubbäume drängten sich auf dem fruchtbaren Boden; das Unterholz bildete eine kaum zu durchdringende Barriere, über die Schlingknöterich wucherte. Die einzige Reminiszenz an die alte Anlage war das noch stehende Eingangstor. Zwei hohe, schmale Betonpfeiler mit einer standesgemäß breiten Lücke zwischen sich, in der bemooste und anderswie begrünte Holzreste und ein Drahtverhau, der kein großes Hindernis mehr darstellte, vor sich hin rotteten. Der Draht war nur ein ehemaliges Provisorium, das einmal poliertem Granit und schmiedeeisernen Torflügeln hätte weichen sollen, die Lücke zwischen den Pfosten breit genug für einen Cadillac Sedan oder einen Ford, Modell T.

Die Betonpfeiler waren jedoch noch immer beeindruckend anzusehen. Sie wurden von Flechten bedeckt, faustgroße Stücke fehlten und gaben den Blick auf den innenliegenden Stahlkern frei, und doch ragten sie immer noch kerzengerade empor. Standhafte Wächter einer vergangenen Epoche. Als warteten sie seit hundert Jahren auf den Bauleiter, der sie bemerken und das verwunschene Hotelgelände endlich aus seinem Schlaf erwecken würde.

Hund Teutates wedelte mit dem Schwanz und sprang neugierig zwischen den bröckelnden Pfeilern hindurch. Sören Bauer bückte sich unter einem losen Draht hindurch und betrat den vergessenen Park.

Um diese Jahreszeit standen die blühenden Buschwindröschen bis dicht an die verwitterten Betonringe, die an vier Stellen aus der Erde ragten und zu Brunnen für das Hotel hätten werden sollen. Auch über und neben ihnen waren Bäume gewachsen, hatte sich Laub und Totholz angesammelt. Sie waren kaum zu erkennen und wären einem unbeteiligten Spaziergänger verborgen geblieben.

Sören aber wusste, wonach er suchte: Das Ziel seiner einsamen Schnitzeljagd war ein Rätselcache namens »Versiegte Nobelquelle«. Die Koordinaten auf der Website führten nicht zum eigentlichen Versteck, sondern zu einem Astloch mit einem laminierten, handgeschriebenen Gedicht: »Zum Hort des Schatzes man dort trabt, wo reicher Gast sich nie gelabt.« Wer sich in der Ortsgeschichte auskannte, war beim Lösen des Rätsels klar im Vorteil. Der Cache musste sich in einem der vier blinden Brunnen befinden.

Schon vor Generationen waren die tiefen Schächte von besorgten Gilchinger Eltern wieder zugeschüttet worden, damit kein spielendes Kind darin zu Schaden kam. Die hineingekippten Steinbrocken und das Erdreich hatten sich seither etwas gesenkt, und der Stacheldraht, der stellenweise darübergelegt worden war, war verrostet und verbogen. Trotzdem waren die alten, blinden Brunnenschächte nur noch eine Erinnerung an die Vergangenheit – wenn man denn wusste, wo man nach ihnen suchen musste. Perfekt geeignet, um einen Cache darin zu verstecken.

Sören bedeutete Teutates, der mit der Nase durch ein Bukett aus Buschwindröschen pflügte, stehen zu bleiben. Ja! Der erste Brunnen. Halb verborgen von einer dichten Hecke aus wilden Brombeeren. Ein wahrer Dornröschen-Brunnen. Wäre das Jahr schon weiter fortgeschritten und der Brombeerbusch voll belaubt, man hätte ihn nicht sehen können. Ganz schön anspruchsvoll für einen Familiencache, dachte Sören. Das eine oder andere dickliche Teenagerlein mochte sich schon seine teigigen Arme an den Brombeerdornen aufgeritzt haben. Er lächelte bei dem Gedanken, dass der Begründer dieses Caches Kinder vielleicht ebenso wenig mochte wie er.

Teutates schien die Sache nicht ganz geheuer zu sein. Der große graue Greyhound – aus einer britischen Hunderennbahn freigekauft, in deren Rennen er lebensgefährlich oft nur im Mittelfeld gelandet war – setzte sich neben sein Herrchen auf die Erde und schaute leidvoll drein. Man sah ihm an, dass er zu gerne die Ohren angelegt hätte, wenn er noch nennenswerte besessen hätte. Doch Teutates war im Alter von nur wenigen Wochen kupiert worden.

»Hab dich nicht so, ich fall schon nicht rein«, beruhigte Sören seinen furchtsamen Gefährten und beugte sich vor, um mit einem Arm in den Brunnenschacht zu langen. Wie erwartet war er bis zum Bodenniveau mit Schutt und Steinen aufgefüllt worden. Beinahe sofort stieß Sören auf einen hartkantigen Gegenstand, der halb unter etwas Geröll verborgen lag und eigentlich zu glatt für einen Stein war. Er hob die Augenbrauen, doch etwas enttäuscht über dieses einfache Versteck. Er musste nur ein paar kleinere Steine wegschieben und kurz an dem festen Objekt rütteln, dann konnte er mit beiden Händen den Cache herausziehen.

Der entpuppte sich wider Erwarten als wirklich beeindruckend. Jemand hatte sich ernsthaft Mühe gegeben. Sören wischte die zentimeterdicke Schicht aus Erde, Laub und toten Insekten an den rostigen Beschlägen beiseite und öffnete den Deckel des schweren Aktenkoffers.

Es knirschte, der verzogene Kofferdeckel ließ sich nur schwer anheben, als arbeitete ein Widerstand dagegen. Dann erklang ein knackendes Geräusch, und plötzlich ging es ganz leicht, während sich ein unerwarteter, intensiver Geruch nach Bittermandel breitmachte.

Teutates winselte alarmiert. Sören pfiff erstaunt. In dem staubigen Koffer aus dem Brunnenschacht lag nichts, was er jemals zuvor in einem Cache gesehen hatte. Anstelle des bunten Plastikkrams, den man in den meisten Fällen darin fand, lagen in dem Koffer zwei kleine Glasfläschchen mit durchsichtigem, flüssigem Inhalt. Das heißt, ursprünglich waren es zwei gewesen; beim Öffnen des Koffers hatte Sören eines davon zerbrochen. Das rostige Scharnier saß wohl nicht mehr an der ehemals dafür vorgesehenen Stelle und hatte den schlanken Hals des einen Gefäßes zerstört.

Das zweite Fläschchen erinnerte in der Form an die Behältnisse für Zaubertränke und Ähnliches in Märchenfilmen. Ein kleiner Kolben, verschlossen mit einem Glasstopfen, nicht viel größer als eine italienische Aperitif-Flasche, die man in manchen Restaurants als Vasen für einzelne Blumen verwendete. Durchaus hübsch anzusehen. Sören überlegte. Vielleicht enthielt es Parfüm oder besonderes Öl, der bittermandelartige Duft könnte darauf hindeuten. Eigentlich besser als eine Überraschungsei-Figur, mal was anderes.

Das Logbuch, in das man Datum und Uhrzeit des Fundes sowie eventuell durchgeführte Tauschhandlungen eintragen konnte, fehlte leider. Vielleicht war der Cache trotz seines vorzeitlichen Äußeren schon gemuggelt worden.

Aber was war das? Sören zwinkerte. Neben dem kleinen Fläschchen, das als Erstes seine Aufmerksamkeit auf sich gezogen hatte, lag etwas Hartes mit rauer Oberfläche. Ein dunkler Gegenstand, etwa so groß wie zwei oder drei übereinandergelegte Männerfäuste. Er hatte eine merkwürdige Form, die entfernt an einen Ritterhelm erinnerte. Sören dachte an die Ritterrüstung aus Plastik, die er als kleiner Junge besessen hatte, doch im Dämmerlicht des Brunnenschachtes war nicht zu erkennen, worum es sich wirklich handelte.

Sören ließ die Fingerspitzen über das Ding gleiten, bis er auf Vertiefungen stieß, in die er drei Finger einhakte. Er konnte das Objekt mit Leichtigkeit in die Höhe ziehen. Es war viel leichter als gedacht. Im helleren Tageslicht erkannte er sofort, weshalb: Es war ein keramischer, an der Unterseite offener Hohlkörper. Aus unglasiertem rotbraunen Ton, wie ein Blumentopf. An der Seite, auf der er in der Holzkiste gelegen hatte, wies er einen großen dunklen Fleck auf. Vermutlich von der Flüssigkeit aus dem zersplitterten Glasfläschchen. Die poröse Keramik hatte das Zeug aufgesogen wie ein Schwamm.

Ratlos drehte Sören das Ding in seinen nackten Händen hin und her. Er hatte immer noch nicht die leiseste Ahnung, um was es sich handeln könnte. Aber gut, er würde es mitnehmen – es gäbe ein schönes Geschenk für seine Mutter ab, die den Balkon ihres Heimzimmers gerne mit Antiquitäten dekorierte. Er stellte es beiseite und legte als Tauschobjekt einen chinesischen Zedernholzfächer in die Holzkiste. Den hatte ihm ein Kumpel von einer Reise mitgebracht, und Sören hatte ihn sofort in seiner Caching-Kiste verstaut.

Teutates hörte immer noch nicht auf zu winseln. Sören warf ihm einen liebevoll-genervten Blick zu. Greyhounds waren sehr elegante, aber nicht unbedingt auf Intelligenz und Selbstverantwortung hin gezüchtete Tiere. »Jetzt halt mal den Schnabel, du Memme! Wenn du musst, dann geh einfach. Hier stört's doch keinen.«

Doch das Tier machte keine Anstalten, seinem Herrchen von der Seite zu weichen, wenn auch seine Flanken zitterten. Es hielt den Kopf abgewandt, das Weiße seiner Augen war zu sehen.

Also packte Sören den Cache sorgsam wieder an Ort und Stelle, steckte das formlose Keramikobjekt in seinen Rucksack und wanderte mit seinem zutiefst unglücklichen Riesenhund nach Hause.

Schon auf dem Heimweg erbrach er sich mehrmals, obwohl er morgens nur sein übliches Früchtemüsli zu sich genommen hatte. Auch musste er auf einmal so stark husten, als hätte man ihn frisch aus dem Braunkohletagebau entlassen, und seine Speiseröhre schmerzte wie abgeschliffen und mit Zitronensäure eingerieben. Musste er sich doch irgendwo diese vermaledeite Frühjahrsgrippe eingefangen haben, obwohl er Menschenansammlungen tunlichst mied, sich oft und gründlich die Hände wusch und sich so viel an der frischen Luft bewegte.

Teutates, der neben ihm hertrottete, schien die Bescherung zu spüren. Ganz gegen seine Gewohnheit lief er geduckt, als ob er seinen nicht mehr vorhandenen Schwanz zwischen die Hinterläufe klemmen wollte, und winselte wie ein Wasserkessel.

Nicht dass Sören Bauer in seinem schlechten Zustand viel darauf geachtet hätte. Er versuchte, dem Hund ein paar tröstende Worte zu spenden, doch die brennenden Halsschmerzen machten es ihm schier unmöglich.

Zu Hause angekommen, ließ er den Rucksack mit dem Kerzenleuchter achtlos von seinen gekrümmten Schultern gleiten und begab sich direkt in die Badewanne, um bei einem Vollbad mit einer doppelten Dosis Latschenkieferzusatz die beginnende Grippe auszubremsen.

Es half wenig. Im Gegenteil. Kaum hatte er sich in das warme Wasser sinken lassen, brach sein Kreislauf zusammen, und der Husten wurde in der feuchten Luft immer schmerzhafter. Mit letzter Kraft entstieg Sören Bauer der Badewanne und ließ sich auf den Klodeckel sinken.

So konnte es nicht weitergehen. Er brauchte unbedingt ärztliche Hilfe! Doch jetzt war gerade Mittagszeit, und außerdem ergriff ihn eine entsetzliche Müdigkeit mit klammen, schweren

Nebelhänden. Seine Hausärztin würde ihre Praxis sowieso erst in einigen Stunden wieder öffnen.

Teutates, der eigentlich Badezimmerverbot hatte, kam herein und stupste ihn in die Seite, doch Sören Bauer schüttelte nur abwehrend den Kopf. Alle Glieder schmerzten, als würde er auf einem unsichtbaren Streckbett gefoltert. Die Watte in seinem Kopf wurde so dicht und hart, dass sie sein Bewusstsein verdunkelte. Er rutschte vom Klodeckel auf den Duschvorleger und schlief sofort ein, den Bademantel über sich gebreitet wie ein verlorenes Paar Flügel.

Pflanzliche Pharmazie

Wie es sich für eine Dame im fortgeschrittenen achtundneunzigsten Lebensjahr gehörte, dachte Gitte Grabow oft an den Tod. Immer dann, wenn sie diese gewisse Zeitungsseite aufschlug, in deren schwarz umrahmten Anzeigen stets nur Geburtstage standen, die lange nach ihrem eigenen lagen. Bei jedem Spaziergang, auf dem sie den Altersdurchschnitt unter den Passanten in einem Umkreis von hundert Metern spontan um ein Jahrzehnt erhöhte. Und auch dunkle Limousinen mit Plisseevorhängen hinter den Fenstern des kastigen Wagenfonds und der Anblick von dezent braun lackierten Schildern entlang der Römerstraße ließen sie immer mal wieder an den Tod denken. Die Schilder wiesen Suchenden den Weg zum Gilchinger Traditionsunternehmen Bestattungen Zirngibl.

Trotz der hohen Geburtenrate war Gilching ein außerordentlich guter Ort zum Sterben und für die Zeit davor. Gepflegt, klimatisch angenehm abwechslungsreich und landschaftlich nett, aber weder mondän noch sonst wie zu aufregend. Ideal für Menschen, die sich bis zuletzt alle Möglichkeiten offenhalten und das Beste aus ihrem Lebensabend machen wollten. In wenig mehr als einer halben Stunde war man wahlweise am Starnberger See, am zweitgrößten Flughafen Deutschlands, im Zentrum Münchens oder am Fuße eines alpinen Berges. Aber auch vor Ort war es schön. Alle Errungenschaften der Zivilisation ohne die städtische Hetze. In Gilching konnte man endlos zur Ruhe kommen.

Doch wenn Gitte ganz konkret an das Sterben dachte, also an den Vorgang mit Herzkrämpfen, rasselnder Lunge, geweiteten gelben Augen, dem Geruch nach saurem Obst und dem finalen Atemstillstand, dann war das immer das Sterben der anderen.

Sie hatte schon einige Mitmenschen sterben sehen und war zu dem Schluss gekommen, dass es sich damit letztendlich ähnlich wie mit einer bevorstehenden Geburt verhalten musste: eine Menge Gefasel vorab, die einem letztendlich auch nicht weiterhalf, wenn man tatsächlich selbst dran war. Erst hinterher hätte man wirklich mitreden können, aber dann war es zu spät.

Ihre eigene Vorstellung vom Tod war daher eigentlich recht schwammig, nur eins stand fest: Sie personifizierte ihn nicht. In Gitte Grabows Kopf stand der Tod nicht zu einer bestimmten Stunde vor der Tür, er hatte keine ausgeblasene Kerze oder gar abgelaufene Sanduhr dabei, er trug keinen schwarzen Kapuzenmantel und auch keine Sense.

Vielleicht fiel es ihr auch deshalb nicht auf, als sie dem Tod schließlich in Person begegnete. Also, einer seiner zahlreichen Manifestationen. Sie fand die große Frau in der flauschigen Wolljacke zwar etwas garstig, das wohl, aber das war auch schon alles. Gitte war in ihrem langen Leben einer ebenso langen Riege an garstigen Menschen begegnet, dass sie sich von einem weiteren solchen Menschen nicht weiter beeindrucken ließ. Keine Kälte breitete sich bei seinem Anblick in ihrem schmalen Brustkorb aus, kein unerklärliches Zittern erfasste ihre leicht rheumatischen Finger.

Eigentlich hatte sie von der Frau ja nur ein Abführmittel haben wollen. In letzter Zeit, wo sie wegen der kaum vergangenen Winterglätte keine allzu weiten Spaziergänge wagte, hatten sich ihre jahrzehntelang bewährten Ernährungsgewohnheiten gegen sie verschworen. Die paar Scheibchen Pumpernickel, die sie morgens zu sich nahm, schienen auf halbem Wege durch ihre alkoholgegerbten Eingeweide hängen zu bleiben und ließen sich auch durch erhöhte Flüssigkeitszufuhr von perlendem Rosé nicht wieder freispülen.

Als es eines Märzvormittages mit dem Metabolismus wieder einmal besonders schwer gewesen war, hatte die nahe gelegene Sonnen-Apotheke urlaubsbedingt geschlossen. Statt sich aber mühsam zurück in ihre Wohnung im ersten Stock zu begeben, entschied sich Gitte, ihr Glück bei der nächsten Apotheke im Ortszentrum zu versuchen. Zu Fuß. Für die eineinhalb Kilometer würde sie vermutlich eine Stunde brauchen, aber sie hatte ja genügend Zeit.

Dreiundfünfzig Minuten, einige frühlingshafte Sonnenstrahlen und ein paar nette Grüße durch neue Bewunderer später stellte Gitte Grabow jedoch fest, dass auch die von ihr angepeilte, zweite Apotheke geschlossen hatte. Ruhetag. Sie kniff die Augen zusammen, um auf der Tafel neben dem Klingelschild zu entziffern, wo die nächste offene Apotheke lag, und fand erleichtert heraus, dass das Gebäude, vor dem sie stand, eine Art Ärztehaus war. Gleich über der Apotheke lag anscheinend eine gewisse Praxis Rothwald – und auf dem dazugehörigen Schild war weder von Urlaub noch von einem Ruhetag die Rede. Kurz entschlossen drückte Gitte die Klingel.

Im Handumdrehen meldete sich eine tiefe, weibliche Stimme. »Rothwald, ja bitte?«

»Guten Tag, mein Name ist Grabow. Leider hat die Apotheke heute nicht geöffnet, und ich hätte gerne ein gewisses Medikament«, flötete die Grabow höflich in die kleinen Löcher der Gegensprechanlage.

»Ich bin Heilpraktikerin«, antwortete die Stimme unerwartet streng.

»Und ich bin Heilung suchend. Ich leide unter Völlegefühl und wünsche etwas Iberogast. Ob Sie mir wohl ein Fläschchen herunterbringen könnten? Ich bin nicht so gut zu Fuß, müssen Sie wissen.«

»Iberogast? Auf keinen Fall! Das wird von der Firma Steigerwald hergestellt, und die sind von Bayer übernommen worden. So ein Zeug kriegen Sie von mir nicht. Keinen Cent den Pharmariesen!«

Gitte Grabow war sich nicht sicher, ob sie das mit dem Wald, den Bayern und dem Riesen richtig verstanden hatte, aber der Unwillen von Heilpraktikerin Rothwald stand außer Frage. »Hümpf«, machte sie nach einer Sekunde des Bedenkens, in der sie überlegte, sich angesichts von so viel Unfreundlichkeit überhaupt zu verabschieden.

Doch die Frau hatte sowieso keine Zeit mehr für sie, da sich gerade der nächste Patient ankündigte. Ein Kerl, kaum halb so alt wie Gitte selbst, der sich nur noch mit äußerster Willensanstrengung auf den Beinen hielt. Wahrscheinlich zu viel Bier getrunken, mutmaßte Gitte Grabow. Was diese Bayern immer mit ihrem Gerstensaft hatten! Mittlerweile wusste doch wirklich jeder über die ungleich bekömmlichere Wirkung von Wein Bescheid.

Als der Betrunkene seinen Namen und sein Leid in die Gegensprechanlage hauchte, kam die Heilpraktikerin in Person herunter, bot ihm den Arm und verschwand mit wackligem Patienten und wehendem Haar im Treppenhaus. Gitte war so fasziniert von der silbergrauen Wallemähne der Frau, dass sie den gleichfarbigen Hund nicht bemerkte, der geduckt hinter dem Mann herschlich. Sie sah dem menschlichen Duo noch eine Weile kopfschüttelnd hinterher und trat unverrichteter Dinge den Heimweg an.

Dann eben keine medizinische Versorgung. Nach diesem langen Fußmarsch würde sich ihr Problem sowieso von allein in Wohlgefallen auflösen, das spürte sie schon. Ihr Magen rumorte wie der eines jungen Wolfs.

***

Als Sören Bauer sich bei der Heilpraktikerin seines Vertrauens vorstellte, sah er erbärmlich aus. Seine geröteten Augen tränten, er hustete in einem fort und hatte den Behandlungsraum im ersten Stock nur erreicht, indem er sich wie eine verstrahlte Riesenspinne langsam zwischen Frau Rothwald und der Wand entlanghangelte.

Erst nach mehreren Anläufen konnte er seine gekrümmte Körperhaltung lösen und sich auf dem Patientenstuhl aufrichten, um der Heilpraktikerin in die Augen zu sehen. Sein Zustand war so übel, dass sogar die mit allen Wassern gewaschene Frau Rothwald die naturbelassen kräftigen Augenbrauen hob.

Sören Bauer war froh, dass sie ihn so kurzfristig überhaupt empfing. Der Termin für seine übliche Akupunktursitzung gegen Heuschnupfen bei ihr wäre erst am nächsten Tag gewesen. Mit der Schulmedizin aber wollte er nichts zu tun haben. Für die war er als privat versicherter Software-Entwickler doch nur eine Melkkuh.

»Was haben Sie denn angestellt, Herr Bauer?« Elke Rothwald wartete seine Antwort gar nicht erst ab und rollte schon den Wagen mit dem Metatron-Gerät heran. Sie entwirrte ein grünes und ein rotes Kabel, griff nach der rechten Hand ihres Patienten und drückte seine schlaffen Zeigefinger auf eine Kupferplatte im DIN-A5-Format. »Das sieht mir nach einem sehr heftigen Allergieschub aus. Seit wann geht es Ihnen schon so?«

»Seit heute Vormittag.« Sören Bauer winselte in derselben unerträglichen Tonlage wie sein Zerrbild eines Hundes, das wegen Shivas Hausrecht draußen warten musste.

Wenn sie ihren Patienten und seinen Teutates beim Gassigehen traf, was recht häufig vorkam, musste sich Elke Rothwald jedes Mal zusammenreißen, um die widerlich überzüchtete Kreatur nicht zu treten. Eine Schande für alle Hunde! Wenigstens nicht mehr fortpflanzungsfähig. Genauso wenig wie sein Herrchen, das sich da vor ihr krümmte. Trockener Hustenreiz ließ Sören Bauer würgen und drohte, seinen anämisch schmalen Oberkörper hinter dem Brustbein nach innen sinken zu lassen wie einen schlaffen Ballon, aus dem man das letzte bisschen Luft entließ. Sören Bauer hatte sich vor zwei Jahren auf ihre Empfehlung hin die Samenleiter durchtrennen lassen. Es würde seine Lebenskraft steigern, hatte sie gesagt und auch daran geglaubt. Doch jetzt gerade merkte man davon herzlich wenig. Schwächling! Sie wollte ihrem Patienten die kopfhörerartigen Sensoren aufsetzen und kräuselte angeekelt die Oberlippe, weil sie zuvor den kalten Schweiß von seinem Haaransatz tupfen musste.

»Ich werde zuerst Ihre allgemeine Resonanz testen«, sagte sie, legte einen Schalter um und betätigte ein Fußpedal aus ehemals weißem Plastik. Auf dem altmodischen schwarzen Röhrenbildschirm neben dem Behandlungsstuhl blinkte ein Gitternetz aus orangefarbenen Linien auf. »Bei so starken Symptomen sollte der Schuldige schnell gefunden sein. Die Spannungsumwandlung wird uns dabei helfen, die schlechten Schwingungen zu neutralisieren. Ist ja nicht das erste Mal bei Ihnen, gell? Sie werden sich gleich besser fühlen.«

Routiniert testete Elke Rothwald zuerst die Atmungsorgane, Nebenhöhlen und Gelenke auf Bakterien und Entzündungen – nichts. Auch ihre ursprüngliche Vermutung eines hochaggressiven Grippevirus wurde nicht bestätigt. Zwar schien der Rückschall aus sämtlichen Bereichen merkwürdig gedämpft, ja wattig, so als läge eine Decke zwischen den Sensoren und dem nach vorn gekrümmten Körper, doch daraus ließ sich kein greifbares Resultat ableiten. Es folgte die nächstgrößere organische Einheit. Sie schallte durch Sören Bauers Rumpfeinheit und stockte.

Der Separator zeigte eine auffällige disharmonische Schwingung im Bereich des Zentralnervensystems.

Verwundert beugte sich Elke näher an den Bildschirm heran. Sie konnte nicht glauben, was ihr das Gerät anzeigte. Aber die Bioresonanztherapie war ja auch keine Frage des Glaubens, sondern des Vertrauens in das eigene Urteilsvermögen. Wenn sie sich also nicht komplett in sich selbst täuschte – was sie, da sie gänzlich geerdet und mit sich selbst im Reinen war, sowieso nie tat –, dann starb der Mann vor ihr gerade an einer Quecksilbervergiftung. Interessant.

Elke betrachtete das grüne Kabel. Eigentlich diente es zur Rückführung der Frequenz in den Körper, wo die neu strukturierte, quasi umprogrammierte Information die schlechte Schwingung auslöschen sollte. Aber in diesem Fall wäre so ein Vorgehen natürlich Quatsch gewesen. Eine Schwingung jenseits der Skala war nicht mehr zu löschen. Zudem schwang Quecksilber nicht, sondern zerriss Verbindungen und brach unwiderruflich alle Brücken zwischen Körper und Seele ab. Eigentlich ein großartiges Gift. Sie konnte für Sören Bauer nichts mehr tun.

An seinem stumpfen Blick erkannte sie, dass er Bescheid wusste. Obwohl sie während der Metatron-Analyse nicht gesprochen hatte, nickte ihr Patient. Steif wie ein Holzpferd vom Jahrmarktskarussell. Aber vielleicht war auch nur sein Kopf zu schwer für die müden Halswirbel geworden.

Mit großer Anstrengung ließ Sören Bauer ihn zurückrucken, um der Heilpraktikerin in die Augen zu sehen. »Mein Hals tut so weh.«

»Ich mische Ihnen einen Ringelblumentee«, sagte Elke.

Er krächzte bejahend. »Wenn Sie sich vielleicht … Ich meine, Sie sind meine einzige Bezugsperson hier in Gilching, mal abgesehen von meinen Arbeitskollegen, und Sie haben ja auch einen Hund. Würden Sie sich um meinen Teutates kümmern? Ich bin so erschöpft, und diese Schmerzen sind … Ich lasse Ihnen einen Ersatzschlüssel da, falls … Nur für ein paar Tage, damit ich nicht aus dem Bett steigen muss. Bis es mir besser geht. Sie kommen bestimmt mit ihm klar. Er kennt Sie ja schon.«

»Selbstverständlich kümmere ich mich um Ihren Teutates. Gehen Sie nach Hause, ruhen Sie sich aus und trinken Sie Ihren Tee, dann können Sie in einer Woche bestimmt wieder Bäume ausreißen.«

»Selbstverständlich kümmere ich mich um Ihren Teutates«, murmelte Elke in mokantem Tonfall, nachdem Sören Bauer halb kriechend ihre Praxis verlassen hatte.

Als er nach einer Ewigkeit unten vor dem Haus erschien und den Gehweg entlangschlich, sah sie ihm nach. Er hustete und rieb sich immer wieder den Hals, wenn er sich nicht gerade mit beiden Händen am Zaun festhielt. Sein Zustand war hoffnungslos.

Elke zuckte mit den Schultern. »Sehe ich etwa aus wie die Mutter Teresa der Tierwelt?« Sie wandte den Blick vom Fenster und warf ihn verschwörerisch ihrem geduldig unter dem Schreibtisch liegenden Hund Shiva zu. »Keine Angst, du bekommst keine Konkurrenz. Dieses überzüchtete Tier kann ja nichts außer rennen und Dosenscheiß fressen. So was ist kein Hund, das ist eine Chimäre.« Das letzte Wort – sie sprach das Ch als K aus, wie in Süddeutschland üblich – spuckte sie förmlich durch den Raum. »Jemand sollte Teutates von seinem unwürdigen Dasein erlösen, aber darum wird sich wohl das Tierheim kümmern, wir haben Wichtigeres zu tun.«

Shiva antwortete mit einem zustimmenden leisen Aufjaulen, wobei er den Kopf zurücklegte und die Schnauze steil nach oben reckte. Sein Rückenfell sträubte sich, die Ohren schmiegten sich nach hinten, und der kräftige Kehlkopf trat hervor. Das Urbild eines Wolfes, der zu seinem Rudel spricht. Der Husky-Schäferhund-Mischling war eben ein echter, ein richtiger Hund, nicht so ein Opfer der Genetik. So nahe dran am wölfischen Original wie nur möglich.

Was man von Sören Bauers Köter nun wirklich nicht behaupten konnte. Nachdem Teutates eine halbe Stunde im Flur damit verbracht hatte, seinem Herrchen hinterherzujammern, schlich er in den Behandlungsraum, fixierte mit Triefaugen den knurrenden Shiva und duckte furchtsam sein Hinterteil, was mit seiner dürren Windhundstatur extrem lächerlich aussah.

Doch Elke brachte sein Verhalten auf eine Idee. Das Vieh war zwar stockdoof, aber seinem Herrchen nach wie vor treu ergeben. Es würde wissen, wo Sören Bauer seinem Unglück begegnet war, und alles tun, um ihm zu helfen. Wieso sollte sie sich also nicht von diesem Köter zum Ursprung des Quecksilbers führen lassen?

Sie schlüpfte in ihre Jacke aus Wollwalk, steckte Sören Bauers Ersatzschlüssel und Shivas Leine ein und schwang sich eine wasserabweisende Umhängetasche über die Schulter.

»Shiva! Teutates! Kommt, wir machen jetzt einen schönen Gassispaziergang. Teutates darf uns zeigen, wo er heute Vormittag unterwegs gewesen ist. Vielleicht finde ich ja so heraus, wie man das arme Herrchen heilen kann, gell?«

Die früh einsetzende Dämmerung hatte den Steinberg schon fest im Griff, als das Trio den vergessenen Hotelpark betrat. Zielstrebig, aber mit immer tiefer gesenktem Hinterteil näherte sich Teutates dem Brombeergestrüpp, unter dem sich der zugeschüttete Brunnen verbarg, in den sich sein Herrchen noch vor wenigen Stunden gebeugt hatte.

Elke begriff schnell, und sie war vorbereitet. Wenn es sich bei der Substanz um die handelte, die sie sich erhoffte, dann war mit hochgiftigen Dämpfen zu rechnen. Sie hatte ja gesehen, was aus dem glücklichen Finder geworden war. Sie holte einen Mundschutz aus der Tasche, streifte sich ein Paar Latexhandschuhe über und zog darüber noch dicke, gefütterte Arbeitshandschuhe an, ehe sie durch die Brombeerranken in den Brunnenschacht griff und bald im Geröll den alten Aktenkoffer ertastete.

»Jetzt wollen wir mal sehen, was der Trottel da Schönes gefunden hat …«

Mittlerweile hatte sich auch Shiva von Teutates anstecken lassen. Er lief unruhig hin und her und winselte alarmiert. Sein Lebenstrieb und sein Geruchssinn waren stark ausgeprägt. Der Instinkt vertrieb ihn von der Gefahrenquelle.

Elke öffnete den Koffer dennoch, hielt die Luft an, nahm das unzerbrochene Fläschchen vorsichtig am schlanken Hals und trat mit ihm in einen zwischen zwei Buchen hindurchstechenden, letzten Sonnenstrahl.

Zuerst fiel ihr die erstaunliche Schwere des Fläschchens auf, obwohl es nicht mehr als null Komma drei Liter fassen konnte. Weil der Flüssigkeitspegel aber recht niedrig lag, schätzte sie den

Inhalt auf eher weniger. Und trotzdem wog das Ding so viel wie ein Karton Milch, wenn nicht mehr. Elke nahm die zweite Hand zu Hilfe und schwenkte das Fläschchen langsam hin und her.

Die klare Flüssigkeit im Inneren bewegte sich träge wie dicke Vanillesoße. Sie schillerte ein wenig, hatte aber sonst nichts gemein mit dem Quecksilber, das sie aus dem Physikunterricht von 1987 kannte. Das hier sah eher aus wie Aspartam oder Saccharin, Stoffe, denen sie beinahe jede Zivilisationskrankheit zuschrieb. Ob ihr Patient sein erstaunliches Siechtum tatsächlich diesem Zeug verdankte? Hatte es Sören Bauer, einen jungen, kräftigen Mann, innerhalb weniger Stunden in einen wandelnden Leichnam transformiert? Wenn die Ursache dafür wirklich in diesem kleinen Flakon steckte, dann hatte sie genau das gefunden, wonach sie suchte.

Sie würde es natürlich erst ausprobieren müssen. Sehen, wozu es fähig war. Gut, dass sie heute keine Patienten mehr erwartete. Es war Zeit für einen weiteren langen Spaziergang, aber zuvor musste sie noch diesen Windjammer loswerden. Von hier zum Seefelder Weg, wo das Hundeherrchen lebte, war es nicht allzu weit. Sie ging die Strecke oft mit Shiva.

Als Elke – ihre Hände immer noch doppelt mit Handschuhen geschützt – Sören Bauers Wohnung aufsperrte und nichts hörte, spürte sie ein tiefes, befriedigendes Gefühl. Sie brauchte den reglosen Körper auf dem Boden des Wohnzimmers gar nicht näher anzusehen, um eine weitere Bestätigung für den ausgezeichneten Wirkungsgrad ihres neuen Elixiers zu erhalten. Es dauerte nur einen Moment, dann hatte sie den Hund mit einem Tritt hineingestoßen, den Ersatzschlüssel an das Bord im Flur gehängt und die Tür wieder zugezogen.

Zurück auf der Straße bemerkte sie ein merkwürdiges Ziehen an ihren Mundwinkeln, während sie den brav wartenden Shiva anleinte. Sie zog ihre Jacke enger um sich. Sollten das etwa erste Anzeichen einer beginnenden Gesichtslähmung sein? Hatte sie versehentlich zu viele giftige Dämpfe dieser mysteriösen Flüssigkeit eingeatmet? Die Heilpraktikerin verschluckte sich und blieb an der Abzweigung zur Landsberger Straße stehen, um sich auszuhusten.

Doch dann erhaschte sie im Schaufenster der Tanzschule Nothaft ihr eigenes Spiegelbild und entspannte sich. Alles klar. So eine urmenschliche Regung hatte sie zuletzt als Kind am eigenen Leib erlebt. Nein, sie war nicht todgeweiht. Wenn ihr diese Reaktion persönlich auch so ungewohnt sein mochte wie der Beginn des Sterbeprozesses: Sie lächelte.

Kleine Fische

Am nächsten Abend hielt ein angerosteter Fiat Panda mit Starnberger Kennzeichen auf dem Feldweg, der zu den Allinger Fischteichen führte. Ein Mann in den späten Fünfzigern entstieg ihm. Er trug ein knallbuntes Stirnband um das schütter behaarte Haupt, einen steingrauen Jogginganzug mit neongelben Rauten und neuwertige Laufschuhe in Größe sechsundvierzig. Nach ein paar halbherzig gehüpften Hampelmännern machte er einen Ausfallschritt, um in Ruhe das Gelände zu sondieren.

Auf den Betrachter wirkte der Mann eine Spur zu schwerfällig für sein offensichtliches Vorhaben. Er hatte nicht die lockere Hüfte einer geländegängigen Gazelle, aber dafür den Unterkiefer eines Killers. Erst am ganzjährig wettergegerbten Nacken, dem breiten Rudererkreuz und vor allem den zahllosen, von feinen Widerhaken stammenden Narben in seinen Handballen konnte man sein eigentliches Vorhaben ablesen: Er wollte fischen.

Seit Herbert Mühleisen im vergangenen Herbst den Mageninhalt seines Ammersee-Rekordhechts zur Starnberger Polizeiinspektion gebracht und dadurch die Ermittlungen im Zehenfall losgetreten hatte, befand er sich im Besitz eines gültigen bayerischen Fischereischeins. Worüber er zuerst starke Erleichterung, dann jedoch bald Ernüchterung verspürt hatte. Legal machte die schöne Angelei nur halb so viel Spaß.

Herbert Mühleisen vermisste das permanente Prickeln der Schuld im Nacken, das er die letzten vierzig Jahre über unterschwellig, aber stetig empfunden hatte, sobald eine Rute in seiner Hand lag. Der Zusammenhang zwischen Gesetzesverstoß und Freizeitgenuss war ihm recht schnell aufgegangen, und so hatte er begonnen, nach einem Ersatznervenkitzel zu suchen.

Er beschloss, nicht mehr dort zu fischen, wo er dank Vereinsmitgliedschaft und neu ausgestelltem Fischereischein hundertzwanzigprozentig fischen durfte. Er wollte dort seinem Hobby nachgehen, wo es nur mit Tageskarte erlaubt war. Wenn überhaupt. In Privatgewässern. Wenigstens ein bisschen Wilderei musste doch sein! Erwischt werden wollte er allerdings nicht. In diesem Fall hätte ihn seine Monika einen Kopf kürzer gemacht, und zwar mit dem stumpfen Fischmesser aus echtem Tafelsilber, das er zur Kommunion von seinem Uropa bekommen hatte.

Also musste eine ausgeklügelte Planung her. Für die möglichst unauffällige Gestaltung des Ausspähens potenzieller Jagdgründe hatte sich Herbert Mühleisen im zarten Alter von siebenundfünfzig Jahren also ein neues Hobby zugelegt: Er joggte.

Vorgebliche Bewegung in der Natur war für einen Schwarzangler so praktisch wie ein Regenschirm mit Giftspritze für einen Geheimagenten. Man konnte sämtliche Areale erkunden, und niemand wunderte sich über den Trinkrucksack, in dem in Wirklichkeit eine Mini-Teleskopangel und bis zu vier mittelgroße Forellen Platz fanden. Zudem ließ es sich im allergrößten Notfall – falls man einem vom Institut für Fischerei der Bayerischen Landesanstalt für Landwirtschaft akkreditierten Fischereiaufseher begegnete – mit einem Verweis auf die Herztabletten im Auto schleunigst wieder davonjoggen. 007 hätte es nicht besser planen können.

An diesem Abend hatte Mühleisen sich die Allinger Weiher ausgesucht, obwohl die schon ganz knapp im Landkreis Fürstenfeldbruck lagen. Während er sich unter spielerischen Aufwärmübungen dem ersten Gewässer näherte, registrierte er befriedigt den aufziehenden Bodennebel. Heute war eher nicht mehr mit Spaziergängern zu rechnen. In einem einsamen Holunder am Wegesrand krächzte nicht minder verloren eine Krähe.

Zuerst konnte Mühleisen den Glanz nicht einordnen. Ein weißsilbriger Schein lag auf dem See, vor allem an den Ufern, wo er besonders hübsch funkelte. Die Abendsonne spitzte durch die Wolken und brach sich auf unzähligen hellen Objekten im Wasser. Ein Windstoß erzeugte Wellen, und die silbernen Dinger begannen zu schaukeln. Die größeren träge, die kleinen lustig und etwas flotter. Lichtreflexe tanzten in den Bäumen ringsum, als ob eine gigantische Diskokugel von unter der Wasseroberfläche ihn dazu auffordern würde, den Seegrund zu rocken.

Herbert Mühleisen blinzelte, ging näher ans Ufer, kratzte sich am Kopf, öffnete den Mund, riss die Augen auf und ballte die

Fäuste, bevor er sich umdrehte und davonhastete. Er machte nicht einmal den Versuch, seinem Laufstil Eleganz zu verleihen. Als er seinen Wagen erreichte, suchte er mit fliegenden Händen nach seinem uralten Nokia-Mobiltelefon und wählte schließlich die Nummer der Polizei. Nicht die allgemein bekannte 112, sondern die Privatnummer seines alten Schulfreundes Hans-Jürgen Spengler, der die Starnberger Inspektion leitete.

Fenchel auf Italienisch

»Hast du das mit den Fischen schon mitbekommen, Schatz?« Roland sah von seiner Zeitung auf, die er am Tag seiner Beförderungsfeier ausgiebig studierte. Er hatte frei und wartete darauf, um achtzehn Uhr einundzwanzig die S-Bahn nach München zu nehmen, damit er rechtzeitig um halb acht im Hauptpräsidium eintraf. Weil er mit der S-Bahn fuhr, würde er keinen Drink ausschlagen müssen. Ein rauschendes Fest stand ihm bevor.

»Nein!«, rief Carla in einem Tonfall, den sie sonst nur bei schwer erziehbaren Dreijährigen verwendete. Sie dehnte die Vokale zu einem genervten Näseln – neeeiinn –, um auch aus dem Badezimmer noch verständlich zu sein, wo sie hellblaue Spritzer von Kinderzahnpasta aus den Fugen kratzte.

»In einem Weiher bei Alling sind alle Fische hopsgegangen, Tausende! Keiner weiß, warum. Einem Typ namens Herbert M. ist das aufgefallen. Beim Joggen. Er ist siebenundfünfzig. Aus Tutzing. Ich glaube, den kenn ich sogar …«

»Wen du nicht alles kennst.«

»Aber doch nur von der Arbeit. Das ist ja streng genommen auch keine richtige Bekanntschaft. Ich fürchte, wenn ich ohne Uniform durch den Penny-Markt bei uns latsche, kennt mich keine Sau.«

»Verstehe ich dich richtig, dass du neue Leute kennenlernen willst? Da hab ich genau das Richtige für dich, dann geh *du* doch heute Abend zu diesem Scheißelternabend!«

»Was bist du denn schon wieder so genervt, Schatz?«

»Ich bin nicht genervt, ich bin sauer. Zwei Stunden lang werde ich mir meinen Arsch auf so einem Mini-Stühlchen platt sitzen und mir anhören müssen, auf was welches Drecksbalg allergisch ist und welche Sonnencreme wir für das Sommerfest in einem halben Jahr kaufen dürfen und welche nicht, während du mit deinen Kumpels in der Stadt abhängst.«

»Ich hänge nicht mit meinen Kumpels ab, ich werde befördert. Und falls du es noch nicht gemerkt hast: Dann kriege ich mehr Geld, um meine Familie zu ernähren. Andere Frauen wären stolz!«

»Das bin ich auch. Aber auf unsere siebenundneunzigjährige Nachbarin, die ganz umsonst, aus reiner Menschenfreundlichkeit, auf unser Kind aufpasst, während wir Terminen nachjagen.«

»Apropos jagen. Morgen, wenn ich meinen Rausch ausgeschlafen habe, könnte ich ein schönes, dickes Steak vertragen. Ein richtiges Beförderungssteak!«

***

Lukas ging nun schon fast fünf Monate in den Kindergarten, und Carla war von seiner damit einhergehenden Entwicklung nicht enttäuscht worden. Seine sprachlichen Fähigkeiten hatten sich enorm verbessert, sein Sauberkeitsempfinden war deutlich gewachsen, und sein soziales Verhalten bezog sich nicht mehr ausschließlich auf Greisinnen und Eltern, sondern endlich auch auf Gleichaltrige.

Doch wie so häufig im Leben hatte auch diese Medaille eine Kehrseite. Zwar hatte sich Carla all diese Fortschritte ersehnt – aber doch nicht so!

Schon nach drei Wochen im Kindergarten hatte ihr Sohn den Wunsch geäußert, wie die großen Jungs, die er bewunderte, die Windel wegzulassen. Seither lief bei Maeßmers zweimal täglich die Waschmaschine, und in der gesamten Wohnung am Ende der Sonnenstraße hing ein permanenter, leichter Ammoniakgeruch, der sich im Kinderzimmer zu einem olfaktorischen Kriegszustand auswuchs: Hier stank es wie in einem Raubtierkäfig, egal, wie oft Carla alle greifbaren Textilien und Plüschtiere mit »Frühlingsfrisch Gartenzauber« spülte. Die einzigen Quadratzentimeter Wohnung, die Lukas noch nicht angepinkelt hatte, waren die der Kloschüssel. Trotzdem weigerte er sich vehement, tagsüber je wieder eine Windel zu tragen. Das sei »babysch«. Lieber ließ er es ganz männlich einfach laufen, wo er gerade ging und stand. Nur im Kindergarten blieb er seltsamerweise trocken. Ebenso bei Gitte Grabow. Da klammerte er das Thema einfach aus und verkniff sich den Harndrang erfolgreich, bis er die elterliche Wohnung erreicht hatte.

Lukas' neu erworbene soziale Fähigkeiten kamen vor allem

im Umgang mit seinen Freunden Hattaputta und Bumbalalu zum Tragen. Hattaputta war ein Riese und Bumbalalu eine Art gestaltwandelnder Poltergeist. Die beiden waren imaginär, und angesichts der Auswahl an möglichen realen Freunden in seiner Kindergartengruppe konnte Carla ihrem Sohn seine Erfindungen noch nicht einmal verdenken. Es gab vier Lucas, drei Leos und Fynn-Uwe, der sie angeblich alle terrorisierte. Die Mehrzahl der Mädchen hieß entweder Sophie oder Emily und gab sich mit der Herrschaft über Puppenküche und Basteltisch zufrieden.

In der Früh ging Lukas meist gerne in den Kindergarten, doch wenn Carla ihn abholte, umklammerte er jedes Mal ihr Bein wie ein Erfrierender den Heizpilz. Und wenn sie ihn auf dem Heimweg fragte, wie es gewesen sei, sagte er immer nur: »Weiß nicht.«

»Der Luca mag keine Paprika.«

»Ich meine, drei Euro siebzig sind für manche ja schon ziemlich viel Geld.«

»Wirklich? Also, bei uns gibt es nur Demeter-Dinkel. Da weiß man einfach, was man isst. Und schon die Verpackung ist so hübsch.«

»Der Marcel mag auch keine Tomaten.«

»Hatte dein Sohn nicht auch letztens so eine Phimose? Geht das eigentlich mit Contergan – äh, ich meine mit Cortison, Entschuldigung, haha! –, also, geht das dann wieder weg?«

»Da ist die Flora aber traurig!«

»Ich gebe der Tanja nur das mit, was sie auch wirklich mag. Was nutzt es denn, wenn ich ihr ein dickes Vollkornbrot mit Frischkäse mache und sie es mir unangetastet wieder mitbringt?«

»Bei uns in Brandenburg nennt man das ja Stulle. Ich habe immer noch nicht kapiert, was hier alles unter den Sammelbegriff ›Semmel‹ fällt, Sie vielleicht?«

»Der Marcel trinkt jeden Tag einen ganzen Liter Apfelsaft, deshalb ist sein Stuhlgang auch immer weich.«

»Also, Brezen sind jedenfalls keine Semmeln, so viel dürfte klar sein.«

»Was, ihr kauft noch Margarine? Die ist doch aus Altöl!«

Die Idee, dass die Mutterschaft als verbindendes Element alle

Frauen mit Kindern zu einer verschworenen Gemeinschaft machen würde, hatte Carla schon lange verworfen.

Die anderen Mütter – Väter waren keine da – waren schon vollzählig versammelt, als sich Carla mit geröteten Wangen in den klaustrophobisch engen Stuhlkreis schob. Der einzige noch freie Sitzplatz war der neben einer sehr blonden, sehr geschminkten Frau in Pulli und Jogginghose. Niemand machte sich die Mühe, auf ihr leises »Hallo« zu antworten. Alle schienen sich seit Jahren zu kennen, waren bereits ins Gespräch vertieft oder widmeten sich ihren Smartphones.

Die Jogginghose an sich wirkte recht relaxt. Doch kaum hatte Carla ihren Hintern vorsichtig auf das winzige Kinderstühlchen hinabgelassen, herrschte trotzdem nur noch ein Gefühl in ihrem Kopf vor: das der eigenen Unzulänglichkeit.

Das Licht im Gruppenraum war unangenehm hell, fast blendend. Und bei dieser grellen Beleuchtung spielten und bastelten die Kinder jeden Tag bis zu acht Stunden lang? Kein Wunder, dass Lukas keinen Mittagsschlaf mehr machte. Carla schlug die Augen nieder und bemerkte die angetrockneten Rotzspuren auf ihrer schwarzen Wollstrumpfhose. Es waren viele. Der Rotz klebte überall, deutlich sichtbar wie Schneckenschleim.

Oh nein. Sie hatte sich in genau so eine Mutter verwandelt, die sie nie hatte sein wollen. Keine Mama, sondern ein Muttchen. Ein Neutrum. Ein grässliches, ungepflegtes Ding mit Augenringen, fettigem Kurzhaarschnitt und Schnodder auf der Strumpfhose. Immerhin trug sie noch eine Strumpf- und keine Jogginghose, aber …

Wie machten das die anderen nur? Ringsum im Stühlchenkreis strahlten die Mamas samt und sonders wie frisch aus dem Ei gepellt. Oder aus dem Katalog für glückliche und erfolgreiche Vorzeigefrauen bestellt. Keine trug eine alte Sweatjacke ihres Mannes, um den Babybauch winterwarm zu halten. Keine hatte sich wie sie in einen ausgeleierten Umstands-Stretchminirock von C&A, eine schwarze Wollstrumpfhose und ein Paar Turnschuhe geworfen, um es beim Elternabend schön bequem zu haben. Und keine von ihnen war überhaupt zu Fuß gekommen, obwohl die meisten im direkten Einzugsbereich des Kindergartens wohnten.

Nein, draußen auf dem großzügigen und trotzdem überfüllten Parkplatz drängten sich die Mercedes-Vans und Porsche Cayennes.

Dass ihr kleiner Lukas von solchen Minibonzen umgeben war, war Carla in dieser Deutlichkeit noch nicht aufgefallen. Meistens brachte Roland Lukas morgens auf dem Weg zur Arbeit zum Kindergarten, und wenn sie ihn nachmittags abholte, sah sie höchstens zwei, drei andere Mütter vorbeihuschen.

Die Frau neben ihr war die Personifizierung der politisch gewollten, steuerzahlenden, eierlegenden Wollmilchsau: perfekt blondiert, frisiert, grundiert, mattiert. Dazu Wimperntusche und roséfarbener Lippenstift, alles natürlich, alles unaufdringlich. Die ebenfalls roséfarben lackierten Fingernägel – beim Anblick des Farbtons regte sich in Carla eine unangenehme Erinnerung – tanzten auf einem Smartphone herum, das wahrscheinlich mehr gekostet hatte als der sandfarbene Kaschmirrolli, die goldenen Kreolen, die hohen Lederstiefel und die schwarze Jogginghose zusammen. Immerhin trug sie eine Jogginghose. Wobei … Als Carla ihren Blick etwas länger auf dem Knie der Nachbarin verweilen ließ, bemerkte sie das ungewöhnliche Muster der Hose. Es bestand aus ineinander übergehenden Schriftzügen des immer gleichen Worts: PRADA PRADA PRADA PRADA. Oh. Also doch keine Laisser-faire-Partnerin im Geiste.

Die Blondine hatte ihr Interesse bemerkt und ließ das Smartphone sinken. »Na, auch keine Zeit für ein anständiges Styling gehabt? Sorry, ich muss mich entschuldigen, bei uns geht alles noch drunter und drüber. Ich bin froh, dass ich es überhaupt vollständig bekleidet vor die Tür geschafft habe.«

»Das kommt mir bekannt vor«, antwortete Carla mit möglichst ironiefreier Stimme.

»Sind Sie auch neu in Gilching?«

»Wie man's nimmt.«

»Wir sind erst seit vier Wochen hier. Allerdings ist unser Haus noch nicht bezugsfertig, es gab entsetzliche Verzögerungen, der Bauausschuss ist ja eine Zumutung. Das alles war so nicht geplant gewesen, das kennen wir aus Hessen ganz anders. Deshalb wohnen wir übergangsweise im Hotel«, seufzte sie dramatisch.

»Sie bauen? Wie schön!«, versuchte sich Carla zu freuen, ohne ihren Neid allzu deutlich durchklingen zu lassen. »Aber das Leben im Hotel ist bestimmt anstrengend.«

»Schrecklich! Ganz schrecklich, ich sage es Ihnen. Die wichtigsten Dinge sind natürlich alle im Container eingelagert, und ich kann keinen Samsonite-Koffer und keine Louis-Vuitton-Reisetasche mehr sehen.«

»Na, wenigstens müssen Sie nicht Kaffee kochen und putzen«, scherzte Carla.

Die Blondine machte eine ungeduldige Handbewegung. »Dafür haben wir dann eine Haushälterin. Und den Kaffee in diesem Etablissement kann ich sowieso nicht trinken, die brauen noch Filterkaffee, ganz schauderhaft. Eigentlich ist das ganze Hotel schauderhaft, so plüschig und verwinkelt, man fühlt sich wie in einer Hobbithöhle. Das ›Thalmeier‹ in der Sonnenstraße, kennen Sie das?«

Oh Gott, das ist ja auch noch gleich nebenan, dachte Carla, die das Hotel eigentlich ganz gemütlich fand. Besonders die bequemen Betten hatte sie in bester Erinnerung. Auf einem davon war ihr ungeborenes Kind gezeugt worden – doch das würde sie der dummen Nuss ganz bestimmt nicht mitteilen. Ebenso wenig wie die Tatsache, dass ihre eigene plüschige, verwinkelte Eigentums-Hobbithöhle nur ein paar Hausnummern weiter lag. Am Ende würde die Blondine sie noch besuchen wollen, um sich von ihr anständigen Espresso ohne Filter kochen zu lassen. »Klar kenne ich das Hotel Thalmeier. Mein Lukas läuft immer Slalom um die gelben Poller davor«, entschied sie sich für eine möglichst neutrale Antwort.

»Oh! Sie sind die Mutter von dem bezaubernden kleinen Luca?«

»Von Lukas, nicht Luca«, wandte Carla ein, doch die Blondine hörte nicht zu.

»Mein Fynn-Uwe erzählt jeden Tag, was der Luca wieder angehabt hat und was der Luca alles gesagt und gemacht hat. Luca hier, Luca da, Fynn-Uwe ist ein richtiger Fan von Ihrem Sohn!« Die Frau lachte gekünstelt, und Carla musste sich zusammenreißen, um nicht ebenfalls zu lachen, aber aus anderen Gründen.

Was ist denn bei Ihnen schiefgelaufen?, wollte sie eigentlich fragen, biss sich aber auf die Zunge und dachte, dass Lukas vielleicht auch nicht die optimale Namenswahl in einem Land der Lucas gewesen war. »Finuve«, sagte sie also und bemühte sich, sachlich zu klingen. »Hört sich interessant an. Wie Fenchel auf Italienisch. Also ein italienischer Name?«

»Das haben Sie falsch verstanden – er heißt Fynn-Uwe! Mit Ypsilon.« Sie kräuselte die Nase, offenbar tief beleidigt. Carla meinte, noch ein leises »Ts« zu hören, dann wandte sich die Blondine ab.

Ein lauter Gongschlag ertönte.

Unbemerkt von den meisten Elternteilen hatte sich ein schmächtiger Mensch in den Raum geschlichen, dessen Kopf hinter dem bronzenen Gong, der in einem Holzgerüst hing, fast verschwand. Nur eine schmale Hand mit erhobenem Klöppel ragte darüber in die Luft. »Guten Abend, liebe Mütter!«, sprach der schmächtige Mensch in einem Tenor, der ebenfalls wenig über sein Geschlecht aussagte. »Kinder sind keine kleinen Erwachsenen, aber Erwachsene sind nur große Kinder. Deshalb werde ich diesen Abend mit Hilfe unseres Gongs moderieren, der auch Struktur in den Ablauf jedes Vormittags bringt.«

Endlich stellte die Person den Gong auf einem Tischchen ab und gab sich zu erkennen: Beate, die Leiterin der Einrichtung. Wenn man dem cremefarbenen Kostüm glauben konnte, war sie eine Frau, wenn auch keine besonders mütterlich geformte. Sie lächelte schmallippig. »Ich freue mich, Sie alle hier versammelt zu sehen.«

Der Stühlchenkreis nickte wohlwollend. Jetzt lässt sie uns bestimmt gleich ein buntes Wollknäuel herumwerfen, dachte Carla. Jeder, der es fängt, muss sich vorstellen, und hinterher legt sich die Prada-Hose samt Inhalt auf das zwischen uns gespannte Wollnetz, um den Zusammenhalt der Gruppe zu demonstrieren. Oh Gott, ich glaub, ich krieg gleich Senkwehen.

»Ich will es kurz machen«, fuhr die Leiterin mit bekümmerter Miene fort, ohne ein Wollknäuel hervorzuzaubern. »Dieser Elternabend hat leider einen brandaktuellen neuen Anlass bekommen, die eine oder andere weiß es vielleicht schon: Wir haben Läuse.«

***

Rolands Beförderungsfeier verlief nicht so glorreich, wie er sich das heimlich in seinen Träumen ausgemalt hatte. Die Zeremonie fand zwar im Hauptpräsidium statt, mit einer Rede vom Polizeipräsidenten Werner Schmidbauer, mit Häppchen und Freibier, aber die Rede dauerte keine fünf Minuten, die Häppchen waren durchweicht und das Freibier alkoholfrei. Der Polizeipräsident verschwand so schnell, wie er Roland die Hand gegeben hatte, und die zwei grobschlächtigen griechischen Servicedamen mit den Häppchentellern guckten so böse, dass sich auch die frisch beförderten Kommissare nicht länger aufhielten und sich nach draußen verzogen.

Die kleine Schar – vier Männer aus Franken, drei aus Niederbayern und inklusive Roland zwei aus dem Großraum München – stand nun unschlüssig auf dem gepflasterten Innenhof und drehte ihre Urkunden in den Händen. Alle trugen ihre besten Anzüge, alle waren etwas enttäuscht, hungrig und nicht die Spur betrunken.

»Wer geht mit mir noch eine Pizza essen?«, fragte Roland, und sieben von acht Kollegen entschuldigten sich mit familiären Verpflichtungen. Die hatte er zwar selbst genauso, doch er war wild entschlossen, diesen Abend auszukosten. Das war sein Tag, verdammt!

Die sieben nickten, tippten sich an die nicht existierenden Mützen und eilten zu ihren Autos. Nur ein blasser Neukommissar aus Bamberg äußerte Interesse an einer Pizza, doch Roland erteilte ihm unter einem Vorwand eine Abfuhr. In Bamberg lebte seine Schwiegermutter, und an die wollte er an seinem großen Tag nicht erinnert werden.

Als sich der fränkische Kollege ebenfalls verzogen hatte, rückte Roland seine Krawatte zurecht und ging zu Fuß über die Donnersbergerbrücke.

Hier in der Nähe hatte er sich als junger Polizist oft mit Freunden zum Fußballschauen getroffen. Die frühe Abendsonne warf ihren knallpinken Schimmer auf die Stammstreckengleise, und Roland lief weiter. Das kleine Lokal war unter neuer Führung. Es wirkte noch immer gemütlich, doch einen Fernseher für Live-Übertragungen konnte Roland nicht entdecken. Ebenso wenig wie die Bedienung mit dem langen Zopf und dem enormen Vorbau, für die er früher geschwärmt hatte. Trotzdem trat Kommissar Roland Maeßmer ein, bestellte ein dunkles Bier und einen Burger mit Pommes. Unaufgefordert bekam er eine größere Portion Salat dazu. Mit Fenchel, den er dank Carlas kulinarischer Experimente sogar identifizieren konnte. Er probierte halbherzig und war überrascht, wie gut das Zeug mit der Burgersoße harmonierte. Das Bier schmeckte auch, das Essen war frisch und knackig, aber die Beförderungsurkunde in ihrer tannengrünen Schutzhülle lag vor ihm auf dem Tisch und strahlte ein irgendwie anklagendes Schweigen aus, während draußen die S-Bahnen so laut vorbeiratterten, dass man sie trotz der stimmungsvollen Rockmusik hörte.

Um einundzwanzig Uhr siebzehn, keine vier Stunden nach seinem Aufbruch, trat Roland auf den Bahnsteig Neugilching, einen faden Mayonnaise-Geschmack im Mund. Kaum war die S-Bahn quietschend losgefahren, schlug er sich an die Stirn: Er hatte die Beförderungsurkunde im Zug liegen lassen.

***

Nur weg von diesem Haufen Irrer. Die Nachtluft auf dem Nachhauseweg tat Carla gut. Sie kühlte ihre erhitzten Wangen und roch immer noch ein wenig nach Schnee.

Vor der Haustür traf sie Roland, der im gleichen Moment von der S-Bahn kam. Wenn irgendwie möglich, hingen Rolands Mundwinkel noch tiefer herab als ihre eigenen.

Anstatt sich aber in der gemeinsamen Gekränktheit zu verbinden und bei einem heißen Tee auf dem Sofa das Beste daraus zu machen, fuhren die von den Schlägen des Alltags angezählten Ehepartner nun erst recht die Krallen aus.

Nachdem Roland den schlafenden Lukas aus Gitte Grabows Wohnung hinunter in sein eigenes Bett getragen hatte, fand er kein einziges Wörtchen des Verständnisses für Carlas Beschwerde über ihren Elternabend und die Läuse. Am Küchentisch sitzend verdrehte er genervt die Augen. »Fällt dir eigentlich auf, dass du nur noch am Jammern bist? Du musst dich mal entscheiden, was du eigentlich sein möchtest: Mutter oder Brüllaffe?«

»Und Frau? Was ist mit Frau? Frau hast du wohl in deinen Auswahlmöglichkeiten vergessen!«

»Okay, dann nehme ich das mal als Entscheidung für die Option Brüllaffe«, murmelte Roland und erhob sich.

Wie immer in solchen Situationen hatte er das dringende Bedürfnis nach einem Mord. Einem Mord an einem geflügelten Ungeziefer mit verpilzten Krallenfüßen und Läusen unter den räudigen Restfedern.

Er verließ das Haus überstürzt und ohne Jacke. Hauptsache, er war rasch allein mit sich und seiner Wut, die er auf die nächstbeste Taube zu kanalisieren gedachte. Wie sich durch jahrelange Erfahrung gezeigt hatte, würde seine Erregung schon beim Anblick eines geeigneten Tieres zu verrauchen beginnen und sich, sobald er die Flugratte mit ausgefeilter Technik und künstlerischem Sachverstand von ihrem irdischen Dasein erlöst hatte, völlig in Luft auflösen. Anschließend würde er mit freiem Kopf und weiter Brust nach Hause zurückkehren können.

Diese Taktik, so nahm Roland an, war immer noch besser, als seine Wut woanders herauszulassen. Zu Hause zum Beispiel. Wo er auf den Tisch hauen, herumbrüllen und womöglich den Wäschekorb zertreten würde. Eigentlich sollten seine Taubenmorde auch in Carlas Interesse sein.

Mit einem nervösen Zucken des linken Augenlids schlug Kommissar Roland Maeßmer den Fußweg zum Steinberg ein. Wenn es irgendwo in Gilching Tauben gab, dann dort.

Teutates' Herrchensuche

Sören Bauer war bei seinen direkten Nachbarn in der großen Wohnanlage am Seefelder Weg nicht eben beliebt gewesen. Er hatte nie zurückgegrüßt, seinen Stellplatz in der Duplexgarage selten ordnungsgemäß abgeschlossen, sich permanent über sämtliche Kinder beschwert und seinen Hund immer erst im allerletzten Moment angeleint. Als dann auch noch der Briefkasten überquoll und das blöde Vieh einfach nicht aufhören wollte zu winseln, wandte sich die Nachbarin zur Linken an den Hausmeister der Anlage. Dieser klingelte und klopfte mehrmals vergeblich und kletterte schließlich vom Balkon der aufmerksamen Nachbarin auf den des Herrn Bauer, von wo aus er durch die gekippte Glastür den jaulenden Riesenköter und daneben den reglosen Körper seines Herrchens auf dem Laminatboden entdeckte.

Er verständigte die Polizei und den Notarzt, der nur noch den Tod des unbeliebten Mieters feststellen konnte. Die Leichenstarre hatte schon eingesetzt. Da es keinerlei Anzeichen für äußere Gewaltanwendung gab und der Mann offenbar allein in der Wohnung gewesen war, sparte man sich eine Obduktion. Alles sprach für einen angeborenen Herzfehler.

Sören Bauer hinterließ nur seine demente Mutter, die in einem Pflegeheim in der Nähe von Kiel lebte. Der Sohn, das wussten die dortigen Betreuer, hatte die alte Dame nicht in seine Nähe holen wollen, weil man einen alten Baum nicht verpflanzte. Vielleicht aber auch, weil der Pflegeplatz bei Kiel nur die Hälfte von dem in Gilching kostete.

Die Pflegekasse der Mutter war sehr erfreut über die Ersparnisse, die Sören Bauer während seiner Gilchinger Jahre mit etwas Aktienhandel angehäuft hatte. Der Rest des Erbes bestand aus der spärlich-funktionalen Einrichtung seiner Single-Mietwohnung. Der unerwartet Verschiedene war mit der Möblierung seines Heims ebenso sparsam gewesen wie mit seinen sozialen Kontakten. Neben einem Massivholzbett vom Flohmarkt gab es nur noch Pax und Billy, beides Pressspan-Schweden, sowie etwas Nippes. Damit konnte die Pflegekasse nichts anfangen, und der Vermieter drängte auf baldige Renovierung.

Also wurde die günstigste und einfachste aller möglichen Entsorgungsweisen gewählt: Die Wohnungseinrichtung des Verblichenen wurde einem sozialen Zweck gespendet.

In Gilching bedeutete dies, dass ein Quartett von Rentnerinnen mit leeren Umzugskartons erschien, um alles Brauchbare in den Eine-Welt-Laden des Ehepaars Nömayr zu transportieren, bevor ein paar kräftige Kerle vom Bauhof den Rest zum Wertstoffhof karrten.

Die Damen von der Wohlfahrt freuten sich über Sören Bauers große DVD-Sammlung und die relativ modische, hochwertige Oberbekleidung. Trekkingsachen gingen im Fünfseenland eh immer gut, und auch für den merkwürdigen Kerzenleuchter aus roher Keramik, den Frau Mutschler vergeblich abzustauben versuchte, würde sich sicher ein Käufer finden lassen. Rustikal war gerade wieder in.

»Was die Leute immer an diesen Staubfängern finden!«, monierte die Mutschler.

»Ja mei, des versteht jetzt unseroaner vielleicht ned so unbedingt, aber manche mögen's halt. Des hoaßt jetzt Shabby Chic«, meinte Frau Nömayr diplomatisch und schob sich ihre randlose Brille zurecht. »Den dean ma morgen glei vor der Tür neben die Übertöpf hidekorieren. Passt doch ganz guat zu Ostern, oder ned?«

»Ostern ist gut«, gab sich Frau Mutschler weiter schlecht gelaunt. »Es wird Zeit, dass der Sommer kommt.« Sie schnüffelte. »Meine Nase juckt schon. Sogar hier drinnen hundelt es irgendwie.«

Frau Nömayr hob besänftigend die Hände. »Freili hundelt des. Was erwarten S' denn in der Wohnung von am dodn Mo ohne Frau und Kinder?«

Über die leere Edelstahlschüssel auf dem Küchenboden wunderten sich die vier alten Damen nicht. Sie glänzte sauber. Wahrscheinlich hatte sich Herr Bauer vor seinem Ableben noch etwas kochen wollen, und die Schüssel war ihm dabei aus der Hand gefallen.

Auch der große graue Schatten, der sich in der Küche hinter dem Sammelbehälter für die leeren Pfandflaschen verbarg, fiel ihnen nicht auf. Mit dem Müll, in dem ein leerer Fünfundzwanzig-Kilo-Sack Hundetrockenfutter lag, mussten sich die wohltätigen Ladys nicht beschäftigen, das war Sache des Vermieters, und der neue Sack mit dem guten Trockenfutter stand noch ungeöffnet in der Garage. Über ihm baumelte eine robuste Hundeleine an einem Wandhaken, der sich genau auf der Grenze zum nächsten Abteil befand. Da Herrn Bauers Stellplatz zu einer elend langen Reihe von Duplexgaragen zählte, bemerkte während der gesamten Wohnungsauflösung niemand, dass es noch einen überlebenden Bewohner gab.

Teutates gab keinen Mucks von sich. Er war nicht so dumm, wie seine flache Stirn es vermuten ließ: Nach Herrchens Ableben war er in Gefahr. Hunde ohne Herrchen mochte niemand. Er musste aufpassen!

Obwohl er seit Tagen hungerte, sein Hals kratzte und ihn die volle Blase beinahe umbrachte, wartete er geduldig, bis die neugierigen Damen mit den gefüllten Umzugskartons verschwunden waren. Nur wenig später erschienen drei schwitzende Männer, um die Möbel seines toten Herrchens davonzutragen. Das war seine Gelegenheit. Er nutzte die Zeit, in der die Männer über die beste Abbaumethode des Massivholzbettes diskutierten, und verschwand durch die offen stehenden Türen.

Draußen erledigte er sein dringendstes Geschäft in einem Gebüsch und machte sich auf den Weg ins Unbekannte. Auf keinen Fall würde er sich noch einmal so herumschicken lassen wie damals auf der Rennbahn. Diesmal würde er sich seinen Platz selbst suchen. Er brauchte nicht das hochwertigste Futter und das Hundeshampoo mit pflegendem Jojoba-Öl. Er wollte auch keine zwanghaften abendlichen Bespaßungsaktionen, um ihn für lange, einsame Werktage in der Wohnung zu entschädigen. Er hätte einfach nur zu gerne jemanden gehabt, der ihn wirklich brauchte und schätzte.

Der Jesus ist tot

Am nächsten Morgen fuhr Roland mit dem Expressbus zur Arbeit. Lukas ging nicht in den Kindergarten. Bei der bloßen Erwähnung desselben fing er an zu weinen. Dann trat und schlug er so lange um sich, bis er tatsächlich so heiß war, dass das berührungslose Fieberthermometer anschlug. »Der Hattaputta ist auch krank«, wimmerte er.

»Na gut, aber angezogen wird sich trotzdem«, stellte Carla klar. Sie wusste genau, dass die Temperatur ihres Sohnes im Moment des Triumphs schlagartig wieder um ein Grad fallen würde.

»Wenn du schon nicht in den Kindergarten gehst, musst du aber jetzt mit mir einkaufen fahren. Und nach dem Mittagessen mit Gitte auf den Spielplatz. Sie wird sich freuen.«

Lukas war wie ausgewechselt. Die kleinen Schultern und Hände waren entspannt, der schmale Brustkorb hob und senkte sich wieder ruhig. Noch immer verschwitzt lächelte er selig. »Gitte sagt immer Hatschipuh zum Hattaputta.«

»Nicht mangelnde Hygiene, sondern warme, trockene Räume mit dicht nebeneinanderhängenden Textilien führen zu Kopfläusen.« So stand es im Flyer des Gesundheitsamtes, den alle Eltern ausgehändigt bekommen hatten. Und auch, wie man die winzigen Blutsauger am besten bekämpfte: Nicht etwa mit Teershampoo und militärischen Haarschnitten, sondern in erster Linie mit Waschmaschine und Tiefkühltruhe.

Carla Maeßmer beschloss, nichts davon zu tun. Ihre Gefriertruhe war zu voll, um neben Erbsen und Vanilleeis auch noch Kuscheltiere oder gar Federbetten zu verkraften. Und noch mehr Waschmaschinenladungen? Nein danke. Lieber ließ sie Lukas zu Hause, bis sich die Läuse und all die übrigen unangenehmen Kindergarten-Begleiterscheinungen in Wohlgefallen aufgelöst hatten. Wie die bunten Warnzettel ihr am Kindergarteneingang verraten hatten, grassierten um diese Jahreszeit auch noch Magen-Darm-Grippe, Influenza, Herpes, Rotaviren, Scharlach und unklares

Fieber. Sogar ein Fall von Röteln war neulich aufgetreten. Alles Dinge, auf die eine Schwangere verzichten konnte, für sich und für ihr Kleinkind. Mit Lukas konnte man schließlich durchaus Qualitätszeit verbringen, ja, gerade mit ihm! Wenigstens ein kooperatives männliches Wesen im Haus!

Diesen Mittwochvormittag zum Beispiel wollte sie nutzen, um ihren Garten frühlingsfrisch zu machen. Dazu würde sie mit Lukas zum Eine-Welt-Laden fahren, um ein paar Töpfe und von spendenfreudigen Gilchingern selbst gezogene Ableger heimischer Pflanzen zu kaufen. Im letzten Jahr hatte Carla die Erkenntnis gewonnen, dass ihr grüner Daumen nicht grün genug war, um jedes beliebige Gewächs in ihre Terrassenbepflanzung einzugliedern. Nur das, was sie entweder bei dem netten Blumengeschäft ums Eck oder eben dem Eine-Welt-Laden gekauft hatte, war nicht schon nach wenigen Tagen eingegangen. Für ihren kleinen Gilchinger Privatdschungel, schloss sie, eigneten sich eben nur echte Gilchinger Gewächse.

Lukas liebte den Laden. Normalerweise. Er hieß bei ihm nur »bei den netten alten Damen«, weil diese eine ganz ausgezeichnete Auswahl an Kinderbüchern und alten Spielzeugautos vorrätig hatten und ihm bei jedem Besuch ein gebrauchtes Pixibuch schenkten.

Doch diesmal streikte Lukas schon beim Einsteigen. Weil Carla seinen Kindersitz von der Rückbank auf den Vordersitz verlegte, erlitt er aus unerfindlichen Gründen einen Weinkrampf. Sie versuchte, ruhig zu bleiben.

»Was hast du denn? Es ist doch alles in Ordnung. Du darfst neben mir sitzen, den ganzen Weg bis zu den netten alten Damen. Und vom Vordersitz aus hast du sogar eine noch bessere Aussicht als von hinten, mein Goldstück.«

»ABER DA SITZT HATTAPUTTA! Du hast den Hattaputta mit dem Kindersitz platt gemacht!« Lukas wollte sich partout nicht beruhigen. Im Gegenteil, als er die Sache mit seinem platt gedrückten imaginären Freund endlich verwunden zu haben schien, beschwerte er sich plötzlich über seine fehlenden Fahrradhandschuhe. Die hatte er erst ein paar Tage zuvor von seinem Onkel Claus bekommen und wollte sie seither überallhin mitnehmen.

»Wir fahren doch mit dem Auto, mein Süßer.«

»Ich muss aber meine Handschuhe ganz oft anziehen. Dann passen die besser«, argumentierte Lukas. Seine Unterlippe zitterte.

Vielleicht hatte er ja recht, dachte Carla. Ihr Bruder Claus hatte die Fahrradhandschuhe tatsächlich eine Nummer zu klein gekauft. Häufiges Tragen würde sie mit etwas Glück noch weiten. Ergeben lief sie zurück ins Haus, um Lukas' Handschuhe zu holen. Erst als er sie angezogen hatte, herrschten wieder selige Ruhe und Frieden – bis Mutter und Sohn an der Kasse des Eine-Welt-Ladens standen. Carla hatte zwei Töpfchen mit irgendeinem bodendeckenden, winterharten Kraut ausgesucht, Lukas schon vor der Tür einen hässlichen, ziemlich großen Kerzenleuchter aus unglasierter Keramik. Vielleicht war es auch eine Pflanzensäule.

»Das kann man auf den Tisch stellen und Blumen reintun. Ich hab ein Foto von der Oma Regina, auf dem hat sie auch so was«, erklärte der weltgewandte Knabe. »Wir können ihr das schenken!«

Carla ließ ihn gewähren, froh über seinen Willen, sich einzubringen. Es stimmte ja auch: Ihre Schwiegermutter lebte auf Menorca in einem wahren Meer aus handgetöpferten mediterranen Scheußlichkeiten. Wer wäre sie, Reginas einzigem Enkel die Lust an Keramik auszutreiben?

Vor ihnen befanden sich zwei weißhaarige Kundinnen, die lange und mühsam in ihren Portemonnaies wühlten.

Lukas, seinen hässlichen Kerzenleuchter in den behandschuhten Händen, studierte aufmerksam die Reihe von unterschiedlich großen Kruzifixen, die über der Kasse an der Wand hingen. »Der Jesus ist tot!«, rief er plötzlich laut und deutlich in die Stille.

Die Damen erstarrten unverzüglich zu Salzsäulen mit offenen Mündern. Es folgten geschlagene drei Schrecksekunden, bis die rasselnden Lungen und angekalkten Herzen ringsum wieder ihre Arbeit aufnahmen. Frau Mutschler hinter der Kasse erlitt einen Anfall von Schnappatmung, obwohl sie früher Lehrerin gewesen war und sicherlich ihre Erfahrungen mit vorlauten Sprösslingen gemacht hatte.

Carla gelang es gerade noch, mit glühenden Ohren die Wogen zu glätten. »Der Jesus ist doch gar nicht tot, mein Schatz. Also, nicht so richtig. Das ist ziemlich kompliziert, haha …«

»Haha«, machten glücklicherweise auch rasch die Damen, nachdem sie den kleinen Urheber des blasphemischen Ausrufs ausfindig gemacht hatten. Wer konnte einem Dreijährigen schon böse sein? Noch dazu einem mit so hübschen schlammfarbenen Locken. Ein Pixibuch bekam Lukas an diesem Tag allerdings nicht geschenkt.

Ein Untier greift ein

Gitte Grabow ging gerne mit ihrem jungen Schützling auf den Spielplatz.

Es fühlte sich angenehm quirlig an, zwischen all den jungen Müttern, modisch gekleideten Vätern in Elternzeit und natürlich den vielen Kleinkindern zu sitzen, die keinen Krippenplatz bekommen hatten. Bis zum späteren Nachmittag war Lukas zwar mit Abstand der Älteste unter ihnen, aber das machte ihm nichts aus. Er spielte sowieso am liebsten mit seinen beiden eingebildeten Freunden Hatschipuh und Dingsbums, was Gitte überaus reizend fand. Was hatte der Junge nicht für eine blühende Phantasie!

Wenn es ihr doch einmal zu trubelig wurde, schaltete sie einfach ihr Hörgerät aus oder genehmigte sich einen Schluck aus ihrer braunen Glasflasche aus der Apotheke, in der früher einmal Rabenhorst-Lebertran gewesen war. Lebertran wirkte bei ihren alten Knochen schon lange nicht mehr, heute füllte sie sich zur Erquickung etwas perlenden Rosé mit Orangensaft hinein, aber das musste ja niemand wissen. Und zu viel Orangensaft durfte es auch nicht sein, wegen ihrer sensiblen Magenschleimhaut.

So ein Spielplatz war, abgesehen von den herumschwirrenden Magen-Darm- und Erkältungskeimen, eigentlich ein friedvoller Ort. Es konnte einem nichts passieren, solange man nicht gerade am falschen Sandbagger lutschte. Dass kein Müll herumlag oder Randalierer und wilde Bienenschwärme über einen herfielen, dafür wurde von den freundlichen Mitarbeitern des Bauamts Sorge getragen. Teenager, Bettler, Männer ohne Kind und das Tragen von Fahrradhelmen auf den Spielgeräten waren verboten – und Hunde sowieso. Gut so, fand Gitte. Ihr Verhältnis zu Hunden war geprägt von beidseitiger Indifferenz. Sie mochte die winselnden, kotenden Speichellecker einfach nicht, was diese im Normalfall merkten und deshalb von ihr fernblieben.

Der letzte Hund, den sie willentlich gestreichelt hatte, war der Köter eines eher klein geratenen, dunkelhaarigen Mannes mit sehr strengem Seitenscheitel und sehr kastenförmigem Schnurrbärtchen gewesen, als die hoch über dem Obersalzberg stehende Sonne das struppige Fell des Tiers aufheizte.

Bei ihrer Begegnung im Jahre 1944 hatte sie es sich mit dem Kerl lieber nicht verscherzen wollen. Selbst wenn sie dafür seinen leise knurrenden Schäferhund streicheln und sich einen müden Scherz anhören musste.

»Sie haben ja einen Teint wie … die Kleopatra! Bestimmt baden Sie auch in Eselsmilch, gell?«

Sei es drum, hatte sie gedacht und dem Herrchen des Schäferhunds ein glockenhelles Lachen geschenkt. Andere Leute hatten in diesen Jahren ganz andere Dinge tun müssen. Nicht jeder konnte vorgeben, jeden Tag in Eselsmilch zu baden.

All das quoll aus der untersten Schublade ihrer Erinnerung zurück in Gittes Bewusstsein, als auf dem Spielplatz am Gernholzweg das Monstrum auf sie zustürmte.

Es war ein kurzhaariges Untier von surrealer Form, das da durch die offene Spielplatztür heranrollte wie eine graue Flutwelle. Es hatte gelbe Augen, einen Schädel wie eine Kreuzung aus Spitzmaus und Höhlenbär und ein zähnestarrendes, langes Maul, aus dem rechts und links der Geifer spritzte. Das war kein Hund, das war der böse Wolf aus Grimms Märchen oder der nordischen Edda.

Gitte Grabow schloss mit ihrem irdischen Dasein ab und hoffte, der Riesenwolf würde wenigstens lieber an ihren mürben Knochen als an den zarten ihres Schützlings Lukas nagen. Der arme Nachbarsjunge war doch erst drei!

Doch was tat das Monstrum? Es wollte gar nicht auf irgendein Kleinkind losgehen. Es sprang am Klettergerüst vorbei, ohne einen der saftigen türkischstämmigen Jungen herunterzureißen und ihm die Reißzähne in die Waden zu schlagen. Es ignorierte auch Lukas, der zwanzig Meter weiter seine Sandschaufeln sortierte, sondern kam auf dem Hügel mit der kleinen Birke zum Halt. Dort drehte es sich um, sodass es das Geschehen auf dem Spielplatz im Blick hatte, und drückte das Hinterteil gen Erdboden.

Das Untier war nicht hier, um Kinder zu zerfleischen, dämmerte es Gitte. Es war hier, um zu kacken.

Und das tat es dann auch in aller Ruhe. Verdächtig lange saß es unter dem Birkchen und drückte und drückte.

Gitte fühlte sich von seiner Konzentration und den gequält hochgezogenen Lefzen unangenehm an das letzte Mal erinnert, als sie selbst unter Verstopfung gelitten hatte. Glücklicherweise war das schon einige Tage her, da sie nun wieder täglich einen verdauungsfördernden Spaziergang machte und genügend trank.

Wie auch immer – die Probleme des Tieres mit der Erleichterung hatten den Abbau von Gittes Vorurteilen zur Folge. Ohne dass es Worte bedurfte, knüpften sie ein feines Band zwischen der alten Dame und der grauen Monstrosität. Denn nachdem diese ihr Häufchen gemacht und es sogar pro forma mit ein bisschen Erde bedeckt hatte, sah sie schon gar nicht mehr so entsetzlich aus. In der Schule hatte Gitte gelernt, dass man Hunden immer fest in die Augen sehen sollte. Also warf sie immer wieder einen streng-forschen Blick gen Birke, doch das Tier saß einfach weiter auf seinem Hügelchen, zwei Meter neben seinem Häufchen, und starrte schüchtern auf die spielenden Kinder. Die Bewegungslosigkeit und das kurze graue Fell ließen den Hund mit der Umgebung verschmelzen wie eine Granitstele mit einem modernen Garten.

Ohne die Aufmerksamkeit seines greisen Kindermädchens auf sich zu spüren, war es Lukas im Sandkasten mittlerweile zu langweilig geworden. Er stand auf, ließ die Schaufeln Schaufeln sein und wollte den Kletterturm bezwingen. Der war so hoch wie ein Haus und mit roten Seilen bespannt, die um den tragenden Pfosten herum Waben und Trittstellen bildeten. Eine riesige rote Strickleiter in 3D. Lukas war erleichtert, dass gerade keine anderen Kinder darin herumkletterten. Rot war seine Lieblingsfarbe und der Weg endlich frei!

Entschlossen setzte er beide Füße bodennah auf das feste Seil. Sogleich stellte er fest, dass Gummistiefel bei der Unternehmung eher hinderlich waren, streifte sie also ab und ließ sie auf den feinen Kies fallen.

Auf grauen Socken mit Bagger-Motiven erklomm er rasch die erste Zwischenstrebe, von wo aus er sich mit den Händen weiterhangelte. Er kam besser und vor allem schneller voran als gedacht.

Lukas streckte sich, bückte sich, balancierte ein wenig und lief dann geschickt wie die Katze auf der schmalen Balkonbrüstung der Nachbarn auf dem roten Seil herum. Er hatte Gefallen am eigenen Geschick und den fließenden Bewegungen gefunden. Er war gut, genauso gut wie Spider-Man! Kein anderes Kind kletterte so schnell wie er, jedenfalls nicht im Moment. Er war der König vom ganzen Spielplatz! Nein, besser noch – er war der schlaue Wickie, der auf dem Wikingerschiff von seinem Papa bis ganz nach oben in den Mastkorb kletterte! Er begann, sein Lieblingslied zu summen: »Hey, hey, Wickie, hey, Wickie, hey …«

Als er eine Engstelle erreichte, musste er umständlich umgreifen und sah dabei aus Versehen zu Boden. Und stellte auf einmal fest, dass da unten gar kein einzelnes kleines Kiessteinchen mehr zu erkennen war. Nur noch eine schimmernde hellgraue Masse, die hin und her zu schwappen schien. Wie die Wellen unter seinem Wikingerschiff. Das tiefe, kalte Meer. Die Höhe sprang Lukas an wie die Katze, für die er sich eben noch gehalten hatte, mit messerscharfen Krallen. Mit weißen Knöcheln klammerte er sich an das Seil und fühlte, wie sein Körper plötzlich schwer wie ein Stein wurde und nach unten, in Richtung der grauen Wellen zog. Die Buddelhose, die ihn bis eben nicht behindert hatte, betrog ihn jetzt ebenfalls und ließ seine Knie vom Seil rutschen, als wären sie mit Butter eingestrichen. Zwei Füße in Bagger-Socken hingen in der Luft. Lukas' Zähne klapperten, der Hilfeschrei wurde schon im Hals erstickt. Er drehte den Kopf weg und sah stumm zu der Bank hinüber, auf der Gitte saß.

Gitte Grabow spürte die Not ihres Schützlings, schaute auf und suchte den Spielplatz ab, bis ihr Lukas' neongrüne Jacke ins Auge stach. So weit oben! Bestimmt vier Meter! Sie riss ihre klapprigen Knochen in die Höhe, um zu Hilfe zu eilen, doch noch während sie ihren entsetzten Blick in den von Lukas bohrte, rutschte ihr Nachbarsjunge auch schon ab.

Sein Glück waren die Seile, über die er schon geklettert war. Er stürzte nicht senkrecht nach unten, sondern blieb immer wieder in ihnen hängen. Er streifte das Seil kurz mit einem Arm, einem Bein oder dem Bauch und flutschte dann weiter nach unten wie ein verirrter Basejumper. Schon flog das letzte Seil an ihm vorbei.

und es folgten ein großes Stück leere Luft – und ein Hund. Der kleine Körper in der neongrünen Jacke traf schräg auf einen fellüberzogenen Muskelberg und rutschte daran sicher zur Erde.

Im Gegensatz zu Lukas brauchte Gitte Grabow eine ganze Weile und einen Schluck aus ihrer vorgeblichen Lebertranflasche, um sich von dem Schreck zu erholen. Lukas war ihr dabei keine große Hilfe, da er sich nach dem Absturz nur kurz wunderte und sich dann wieder seinen Sandschaufeln widmete.

Dennoch war Gitte nicht allein mit ihrem klopfenden Herzen und ihrer langsam verebbenden Hitzewallung. Wie selbstverständlich saß der Hund zu den Füßen des uralten Filmstars. In der Positur einer ägyptischen Katzenstatue hielt er Wache und hüstelte dabei die ganze Zeit über leicht, als wollte er seine Stimme klären, um etwas Wichtiges von sich zu geben.

»Na, mein Lieber, auch gesundheitlich angeschlagen? Kein Wunder bei diesem schäbigen Wetter«, sagte Gitte, als sie sicher war, dass niemand es hörte. Vorsichtig streckte sie die Hand aus und tätschelte mit klimpernden goldenen Fingerringen den breiten Nacken des Tieres.

Kurz darauf begann es leicht zu nieseln, und Gitte war froh, den Spielplatz verlassen zu können. Der riesige Hund folgte ihr und Lukas den ganzen Weg wie ein hustender, schwanzwedelnder Schatten. Nur dass er bei genauerem Hinsehen gar keinen Schwanz mehr hatte, mit dem er wedeln konnte. Einzig ein dickes, irgendwie obszön wirkendes Stummelchen, das über seinem nicht minder obszönen After und den darunterhängenden, noch viel obszöneren Hodenbeutelchen freudig herumzuckte. Es sah bei aller Eleganz des Resthundes ziemlich ekelhaft aus. Gut, dass Gitte Grabow zu sehr Dame war, um genau hinzuschauen.

Lukas war die hintere Optik seines neuen Freundes egal. Hauptsache, er hatte endlich einen Hund! Und was für einen! Er konnte sich keinen vorstellen, der bedrohlicher ausgesehen hätte als dieser.

Das fand seine Mutter leider auch. Carla hatte gerade Rolands Entrecôte aus dem Kühlschrank genommen, damit es vor dem

Braten Zimmertemperatur annehmen konnte, und überlegte, ob sie dazu Rosmarinkartoffeln oder einen gemischten Salat machen sollte, als es klingelte. Nichts ahnend öffnete sie Lukas und Gitte die Tür und fiel vor lauter Schreck hintenüber auf den Po, weil ein hoffnungsfroher Hund an ihr emporsprang.

Lukas lachte laut, was ihm eine sanfte Kopfnuss von Gitte einbrachte.

Den Rest des Tages gab das Vieh keinerlei Anlass zur Klage. Brav saß es im Wohnzimmer und erduldete Lukas' Zuneigungsattacken, während Carla das Internet erst nach Hunderassen und dann nach vermissten Hunden durchsuchte. Mit Ersterem war sie erfolgreich, mit Zweiterem nicht.

»Herzlichen Glückwunsch, wir haben ein neues Familienmitglied«, begrüßte Carla Roland, als er nach Hause kam.

Der erbleichte, riss die Augen auf und heftete seinen Blick auf die Körpermitte seiner Frau. »Wie, was …?«

»Nein, keine Angst. Das Kind ist noch drin.« Zur Bekräftigung klopfte sich Carla dreimal auf den dicken Bauch und wies dann hinter sich in die Küche. Dort stand ein silbergrauer Torpedo mit den Vorderpfoten auf der Anrichte und leckte einen Teller ab. Einen leeren Teller. Der Torpedo schluckte geräuschvoll. »Ups«, sagte Carla. »Also, das ist jedenfalls ein echter englischer Greyhound.«

»Aber das war mein Beförderungssteak! Dieses blöde Monsterviech hat mein Beförderungssteak gefressen!«

»Der Hatti muss halt erst lernen, was er bei uns darf. Vielleicht hat ihn sein altes Herrchen nicht richtig erzogen. Du könntest ja noch schnell Hundefutter kaufen fahren.«

»*Hatti?* Hat das Monster also auch schon einen Namen? Na, so flott geht das aber nicht. Hier bin immer noch ich der Haushaltsvorstand«, entrüstete sich Roland. »Ihr könnt euch doch nicht einfach über meinen Kopf hinweg einen Hund anschaffen, wer bin ich denn?«

»Du bist ein ziemlich herzloser Papa, du Haushaltsvorstand«, maulte Carla und deutete auf den in Tränen aufgelösten Lukas, der mit seinen Ärmchen den Hals des Riesentiers umschlang, als müsste dieses ihn aus einer Lawine herausziehen. »Außerdem haben wir ihn uns ja gar nicht angeschafft. Gitte hat angeblich alles getan, um ihn abzuwimmeln, aber es war halt Liebe auf den ersten Blick. Ist doch schön, wenn einer einen einfach so bedingungslos gut findet.«

Roland pflückte die Arme seines Sohns vom Hundehals, um sich selbst daran zu schaffen zu machen. Er grunzte angewidert, verzog das Gesicht und murmelte etwas von Zecken, auf die er bestimmt gleich stoßen würde.

Der Hund hielt still wie eine Sphinx. Er schien die körperliche Zuwendung zu genießen, auch wenn Rolands Miene pure Abscheu ausdrückte.

»Ha!«, machte Roland dann und hielt ein geöffnetes Halsband empor. Mit spitzen Fingern tastete er es ab, bis er einen runden silbernen Anhänger in der Größe eines Ein-Euro-Stückes fand. »Wenigstens ist der Bursche angemeldet. Da werden wir doch mal sehen, wo wir dich schnell wieder abgeben können«, knurrte er und verschwand mit Anhänger und Halsband an den Computer.

Kurz darauf hörte man Roland im Arbeitszimmer telefonieren, doch außer ein paar gebrummten »Jas« und »Ahas« vernahm die an der Tür lauschende Carla nicht viel.

Wenig später kam Roland triumphierend ins Wohnzimmer zurück. »Ich habe gerade mit der Gemeinde und mit dem Tierheim telefoniert. Unser lieber kleiner Hatti hat natürlich schon einen richtigen Besitzer. Hundesteuer ist bezahlt, er wurde geimpft, alles paletti. Leider ist das Herrchen gerade nicht zu erreichen. Wahrscheinlich ist er im Urlaub und hatte keinen Bock, das Monstrum mitzunehmen. Versteh ich sogar. Die Frau vom Tierheim sagt, wir wären wohl so etwas wie eine sehr spontane Ferienvertretung. Selbst ausgesuchte Urlaubs-Herrchen.«

»Dann dürfen wir ihn erst mal behalten?«, fragte Carla.

»Ja. Wir kriegen sogar die Futterkosten zurückerstattet … Moment, hast du gerade ›dürfen‹ gesagt? Seit wann magst du überhaupt Hunde?«

»Seit sie mir bei der Kinderbetreuung helfen. In den letzten vier Stunden hat Lukas kein einziges Mal gequengelt.«

»Das Entrecôte hat zwanzig Euro gekostet!«

»Ein Babysitter für vier Stunden kostet vierzig.«

»Hinterhältiges Kapitalistenpack«, knurrte Roland. »Ich fahre zu McDonald's.«

Ein-Euro-Job

Am Montagmorgen saß Roland in seinem neuen Büro – es war stolze 1,33 Quadratmeter größer als das alte – und versuchte, sich auf die bestmögliche Ermittlungsstrategie im Fall der Fische vom Allinger Todesweiher zu konzentrieren. Sein Chef Spengler hatte ihn gerade mit der Sache betraut.

»Mein lieber Herr Maeßmer, Sie wissen doch sicherlich, was der Kern Ihres neuen Kompetenzbereichs als Kommissar ist?«

»Äh, das Wahrnehmen von Führungsaufgaben?«

»Exaktemoh, wie der Franzose sagt. Menschen zu führen ist eine Aufgabe, die nicht jedermann in den Schoß gelegt wurde. Ich würde mir wünschen, dass Sie es können, Herr Maeßmer.« Spengler beugte sich näher zu Roland. »Denn irgendwann in den nächsten drei Jahren, das ist ein offenes Geheimnis, wird der gute Herr Schneider in Pension gehen. Dann brauche ich einen neuen Dienststellenleiter. Das könnten Sie sein! Warum nicht? Lösen Sie Ihren ersten Fall als Kommissar, qualifizieren Sie sich weiter! Also, fragen Sie die Leute, fragen Sie einen Experten für Forellenzucht oder wen auch immer, filzen Sie mir Alling nach Augenzeugen. Das Kaff ist ja nicht so groß, da spricht sich doch bestimmt herum, wer den Teichbesitzer ärgern wollte oder wer heimlich Sondermüll da entsorgt oder so etwas. Finden Sie heraus, wer diese armen kleinen Fischlein auf dem Gewissen hat. Bekleckern Sie sich mit Ruhm, aber vergessen Sie niemals: Sie sind jetzt im gehobenen Dienst. Verhalten Sie sich dementsprechend.« Spengler wies mit einer wedelnden Handbewegung Richtung Tür, bevor er sich durch dieselbe verdrückte.

Roland war sich relativ sicher, dass sein Chef ihm dieselbe Aufgabe auch ohne Beförderung aufs Auge gedrückt hätte. Einfach deshalb, weil Alling direkt neben Gilching lag und er am nächsten am Tatort wohnte. Theoretisch wären sogar die Fürstenfeldbrucker Kollegen zuständig gewesen, da die Landkreisgrenze ganz knapp südlich der Weiher verlief. Weil es sich aber bei dem Entdecker des Fischsterbens um einen alten Schulfreund von Dr. Hans-Jürgen Spengler handelte, hatte dieser sich direkt an den Starnberger Arm des Gesetzes gewandt. Im Grunde war Roland froh über die Gelegenheit, sich mit einem so blut- und gewaltfreien Fall in seine neue Position hineinfühlen zu können. Er konnte ihn mit viel Bedacht angehen, es waren ja keine Menschenleben in Gefahr.

Doch die Konzentration auf den besten Ermittlungsansatz zum Allinger Todesweiher wollte ihm einfach nicht gelingen. Immer wieder drängten sich Bilder von seinem ganz persönlichen Todesweiher in seinen Kopf. Am gestrigen Sonntag hatten sie anfangs noch harmonisch mit Nachbarin Gitte gebruncht, wobei er mit dem Braten von Spiegeleiern und Speck einfach nicht nachgekommen war. Er hatte sich gefreut, dass es allen so gut mundete, hatte die zweite Packung Eier angebrochen und noch mehr Schnittlauchröllchen geschnitten, um alles hübsch zu dekorieren, wie er es von seiner Mutter gelernt hatte. Lukas stand wohl kurz vor einem Wachstumsschub, dachte er stolz. Bis irgendwann der Köter unter dem Tisch rülpste und die canide Abluft verdächtig nach Ei und Speck roch. Roland beugte sich hinunter. Ein einsames Schnittlauchröllchen hatte an den Lefzen von Hatti geklebt.

Roland knurrte, während er sich in seinem neuen Büro auf alle viere sinken ließ und unter seinen Schreibtisch kroch, um die Stromzufuhr zu seinem Monitor zu optimieren. Ein schönes Kommissarsleben würde das werden! Sogar seine Zweifachsteckdosen musste man selbst auseinanderklamüsern. Wie war das gleich mit den Führungsaufgaben? Aber wenn man ihn schon nicht mal zu Hause für voll nahm …

Später am gestrigen Sonntag, nach einem langen Waldspaziergang, der daraus bestand, Stöcke zu suchen, Stöcke zu werfen, Amseln zu erschrecken und herauszufinden, dass der Hund nicht apportieren konnte oder wollte, hatte Lukas sein wöchentliches Schaumbad genommen. Mit Hatti statt wie sonst üblich mit ihm, seinem Vater. Das Vieh schien Schaumbäder seltsamerweise zu lieben, und Carla hatte beim Zusehen selig gelächelt, obwohl sie sonst bei jedem Spritzerchen jenseits der dafür vorgesehenen Sanitärkeramik sehr giftig reagierte.

Verräterin. Da backte sie ihm erst grässliche Pappdeckelkekse und ermunterte ihren Sohn jetzt auch noch, so einen dahergelaufenen, sabbernden Riesen-Lassie seinem eigenen Vater vorzuziehen.

Nein, so ging das nicht weiter. Der Köter musste weg.

Lukas tat ihm schon ein wenig leid. Sein Sohn hatte heute Morgen tatsächlich darauf bestanden, in den Kindergarten zu gehen. Von sich aus. Richtiggehend freudig erregt war er gewesen. Nicht einmal die Extrabrotbox für Hattaputta und Bumbalalu hatte er wie sonst mitnehmen wollen, ein feuchter Kuss vom Köter, der ihm zum Abschied mit seinem riesigen graurosa Fleischlappen von Zunge, platt und knotig wie ein zu lange geklopftes Schnitzel, übers Gesicht geschleckt hatte, war ihm genug gewesen. Igitt. Doch Lukas hatte der Abschied gefallen. Er hatte das Vieh so innig umarmt, wie er ihn, immerhin seinen treusorgenden Vater, nie umarmte.

»Kommst du mit und passt auf mich auf?«, hatte er den Köter gefragt, als könnte der mit seinen viereinhalb Gehirnzellen unter der flachen Schädeldecke so etwas Komplexes überhaupt verstehen.

»Hunde dürfen nicht in den Kindergarten«, hatte Roland entnervt gebrummt, aber sowohl er als auch Carla waren ganz froh gewesen, als der graue Riese sich mit ihm aus der Haustür drängte, um hechelnd hinter dem Auto mit Vater und Sohn herzuspringen. Vielleicht wurde man ihn ja auf diesem Wege los? Unter Lukas' Protest fuhr Roland eine unnötige Schleife über die Römerstraße, um Hatti abzuhängen. Bis zum Kreisverkehr an der Karolingerstraße hielt das Tier tapfer mit, bis es auf Höhe des Unterwäscheladens endgültig abreißen lassen musste und aus dem Rückspiegel verschwand.

Roland seufzte befriedigt. Ihm fiel ein Stein vom Herzen, dass der Plan so schnell und schmerzlos aufgegangen war.

Doch nachdem er Lukas in seine Gruppe gebracht und sich wieder hinters Steuer gesetzt hatte, erblickte er im Augenwinkel einen mittlerweile vertrauten grauen Schatten. Hatti saß neben den Fahrradständern und starrte unverwandt auf die Eingangstür des Kindergartens. Artig sah er aus, mit nebeneinandergestellten

Pfoten und gespitzten Restohren Wobei, das edle Rassetier spitzte sowieso immer die Ohren, das konnte gar nicht anders, weil es an ihnen als Welpe operiert worden war. Genauso wie am Schwanz, den man ihm komplett abgeschnitten hatte. Eigentlich eine arme Sau, dieser blöde Hund, dachte Roland.

Irgendwie war es schon herzerwärmend, wie Hatti da auf sein neues kleines Herrchen wartete. Roland verbot sich schnell den Gedanken. Der Hund war und blieb ein überflüssiger Esser und Arbeitsverursacher, den man auf keinen Fall behalten konnte. Und vor allem wollte. Er musste weg.

Konnte ja nicht so schwer sein, dem natürlichen Hunde-Lebensende ein wenig nachzuhelfen. Schwager Claus, als Versicherungsheini sowieso ein notorischer Besserwisser, hatte ihn auf die Idee gebracht.

Claus war nicht nur eingebildet, neunmalklug und schwul, sondern auch ein großer Hundefreund. Als bisher Einziger der Familie. Schon als er am Telefon von Hatti erfahren hatte, machte er tausend Optimierungsvorschläge für das neue Mitglied der Maeßmer'schen Sippe. »Wow! Ein reinrassiger Greyhound!«, bemerkte er, als er das verschwommene Handyfoto, das ihm sein Schwager geschickt hatte, betrachtete.

»Was du nicht sagst«, murmelte Roland.

»Das ist nicht irgendein Hund«, sagte Claus. »Der gehört zur Gattung der Windhunde. Die werden seit Jahrtausenden auf Geschwindigkeit gezüchtet. Früher auch für die Niederwildjagd, heute nur noch für Hunderennen. Greyhounds sind fast so schnell wie Geparden und doppelt so schnell wie Menschen. Der braucht so viel Auslauf, da kannst du dir gleich mal ein Elektrorad zum Gassigehen besorgen. Bei der Körpergröße wird er aber leider nicht besonders alt werden, ich tippe auf nicht mehr als zehn Jahre.«

»Das sind doch mal gute Nachrichten! Das heißt also, wenn er jetzt rein zufällig eh schon neuneinhalb ist, könnte er mit etwas Glück morgen von allein tot umfallen?«

Schwager Claus hatte seinen Witz nicht lustig gefunden, aber das wurmte Roland nach acht Jahren Beziehung mit dessen Schwester schon lange nicht mehr. Claus hatte seinen Humor noch nie geteilt. Er war vier Jahre älter als Carla und damit halt schon sechs gewesen, als die Familie aus Bamberg nach München gezogen war. Für die totale Assimilation war es für ihn zu spät gewesen. Oberfranken! Die kapierten einfach immer nur die Hälfte.

So, die Steckdosen waren bestmöglich ausgenutzt. Roland seufzte und griff nach dem Telefon auf seinem neuen Schreibtisch. Am besten würde er erst einmal seinen Kumpel Ali vom Münchner Institut für Rechtsmedizin anrufen. Der war erstens nett und zweitens eine Koryphäe seines Fachs, das hatte er im letzten Herbst im Umgang mit dem Frauenzeh aus dem Ammersee bewiesen. Außerdem hatte er mindestens einen Doktortitel in Medizin, wenn nicht sogar auch noch in Biologie. Der kannte sich mit Leben und Tod aus, da wüsste er sicher, wie man so einen Köter unauffällig loswurde. »Servus, Ali, hier ist Roland von der PI Starnberg.«

»Alterchen! Wenn ein viel beschäftigter Beamter wie du sich von der Arbeit aus bei mir meldet, dann kann das doch nur bedeuten, dass ihr wieder eine Leiche habt und der Onkel Ali mal gucken soll. Und ich komme gerne, sag ich dir, sehr gerne sogar. Das Fünfseenland soll ja immer einen Besuch wert sein. Also, was ist los? Bin ganz Ohr.«

»Na ja, eigentlich sind es sogar ein paar tausend Leichen. Aber ich muss dich enttäuschen, denn du wirst keine davon auf den Tisch kriegen. Bei meinen Toten handelt es sich nämlich um vergiftete Fische.«

»Vergiftet! Wie schön. Das freut mich jetzt spontan für die Fische. Vergiftet zu werden ist doch viel besser, als eins mit der Keule übers Hirn gebraten zu kriegen und anschließend stundenlang neben dem Anglermörder auf dem Gras zu verröcheln.«

»Die Wasseranalyse des Teiches, in dem die Fische schwammen, hat einen erhöhten Quecksilberwert nachgewiesen.«

»Schade. Und ich dachte schon, es wäre vielleicht was Spannendes. Zyankali oder so. Quecksilber kommt doch immer wieder mal vor. Das ist ganz normal, für den Stoff gibt es sogar Minen.«

»Das habe ich auch schon rausgefunden. Allerdings liegen

Quecksilberminen eher in Serbien, Italien und China. In Gebieten mit vulkanischer Aktivität und nicht in Alling. Ich muss jetzt klären, ob das Zeug durch einen blöden Unfall in den Weiher gelangt ist oder jemand Absicht hat walten lassen. Sprich: Wollte einer dem Teichbesitzer Böses, oder hat einer einfach nur seine alten Thermometer und Energiesparlampen in dem Weiher entsorgt?«

»Pfff, und woher soll ich das wissen? Bin ich vielleicht Chemiker?«

»Kein staatlich geprüfter, aber auf jeden Fall ein besserer als ich. Bei euch Medizinern steht Chemie doch auch auf dem Lehrplan. Bei Polizisten eher nicht.«

»Na gut, dann werde ich es erst mal mit den Grundrechenarten probieren. Die haben mich in meiner Ausbildung wohl auch länger als dich begleitet. Wie viele Kubikmeter Wasser hat dein vergiftetes Gewässer?«

»Um die zehntausend. Ist ein normaler Karpfenweiher.«

»Und wie erhöht ist der Quecksilberwert?«

»Um das Vierhundertsiebzigfache.«

»Holla. Damit solltest du die Entsorgungstheorie ausschließen können.«

»Danke. Das wollte ich hören. Den Rest muss ich dann wohl wirklich selbst herausfinden.« Roland wechselte das Thema, um zum eigentlichen Grund seines Anrufes zu kommen. »Sag mal, du hast nicht zufällig einen Tipp, wie man Hunde loswird? Damit meine ich nicht so was wie Ultraschall gegen Maulwürfe, sondern was Wirksameres?«

»Was hast du denn gegen Hunde? Ich persönlich habe eher was gegen Katzen. Meine Nichte hat zwei, und ich darf immer das Klo sauber machen, wenn sie in den Urlaub fährt.«

»Ach, letzte Woche ist mein Bub schon wieder in einen Hundehaufen reingestiefelt«, log Roland not. Er wollte nicht zugeben, dass seine Familie seine Meinung als Oberhaupt grob ignorierte und sich den Feind ins Wohnzimmer geholt hatte. »Und das mitten auf dem nagelneuen Spielplatz. Unsere uralte Nachbarin hätte sich vor Schreck fast den Oberschenkelhals gebrochen.«

»Schlimm, schlimm, schlimm«, antwortete Dr. Ali. »Deine alte

Nachbarin habe ich übrigens letztens in der Zeitung gesehen, weil sie so ein Hautevolee-Altenheim bei euch eröffnet hat. Gitte Grabow, stimmt's? Die hat aber eine stattliche Goldzahnsammlung beisammen, das konnte man sogar auf dem verpixelten Zeitungsfoto sehen. Sollte sie mal auf meinem Tisch liegen, was hoffentlich nie passieren wird, könnte ich mit dem Bestatter was zu deinen Gunsten drehen.«

»Du bist echt ekelhaft. Aber das mit der illegalen Scheißerei ist wirklich kein Zustand. Kaum pflückt dein Kind einen Grashalm, klebt auch schon die Hundescheiße dran. Und das, obwohl bei uns diese Kacktütenspender rumstehen wie Windanlagen in Sachsen. Gibt es denn da keinen Schnelltest? Also, Stäbchen in die Kacke, und dann schickt die Gemeindedatenbank dem so ermittelten Hundehalter automatisch einen Strafzettel über fünfhundert Euro zu? Kannst du da nicht mal was improvisieren? Die Arbeit wäre doch für Ein-Euro-Jobber super geeignet. Die wären an der Luft und hätten was zu tun.«

Ali gab ein kurzes Brummen von sich. »Nein, da kann ich dir leider nicht weiterhelfen. Obwohl das eine durchaus gute Idee für Ein-Euro-Jobber wäre, wenn es die überhaupt noch gibt. Aber so ist die Welt. Ich sag immer, Scheiße bleibt einfach Scheiße.«

»Na gut. Wenn mein Sohn also noch mal in eine Tretmine reinsteigt, dann werd ich mir den nächsten Hundehalter persönlich vorknöpfen.«

»Dazu gibt es ein bildgewaltiges türkisches Sprichwort: Ich füttere die Tauben mit dem alten Brot, das ich im Mösensaft deiner Mutter eingeweicht habe.«

»Hübsch«, murmelte Roland nach kurzer Sprachlosigkeit. Er musste sich immer wieder daran gewöhnen, was für ein kalauernder Haudrauf sein relativ neuer Freund von der Rechtsmedizin war. Jedes Mal, wenn er mit Dr. Said Al-Jamal telefonierte, hatte dieser mindestens einen kurzen Moment von verbalem Brechdurchfall. Vielleicht umgab sich Ali ja deshalb in erster Linie mit Toten. Die konnten sich von ihm nicht mehr auf den Schlips getreten fühlen.

»Ich dachte, du bist Araber und kein Türke.«

»In der ersten Klasse hat man da noch keinen Unterschied gemacht. Ich musste immer in der Türkenecke sitzen, neben der stummen Gülcan und dem dicken Yilmaz.«

»Und der hatte bestimmt fünf große Brüder und deshalb sämtliche Sprichwörter auf Lager?«

»Es waren nur drei Brüder. Und ich habe ihm beim Übersetzen geholfen.«

Ali feixte durchs Telefon, und Roland wurde wieder bewusst, dass er in dem Gerichtsmediziner einen Freund mit genau dem Quäntchen schwarzen Humors gefunden hatte, das ihm selbst manchmal fehlte.

In seinem ersten Fall als Kommissar kam er allerdings an diesem Tag nicht weiter. Da er beim Institut für Veterinärmedizin eine genaue Analyse des Quecksilbers in den Fischleichen in Auftrag geben wollte, fuhr er nach Alling, um beim Besitzer des Weihers ein paar Stichproben der Mordopfer abzuholen. Zu seinem Horror musste er dort jedoch erfahren, dass dieser die gesamten paar Kubikmeter abgeschöpfter Wasserbewohner schon am vergangenen Donnerstag zur Entsorgung in einen Mitgliedsbetrieb des Landesverbandes Tierkörperbeseitigung gebracht hatte, wo sie gründlich und vorschriftsmäßig eingeäschert worden waren.

Roland hatte es versäumt, rechtzeitig einzugreifen und Fische zu beschlagnahmen, aber dafür hätte er auch früh genug die Befugnis haben müssen.

»Gut, dass du schon so früh nach Hause kommst«, begrüßte ihn Carla mit gerötetem Gesicht. Sie hatte eine Schürze umgebunden und wirkte etwas staubig. Ihre Frisur sah mehr nach Albert Einstein aus als nach gepflegter Hausfrau, aber Roland verkniff sich die Bemerkung, dass sie spätnachmittags noch immer wirkte wie gerade aus dem Bett gefallen. Er wollte nicht schon wieder einen Streit vom Zaun brechen.

»Wieso?«, fragte er unschuldig und versuchte, seine Gattin auf den Mund zu küssen. Sie wich aus, sodass er nur ihre erhitzte Wange erwischte. Enttäuscht zog Kommissar Roland Maeßmer sich zurück und schmollte. Etwas knirschte zwischen seinen Zähnen. »Ist das … Mehl? Hast du wieder was Leckeres gebacken?«

»Ich bin noch dabei. Aber nicht mit Mehl. Mehl macht dick

und krank. Ich mache heute Knusperkekse mit Kokosraspeln und Quinoa-Amaranth.«

»Aha. Klingt exotisch. Wie ein Namensvorschlag von deinem Bruder für unser nächstes Kind«, sagte Roland. »Kann ich später einen Keks probieren?« Nicht dass er wirklich scharf auf so einen mehllosen Keks gewesen wäre, aber er wollte seiner labilen Frau den schmerzenden Rücken stärken. Wenn es half, ein paar Momente Licht in Carlas hormonverfinsterte Psyche zu bringen, dann würde er auch gerne ein Dutzend Kekse mit Quiekedings-Amalie herunterwürgen.

»Nein«, entgegnete Carla zu Rolands Verwunderung, hob den Kochlöffel wie die Fee ihren Zauberstab und deutete damit auf das große Bündel aus grauem Maulwurfsfell, das sich unter die Anrichte gequetscht hatte. »Nicht, solange Hatti noch nicht Gassi war.«

Polizeikommissar Roland Maeßmer wollte sich mit dem Vieh nicht in der Öffentlichkeit zeigen. Am Ende dachten die Gilchinger Mitbürger noch, sein Status als Polizeibeamter wäre ihm nicht genug, weshalb er das aufgeblasene Geschöpf als Egostütze bräuchte. Eine Schwanzverlängerung mit Fell für jemanden, der sich keinen teuren Sportwagen leisten konnte. Er entschied sich, mit der Töle eine Runde durch die westlichen Wälder zu drehen. Dort, zwischen dem stillgelegten Zementwerk und dem Bauernhofmuseum Jexhof, war um diese Uhrzeit bestimmt wenig los.

Der Hund schien seinen Unwillen zu spüren. Im ersten Gebüsch hinter St. Gilgen erleichterte er sich und lief dann geradezu unsichtbar und völlig geräuschlos neben ihm her, wobei er stets einen Respektabstand von etwa eineinhalb Metern einhielt.

Sie erreichten den Wald bei Anbruch der Dämmerung. Roland beschleunigte seinen Schritt. Wenn er den Hund schon nicht loswerden konnte, so wollte er die aufgezwungene Gelegenheit wenigstens zur körperlichen Ertüchtigung nutzen. Nach wenigen hundert Metern war er außer Atem, fluchte und keuchte, und trotzdem konnte er das Geräusch, das zu seiner Rechten aus dem Wald drang, sofort identifizieren: »Gu-gu-guuu …«

Abrupt blieb er stehen, lauschte und wandte sich dann mit

verengten Augen an die graue Rennsemmel neben sich. »He, Hatti! Hörst du das? Dieses blöde Gegurre?« Hatti fixierte ihn aufmerksam, und Roland war überrascht. Es fühlte sich gut an, seinem Ärger in Gesellschaft Luft zu machen. »In dem Gebüsch da drüben sitzt irgendwo eine Taube. Weißt schon, so eine fette, flohzerfressene Flugratte. Nervt nur rum und kackt und hat ungefähr genauso viel Hirn wie du. Ich hasse Tauben. Und dieses Exemplar gurrt so laut, dass es ganz nah sein muss. Wenn ich jetzt meine Knarre dabeihätte, würde ich den Strauch durchlöchern, das sag ich dir. Aber«, das war als rhetorische Frage gedacht, »wie wäre es denn, wenn du dich mal nützlich machen würdest?«

Ohne Vorwarnung stürzte sich Hatti ins Unterholz. Roland hatte ihn gar nicht verschwinden sehen, so geschmeidig war er in die Brombeerranken und Holundersträucher abgetaucht. In einem Moment war er noch brav neben ihm hergetrottet und hatte seiner Taubentirade zugehört, im nächsten zeugten nur noch ein paar wackelnde Zweiglein von seiner vormaligen Anwesenheit.

Etliche Sekunden später verstummte das Gurren. Und wieder kurz darauf stand Hatti hechelnd vor dem Kommissar auf dem Weg. Die Taube in seinem Maul leuchtete hell im Dämmerlicht, als er sie Roland darbot. Siehe da, er konnte ja doch apportieren! Und das Beste: Die Taube war komplett unversehrt. Die Ehre, ihrem unwürdigen Dasein auf Erden ein Ende zu bereiten, überließ der brave Jäger seinem Herrchen. Zum ersten Mal an diesem Tag ganz im Reinen mit sich kehrte Roland nach Hause zurück.

Eigentlich war Hatti ein echter Sportsfreund, mit dem man Pferde stehlen konnte. Sogar die misslungenen Kokosraspel-Quinoa-Amaranth-Kekse schmeckten ihm vorzüglich. Er fraß das ganze Blech leer und leckte es sogar noch genüsslich sauber, bis Carlas Wutanfall über ihr Versagen einem Bächlein geschmeichelter Lachtränen gewichen war. Und er konnte, anders als der Hund von Loriot, auch garantiert nicht sprechen. So würde Carla niemals von der streichzarten Leberwurst erfahren, mit der Roland die Kekse vorbehandelt hatte.

Am Abend, als Sohn und Hund in Lukas' Polizeiautobett endlich ein sabberndes, schnarchendes Knäuel bildeten, musste sich

Roland eingestehen, dass an diesem Bester-Freund-des-Menschen-Ding wohl doch etwas dran sein musste. Die gemeinsame Taubenjagd hatte ihn mit tiefer Befriedigung erfüllt. Vielleicht wäre es doch nicht das Schlechteste, wenn das Vieh erst vier oder fünf war und noch ein paar Jahre vor sich hätte.

Rosa Pudel

Es waren nur fünf pistolenschussartig hervorgestoßene Worte, aber ihr Sprecher duldete keinen Widerspruch. »Kommen Sie, ich helfe Ihnen!«

Gitte Grabow hatte den Menschen erst nicht bemerkt, da er sich mit weißem Hemd und Hose kaum von seinem schlecht geparkten VW Caddy abhob. Ehe sie es sich versah, befanden sich ihr Handgelenk und ihr linker Ellenbogen in seinem eisenharten Klammergriff. Der unverschämte junge Kerl nahm sie richtiggehend in den Schwitzkasten. Es tat ein bisschen weh. Sie konnte gerade noch empört Luft holen, da wurde sie von ihm schon wie ein Mehlsack über die Landsberger Straße gezerrt.

Der Mann war stark und roch nach Desinfektionsmittel. Sie registrierte, dass er blonde Strähnchen im halblangen Gelhaar trug, dazu ein Grinsen im solariengebräunten Gesicht und mit Plüsch gefütterte Plastikschlappen in Knallorange.

In ihren ganzen bisherigen siebenundneunzig Lebensjahren hatte sich Gitte Grabow nicht ein einziges Mal so erniedrigt gefühlt. Nicht einmal die Medienschelte nach ihrem etwas missglückten Auftritt auf dem Gilchinger Herbstmarkt hatte ihr so übel zugesetzt. Aber damals hatte es ja auch keine halbe Woche gedauert, bis überall Dementis, Richtigstellungen und sogar wahre Lobeshymnen auf ihren Löwenmut erschienen waren. Und dabei wollte sie doch überhaupt nicht über die Landsberger Straße! Nur weil eine Dame nach dem Friseurbesuch anlässlich ihres anstehenden Geburtstages müßig vor sich hin schlenderte, ihre frische Dauerwelle ausführte und dabei zugegebenermaßen vielleicht etwas zu nahe an den Bordstein geraten war – sie hatte die Schlagzeilen an den Zeitungskästen auf der anderen Straßenseite entziffern wollen –, war sie doch nicht gleich hilfsbedürftig und orientierungslos! Fehlte nur noch, dass ihr das weiß behemdete Jüngelchen vorschlug, sie nach Hause zu tragen. Gitte fühlte sich wie kurz vor der Zwangseinweisung ins Altersheim.

Als sie die andere Seite der Landsberger Straße erreicht hatten und der Kerl sie in der relativen Sicherheit hinter den Zeitungskästen losließ – oder besser gesagt absetzte –, dachte Gitte, sie hätte die Blamage überstanden, doch es kam noch schlimmer.

»Was darf ich Ihnen mitbringen? Ich muss sowieso rein.«

Es dauerte eine Weile, bis Gitte kapierte, was er meinte. Verdattert blinzelte sie auf den Laden, zu dem seine schwungvolle Geste zeigte. Die Apotheke.

»Äh, nein danke, darum kümmere ich mich lieber selbst, mein lieber Junge«, stotterte sie. »Das ist mir zu privat.«

»Nicht doch, nicht doch! Privat ist nur der Tod. Es ist schon ein Kreuz mit diesem Beckenboden, nicht wahr? Früher die Regelblutung, heute die Tröpfchen. Ich weiß, wie peinlich so etwas Ihrer Generation ist. Aber dazu besteht überhaupt kein Anlass! Das ist alles ganz normal. Also, welche Größe brauchen Sie?«

Oh Gott. Gitte Grabows Unterkiefer stand so weit offen, dass sich die Längsfältchen auf ihrer Oberlippe strafften. Das Jüngelchen dachte, sie hätte eine Blasenschwäche und bräuchte Windeln! Und – schlimmer noch – deutete ihr entsetztes Schweigen auch noch als Zustimmung.

»Das muss Ihnen wirklich nicht peinlich sein. In Ihrem gesegneten Alter haben doch viele Frauen Probleme mit dem Beckenboden. Oder ist es die Verdauung? Schwarzer Hautkrebs? Der grüne Star?«

Gittes Augen weiteten sich geschockt, soweit es die stets gut eingecremten und leicht überschminkten Tränensäcke zuließen. »Es ist nichts von alledem. Aber Sie sind ganz schön unverschämt, das muss ich mal sagen!«

»Jetzt kommen Sie. Das hat nichts mit Unverschämtheit zu tun. Körperliche Vorgänge sind doch das Natürlichste auf der Welt. Sie dürfen sich ruhig trauen, Hilfe im Alltag anzunehmen. Dafür sind junge Menschen wie ich doch da. Haben Sie schon jemanden, der Ihnen zu Hause zur Hand geht? Ich hätte da noch Kapazitäten frei.«

Der Bursche wurde immer aufdringlicher! Wenn sie ihn nicht bald abwimmelte, würde er vermutlich gleich Rucksack, Zelt und Schlafsack hervorzaubern und direkt bei ihr einziehen. Und dann würde er ihren Schmuck, ihr Meißner Porzellan und ihren

Elefantenfuß-Papierkorb stehlen. Sie kannte das von den sogenannten Pflegern aus Osteuropa aus dem Fernsehen. »Ich brauche keine Hilfe, weil ich nicht allein lebe«, preschte sie vor. Wobei, momentan verhielt es sich ja eher so, dass die sich vergrößernde Familie Maeßmer ihre Hilfe benötigte. »Was wollen Sie in Ihrem zarten Alter eigentlich schon in der Apotheke?«, versuchte sie abzulenken.

»Ach, ich selbst brauche nichts. Ich habe eine Rossnatur, wie man so schön sagt!«, lachte der dreiste Mensch. Zwischen seinen breiten Kiefern erschienen beneidenswert weiße Zähne und funkelten mit dem Diamantstecker in seinem Ohrläppchen um die Wette. »Ich bin nur auf dem Sprung, um etwas für meine Klientinnen abzuholen, die gerade in die Residenz Alpenblick eingezogen sind. Die dürften ungefähr in Ihrem Alter sein, vielleicht kennen Sie sie ja? Ganz berühmte Schauspielerinnen waren das mal. Die Dubois-Schwestern.«

Er hätte keine größere Wirkung erzielen können, hätte er Gitte eine angespitzte Nagelfeile zwischen die Rippen gerammt wie einst Luigi Lucheni der werten Kaiserin Sisi. Die Dubois-Schwestern!

Gitte fühlte sich Jahrzehnte zurückversetzt. In ihrem hautengen Paillettenkleid stand sie im Ankleideraum eines Westberliner Varietétheaters, fühlte das Blut aus ihrem Herzen weichen und den Biss eines rosa Pudels, der ihr die teuren Nylonstrümpfe zerriss.

Mit vernebeltem Blick klammerte sie sich an ihrer Handtasche aus echtem Krokodilleder fest. Die Beine gaben unter ihr nach.

»Madame!«, klang es besorgt, und der freche Mensch stürzte auf sie zu und wollte sie erneut in den Schwitzkasten nehmen.

»Was tun Sie da?«, mischte sich plötzlich eine schneidende weibliche Stimme ein. »Lassen Sie die Dame in Ruhe! Aber sofort!«

Es war Carla Maeßmer auf dem Fahrrad. Der Kindersitz mit dem kleinen Lukas darin wackelte bedrohlich, als sie zur Rettung eilte und mit quietschender Bremse neben Gitte hielt. Auf der anderen Seite des Parkplatzes vor der Apotheke trabte Hatti heran und drängte sich stumm, aber bestimmt zwischen Gitte Grabow und den vermeintlichen Angreifer.

»Ich wollte nur helfen«, verteidigte sich das weiß behemdete

Jüngelchen. »Ich bin Pfleger, und der Kreislauf der Dame ist zusammengebrochen.« Er fixierte Hatti und ließ langsam Gittes Ellenbogen los, woraufhin diese tief durchatmete und ihren Kreislauf ganz allein stabilisierte.

»Für einen Pfleger sind Sie ganz schön grob«, schimpfte Carla. »Das ist eine ältere Dame und kein ausgebrochenes Stierkalb!«

»Selber Stierkalb«, murmelte der Mensch und verschwand grußlos in der Apotheke.

Gitte hatte sich wieder gefasst. »Der liebe Gott schickt Sie, Carla. Und recht vielen Dank für die ältere Dame. So bezeichnet man doch sonst nur Siebzigjährige.«

»So sehen Sie heute aber auch aus«, sagte Carla lächelnd und schob das Fahrrad Richtung S-Bahn-Unterführung. »Die neue Frisur steht Ihnen ganz hervorragend. Schickes Cape auch. Begleiten Sie uns nach Hause?«

Gitte nickte und streckte eine zittrige Hand nach der Lenkerstange des Fahrrads aus. Sie war doch schlechter auf den Beinen, als sie jemals zugegeben hätte. »Ich nehme an, Sie haben nichts dagegen, wenn ich Ihnen beim Schieben helfe, Carla?«

»Natürlich nicht. Was war das denn gerade für ein unsympathischer Kerl?«

»Ach, der junge Mann war nur der Überbringer der schlechten Nachrichten.« Gitte Grabow atmete tief ein und fasste sich mit der freien Hand ans Herz. »Schreckliche, schreckliche Menschen sind nach Gilching gezogen. Sind Ihnen die Dubois-Drillinge ein Begriff?«

***

Nach dem Zweiten Weltkrieg waren die Deutschen ausgehungert. Nicht nur körperlich, sondern auch kulturell. Die Unterhaltungsmedien hatten sich so lange auf nichts anderes als stramme Körper und ertüchtigende Geschichten konzentriert, dass sie nicht mehr fähig waren, etwas anderes zu produzieren. Kein Wunder. Das Hören von Jazz konnte mit Gefängnis bestraft werden, die meisten Opern und Operetten waren verpönt, Swing zu tanzen war verboten und alles, was nach »Negern« oder sonst wie ungermanisch aussah, sowieso. Über viele unselige Jahre hinweg hatten die Menschen mit pathetischen Hymnen, Soldatenliedern, Schlachtenlärm und dem vorliebnehmen müssen, was sie selbst sangen. Wobei nur den wenigsten nach Singen zumute gewesen war.

Zwischen Trümmern, Schmerz und Schuldgefühlen fehlte nach dem Krieg also nichts so sehr wie die Möglichkeit, dem täglichen Grauen für ein, zwei Stunden zu entfliehen. Den Schalter umzulegen. Auf andere Gedanken zu kommen. Ein wenig Glanz! Leichtigkeit! Melodie!

Auf dem Schwarzmarkt, beim Feilschen um einen Hasen, der verdächtig nach einer mageren Katze aussah, lernte Gitte Grabow in ebenjener Nachkriegszeit einen Mann im Kostüm eines Revuedirektors kennen, der sich ihr mit galanter Verbeugung als Mister Milieu vorstellte. Der Nadelstreifensmoking, der rote Kummerbund und sogar die Fliege schlackerten an ihm, nur Staub und Dreck hielten die Kleidungsstücke vom Hinunterrutschen ab, da sie den Stoff steif wie Pergament gemacht hatten. Wie sich herausstellte, hatte der Mann in besseren Zeiten, mit einem Zentner mehr auf den Rippen, ein leicht frivoles Etablissement am Berliner Gendarmenmarkt geführt. Das lag eine Weile schon in Schutt und Asche, doch mit ein paar Bretterwänden und alten Vorhängen könnte man den Betrieb bald wieder aufnehmen, erklärte er enthusiastisch. Er hatte Gitte sofort erkannt und fragte, ob sie mitmachen wolle. Natürlich erst einmal ohne großes Entgelt, aber wenn alles ins Rollen komme, wofür ein bekannter Name wie ihrer ja praktisch die Garantie sei … Der Mann rieb sich dermaßen die Hände, dass die Knochen knirschten.

Gitte ließ ihm den Hasen und erschien am nächsten Morgen zum Vorsingen.

Es klappte wunderbar. Der ehemals dicke Revuedirektor, der sich von allen nur Heinzi nennen ließ, war begeistert und buchte sie gleich für das Eröffnungsvarieté zu Silvester, immerhin gegen die stolze Vorauszahlung von zwei Pfund amerikanischem Büchsenfleisch. Niemals hatte Gitte Grabow etwas besser geschmeckt als das Corned Beef aus der Dose, das ihre ruhmreiche Rückkehr auf die Bühne markieren sollte. Eigentlich war sie als NS-Filmsternchen unter den neuen Machthabern abgemeldet, da konnte sie so hübsch aussehen, wie sie wollte, und das wusste sie auch. Doch wenn ihr Gesicht auch verbrannt sein mochte, sie hatte immer noch eine Stimme – die Heinzi gefiel!

Tatsächlich nahm sie seit Längerem Gesangsstunden bei einer ambitionierten schlesischen Chorleiterin, die sich in Naturalien bezahlen ließ. Gitte ahnte, dass ihr für eine zweite Filmkarriere die unbedenklichen Kontakte fehlten, doch das Bühnendasein hatte ihr insgeheim schon immer mehr bedeutet als die Filme und das dazugehörige flatterhafte Volk. Hatte nicht Marlene Dietrichs Weggang nach Amerika eine gewaltige Lücke hinterlassen auf den Brettern, die die Welt bedeuteten?

Ihre Frisur hatte sie schon geändert, was nicht schwer war, da es auf dem Schwarzmarkt sowieso keine guten Blondiermittel gab. Ein ganz klein wenig war sie sogar erleichtert darüber, endlich nicht mehr betont deutsch aussehen zu müssen. Statt einer blonden Dauerwelle trug sie nun schulterlanges Haar in natürlichem Brünett. Von der »Lustigen Forelle« bis zu »Wandrers Nachtlied« studierte sie eine Reihe deutscher Liedklassiker ein, die jedermann kannte. In wochenlanger Kleinarbeit stickte sie Abertausende Pailletten auf ein ausgestelltes, knielanges Kleid. Der Schnitt betonte ihre Taille, kaschierte aber gnädig die hungerdürren Oberarme und die hervorstehenden Hüftknochen.

An Silvester, dem Tag ihres ersten geplanten Auftritts, erschien sie vier Stunden zu früh im Theater, um sich vorbereiten und sich ohne jeden Zeitdruck in die örtlichen Gegebenheiten einfühlen zu können.

Sie hätte es im Voraus wissen müssen. In ihrer aufgeregten Vorfreude, in ihrem vorauseilenden Lampenfieber hätte sie nur einmal innehalten müssen, um zu bemerken, dass die Plakate nicht wie von Heinzi versprochen auf sie als Star zugeschnitten waren. »Große Gala im Neuen Ritz«. Ihr Name stand so winzig klein am unteren Rand, dass man ihn kaum entziffern konnte. Statt »Gitte Grabow singt Chansons« hätte dort auch »mit freundlicher Unterstützung von Sanitärtechnik Schuster« stehen können, es wäre niemandem aufgefallen.

Die Enttäuschung wäre nicht so groß gewesen, hätte Gitte sich intensiver mit dem Thema darstellende Künste in der Nachkriegszeit auseinandergesetzt. Über ihre Außenwirkung und das, was ausgehungerte, physisch und psychisch versehrte Überlebende auf einer schäbigen Holzbühne inmitten von Ruinen wirklich sehen wollten.

War das wirklich Kultur? Pathos, Tragik, Glamour? Oder wollten Menschen, die den ganzen Tag auf der Suche nach einem Stückchen Brot in einer gesetzlosen Vorhölle verbracht hatten, sich am Abend vielleicht einfach nur amüsieren? Nicht groß reflektieren, nicht groß mitfühlen müssen, sich nicht erinnern – sondern schlicht und befreiend draufloslachen?

Gitte Grabow hatte kaum die Garderobe des Revuetheaters betreten, als sie ein hohes, wehleidiges Jaulen hörte. Noch bevor sie die Herkunft des Jaulens genauer analysieren konnte, spürte sie bereits einen scharfen Schmerz in ihrer linken Wade. Ein federleichter, aber sehr voluminöser Fellpuschel hatte sich dort festgebissen und hing nun leise knurrend an ihrem Bein wie ein schlecht gelaunter Miniaturvampir. Sein flauschiges Fell war flamingorosa.

»Zurück, Zotti!«, erschallte eine glöckchenhelle Stimme.

»Nein, Struppi!«, quietschte eine zweite, als ein weiterer rosafarbener Fellpuschel durch das Dämmerlicht der Garderobe schoss und es seinem Vorgänger gleichtat.

»Aus, Borsti!«, versuchte nun eine dritte Stimme den genauso vielten Minivampir davon abzuhalten, sich in Gittes Wade zu verbeißen. Keiner der drei bösartigen Flauschknäuel ließ sich in irgendeiner Weise zur Räson bringen, doch da der letzte Aggressor an einer Leine hing und diese offenbar hinter einer seidenen, mit bunten Schmetterlingen bedruckten spanischen Wand endete, fiel diese mit einem satten Klatschen um.

Sprachlos starrte Gitte die dahinter auftauchenden Personen an. Der Anblick war so faszinierend, dass sie darüber die schmerzende Wade vergaß. Drei sehr junge Mädchen blickten ihr entgegen. Übersät mit Sommersprossen und mit Lockenwicklern, bestimmt zehn Jahre jünger als sie. Sie trugen rosa Unterwäsche und waren offenbar gerade dabei gewesen, sich gegenseitig die Nylonstrümpfe anzustrapsen. Alles an ihnen war identisch – die Gesichter, die Frisuren, die Unterwäsche und der Körperbau –, nur in der Größe unterschieden sie sich um jeweils eine Kopfeslänge, sodass die Kleinste die Höhe einer Wäschekommode und die Größte das Maß einer veritablen Bohnenstange aufwies. Sie wirkten gesund. Nicht besonders proper, aber rosig und frisch. Die drei Mädchen lächelten geschäftsmäßig.

»Servus, hallo und Tagchen! Das mit unseren Hunden tut uns leid, sie sind immer noch so verspielt. Wir sind die Dubois-Drillinge«, erklärte die Kleinste. »Ich bin Romana«, stellte sie sich vor, »und das sind meine Schwestern Ramona und Romina.«

Die beiden etwas größeren Mädchen nickten huldvoll. Gitte Grabow dachte unwillkürlich an angriffslustige Schwäne, unter denen das Brot falsch aufgeteilt worden war.

»Wir treten hier nachher auf.«

»Interessant«, krächzte Gitte und räusperte sich. »Und als was genau, wenn ich fragen darf?«

»Wir singen Schlager. Im Kreis Leipzig sind wir schon länger bekannt, und Heinzi, also Mister Milieu, hat uns vom Fleck weg für die Landeshauptstadt gebucht. Unsere Pudelnummer ist der Renner. Und Unterhaltungslieder mag zum Glück jeder, ob mit Pudeln oder ohne. Und Sie?«

»Ich … äh, ich bin … Also, ich wollte … Ach, vielen Dank, dann habe ich mich wohl im Termin geirrt«, quälte Gitte hervor und stolperte rückwärts aus der Garderobe.

Schlager! Zu dritt! In dieser knappen Bekleidung! Mit diesen Kötern! Und danach sie, dürr, allein, mit zerbissenen Strümpfen und des »Wandrers Nachtlied«. Größer konnte der Kontrast kaum sein. Sie gab sich keinen Illusionen hin, man würde sie ausbuhen wie eine Nonne im Herrenclub.

Der Revuedirektor, der seinen staubsteifen Smoking bereits besser ausfüllte als noch vor wenigen Wochen, kam ihr im dunklen Gang entgegen und fasste nach ihrem Arm. »Fräulein Grabow, ich muss Ihnen da etwas mitteilen …«

Gitte streifte die Hand in einer tänzerischen Bewegung ab. »Sie brauchen nichts mehr zu sagen, Heinzi. Ich verstehe schon. Auch Sie sind von der Gunst des Publikums abhängig, und das Publikum mag es nun mal jung und frisch. Ob bei Gemüse oder Frauen, das ist einerlei, da müssen wir uns nichts vormachen«, hauchte sie mit letzter Kraft und wandte sich zum Gehen, bevor die Tränen allzu deutlich strömen würden. Am Ende hätten sich noch ihre mühsam angeklebten künstlichen Wimpern gelöst.

Auf dem Heimweg in ihr schimmliges Charlottenburger Untermietzimmer entdeckte sie die Plakate, die wie durch Zauberhand gelb überklebt worden waren: »Drei Damen & Didaduledidü – Mr. Milieu präsentiert die Dubois-Drillinge!«

Didaduledidü. Pah. Albernes Gequietsche, Gefiedel und Gehopse! Niemand, der um die Endlichkeit allen Lebens wusste, würde sich längerfristig mit so etwas zufriedengeben.

Auch an Bord der untergehenden Titanic hatte man ja nicht »Don Giovanni« gespielt, sondern aufmunternden Ragtime, tröstete sie sich. Lieber in Kultiviertheit untergehen, als in Schande triumphieren! Die leichte Muse würde eben nur so lange obenauf schwimmen, bis eine große Welle sie verschlang und nur den rostigen, schweren Dampfer hinterließ, der dem Seegang standhalten würde. Gitte war sich sicher, ihre Zeit würde kommen.

***

Sie schüttelte die Erinnerung ab wie einen schlechten Traum und lächelte Carla Maeßmer an.

»Parkinson?«, fragte diese besorgt.

Gitte stellte fest, dass sie vom Abschütteln der Erinnerung immer noch etwas zitterte. Es war aber ja auch ein merkwürdiges Klima hier neben der viel befahrenen, schmucklosen Landsberger Straße, mit den kahlen Buchen auf dem verwilderten Grundstück gegenüber, deren Äste im kühlen Märzwind leise bebten. »Nein, nein, mir geht es einwandfrei, Schätzelein. Ich bin kerngesund! Lassen Sie uns nach Hause gehen.« Sie nahm ihre Hand wieder von Carlas Fahrrad. Die arme Frau schob beziehungsweise schleppte bereits zwei kleine Fratzen durch die Gegend, da konnte sie auf eine weitere menschliche Last bestimmt gut verzichten.

In der Sonnenstraße angekommen, zog sich Gitte Grabow in ihre Gemächer zurück und stellte sich lange vor den großen Jugendstil-Wandspiegel in ihrem Ankleidezimmer. Sie sah eine ältere Dame von eins sechzig Körpergröße mit um diese Uhrzeit noch klarem Blick, schlank, aufrecht, elegant gekleidet und duftig frisiert. Die Dame war körperlich und emotional vermutlich besser in Schuss als damals, Silvester 1945. Sie musste sich vor der Konkurrenz nicht verstecken!

Dabei gab es keinen Grund, sich heute noch vor den Dubois-Mädchen zu fürchten. Gitte Grabow hatte deren weiteren Werdegang natürlich beflissen aus der Ferne verfolgt: Nach dem großen Durchbruch im Neuen Ritz war ihnen einige Jahre lang fast alles gelungen. Bald standen sowohl die Pudel als auch die Mädchen sehr gut im Futter und trugen alle sechs rosa Dauerwellen. Sie fanden einen besseren Agenten als Heinzi alias Mister Milieu, der ihnen sogar zu einer ausgedehnten Amerika-Tournee verhalf. Für mehrere Monate traten sie in Las Vegas auf und wurden nach ihrer Rückkehr in jede einzelne Folge von »Ein Abend bei Hansi« mit Hans-Joachim Kulenkampff eingeladen.

Erst als in den späten Siebzigern der Körperkult erwachte, wurde es immer stiller um die properen Leipziger Lerchen. Zumal Leipzig längst hinter der Mauer verschwunden war und sich die Drillinge trotz BRD-Pässen angeblich guter Stasi-Kontakte erfreuten. Ihre Charlottenburger Gründerzeitvilla, in der sie jede eine separate Etage bewohnt hatten, mussten sie für ein Reihenhaus in Potsdam eintauschen.

Nach diversen Homestorys in der Regenbogenpresse und einem kleinen Skandal um artgerechte Pudelhaltung und -ernährung hatten die verzweifelten Versuche einer Rückkehr ins Rampenlicht in einer Teilnahme Rominas am »Dschungelcamp« kulminiert, wo sich die immerhin Vierundachtzigjährige unter Tränen geweigert hatte, Schlangenhirn zu essen, und deshalb als zweite Kandidatin rausgewählt worden war.

Gitte selbst guckte aus Prinzip kein Privatfernsehen, da sie es für den Untergang des Abendlandes hielt. Doch auch die Schlagzeilen zu der bestimmten »Dschungelcamp«-Staffel hatten natürlich Gilchings Zeitungsstände erreicht. Eigentlich musste sie vor niemandem Angst haben, der bei so etwas dabei gewesen war. Eigentlich. Auch wenn sie immer noch einen oder gleich mehrere bissige Pudel besitzen sollten, was Gitte allerdings bezweifelte, da in der Seniorenresidenz Alpenblick ihres Wissens keine Haustiere erlaubt waren.

Sie hatte keine Wahl. Sie musste sich endlich ihrem uralten Trauma stellen und die Dubois-Schwestern besuchen. Und sei es nur, um sich zu vergewissern, dass sie all die Jahre richtiggelegen hatte und die Drillinge auch mit knapp neunzig noch waschechte Arschlöcher waren. Gleich morgen würde sie das tun. Oder übermorgen. Aber jedenfalls noch vor Ostern. Die Fastenzeit passte ganz hervorragend zu so einem Aufeinandertreffen, fand Gitte.

Alter verbindet

Wie sich herausstellte, waren Hunde im Kindergarten wirklich verboten. Auch solche, die den ganzen Vormittag über wie ausgestopft neben dem Radlständer saßen. Nachdem sich Fynn-Uwes Eltern bei der Kindergartenleitung über das »Monster« beschwerten, war für Lukas endgültig Schluss mit Kindergarten, denn ohne Hatti ließ er sich keinen Millimeter aus der Haustür bewegen. Und da die Läuse noch immer grassierten, meldete Carla ihren Sohn kurzerhand für die nächsten sechs Wochen ab. Bis zum errechneten Geburtstermin seines Geschwisterchens. Bestimmt würde die heimische Konkurrenzsituation mit dem Baby Lukas den Kindergarten dann wieder schmackhaft machen.

Jetzt hatten die Maeßmers zwar kindergartenfrei, aber dafür einen Hund, der gleich zwei Fliegen mit einer Klappe schlug: Er zwang zu körperlicher Ertüchtigung im Freien und unterhielt das Kind, dem er nebenbei auch Bewegung verschaffte.

War doch eigentlich super! Gleich an Rolands nächstem freien Tag unternahm Familie Maeßmer mit Hatti einen langen Wanderausflug nach Geisenbrunn, von wo aus sie mit der S-Bahn wieder zurückfahren wollte.

Hatti schien nicht allzu glücklich über die gewählte Strecke zu sein. Er knurrte leise vor sich hin, brach dann ins Gelände aus und verschwand auf dem Steinberg im Dickicht. Alle Rufe verhallten nutzlos. Erst nach zwanzig Minuten tauchte er wieder auf.

»Hatti, was hast du da?«, fragte Carla. Der gute Hund apportierte ein erdverschmiertes Zellophansäckchen. Zuerst dachte Carla, es handle sich um einen benutzten Gassibeutel, und hielt sich schon einmal vorsorglich die Nase zu, während sie Hatti mit dem ekligen Ding verscheuchen wollte. Doch bei genauerem Hinsehen entpuppte sich der Fund als eine Art Geschenktütchen. Durchsichtig. Carla erstarrte, als sie das aufgedruckte Muster aus filigranen Sternen erkannte. Es war tatsächlich ein Geschenktütchen. Sie betrachtete Hatti genauer. In seinen Lefzen erkannte sie eindeutig die Überreste eines hausgebackenen Kekses mit Haferflocken und

Rosinen. »Roland? Roooo-laaaaand!«, schrie Carla. »Komm sofort her, du Wicht von einem Ehemann!«

***

Gitte Grabow benötigte mehrere Tage des Nachdenkens, bis sie sich dem Besuch bei den Dubois-Drillingen kleidungstechnisch gewachsen fühlte. An diesem Sonntagvormittag trug sie schließlich ein elegantes, aber nicht zu aufdringliches Kaschmir-Twinset, einen wadenlangen Plisseerock, Seidenhalstuch und Lackslipper. Alles in frühlingshaften, lebensbejahenden Pastelltönen, die dem Teint schmeichelten. So herausgeputzt klingelte sie bei ihren Nachbarn. Gitte wollte bei ihrem Besuch in der Seniorenresidenz Alpenblick Verstärkung dabeihaben – auch wenn diese erst drei Jahre alt war.

Sie fragte Carla, ob es in Ordnung wäre, Lukas zu einem Besuch bei alten Freundinnen mitzunehmen. Carla bejahte unter zwei Bedingungen: Dass auch der Hund sie begleitete und Lukas auf dem Weg dorthin im Buggy saß. Insgeheim war Gitte darüber sogar erleichtert. Der Hund – alles andere als rosa und das Gegenteil von einem Pudel! – war eine zusätzliche Unterstützung. Und so ein Buggy machte doch eine viel bessere Figur als ein Rollator. Noch dazu, wenn es sich um ein windschnittiges, dreirädriges Modell mit gepolsterter Schiebestange, Flaschenhalterung und türkisfarbenem Sonnenverdeck handelte. Und wendiger und geländegängiger als ein Rollator war er auch. Es musste ja keiner wissen, dass der am Buggy angeleinte Hund praktischerweise die Funktion eines Schlittenhundes übernahm und Lukas, der kleine Kavalier, die meiste Zeit über lief, weil sein imaginärer Freund Hatschipuh im Buggy sitzen wollte.

Gitte hatte für Lukas' Phantasiegestalten viel Verständnis. In ihren einsamen Jahren bis zum Einzug der Familie Maeßmer war sie das eine oder andere Mal kurz davor gewesen, sich selbst einen imaginären Freund zuzulegen. Doch nun hatte sie ja Lukas. Und der konnte mittlerweile schon richtig gut reden. Er war zu einem charmanten und sehr realen Gesprächspartner herangewachsen, auch wenn sich seine Themen zumeist auf das Tun und Treiben seines Hundes oder fahrbare Untersätze beschränkten.

Im Foyer der Seniorenresidenz Alpenblick entdeckte Lukas daher auch sofort den merkwürdigen Wagen, der in einer Nische neben den Lifttüren parkte. Es war eine Art Mischung aus Gabelstapler, Elektrorasenmäher und Golf-Caddy, mit dem man Essenstabletts, Reinigungsbedarf, Wäschesäcke, aber auch gehbehinderte Residenzbewohner befördern konnte. Lukas baute sich fasziniert davor auf und steckte die Finger in den Mund – er hatte seine Denkerpose eingenommen.

Bevor Gitte eingreifen konnte, schlich sich eine schlecht blondierte Frau mit Haarnetz und himmelblauem Kittel von hinten an den Jungen heran und zerdrückte ihn bei einer Umarmung beinahe zwischen ihren enormen Brüsten.

»Oh, habe Fan!«, juchzte sie. »Darf ich mitnehmen auf Tour mit die Handtuch? Bringe auch zurück in eine halbe Stunde, ja?«

Gitte hatte nichts dagegen, und so begab sich Lukas breit strahlend auf die Reise mit dem Servicewagen, während sie selbst den Empfangstresen ins Auge fasste. Vielleicht war es sogar besser, wenn sie sich den Dubois-Schwestern erst einmal allein stellte.

Im ganzen Haus roch es erstaunlich stark nach Vanille. Vermutlich sollte der Duft Assoziationen an leichte Sommerküche und liebevoll gestärkte Wäsche wachrufen. Nicht dass Gitte ihn nicht schätzte. Pannacotta mit echtem Vanilleschotenmark war sogar ihr erklärtes Lieblingsdessert im Café Edelmann. Allerdings war das Alpenblick'sche Aroma so überstark und mit einer stechendholzigen Note vermählt, dass ihr schon beim Durchqueren des Foyers die Tränen kamen. Sie schaffte es kaum, den verglasten Empfangstresen anzusteuern, ohne gegen die zahllosen, willkürlich auf dem Marmorboden verteilten Blumenkübel zu stoßen.

»Guten Tag, ich möchte gerne meine alten Freundinnen, die Schwestern Dubois, besuchen. Wo finde ich die, bitte?«

»Die Damen Dubois residieren in der Edelweiß-Suite«, entgegnete die Empfangsdame ohne Zögern. »Das ist gleich hier im Erdgeschoss, Sie müssen nur dort hinten nach links gehen. Die vierte Tür auf der rechten Seite.« Sie lächelte wie ein Roboter.

Gitte ging den langen Flur entlang und stellte fest, dass auch die anderen Vertreter des zahlreichen Personals genauso lächelten.

Die überbreite Tür der Suite stach ihr sofort ins Auge. Das war keine Wohnungstür, das war ein Einfallstor, breit genug für einen XXL-Rollstuhl oder einen Leichenwagen. Quer.

Sie klingelte und wartete höflich, bis der Türöffner summte und das Einfallstor automatisch aufschwang. Dann ereilte sie der nächste Schreck.

Vor ihr saßen zwei unförmige Klopse in Rollstühlen mit jeweils einer Fernbedienung in den Patschehändchen. Sie trugen schwarze, wallende Gewänder und auf ihren teigigen Mondgesichtern zu viel Rouge und teilnahmslose Mienen. Durch die kaum noch existenten Haare schimmerte die rosa Kopfhaut, was den formlosen Gestalten zusammen mit den Wallegewändern große Ähnlichkeit mit Beton-Buddhafiguren verlieh, wie man sie in der Gärtnerei Rafalzik an der Landsberger Straße erwerben konnte. Kurz vergewisserte sich Gitte, ob etwas bellte und sie in die Waden beißen wollte, dann trat sie über die Türschwelle und näherte sich wie magnetisch angezogen den exotischen Klopsen. Es handelte sich um einen sehr langen und einen vergleichsweise kurzen Klops. Romana und Ramona. Die mittlere Schwester fehlte.

»Guten Tag, ich bin –«

»Gitte Grabow. Wir wissen es bereits«, ertönte die Stimme des kleineren Klopses. »Unser Assistent hat uns vorgewarnt. Eine uralte Diva, die bei der Erwähnung unseres Namens schnell die Fassung verliert – das konntest nur du sein. Wir haben dich letzten Herbst im Fernsehen gesehen. Hätten nicht gedacht, dass du noch lebst. Aber Alter verbindet, was? Jetzt komm schon näher.«

Und wieder war Gitte dabei, die Fassung zu verlieren. Einerseits, weil Romana sie so jovial duzte. Andererseits, weil es doch ein Überraschungsbesuch hatte werden sollen, und jetzt waren die Klopse psychologisch klar im Vorteil. Bestimmt hatten sie schon auf einem Täblett mit Tatschskrien nach ihr gekugelt und wussten alles über sie. Sie gab vor, sich noch die Schuhe abtreten zu wollen, obwohl an den blitzenden Lackslippern natürlich kein Atom Schmutz klebte.

»Brauchst dich vor unseren Pudeln nicht mehr zu fürchten. Wir haben eh nur noch einen, und mit dem geht Bruno gerade Gassi.«

»Bruno ist unser Assistent«, zirpte Ramona stolz.

»Was ist mit Romina?«, fragte Gitte, um eine Minute Nachdenkzeit dazuzugewinnen. Doch die Frage war nicht so harmlos, wie sie gehofft hatte.

»Tot«, schnappte Romana.

»Herzattacke, kurz vor unserem Umzug hierher«, ergänzte Ramona.

»Die hat's gut.«

»Verräterin.«

Gitte griff sich ans Herz, weil sie im ersten Moment dachte, die Bezeichnung gälte ihr. Der Kaschmirstrick, der ihren mageren Oberkörper umhüllte, fühlte sich so weich an, dass sie sich sofort beruhigte und beschloss, das Twinset in Zukunft öfter zu tragen. Gleichzeitig überkam sie das Bedürfnis, die Wogen zu glätten und die Stimmung diplomatisch etwas anzuheben. Sie schaute sich diesseits und jenseits der Klopse um und stieß auf eine gigantische Bücherwand. Auf den dicken, teilweise gold bedruckten Buchrücken konnte sie Namen wie Nietzsche, Freud und Kant lesen. Hätte ich den Schlachtschiffen der humorvollen Herrenunterhaltung gar nicht zugetraut, dachte sie. »Schöne Bibliothek!«, lobte sie laut, konnte sich aber einen kleinen stichelnden Seitenhieb nicht verkneifen. »Man könnte meinen, man sei bei gelehrten Leuten.«

Ramona fixierte sie wie eine Königskobra kurz vor dem tödlichen Biss; absolut bewegungslos. Nicht einmal ihre Schweinsäuglein glitzerten. »Ja, das sind wir wirklich«, sagte sie dann, »aber mit zwei e. Geleert vom Leben. Romana und ich sind so leer und kraftlos, das geht auf keine Kuhhaut, und Romina hat uns da in nichts nachgestanden. Der Herzattacke ging eine Leberzirrhose voraus, denn Bildung macht Durst. Das sind vor allem ihre Bücher. Auch so ein Lebensballast, den wir nur deshalb hierhergeschleift haben, weil ihn sonst niemand haben wollte, noch nicht einmal geschenkt. Und unser Bruno hat sich geweigert, sie wegzuwerfen. Er meint, im Fünfseenland würde man noch Wert auf Stil und solche Äußerlichkeiten legen.«

»Tja, das Fünfseenland. Ich kann das nachvollziehen, dass ihr hier leben wollt«, flötete Gitte. »Ein zauberhafter Landstrich! Von allen Seen in der Gegend schätze ich den Ammersee am meisten. Wozu noch nach Rimini fahren? Hier gibt es kein Salzwasser, keine Fremdsprache und fast keine Handtaschendiebe. Übrigens beginnt bald wieder die Schifffahrtssaison. Da verkehren Dampfer, die sind beinahe so alt wie wir, das müsst ihr euch mal vorstellen! Was haltet ihr davon, im Sommer eine gemeinsame Kaffeefahrt zu unternehmen?«

Ramona presste die Lippen zusammen, wodurch die einzige harte Linie an ihrem Leib entstand. »Guck mich doch mal an. Mein Körper ist ein Gefängnis. Damit fährt man nicht Schiff. Damit macht man überhaupt keine Ausflüge.«

»Aber der Ammersee ist wirklich schön«, wandte Gitte ein. »Der Starnberger See natürlich auch, an ihm gibt es überall behindertengerechte Wege …«

»Meinst du vielleicht, wir sind zum Seihtsiing hergekommen? Dann hätten wir ja gleich eine Busreise zum Obersalzberg buchen können. Wäre uns billiger gekommen. Nein, meine liebe Gitte. Der einzige Grund, warum wir ausgerechnet in dieses unsägliche Nest gezogen sind, ist die relative Nähe zur Schweiz.«

Ihr Gast verstand nicht.

»Es heißt«, fuhr Romana fort, »dass sie bei ganz schweren Fällen sogar Express-Service anbieten. Allerdings ist das natürlich verboten. Allerstrengstens. So wie der Verkauf von Schlafmitteln unter der Ladentheke für einen Apotheker. Aber was kümmert uns das noch?« Romana warf die feisten Händchen so schwungvoll in die Luft, als wollte sie ihre vorangegangene Rede vom Körpergefängnis Lügen strafen. »Wir haben das Leben einfach satt.«

»Habt ihr denn sonst niemanden?« Gitte konnte sich nicht vorstellen, dass sich die männlichen Heerscharen an Bewunderern einfach so in Luft aufgelöst hatten.

»Ich bin dreimal geschieden«, sagte Romana. »Mit Familie hatte ich es nicht so. Und gegen Rominas einzigen Sohn prozessieren wir seit Jahren wegen einer Urheberrechtssache. Aber Ramona hatte bis vor ein paar Jahren noch einen Freund. Gell, Ramona?«

»Auseinandergelebt?«, fragte Gitte den größeren Klops höflich.

»Der Altersabstand«, beschied dieser knapp.

Gitte wusste nicht, was sie sagen sollte. Altersabstand? Wenn man über siebzig war, stand einem ihrer Meinung nach in dieser Hinsicht keine große Zimperlichkeit mehr zu. Das war doch wohl egal, was auf dem Ausweis des Kerls für ein Geburtsdatum stand. Hauptsache, er war lebendig!

»Kurz vor seinem Fünfzigsten hat er noch schnell meine Haushälterin geschwängert, weil er eben doch auf fruchtbare Körper stand«, zerstörte Ramona Gittes Vorstellung. »So wie alle Männer. Es kann halt nicht jede eine Gräfin von Alba sein.«

»Die ist doch auch schon tot«, plärrte Romana.

»Ich habe übrigens auch einen jüngeren Freund«, gestand Gitte, um das unschöne Thema Tod abzuschließen. »Er heißt Lukas und betet mich an. Es ist die pure Freude, mit ihm zusammen zu sein. Sozusagen ein Toi-Boi, wie es in den Postillen heutzutage heißt. Er wartet im Foyer auf mich.«

»Wie schön für dich!«, jubelte Romana so glockenhell, dass sie schon fast glaubwürdig klang. »Wie viel jünger ist er denn?«

»Nun ja, knapp fünfundneunzig Jahre.«

Die Gesichter der Dubois-Schwestern waren unbezahlbar. Im wahrsten Sinne des Wortes, denn so viel Hyaluronsäure und Botox, wie man für die Tilgung ihrer entgleisten Züge gebraucht hätte, gab es in ganz Starnberg nicht.

Gitte nutzte die dem Schock geschuldete Stille, um sich zu verabschieden. So rasch sie in ihren mittlerweile etwas unbequemen Lackslippern konnte, eilte sie aus der Suite und atmete in der scharfen Vanilleluft des Foyers tief durch.

Zwei Dinge waren ihr klar: Ja, die Dubois-Schwestern waren auch nach siebzig Jahren nichts anderes als, Verzeihung, Arschlöcher. Und gut, dass sie ihren Toi-Boi gleich wiedersehen würde. Mit ihm und seiner Mutter wollte sie an diesem Sonntagnachmittag noch auf eine Gesundheitsmesse. Oh ja, Gesundheit war ein gutes Stichwort. Auf keinen Fall würde sie sich jetzt in ihren kuscheligen Kokon von Wohnung zurückziehen und bei perlendem Rosé den Tag zur Neige trinken. Nach dem Erlebnis mit den Dubois-Schwestern wollte sie nur noch leben!

Alte Hasen und falsche Hackbällchen

Die Turnhalle der Mittelschule war vielleicht nicht der schönste, aber dafür der größte und zweckmäßigste öffentliche Raum Gilchings. Schon seit Jahren lockte die Gesundheitsmesse regelmäßig Besucher aus dem gesamten Umland hierher, weil es nirgendwo sonst so viele Aussteller in so entspannter Umgebung gab.

Dank der behindertengerechten Zugänge war es für Gitte, Carla und Lukas ein Leichtes, die Halle zu betreten. Überall lungerten unbeschäftigte Sanitäter und Floriansjünger herum, die nur darauf lauerten, ihnen auf jede nur erdenkliche Art zu Hilfe zu eilen. Hatti hatte draußen bleiben müssen. Sie hatten ihn nicht vor der Tür, sondern an einen Fahrradständer auf der anderen Straßenseite mit einer neu erworbenen Leine angebunden, weil er sich so aufführte. Unmöglich konnte man den Menschen auf der Suche nach alternativen Gesundheitstipps zumuten, an diesem Zerberus vorbeizumüssen. Wie tags zuvor auf dem Steinberg knurrte und winselte er, als ob es Bösewichte zu vertreiben gälte.

Drinnen war es nicht gerade einfach, den Rollator-Ersatz-Buggy zu manövrieren. Die Gesundheitsmesse überwältigte nicht so sehr durch Besuchergedrängel, sondern eher durch zahllose, mit bunten Klebebändern am Boden fixierte Kabel.

Carla war enttäuscht, dass es weder Gratismassagen noch Massagestühle mit Geldeinwurf gab, aber froh, dass Lukas sofort in der Kinderecke verschwand, wo er mit Bio-Wachsmalstiften aus nachwachsenden Rohstoffen ein Mandala auszumalen versuchte. Ebenso froh war sie, dass an diesem Tag wohl die Küche kalt bleiben konnte. Denn den Mangel an ausstellenden Masseuren machte die kleine Messe durch einen verhältnismäßig großen Food-Court wieder wett. Neben dem Veganen Bratmaxi, Bobbis Bio-Burgern und dem Salatexpress waren auch die Abordnung eines lokalen Pizzalieferanten, selbst gemachtes Eis aus Weßling und eine Bar vertreten, an der man sich frischen Saft und Smoothies aus regionalem Obst und Gemüse servieren lassen konnte.

Doch am allerbesten roch es von einem schmucklosen Stand

in der Nähe der Kletterstangen. Seine einzige Deko war ein Orchideentopf. Es gab zwei saubere Klapptische aus Aluminium und daneben ein paar Korbstühle, die sehr bequem aussahen. »AYURVEGA-THAI«, stand in knallorangefarbenen Buchstaben über dem Bambusdach.

»Wie gut das riecht!«, schwärmte auch Gitte Grabow. »Exotisch, exotisch! Ich liebe ja die fremdländische Küche«, teilte sie Carla mit. »Ich denke, dass ich mir hier etwas zu Gemüte führen möchte. Mein Arzt rät mir ohnehin bei jedem Besuch, bevorzugt Reis und Gemüse zu essen.« Geschäftig eilte sie an die Theke, hinter der eine winzige Thaifrau unverbindlich ins Leere lächelte.

Als die Köchin die uralte Dame entschlossen näher kommen und sich die Nase an der Glasscheibe vor den Gerichten platt drücken sah, kam Bewegung in sie. Sie rückte ihr weißes Häubchen zurecht und fokussierte ihr Lächeln auf die neue Kundin. »Gute Tag, was kann ich bitt schön für Sie tue?«, fragte sie in einer entzückenden Mischung aus holprigem Deutsch und bayrischem Dialekt, den sie vermutlich ihrem Fürstenfeldbrucker Ehemann verdankte.

»Guten Tag, ich würde gerne bei Ihnen dinieren«, grüßte Gitte Grabow zurück. »Ihre Speisen riechen ganz vorzüglich, aber leider kenne ich mich mit exotischen Gerichten nicht besonders gut aus. Was ist denn das zum Beispiel, wenn ich fragen darf? Da, das Gelbe mit den … diesen Kugeln?«

»Isse a ayurvedisches Curry ohne scharf«, antwortete die Köchin geduldig.

»Ah, also Reis mit Gemüse, nicht wahr? Mit Hackbällchen«, stellte Gitte befriedigt fest. »Das nehme ich, bitte.«

»Isse nich Hackbällschen, isse ohne Fleisch«, erklärte die Verkäuferin bedauernd.

»Wieso denn ohne Fleisch? Fleisch ist doch gesund«, wunderte sich die Grabow. »Da ist Eisen drin, Vitamine … und Muskeleiweiß.« Sie betonte das letzte Wort besonders deutlich, damit ihr die Dame mit dem Migrationshintergrund folgen konnte.

»Na, Fleisch isse nich so gesund. Mache Knoche-Aua.« Die tapfere Thaifrau lächelte noch immer.

Gitte Grabow schlug sich spielerisch eine beringte Hand vor

den Mund. »Knochen-Aua? Nun, wie Sie meinen. Trotzdem riecht es sehr gut.« Sie dachte kurz nach. »Gestatten Sie mir noch die Nachfrage, woraus diese Hackbällchen dann sind?«

»Isse nur mit bissi Knoblauch und Tofu.«

»Tofu?«, zierte sich der wieder am Gilchinger Prominentenhimmel aufgegangene Stern. »Tofu macht man doch aus Bohnen, nicht wahr? Nein, dann tut es mir sehr leid, ich vertrage ja vieles, aber keine Bohnen. Und Curry – ohne dass ich Ihnen zu nahe treten möchte – klingt ja dann doch etwas scharf und ist bestimmt nicht kindgerecht. Mein Wahl-Urenkelchen würde nämlich mitessen«, fügte sie stolz hinzu. »Was haben Sie denn für zwei kleine Schleckermäulchen wie ihn und mich? Vielleicht irgendetwas, das nicht brennt und … äh, bläht?«

Es endete damit, dass der herbeigelaufene Lukas und Gitte von der knallrot angelaufenen Thaiköchin je ein Beutelchen Krabbenchips in die Hand gedrückt bekamen. »Isse a Geschenk des Hauses«, sagte sie, meinte damit aber eigentlich: Hauen Sie gefälligst ab, bevor Sie mir noch das komplette Geschäft versauen.

Doch zu spät. Die Stimme von Gitte Grabow hatte munter weiter durch die Turnhalle geschallt, sodass sich schließlich sämtliche Standbetreiber und Messebesucher bestens über ihre Lebensmittelunverträglichkeiten informiert fühlen durften. Noch Minuten nach Gitte Grabows Abschied vom AYURVEGA-THAI lachten sich die Anwesenden ins Fäustchen.

Nur eine nicht. Es war diejenige, die kurz vor Gitte Grabows Gastspiel am Thaistand ein paar Tropfen Dimethylquecksilber in das ayurvedische Curry mit Tofu gekippt hatte.

Ohne es zu wissen, hatte Gitte Grabow mit ihrer didaktisch wertvollen Einlage über die blähenden Qualitäten von Sojabohnenquark nicht wenigen Messebesuchern das Leben gerettet, die ansonsten vielleicht dem exotisch duftenden Gericht zugesprochen hätten.

Für die fünf Rebellen, die trotzdem den Genuss wagten, wurde es ihre letzte exotische Speise auf Erden. Noch am selben Abend waren alle tot.

Die Seriosität der Serie

Der frischgebackene Kommissar Roland Maeßmer freute sich anfangs sehr über die spontan einberufene Mitarbeiterversammlung am Montagnachmittag. So etwas kam nicht allzu häufig vor, und wenn, dann hatte es bisher immer gute Neuigkeiten zu vermelden gegeben. Für einen kleinen Moment hoffte er sogar, es könnte sich um eine nachträgliche Überraschungsparty ihm beziehungsweise seiner Beförderung zu Ehren handeln.

Aber als er die Miene seines Chefs sah, ließ er diesen Gedanken rasch wieder fallen. Inspektionsleiter Dr. Spengler war vieles, aber kein guter Schauspieler. Wenn dieser Mann eine Leichenbittermiene trug, dann war Ärger angesagt. Nie und nimmer war unter diesen Voraussetzungen ein geselliges Beisammensein mit Häppchen im Busch.

Roland freute sich trotzdem weiter, im großen Besprechungsraum mit all seinen Kollegen und Kolleginnen zu sitzen. Er und der Tel Aviver Austauschpolizist Schlomo Weintraub, dessen Humor und gelassene Sicht auf die Dinge er in den vergangenen Monaten sehr zu schätzen gelernt hatte, hatten in der hintersten Reihe des Besprechungsraums Platz genommen. Mit den Rücken zur Wand konnten sie wunderbar sehen, was das neue Mobiliar für Wirkung zeigte. Zu Weihnachten hatte der Chef seiner Inspektion großzügig neue Stühle spendiert. Natürlich nicht irgendwelche, sondern Stahlrohr-Freischwinger mit Echtlederpolsterung. »Ein eleganter Klassiker, der Ihren Räumen mit individueller Bequemlichkeit Leichtigkeit verleiht«, so war das Modell im Werbekatalog beschrieben worden. »Ein Beispiel zeitloser, reduzierter Raffinesse.« Vielleicht ein klein wenig zu reduziert für die teils doch recht stabil gebauten Polizeibeamten des Fünfseenlands. Wenn man diese wie Schlomo und Roland von hinten aufgereiht nebeneinandersitzen sah, konnte man unschwer die verschiedenen Gewichtsklassen erraten. Jedes Kilo mehr ließ das Echtlederpolster unter dem jeweiligen Hintern ein paar Millimeterchen tiefer gen Boden sinken. Und so kam es, dass der behäbige Wachtmeister Rappolder und die küchenaffine Kommissaranwärterin Neureither um jeweils mehrere Stufen tiefer saßen als die drei schlaksigen Jungpolizisten zwischen ihnen. Wenn sich einer der beiden bewegte und zum Beispiel die Beine übereinanderschlug, wackelte das elegante Stahlrohrgestänge sachte wie ein Telefondraht, auf dem eine Amsel landet. Das musste es sein, was der Werbetext mit der individuellen Bequemlichkeit gemeint hatte.

Schlomo schienen ähnliche Gedanken wie Roland heimzusuchen, denn er beugte sich lächelnd herüber und flüsterte ihm ins Ohr. »Es gibt da so ein Sprichwort bei uns. Auf Deutsch übersetzt heißt es so viel wie: Ein Beamter sitzt tiefer im Sattel als ein Cowboy. Stimmt, oder?«

Rolands Lachen ging im Räuspern seines Chefs unter. Dann fing Dr. Spengler an zu sprechen, und Rolands gerade noch so heiter gelockerten Gesichtszüge entgleisten weiter – nun jedoch in die entgegengesetzte Richtung.

»Liebe Kolleginnen und Kollegen, ich will ganz direkt in das Thema einsteigen: Wir haben ein Problem am Hals. Gestern am frühen Abend ist in Gilching eine dreiundsiebzigjährige Frau im Wartezimmer der Notfallpraxis verstorben. Manche von Ihnen werden davon schon heute Morgen aus den Medien erfahren haben.« Dr. Spengler legte eine Pause ein und guckte fragend in die Runde, doch niemand reagierte.

»So viel zum Thema Surfen am Arbeitsplatz, Chef!«, rief Spenglers Sekretärin Sybille Lechner triumphierend. »Bei uns offensichtlich kein Thema! Brav, Leute, ganz brav!«

»Ein schwacher Trost«, murmelte Spengler. »Der Anlass unserer Versammlung ist also bei Weitem kein schöner. Die Gilchinger Dame wurde von ihrem Mann in die Notfallpraxis gebracht, als sie schon fast bewusstlos war. Zuvor hat sie über Kopfschmerzen, Schwindel, Übelkeit geklagt. Bei Frauen sind das eigentlich typische Anzeichen für einen Herzinfarkt. Der Arzt, der dazugerufen wurde, als die Dame umkippte, versuchte noch, sie wiederzubeleben. Dabei sind ihm die erhöhte Speichelproduktion und der trockene, weiß belegte Rachenraum aufgefallen. Beides keine Kennzeichen für einen Herzinfarkt, also hat er ganz richtig reagiert und einen Bluttest gemacht. Dabei wurde festgestellt, dass die Quecksilberwerte außergewöhnlich hoch waren.«

»Quecksilber?«, fragte Roland interessiert nach. »Mit Quecksilber sind doch auch meine Allinger Karpfen ausgerottet worden.«

»Stimmt, das ist Ihr Fall, aber wir wollen unsere Senioren doch nicht mit ein paar toten Fischen in einen Teich werfen. Das eine ist ein Fall von Umweltvandalismus, vermutlich ein Dummejungenstreich mit ein paar alten Glühbirnen, das andere Teil eines Serienmords«, erklärte Dr. Spengler milde.

»Serienmord?« Ein Raunen lief durch die Reihen. Die Beamten richteten sich auf, wobei die Ledersitze unter ihnen eine La-Ola-Welle mit minimalem Ausschlag vollführten.

»So etwas hatten wir ja noch nie!«, rief Sekretärin Sybille Lechner und klang dabei empört.

»Es handelt sich tatsächlich um eine ganze Serie an Morden«, gab der Inspektionsleiter ungewohnt respektvoll zu. »Die alte Dame aus Gilching ist leider kein Einzelfall geblieben. Zur gleichen Zeit sind in den Notaufnahmen von Weilheim, Großhadern und Starnberg insgesamt vier ältere Menschen an ungeklärtem Herz-Kreislauf-Versagen gestorben, ein Herr sogar noch im Rettungswagen. Dass wir den Zusammenhang der Todesfälle überhaupt bemerkt haben, war reine Glückssache. Hätten die Sanitäter das vierte Opfer, eine Dame aus Gauting, wie eigentlich vorgesehen in die WolfartKlinik Gräfelfing gebracht, wären sie alle als natürliche Herzinfarkte abgehakt worden. Das muss man sich mal vorstellen! Wer denkt denn gleich an Mord, wenn Herzinfarkt die häufigste Todesart überhaupt ist. Weil die WolfartKlinik aber gerade umgebaut wird, haben die Sanis die Dame nach Starnberg gefahren, und bei der diensthabenden Ärztin haben die Alarmglocken geschrillt, weil es schon der zweite Fall von Herzstillstand innerhalb weniger Stunden war. Bei ansonsten gesunden Leuten ohne entsprechende Vorgeschichte. Eine Frau mit dem richtigen Ermittlungsriecher! An der ist eine Kollegin verloren gegangen. Sie hat die umliegenden Kliniken angerufen und gebeten, die jüngsten Herz-Kreislauf-Stillstände zu überprüfen. Und siehe da – Volltreffer in Weilheim und Großhadern. Beide Kliniken hatten gestern Abend je einen Herz-Kreislauf-Stillstand mit absurd hohen Quecksilberwerten.

Die Kripo Fürstenfeldbruck und wegen des Falls in Großhadern auch die Kripo München haben sofort losgelegt. Die Angehörigen wurden schon befragt, Kriseninterventionsteams sind im Einsatz. Momentan werden alle fünf Opfer obduziert und die Hausdurchsuchungen ausgewertet, aber erste Ergebnisse stehen schon fest.«

»Des is der Wahnsinn, der reine Wahnsinn«, murmelte Rappolder vor sich hin.

Dr. Spengler sah von seinen Notizen auf und streckte seinen Oberkörper durch, wodurch sein Wohlfühlbäuchlein den vorletzten Hemdknopf vor dem Gürtel in Gefahr brachte. »Es gibt ein paar Gemeinsamkeiten. Alle Opfer sind im Rentenalter und entstammen einem gehobeneren bürgerlichen Milieu. Zwei pensionierte Beamte, eine Theaterdirektorin, ein Journalist und eine Unternehmerwitwe. Sie alle haben schon längere Zeit vegetarisch oder sogar vegan gelebt und waren bis auf kleinere Vorerkrankungen überdurchschnittlich gesund. Wir konnten sogar schon herausfinden, wo und wie das Gift verabreicht wurde: Alle Opfer haben am Sonntag die Gilchinger Gesundheitsmesse in der örtlichen Mittelschulturnhalle besucht und an einem Stand namens«, Dr. Spengler las mit gerunzelter Stirn von einem Blatt ab, »AYURVEGA-THAI ein Gericht namens … Moment … Kaeng Khiao Wan Tofu zu sich genommen.«

»Pfff!«, machte es hier und da im Besprechungsraum, und die Freischwinger zitterten unbehaglich.

»Eine Vergiftungsserie!«, rief Sybille. »Wie bei Agatha Christie.«

»Dem widerspreche ich, denn die Vergiftungen sind offensichtlich auf ein und denselben Anlass zurückzuführen.« Spenglers Wohlfühlbäuchlein zuckte, als hätte ihm jemand über die Milz gestreichelt. »Um die Bevölkerung nicht zu beunruhigen, sprechen wir offiziell nicht von einer Todesserie oder gar von Mord, sondern erst einmal von einem Unglück mit mindestens fünf Todesopfern, wobei –«

»Fünf Tote in Gilching, und ich krieg das nicht früher mit? Was soll das? Ich lebe da, verdammt! Meine komplette Familie war gestern auf dieser blöden Gesundheitsmesse!« Roland war aufgesprungen, noch bevor sein Chef den Vortrag beendet hatte.

Die restliche Belegschaft verhielt sich angesichts der betrüblichen Neuigkeiten aus dem nördlichsten Zipfel des Landkreises ziemlich reglos.

»Sie lassen Ihre hochschwangere Frau also allein mit Ihrem Sohn im Kindergartenalter auf eine Veranstaltung, auf der sich Giftmörder herumtreiben«, stellte Dr. Spengler pikiert fest.

»Sie war nicht allein, unsere Nachbarin war auch noch dabei«, rechtfertigte sich Roland, während die Bedeutung des letzten Satzes seines Chefs langsam in sein Bewusstsein sickerte. »Was? Ein Giftmörder? In Gilching?«

»Mein lieber Herr Maeßmer, es liegt mir fern, Ihren Wohnort zu kritisieren, aber möglicherweise kommt es in Gilching tatsächlich öfter zu Schwerkriminalität als in Starnberg. In Gilching ist weniger los, da fehlt unsere ständige Präsenz im Straßenbild, da fühlt sich der gemeine Schwerverbrecher vielleicht einfach sicherer.«

»Wenn er eine unauffällige Mordserie plant, meinen Sie?« Roland schnaubte.

»Von einer Serie kann, wie gesagt, noch nicht die Rede sein. Glücklicherweise. Wir müssen jetzt halt zusehen, dass es auch keine wird. Allerdings ist jetzt schon auszuschließen, dass es sich um eine einfache Lebensmittelvergiftung handelt. Die ersten Laborwerte vom Blut der Verstorbenen zeigen ja eine hohe Konzentration an Quecksilber. Wobei Quecksilber nicht gleich Quecksilber ist«, sagte Spengler mit gerunzelter Stirn. »Und diese Menschen sind innerhalb von wenigen Stunden daran gestorben. Wir haben nur wenige Fakten: Fünf Menschen sind tot, weil sie Tofu-Curry gegessen haben. Und diese Toten haben immerhin drei Gemeinsamkeiten: Sie waren über sechzig, wohlhabend und Vegetarier.«

»Selber schuld! Hätten s' halt a gscheide Schweinshaxn gessn!«, tönte es aus der Kehle des ungerührten Wachtmeisters Rappolder.

»Oder Döner. Den Imbiss der Jugend«, flüsterte Schlomo Weintraub neben Roland.

»Wird eh Zeit, dass mal einer die Alterspyramide abträgt«, spottete eine jüngere Hauptmeisterin. »Für die Rente von denen müssen wir schon mal keine Steuern mehr zahlen.«

»Des is jetzt aber a ziemliche Unverschämtheit, findst ned? Und wer versorgt nachad di im Oiter? Wenn du a Problem mit de Steuern und der Rente hast, dann geh doch hoam und lass dir a boar Kinder machen!«, empörte sich Rappolder. »Weiber im besten Gebäroiter, jawohl, und nix wies Bruttosozialprodukt im Kopf! Des san mir die Liabsten, genau wega eich ham mir ja überhaupts dieses Problem mit der Überoiterung!«

»Wann ich mir meinen Kinderwunsch erfülle, ist ja wohl immer noch mein Bier«, zischte die Hauptmeisterin. »Und wenn ich mir dich so ansehe, Kollege, dann krieg ich auch nicht direkt Lust drauf. Dicke Bäuche haben wir hier in der Inspektion doch schon genug!«

»Ganz ruhig, Leute!«, rief Dr. Spengler beschwichtigend in den Tumult. »Uns sind sowieso die Hände gebunden! Jedenfalls mehr oder weniger. Wir sollen halt die Augen offen halten, aber in Sachen der Morde greift die höhere Instanz. Die Kollegen von der Kripo Bruck haben übernommen.«

»Das ist ja sehr beruhigend! Und was genau machen die, bitte schön?« Rolands Stimme war kurz davor, sich zu überschlagen. »Alle Tofu-Produkte im Reformhaus aufkaufen? Oder auf dem Marktplatz Flyer verteilen – ›Deutsche, esst nicht beim veganen Thai‹?«

»Jetzt machen Sie mal halblang, Maeßmer. Die Spusi arbeitet auf Hochtouren, sogar die Kläranlage Alling ist vorübergehend stillgelegt, weil die Thailänderin das übrige Essen ins Klo gespült hat.«

»Na, des is ja dann ganz toll ökobio!«, warf die Inspektionssekretärin Sybille sarkastisch ein.

Ihr Chef strafte sie mit einem verärgerten Blick. »Heute Nacht ist sogar die Wasserversorgung unterbrochen worden, damit Proben genommen werden konnten –«

»Und bei uns nachert die Scheiße im Rohr kleben bleibt, oder wos?«, polterte der immer noch angefressene Rappolder.

»Für unsere paar Rohre besteht keine Gefahr«, seufzte Dr. Spengler säuerlich. »In solchen Fällen leiten die Germeringer um.«

»Des gschiacht eahne recht, wo s' doch erst des Johr den Kartoffelacker von meim oidn Onkel requiriert ham, für ihre …«, Wachtmeister Rappolder spuckte das Wort aus wie ein Stück alte

Wurst, »Wassereinzugszone! Des muass ma si amoi vorstöin, nehma de am oidn Mo sein Acker weg, einfach so, wia im Kriag! Schama suitn s' si, de depperten Germeringer!«

»Du, i gib da glei an depperten Germeringer!«, schnaufte ein Rappolder optisch sehr ähnlicher Beamter schräg vor ihm und erhob sich drohend von seinem bedenklich wackelnden Freischwinger.

Dr. Spengler riss endgültig der Geduldsfaden. »Hinsetzen!«, brüllte er. »Wo sind wir denn hier, im Kindergarten? Von so einem dahergelaufenen Giftmörder lassen wir uns doch nicht unsere Ruhe und Ordnung kaputt machen! Dieser Besprechungsraum ist aufwendig saniert woren, luxussaniert sogar, also benehmen Sie sich gefälligst wie Respektspersonen! Davon abgesehen gibt es noch ein paar Punkte, die uns alle angehen. Vor allem die Schutzmaßnahmen. Zusätzlich zur Wassersperrung, die eh schon wieder aufgehoben ist, haben uns die Kripo-Kollegen noch ein bisserl mehr ans Bein geschraubt. Zuarbeiten sollen wir. Man weiß ja bisher nicht, wie das Quecksilber in das Kha… äh, Kha… also, in dieses Reisgericht gelangt ist.«

»Des wern hoit die Schlitzaugn drüm selber neigschütt ham, aus Rache für den Vietnamkrieg!«, echauffierte sich Rappolder.

Spengler funkelte ihn an. »Der Reis stammt aus Italien, und da sind die Kontrollen seit dem letzten Bio-Skandal sehr streng. Die restlichen Zutaten wurden alle regional erzeugt. Bis auf den Tofu, der kommt aus dem Mittelrheintal. Übrigens von Deutschlands ältester, in München gegründeter Tofurei!« Dr. Spengler ließ sich das letzte Wort auf der Zunge zergehen und schaute um Aufmerksamkeit heischend in den Raum. »To-fu-rei. Dass so etwas existiert, war mir zuvor auch noch unbekannt. Da sag noch einer, Beamten würden nichts mehr dazulernen! Von den Zutaten her ist also alles sauber. Und achten Sie auf Ihre Wortwahl, Herr Rappolder. Die Betreiber der Imbissbude haben eine absolut weiße Weste. Die Thailänderin liegt übrigens auch selbst im Krankenhaus, weil sie beim Servieren giftige Dämpfe eingeatmet hat.«

Der Inspektionsleiter studierte kurz seine Unterlagen. »Ich will Ihnen auch nicht die vorläufigen Ergebnisse der Fallanalyse vorenthalten. Oder der Profiler, wie man heute so schön sagt.

Die Gesundheitsmesse hatte gestern an die vierhundert Besucher, von denen keine Personendaten vorliegen. Dazu kommen noch einmal gut hundert Aussteller, Reinigungskräfte, Sanitäter und so weiter, die unbeschränkten Zugang zur Halle hatten. Theoretisch kann es jeder von denen gewesen sein. Glücklicherweise hat die Kripo Bruck eine kompetente Fallanalytikerin hinzugezogen, die den Täterkreis sehr schnell einschränken konnte. Es handelt sich um Dr. Ophelia Reitschuster, Bayerns beste Profilerin.«

»Bayerns einzige«, knurrte Sybille.

Ihr Chef überhörte es geflissentlich. »Die Dame war fleißig und hat noch in der Nacht ein paar Tipps für die Ermittlungsrichtung vorgelegt. Sie wissen ja, dass das alles nicht in Stein gemeißelt ist. In der Vergangenheit haben sich die Erkenntnisse aus der Fallanalytik jedoch zumeist als äußerst hilfreich herausgestellt und geholfen, überhaupt ein bisserl Licht ins Dunkel zu bringen. Aktuell empfiehlt Frau Dr. Reitschuster zum Beispiel, nach einem Mann in der Midlife-Crisis zu suchen.«

»Mir doch ned! Mir miassn gor nix ned suachn! Sie ham doch grad söiba gsogt, des macht die Kripo!«, wetterte der beleidigte Rappolder.

»Wie auch immer, wir fahnden nach einem Mörder, und natürlich müssen wir verhindern, dass der noch einmal zum Zuge kommt. Auch wenn er es wahrscheinlich nur auf ältere Vegetarier abgesehen hat. Die Profilerin sagt, er könnte jetzt enthemmt sein, weil die erste Tat prächtig funktioniert hat. In diesem enthemmten Zustand, in dem er zu allem fähig ist, darf man ihm möglichst wenig Angriffsfläche bieten. Zum Schutz der Bevölkerung sollten also ab sofort keine warmen Speisen mehr öffentlich ausgegeben werden, weil die besonders leicht zu vergiften wären. Quecksilber verteilt sich am besten in Flüssigkeiten.«

»Was soll das heißen?«, rief Roland. »Keine Kantine, kein Lieferservice?«

»Genau. Kein warmes Essen mehr in Kantinen, Krankenhäusern, Restaurants. Ab sofort kann sich im Landkreis Starnberg niemand mehr eine Pizza bestellen.«

Rappolder machte eine wegwerfende Handbewegung. »Ach ge,

de san doch eh hechstens no lauwarm, de ausgwoagelten Doagknedl, de italienischen!«

»Seit wann ist denn a Pizza flüssig?«, wollte Sekretärin Sybille wissen.

»Es geht um die Tomatensoße«, erklärte ihr Chef.

»Und was ist mit McDonald's?«, hakte einer der Dienstanwärter nach.

»Auch McDonald's ist von der Anordnung betroffen. Jedenfalls bei allen Gerichten, zu deren Zubereitung offene, flüssige Zutaten benötigt werden.«

»Was das wieder kostet!«, schrillte die ehrgeizige junge Kollegin, die ihren Kinderwunsch für ihr eigenes Bier hielt. »Das gute Essen! Die Restaurants müssen ja jetzt alles wegwerfen, was sie schon eingekauft haben!«

»Wären Sie vielleicht lieber tot? Wie gesagt, das ist eine reine vorübergehende Schutzmaßnahme, bis die Kripo mehr über den Tathergang weiß. Sämtliche betroffenen Gastronomiebetriebe erhalten eine Entschädigung. Supermärkte und Lebensmittelläden haben natürlich weiter geöffnet, aber beim Metzger gibt's halt momentan keine heißen Leberkassemmeln mehr. Und keinen Kartoffelsalat.«

»Nachert isst hoit an Wurschtsalot und bringst da dein Essig söiba mit«, nickte die Neureither beschwichtigend in Rappolders Richtung.

»Und wie werden die Leute dann versorgt?«, erkundigte sich Roland. »Im Krankenhaus oder einem Altenheim kann man von den Patienten doch nicht verlangen, sich ihre Tütensuppen selbst zu kochen?«

»Guter Punkt, Herr Maeßmer. In den von Ihnen angesprochenen Fällen besteht das Essen aus Konservenware, die direkt vor den Augen des Patienten geöffnet wird. Was die Kliniken und so weiter nicht vorrätig haben, bringen unsere Freunde von der Bundeswehr direkt aus dem Lager Neubiberg.«

»Die Bundeswehr?« Chefsekretärin Sybilles gefärbte Augenbrauen befanden sich in Schräglage. »Wenn der Barras eigreift, is des dann ned automatisch a Ausnahmezustand? Ham mir jetzt im Fünfseenland scho Kriegsrecht?«

»Ach was!« Spengler drohte mit dem Zeigefinger. »Jetzt machen Sie mir mal nicht gleich die Pferde scheu. Außerdem greift die Bundeswehr nicht ein, sie hilft nur aus. Mit ein bisserl Eintopf vom letzten Winterbiwak.«

»Die Sybille hat aber scho recht«, schnaufte Rappolder. »D' Leit wern des gor ned gerne hearn mit dem Giftmörder und dem Essensverbot, aa ohne den Barras. Vielleicht gibt dös a Landflucht, a Massenpanik! An Bürgerkriag! Wos dea ma denn nachert do?«

Im Anschluss an die noch einige Minuten dauernde, angeregte Diskussion verteilte Dr. Spengler erste Aufgaben. Ein paar Glückliche, darunter Roland und Schlomo, durften unter dem Deckmäntelchen der Verschwiegenheit weiterermitteln – »Aber nur in der Allinger Karpfengeschichte!« –, der Großteil der Kollegen wurde zur Bevölkerungsaufklärung und Situationsentschärfung abkommandiert. Das hieß, sie würden den Rest des Tages und vermutlich der ganzen Woche vor Restaurants und Betriebskantinen herumstehen und sich von den enttäuschten oder wütenden Hungrigen herunterputzen lassen. Nur eine Minimalbesetzung würde in der Inspektion verbleiben, um übrige Notfälle zu übernehmen.

Roland war froh über das Ende der turbulenten Versammlung. Er war ganz gut weggekommen, fand er. Mit Dr. Ali über Chemikalien in Fischteichen zu diskutieren, das war allemal besser, als im Alten Wirt Stammtischbrüdern ihren Schweinsbraten mit Soße zu verbieten. Damit machte man sich keine Freunde.

Allerdings sorgte er sich ein wenig um Schlomo Weintraub. Sein geschätzter Austauschpolizeikollege aus Israel und Sitznachbar hatte während der zweiten Hälfte der Sitzung kein Sterbenswörtchen mehr gesagt. Stattdessen hatte er leicht vornübergebeugt auf seinem Freischwinger gesessen und sich die Hände vor den Mund gehalten. Und dazu heftig geblinzelt. So als wäre ihm schlecht. War er am Ende auch auf der Gesundheitsmesse gewesen?

Erst als alle anderen schon geschäftig in ihre Büros eilten, konnte Roland den eigentlichen Grund für Schlomos seltsames Verhalten identifizieren. Beim Aufstehen nahm er endlich die Hände von seinem Gesicht. Zum Vorschein kamen Mundwinkel, die unkontrolliert in alle Richtungen zuckten. Das stetige Blinzeln hatte von den Tränen hergerührt, die er sich nun mit einem Taschentuch abtupfte. Nein, der Mann hatte ganz und gar keine letale Quecksilberdosis abbekommen, sondern die ganze Zeit versucht, einen Lachanfall zu unterdrücken.

Schlomo gackerte immer noch, als er mit Roland auf dem kleinen Raucherbalkon vor Dr. Spenglers Büro stand und sich eine von Sybille geschnorrte Beruhigungszigarette mit ihm teilte.

»Jetzt halt mal an dich, Schlomo. Hier geht es immerhin um eine Mordserie. Was soll daran so lustig sein?«, echauffierte sich Roland.

»Na ihr. Ihr Deutschen seid lustig. Oder besser gesagt ihr Bayern.«

»Und das aus dem Mund eines Juden. Juhu, Vergangenheitsbewältigung, wir haben dich geschafft! Die Juden finden uns wieder lustig!«

Schlomo nickte und nahm einen tiefen Zug. »Ist doch so. In Israel sind wir schon froh, wenn ein Selbstmordattentäter bloß eine einstellige Anzahl von Menschen erwischt. Das steht nicht mal auf Seite eins der Tageszeitung, eher irgendwo im Mittelteil, unter ›ferner liefen‹. Zudem bekommen wir jeden Tag noch ein paar Raketen aufs Dach. Und nur, weil einer nicht allein an seinem Tofu sterben wollte, ist das bei euch schon ein nie da gewesener Mordfall.«

»Meinst du wirklich, das hat sich so abgespielt? Dass sich ein einsamer vegetarischer Rentner eine Gesellschaft für seine kleine Kaffeefahrt Richtung Himmel zusammengestellt hat?«

»Kann doch sein. Erweiterter Selbstmord mal auf eine andere Art. Außerdem macht die Kripo gerade einen gravierenden Fehler.«

»Und zwar?«

»Und zwar mit dieser Profilerin. Profiler, das klingt gut, das klingt schick, das ist irgendwie amerikanisch und deshalb automatisch cool. Das Problem ist aber mal wieder, dass ihr Deutschen keine Zwischentöne kennt. Entweder verteufelt ihr alles, was aus den Staaten kommt, oder ihr bewundert es unreflektiert. Mir scheint, im aktuellen Fall ist es eindeutig Zweiteres. Was ist denn schon ein Profiler? Auch nur ein Mensch, der sich ein paar ausgetüftelte Gedanken macht. Ganz bestimmt kein Wunderheiler oder Wahrsager. In Amerika wird übrigens gar nicht so viel Wert auf den Profiler gelegt, wie man denken könnte. Im Ermittlungsprozess sind seine Ergebnisse nur ein Aspekt von vielen. Der kann nämlich auch mal ziemlich danebenliegen.«

»Danke für deine aufrichtigen Worte, Schlomo. Ich werde drüber nachdenken, wenn ich das nächste Mal mit Hatti Gassi gehe.«

»Du hast einen Köter?«

»Nicht ganz freiwillig. Ist uns zugelaufen.«

»Ich mag Hunde.«

»Komm uns doch mal wieder besuchen! Du bist eh nicht mehr lang hier, und meine Frau freut sich bestimmt. Wie wäre es zum Beispiel am Ostersonntag? Da machen wir ein Gartenfest mit unserer alten Nachbarin.«

»Gerne, warum eigentlich nicht? Restaurants kommen ja im Moment eher weniger in Frage. Was soll ich mitbringen?«

Die Kalte-Küchen-Krise

Die Auflagen zum Schutz der Bevölkerung trafen das Fünfseenland hart. Es war nicht so, dass die Leute vor den Restaurants gepöbelt hätten oder mit den ausschließlich trockene Salate und kalte Vorspeisen servierenden Kellnern Streit anfingen. Man bestellte das, was übrig geblieben war. Die kalten Antipasti-Platten in der Trattoria Rusticone gingen weg wie warme Semmeln, ebenso die Bruschetta mit getrockneten Tomaten im Ristorante Tirol und die Profiteroles im La Fontanina. Manche Lokale profitierten sogar ein wenig von dem Verbot. Das Restaurant Schützenhaus vergrößerte spontan seine Salatbar, wenn man sich auch das Dressing selbst mitbringen musste. Der Herr Rossegger vom Fischladen in der Sonnenstraße konnte gar nicht so viel Matjes, geräucherte Saiblinge und Forellen in die Auslage schieben, wie die Kunden bei ihm kaufen wollten. Die Eisdielen waren permanent überfüllt, und das Running Sushi gegenüber vom Neuen Rathaus sowieso. Erfinderische Gastwirte wie Frau Edelmann gemeinsam mit dem Team der Bäckerei Reis überboten sich im Kreieren von neuen Sandwiches und Baguettes. Rund um den Gilchinger Marktplatz herrschte ein richtiggehender Wettstreit um die köstlichste belegte Backware. Die Kantinen der größeren Betriebe boten ihren Besuchern an, sich das Essen selbst in der Mikrowelle aufzuwärmen, und zum ersten Mal seit Eröffnung des Supermarktes war die »to go«-Kühlabteilung im Penny-Markt an der Sonnenstraße von den Gilchinger Schülern so leer gekauft, dass außerplanmäßig nachbestellt werden musste.

Irgendwie konnte man sich also schon ernähren. Man kam zurecht. Schließlich war der Oberbayer seit Jahrhunderten an kalte Speisen wie Speckplatten, Butterbrezen und Wurstsalat gewöhnt. Und trotzdem war die allgemeine Stimmung etwas gedrückt, denn das erste Wochenende der Osterferien stand an und damit die erste größere Ausflüglerwelle des Jahres. Welcher Münchner oder gar Baden-Württemberger würde sich aber auf den Weg machen, um einmal die Starnberger Strandpromenade auf und ab zu spazieren und hinterher mit dem schönsten Panoramablick einen Salat ohne Dressing zu essen? Oder ein Käsebrot? Bald würden die Biergärten öffnen und hätten nicht sehr viel mehr als Obazdn und Brezen zu bieten, sollte dieser Zustand anhalten.

Nein, das waren keine besonders rosigen Aussichten, freilaufender Giftmörder hin oder her. Der schlug in der Außenwirkung dem gemeinen Gilchinger weit weniger auf den Magen als die Vorstellung, an den Osterfeiertagen auf sein Lammragout, das frühlingshafte Kräuterschaumsüppchen, den Fisch mit Remoulade oder gar den dampfend heißen Schweinsbraten mit Dunkelbiersoße verzichten zu müssen.

***

»Diese Giftsache ist wirklich übel«, kommentierte Carla am Mittwochvormittag die neuesten Streik- und Streitnachrichten im »Kreisboten«. Die altgediente Lokaljournalistin Polly Polster, der Schrecken des Gemeinderats, hatte das zum Schutz der Bevölkerung ausgesprochene Verbot von warmen Speisen als »Ablenkungsmanöver« und »Zwangs-Ramadan« bezeichnet. Carla seufzte. »Klar, ich bin froh, dass wir dieses Curry nicht gegessen haben und noch am Leben sind, aber dass ich jetzt nicht mal mehr bei McDonald's vorbeischauen kann, finde ich schon schade. Nach einem Cheeseburger ist Lukas einen halben Tag lang zufrieden, und mein Bacon-&-Egg-McMuffin fehlt mir jetzt schon.« Traurig schrieb sie »Speck« auf die Einkaufsliste. Gitte Grabow saß bei ihr am Küchentisch, um gemeinsam die Essensplanung für das Gartenfest zu erstellen. Bis dahin waren es zwar noch zehn Tage, aber Gitte Grabow legte viel Wert auf gute Vorbereitung.

»Ihr *was* fehlt Ihnen?« Carlas Nachbarin, die sich fast ausschließlich von Pumpernickel mit Krabbencocktail ernährte und kaum außerhäusig aß, hatte die große Speisensanktion noch gar nicht richtig realisiert.

»Ach, so ein warmer Spezialburger. Seit die Frau Dr. Dingsbums gesagt hat, dass der Mörder es auf Imbisskunden abgesehen hat, gibt es doch nirgendwo mehr warmes Essen. Weil sich das Gift in warmem Essen besser verteilt.«

»Kein warmes Essen mehr? Ist das denn die Möglichkeit! Wo leben wir denn, am Polarkreis?«, entrüstete sich Gitte Grabow. »Und wer befiehlt das, eine Frau Doktor? Also bitte. Ein Bösewicht schlägt zu, und schon macht man es sich bei der Polizei einfach und sagt wie einst die französische Königin Marie-Antoinette: Dann sollen sie doch Kuchen essen! Diese Frau Dr. Dingsbums hat nicht unbedingt recht, nur weil sie eine Studierte ist«, gab sie zu bedenken. »Ich dagegen habe schon aufgrund meiner Lebenserfahrung so gut wie immer recht und habe nicht studiert. Ich konnte ja gar nicht studieren, davon abgesehen, selbst wenn ich gewollt hätte. Das war damals einfach nicht schicklich für eine junge Frau, *mon dieu.*«

»Einem Giftmörder freie Hand zu lassen ist auch nicht schicklich. Irgendwas muss man ja tun, um sich zu schützen.«

»Papperlapapp! Der beste Rat in allen Lebensfragen ist immer noch der gesunde Menschenverstand. Bohnenquark, ich bitte Sie! Den hätte ich vielleicht im Hungerwinter '45 gegessen, aber doch nicht heutzutage und auch noch gegen Bezahlung! Überhaupt ist diese ganze Sache mit dem warmen Essen doch völliger Quatsch. Der Giftmörder wird ja nicht blöd sein, nicht wahr?«

»Na ja, die Frau Doktor wird schon wissen, was sie sagt. Aus der Luft gegriffen ist ihre Hypothese wohl nicht, die ganze Kripo steht hinter ihr.«

»Ihre Hypnose? *Mon dieu!* Hypnose halte ich sowieso für ausgemachten Blödsinn«, kicherte die Grabow. »Mich wollte beim Film mal einer hypnotisieren, damit ich mein Inneres besser kennenlerne. Für eine bessere Tiefenentspannung. In Wirklichkeit wollte er sich natürlich selbst ganz tief entspannen und mein Inneres kennenlernen, aber was sag ich Ihnen … Die Welt rückt immer näher zusammen, aber die Scharlatane sterben nicht aus.«

»Scharlatane und Giftmörder. Das ist bei uns ja schon wie in so einem asiatischen Märchen, in dem ein böser Dämon von einem Berg zu den unschuldigen Bauern hinabsteigt und Zwietracht sät.«

»Mondjöh«, bekräftigte Lukas, der auf leisen Sohlen aufgetaucht war, und zupfte an Carlas frühlingshafter, zeltförmiger Blümchentunika. »Penny-Markt!«

»Ach was, Schätzelein, in Gilching gibt es doch keine Dämonen«, lächelte Gitte Grabow. »Kein Dämon würde sich die Mühe machen, ausgerechnet in Gilching abzusteigen. Von welchem Berg soll der auch kommen? Hier gibt es ja noch nicht mal Hügel. Höchstens den Steinberg, aber der ist auch nur mit ganz viel gutem Willen ein sanftes Hügelchen und eignet sich bestimmt nicht als Hort des Bösen.«

Haare auf Pferdezähnen

Es gab wirklich nicht viel, womit Jimmy Böck weniger gerne den ersten Samstag der Osterferien verbracht hätte, als mit dem Besorgen eines Geburtstagsgeschenks für seine Mutter. Die Aufgabe kam in seiner ganz persönlichen Beliebtheitsreihenfolge von Tätigkeiten ungefähr zwischen den Punkten schimmlige Milzwurst essen und sich selbst den kleinen Zeh abhacken.

Trotzdem war es eine Aufgabe, der man sich als einziger Sohn einer versoffenen und hilflos überforderten, aber trotzdem liebenden Mutter stellen musste. Auch wenn man selbst gerade erst den Absprung aus diesem hoffnungslosen Milieu geschafft und sich eine eigenständige Existenz in München aufgebaut hatte. Also war er, statt in ein kuscheliges Wochenende mit seiner Freundin Shirin zu starten, nach dem späten Frühstück in die S8 Richtung Herrsching gestiegen und in seinen Geburtsort zurückgefahren.

Zögerlich stand er nun auf den grauen Betonplatten des Bahnhofs Gilching-Argelsried im kühlen Wind. Hinter ihm lockte noch die Wärme der S-Bahn durch die offenen Türen, die sich gleich schließen würden. Er musste sich zusammenreißen.

Die Zeit in Gilching, das waren für ihn verlorene Jahre gewesen, gleichbedeutend mit Drogenproblemen und der Tatsache, dass niemand jemals an ihn geglaubt hatte. Doch am Ende hatte er es selbst getan, sich am eigenen blonden Pferdeschwanz gepackt und sich aus dem Sumpf gezogen.

Wenn er jetzt zurückkam, fühlte es sich beinahe wieder so an wie vor etwas über einem halben Jahr, als er noch bei McDonald's an der Landsberger Straße gearbeitet und in seinem weißen VW-Bus gelebt hatte. Egal ob mit Gift oder ohne – Gilching deprimierte ihn einfach. Jimmy schob sich die Strickmütze tief über die mittlerweile kurzen Haare und schlurfte den Bahnsteig entlang zur Unterführung.

Bis zum zweistöckigen Eine-Welt-Laden, der trotz seiner respektablen Größe permanent vor ungeliebten und überflüssigen Dingen überquoll, waren es keine zweihundert Meter. Trotzdem schaffte Jimmy es auf der kurzen Strecke, drei alte Bekannte zu treffen. Bong, Mackie und Toasty kamen gerade vom Skatepark an der Glatze zurück, Boards unter die Arme geklemmt, um sich im Edeka etwas zu futtern zu holen. Wie schon in den Jahren zuvor hätten die drei aus mehreren Gründen nichts im Skatepark verloren gehabt. Sie waren über achtzehn und hatten Alkohol dabei, außerdem war der Skatepark offiziell noch bis April geschlossen, doch wie schon damals war ihnen das wurst. Es gab ja niemanden, der durchgriff. Die Germeringer Polizei musste auf ihre eigenen Pappenheimer aufpassen, und die Starnberger hatten im Moment weiß Gott Wichtigeres zu tun.

Jimmy hielt den Atem an, als er die drei erkannte. Er war sich bombensicher, dass der letztjährige Vandalismus am Christoph-Probst-Gymnasium auf das Konto seiner alten Buddys ging. Und obwohl ihm Mackie noch mindestens einen Fuffi schuldete, wollte er mit der Clique nichts mehr zu tun haben. Gerade schlurften die drei an der Buchhandlung LeseLust vorbei. Er nutzte einen träge vorbeischaukelnden Regionalbus, um in dessen Windschatten unerkannt über die Straße zu hechten. Auf Höhe des Hörstudios Weiß war er außer Sichtweite der Gruppe und verschwand kurz darauf aufatmend im Gebrauchtwarenladen. Hier gaben sich zweiunddreißig ehrenamtliche Mitarbeiterinnen unter Führung des Ehepaars Nömayr alle Mühe, gespendete Dinge für einen guten Zweck an den Mann zu bringen.

Er wusste, dass seine Mutter diese altmodische Keramikserie mit dem schwarzen, grob gemalten Geflügel sammelte: Hahn und Henne. Damit war sie leider nicht allein. In den Münchner Secondhandkaufhäusern wurden diese Geschirrteile gar nicht erst in die Regale geräumt, sondern direkt bei eBay vertickt. Aber es wäre doch gelacht, wenn er hier, in der Brandung des Überflusses im Fünfseenland, nicht ein Teil davon finden würde.

Jimmy hatte sich schon im Vorfeld informiert: Die Manufaktur Zeller im Schwarzwald produzierte das Dekor seit über hundert Jahren. Seiner Mutter, die die normalen Teller und Tassen genauso wie den Rahmgießer, die Kaffeekanne in zwei verschiedenen Größen und sogar die Sauciere schon hatte, konnte man also nicht einfach irgendein Stück davon schenken. Zum Glück hatte sich

Zeller seit vielen Jahrzehnten auf die große Nachfrage der Sammler eingestellt und produzierte mittlerweile dreizehn verschiedene Tassen und Becher, Suppentassen nicht eingerechnet, sowie eine noch größere Anzahl verschiedener Platten, Teller und sonstiger Geschirrteile.

Tatsächlich lachte Jimmy nach kurzem Stöbern ein Vertreter des Hahn-und-Henne-Dekors von einem Wandregal aus an. Jimmy lachte zurück. Den hatte seine Mutter garantiert noch nicht: die Suppenterrine Henne, Fassungsvermögen eineinhalb Liter, Marktpreis knapp hundertfünfzig Euro. Im AWO-Laden Gilching für sage und schreibe zwölf Euro zu haben! Noch teurer und seltener wäre nur die Suppenterrine Hahn gewesen, aber er wollte sich nicht beschweren.

Behutsam nahm er das ausgehöhlte Ton-Huhn vom Regal und musste feststellen, dass ihm die Schnabelspitze fehlte. Mist! Er biss sich auf die Lippen. Damit konnte er seiner Mutter natürlich nicht kommen, bei so was war sie perfektionistisch. Jimmy stellte das Huhn bedauernd wieder zurück und bemerkte dabei den perfekt erhaltenen Aschenbecher im gesuchten Dekor. Spontan entschied er sich für diesen. Seine Mutter war zwar auf E-Zigaretten umgestiegen, aber wahrscheinlich würde sie ihn sowieso gleich in die Vitrine stellen. Er war auch einfacher zu transportieren als die Suppenterrine. Jimmy sah auf die Uhr. Wenn er sich beeilte, wäre er pünktlich zum Kaffee bei seiner Mutter und zum Abendessen wieder in München bei Shirin. Forsch schritt er zur Kasse, an der niemand anstand, und platzierte den Ascher auf dem Spitzendeckchen. Haben Sie vielleicht ein bisserl was zum Einpacken?, wollte er bitten, erstarrte aber, als ihm die Kassiererin das Gesicht zuwandte.

Frau Mutschler! Jimmy benötigte eine Sekunde, um sich wieder zu fassen. Seine ehemalige Englischlehrerin. Natürlich, die Frau war damals schon Ende fünfzig gewesen, die musste längst in Rente sein. Für umtriebige Omis wie sie war die ehrenamtliche Mithilfe im Eine-Welt-Laden wahrscheinlich die perfekte Wohlfühlbeschäftigung.

Damals hatte er nicht wirklich viel zum friedlichen Klassenklima beigetragen. Vielmehr war es ihm sogar gelungen, diesen blöden Spionagefüller mit der Geistertinte aus dem »YPS-Heft« so umzubauen, dass er aus der vierten Reihe von hinten bis zur Tafel vor schießen konnte. Auf Frau Mutschlers beste Bluse. Allzu geistermäßig hatte sich die Tinte auf der echten Wildseide dann leider nicht verhalten. Aber seine Lehrerin hatte sich mehr als gerächt. Der folgende, ewig gleiche Sermon war ihm sofort wieder präsent.

Du kannst gar nichts, Jimmy. Du bist der schlechteste Schüler, den ich jemals hatte. Der allerschlechteste. Wenn es jemand von euch allen zu überhaupt nichts im Leben bringen wird, dann du.

Am Ende der siebten Klasse hatte sie nahezu im Alleingang dafür gesorgt, dass er das Klassenziel nicht erreichte und sitzen blieb.

Jetzt erkannte sie ihn nicht. Überhaupt schien sie nicht besonders gut beisammen zu sein. Besonders lebensbejahend hatte sie noch nie gewirkt, aber heute sprangen Jimmy die blutleeren Lippen geradezu an.

»Rauchen kann tödlich sein«, sagte sie streng zu ihm und entblößte eine Reihe erschreckend langhalsiger gelber Zähne.

War das Zahnfleisch darüber schon immer schwindsüchtig und farblos gewesen?, fragte sich Jimmy. So pferdartig hatte er Frau Mutschler gar nicht in Erinnerung gehabt.

»Das ist Ihnen hoffentlich klar, junger Mann.«

»Der Aschenbecher ist ja auch nicht für mich. Er soll ein Geschenk sein«, entgegnete Jimmy. Unweigerlich fiel er in den gepresst-aggressiven Ton zurück, mit dem er als Teenager auf Vorhaltungen reagiert hatte.

»Trotzdem. Man … sollte Fehlverhalten dieser Art nicht … noch fördern«, erwiderte sie missbilligend. Sie sprach langsam und mühevoll, als hätte sie zu lange nichts mehr getrunken.

»Tu ich doch gar nicht, Frau Mutschler. Das Ding ist nur zur Dekoration. Ein Sammlerstück. Was soll das überhaupt kosten? Der Preis stand nicht drauf.«

Ihre Hände, die sich soeben noch fest an der Kante des Kassentischchens festgekrallt hatten, lösten sich. Sie wich vor ihm zurück. »Woher wissen Sie … meinen … N…«

»Ihren Namen, liebe Frau Mutschler?« Jimmy entblößte seine eigenen geraden und von den zahllosen Joints früherer Jahre kaum vergilbten Zahnreihen. Er fühlte seine große Stunde gekommen. Nicht dass er angenommen hätte, in ihrem Gedächtnis einen Ehrenplatz eingenommen zu haben, aber dass sie sich so gar nicht an ihn erinnerte, wurmte ihn dann doch ein wenig. Ich bin es doch, Ihr schlechtester Schüler. Wie hätte ich jemals Ihren Namen vergessen sollen, wo Sie mich doch in der siebten Klasse sitzen haben lassen?, wollte er sagen. Doch da er merkte, wie schlecht es auf einmal um seine alte Lehrerin stand, runzelte er nur die Stirn und schickte sich an, eine stützende Hand nach ihr auszustrecken. Doch es war zu spät.

»Sechs Euro«, hauchte sie noch fast unhörbar, dann fiel ihr Kopf nach vorn, sie griff sich ans Herz und sank mit einem Ächzen zu Boden, wobei sie einen besonders prominent hinter der Kasse drapierten Trachtenjanker – zweiundzwanzig Euro – und einen Großraumkleiderbügel mit verschiedenen Schürzen – zu je vier Euro – mit sich riss.

Der Radau war im ganzen Laden zu hören, sodass die besorgten Mitarbeiterinnen Frau Kieferle, Frau Rattei und Frau Koch sofort herbeistürzten. »Frau Nömayr! Schnell!«, riefen sie nach ihrer Chefin.

Deren perfekter Schneewittchenteint wurde um noch eine Nuance weißer, als sie inmitten des Durcheinanders ihre Mitarbeiterin auf dem Boden erblickte. »Frau Mutschler? Frau Mutschler, jetzt sagen S' doch was!«

Auch Herr Nömayr hörte jetzt auf, in der Elektroabteilung herumzuwursteln, und kam seiner Frau zu Hilfe. Seine Gesichtsfarbe hatte generell einen anderen Grundton, weshalb er beim Anblick der Bescherung nicht noch weißer wurde, sondern von hell- nach dunkelrot mutierte.

Eine Weile tasteten die beiden Helden des Ehrenamts stumm nach Frau Mutschlers Puls, während die Damen Kieferle und Koch sich wortlos darauf verständigten, an die Ladentür zu treten, um eventuell gaffende Kunden hinfortzukomplimentieren.

Endlich hob Frau Nömayr suchend den Kopf, und ihre klaren blauen Augen hinter der leicht getönten Brille hefteten sich hilfesuchend auf Jimmy. »Sie, junger Mann, ruafn Sie an Krankenwong, bitt schön!«

Jimmy atmete tief durch, nahm die Mütze ab und fuhr sich instinktiv durch die Haare. Seit wenigen Monaten trug er sie streichholzkurz und nicht mehr im Pferdeschwanz, hatte sich aber immer noch nicht daran gewöhnt, von seiner Umwelt seither als ernst zu nehmende Erscheinung betrachtet zu werden.

»I ko des jetzt ned!«, piepste Frau Nömayr, die sein Zögern missinterpretierte, und griff sich ihrerseits ans Herz.

»Und i bring aa koa Wörterl ned raus«, erklärte sich ihr Gatte solidarisch. »A so a Schock!«

Jimmy nickte und versuchte, den Nömayrs aufmunternd zuzulächeln. Nachdem er mit seinem Smartphone die 112 gewählt und mit gefasster Stimme die Sachlage geschildert hatte, wies ihn die Dame von der Vermittlungsstelle an, doch bitte schon einmal mit der Wiederbelebung zu beginnen. Der Notarzt sei unterwegs, aber jede Sekunde zähle. Jimmy bejahte und ärgerte sich, nicht selbst darauf gekommen zu sein.

Als er sein Smartphone verstaut hatte, lag die Mutschler immer noch unverändert hinter der Theke auf der Seite. Nur die Schürzen und der Trachtenjanker waren von Frau Rattei zur Seite geräumt worden. Das Ehepaar Nömayr kniete über seiner einstigen Lehrerin wie Eltern über dem mitsamt dem Sonntagsbraten zu Boden gegangenen Zappelphilipp bei Wilhelm Busch: Der Vater blickte ratlos, die Mutter rang die Hände.

»Wir sollen sie wiederbeleben«, sagte Jimmy sanft und schlüpfte ebenfalls hinter den Kassentisch. Auf Frau Mutschlers freier Seite ging er auf die Knie, legte seine Mütze auf den Boden, schob sich die Jackenärmel hoch und drehte die Frau auf den Rücken. Sein Griff fiel gröber aus als gewollt, weil er nicht mit der Leichtigkeit des reglosen Körpers gerechnet hatte. Frau Mutschler fühlte sich an wie eines der Pappmaché-Phantasietiere, die sie damals unter ihrer Aufsicht im Werkunterricht gestaltet hatten. Er hatte dafür eine Vier bekommen. Was sonst. *Du hast dir wieder nicht genügend Mühe gegeben!*

»Ich muss aufpassen, dass ich ihr bei der Herzmassage nicht die Rippen breche«, murmelte er, während er auf dem rosa Feinstrickpullover den besten Druckpunkt suchte.

Sein forsches Herangehen erlöste die Nömayrs aus ihrer Schockstarre. Die Frau legte ein Kissen unter den Kopf der Mutschler und fühlte ihren Puls, während der Mann Jimmy den Takt vorgab.

»Drücken S' viermal – zwei, drei, vier – und dann beatmen. Genau, Nase zuhalten und rein mit der Luft!«

Es war nicht schön, die farblosen Lippen seiner sterbenden alten Lehrerin zu küssen. Wirklich nicht. Jimmy versuchte, sich vorzustellen, er würde einen Luftballon aufblasen. Einen Luftballon, der sich hinterher mit Hilfe von Pappmaché und Wasserfarben in ein knallbuntes Phantasietier verwandeln würde. Aber nur, wenn er sich genug Mühe gab.

Nach einer schier endlosen Zeit kam der Notarzt und schob Jimmy und die Nömayrs beiseite. Jimmy sank auf einen original Thonet-Bugholzstuhl mit beschädigtem Sisalgeflecht – fünfunddreißig Euro – und sah erschöpft zu, wie die Dinge ihren unvermeidlichen Lauf nahmen.

Frau Mutschlers Körper wurde mit einer Herzdruckmassage, einer Injektion und einem Defibrillator traktiert, doch es kehrte kein Fünkchen Leben mehr in ihn zurück. Nach weniger als einer Viertelstunde ließ der Notarzt von ihr ab, erhob sich und begann, einen Totenschein auszustellen.

Den Streifenwagen mit den zwei Polizisten hatte niemand kommen sehen. Die Beamten warteten respektvoll vor der Glastür, bis der Arzt seine Tätigkeit beendete, bevor sie den Eine-Welt-Laden betraten. Etwas schüchtern nahmen sie zuerst ihre Mützen ab und dann die Personalien der Anwesenden auf. Es waren eine blonde, breitgesichtige Frau und ein dunkel gelockter Mann mittlerer Größe.

»Dich kenne ich doch«, nickte der Polizist Jimmy zu. »Jimmy, stimmt's? Gut siehst du aus. Ali hat mir erzählt, dass du dich toll schlägst bei den Leich…« Er guckte zu den fassungslosen Nömayrs hinüber und biss sich auf die Zunge. »Dass du dich ganz toll bei den Rechtsmedizinern schlägst. Alles okay mit dir?«

Jimmy blinzelte und nickte. Es war Roland Maeßmer, der ihn angesprochen hatte. Der Mann der netten Frau, die ihn damals, in seinen McDonald's-Zeiten, auf den rechten Weg zurückgebracht hatte. Da ihn nach Aufnahme seiner Personalien niemand mehr zu brauchen schien, drückte Jimmy Frau Nömayr seine sechs Euro in die Hand und verabschiedete sich mit einem stummen Nicken. Den Besuch bei seiner Mutter sparte er sich nach diesem Erlebnis, er würde heute keinen Schluck Kaffee und keinen Bissen Kuchen mehr hinunterbringen. Aber aufgeschoben war nicht aufgehoben, immerhin hatte er den Aschenbecher. Er war nicht umsonst nach Gilching gefahren.

»Bist du wirklich okay?«, rief ihm Roland Maeßmer noch nach, als er zur S-Bahn marschieren wollte. »Du hast gesagt, du warst zum Einkaufen in dem Laden. Was sucht denn ein junger Kerl wie du da drin?«

»Nur ein Geschenk für meine Mutter«, winkte Jimmy ab. »So ein verdammtes Teil mit einem Hühnchen drauf. Und ich komm schon klar. Ist ja nicht meine erste Leiche.«

»Ein Teil mit Hühnchen? Egal. Ich kann dir übrigens sagen, dass meine Gattin dich im McDonald's sehr vermisst. Keiner kann diesen McDingsbums so gut wie du, schwärmt sie immer noch. Die Möglichkeit, dass du es dir noch anders überlegst und zurückkommst, besteht wohl nicht?«

»Never ever!«, rief Jimmy schon im Laufen, weil gerade die S-Bahn nach München einfuhr. Er konnte schon wieder lachen. So war es eben, das Leben. Die einen starben, die anderen vermissten ihren McDingsbums.

Another One Bites the Dust

Am nächsten Montag erzählte Jimmy die Geschichte seinem Chef, dem extrovertierten, aber brillanten Rechtsmediziner Dr. Said Al-Jamal, auch bekannt als Dr. Ali, der rassigste Leichenfledderer Bayerns. Das heißt, er erzählte sie ihm gleich nach der Berufsschule und nachdem er das Ende von Alis mittäglicher Happy Hour abgewartet hatte.

Sein Chef verbrachte die Pause zumeist im Büro, weil er die Kantine des Münchner Instituts für Rechtsmedizin so wenig schätzte wie schwatzhafte Kollegen. Er selbst war schon schwatzhaft genug, befand er selbstkritisch, da müsse die Schnitzelsemmel als Gesprächspartner auch mal reichen. Damit ihm sein Magen-Darm-Trakt die fehlende Bewegung nicht übel nahm, hörte er zur Schnitzelsemmel gerne laute Rockmusik. Der Rhythmus eines anständigen Rocksongs, sagte er, zeige seiner Verdauung immer zuverlässig, wo der Hammer hing.

An diesem Montagmittag war es die britische Kultband Queen, die Dr. Alis Verdauungstrakt einheizen durfte. Ausgerechnet der Titel »Another One Bites the Dust« schallte aus den Lautsprechern auf seinem Schreibtisch, als Jimmy klopfte. Erwartungsgemäß erfolgte keine Reaktion, weil Roger Taylors hartes Schlagzeugspiel das Klopfen übertönte.

Vorsichtig, um seinen Chef nicht zu erschrecken, drückte Jimmy trotzdem die Türklinke hinunter und trat ein. Er wusste mittlerweile, dass er willkommen war. Wenn ich gerade kaue, bin ich quasi im Urlaub, Mittagspause ist Vogelfrei-Zeit, hatte Ali ihm vor einiger Zeit erklärt.

Hey I'm gonna get you too
Another one bites the dust
Shoot out!

Irgendwann machte Freddie Mercurys flitternde Stimme eine Pause und ließ Jimmy zu Wort kommen. »Hey, Chef.«

»Hey, Jimmy!« Dr. Said Al-Jamal fuhr in seinem Drehstuhl herum, wie immer ein amüsiert-überlegenes Lächeln auf den schmalen Lippen. *»Any news?«*

»Nix Neis«, antwortete Jimmy. Es war das Auftaktritual ihrer täglichen Kommunikation. »Wobei, wie man's nimmt. Vorgestern ist eine alte Dame in einem Secondhandladen tot umgefallen, als ich bezahlen wollte.«

Dr. Ali lachte. »Echt? So schlimm siehst du doch gar nicht aus. Jedenfalls seit du den Pferdeschwanz abgeschnitten hast. Na, aber im Ernst – woran lag's denn?«

»Herzinfarkt. Ich hab noch Erste Hilfe geleistet, aber da war nix mehr zu machen. Umgefallen und aus. Einfach zu alt, hat der Notarzt gesagt, so was passiert halt. Der Witz ist, dass die Frau mal meine Klassenlehrerin war. Ich habe sie gehasst. Und sie mich. Wenn ich's nicht besser wüsste ...«, begann Jimmy, hielt dann aber inne.

»Was dann?«, fragte Dr. Ali lauernd. Er kannte die unerwarteten Geistesblitze seines unorthodoxen Auszubildenden bereits und war sofort aufmerksam geworden.

»Sie dürfen mich aber nicht auslachen.«

»Ach, woher! Spuck's aus, Jimmy.«

»Okay. Also, wenn ich's nicht besser wüsste, dann würde ich schwören, dass die Alte vergiftet worden ist.«

Ali schnaubte belustigt. »Vergiftet! Deine alte Lehrerin? Wunschdenken, mein Sohn.« Er wurde nachdenklich. »Gift als Todesursache hatte ich schon lange nicht mehr. Für diese tragische Gilchinger Sache bin ich als Histologe ja leider nicht zuständig. Wir Gewebeheinis schneiden uns ja eher mal ein paar Scheibchen von den Leichen ab, gell, aber das braucht es in diesem Fall gar nicht. Die Bluttests und Mageninhaltschecks bei den Gilchinger Tofu-Freunden haben wenig mit uns zu tun, das machen die Kollegen von der Toxikologie. Ganz schön retro, die Vorgehensweise. Der gute alte Giftmord ist mittlerweile völlig aus der Mode gekommen. Schade eigentlich. Ich habe mir sagen lassen, dass er bei den alten Italienern mal der Trick zur Politikbelebung war. So vor fünfhundert Jahren. Bei den Russen ist er das manchmal noch heute ... Aber Scherz beiseite! Was hat dich auf die Idee gebracht?«

»Meine eigene Vergangenheit mit Drogen«, sagte Jimmy trocken. »In der Zeit war ich ab und zu auch so drauf wie die Mutschler. Bevor sie umgefallen ist, ist die rumgetaumelt und hatte Sprachstörungen. Aber so jemand wie die hat bestimmt keine Drogen genommen. *Niente.* Die hat damals in der Schule immer Getreidebrei gegessen und dazu Tee aus selbst gesammelten Blümchen getrunken. Null Alkohol, nicht mal auf den Abschlussfeiern, und wir waren ein schlimmer Jahrgang. Ehrlich, die war clean bis in die Haarwurzeln. Die hätte Aspirin noch nicht mal mit der Kneifzange angefasst.«

»Überzeugt mich nicht. Es gibt Veganer, die sind vor lauter Rohkost dauerbesoffen, wusstest du das? Deren Verdauung hat auf Gärung umgestellt. Dafür braucht es nur ein bisschen Fruchtzucker und ein paar Hefebakterien. Wenn die mal einen Apfel zu viel essen, werden die zu einem wandelnden Mostfass.«

»Lecker.«

»Gell? Vielleicht war deine Mutschler ja Herzpatientin. Oder hatte eine verschleppte Lungenentzündung oder unerkannte Epilepsie. Es gibt viele Gründe für Kreislaufversagen. War der Notarzt gleich da? Und die Polizei? Was haben die gesagt?«

»Herzinfarkt.«

»Die haben nicht nachgehakt, wo da draußen doch gerade ein Giftmörder umgeht?«

»Schon. Ich habe gehört, wie der Herr Maeßmer gefragt hat, ob jemand wüsste, ob die Mutschler vorletztes Wochenende auch auf der Gesundheitsmesse war.«

»Ach, schau an, unser lieber Roland persönlich! Hat er mal Auslauf gekriegt in seiner Fischsache. Na, dem wird bestimmt nix entgangen sein. Und?«

»Und was?«

»War sie bei der Gesundheitsmesse, deine Frau Mutschler?«

»Nein. Sie hat den ganzen Sonntag zusammen mit Frau Nömayr irgendwo auf einem wohltätigen Flohmarkt verbracht. In Unterbrunn, glaub ich. Oder Unering.«

»Dass diese Ortschaften bei euch da draußen auch alle gleich heißen müssen! Unterbrunn, Unterpfaffenhofen, Unering, Germering, Gauting, Gilching – da blickt doch kein normaler Mensch mehr durch. Könnt ich nie leben, in so einem Kaff.«

»Wieso denn nicht?« Jimmy zuckte mit den Schultern. »Mir hat's auch nicht geschadet.«

Stille. Sein Chef sah ihn mit schräg gelegtem Kopf an und drehte eine Runde auf seinem Drehstuhl. »Na ja, mein Hauptargument gegen das Leben in kleinen Orten mit Verwechslungsgefahr war eigentlich immer, dass da nix los ist. Aber du könntest mich heute direkt vom Gegenteil überzeugen. Also, fällt dir eine Möglichkeit ein, wie wir eine andere Todesursache als einen Herzinfarkt nachweisen könnten?«

Jimmys Augen folgten den silbernen Leichtlaufrollen von Alis Drehstuhl. Dann löste er seine Denkerstarre mit einem Blinzeln auf und klopfte sich leicht auf die Jackentaschen. Die linke war etwas ausgebeult. Vorsichtig, als wäre etwas Zerbrechliches darin eingepackt, zog er eine dunkle Strickmütze hervor.

»Die habe ich bei der Wiederbelebung neben die … neben die Leiche gelegt. Seither habe ich sie nicht mehr aufgesetzt.«

Dr. Ali schüttelte verständnislos den Kopf. »Du meinst, die Dame ist doch beim Anblick deiner Haarpracht tot umgefallen?«

»Nein, aber Haarpracht ist das Stichwort. In Haarproben kann man doch so gut wie alles nachweisen, das weiß ich noch von meinen Bewährungsauflagen als Teenager. Und wenn wir Glück haben, hängt an der Mütze noch ein Haar von der Mutschler dran.«

»Das ist wahrscheinlich eines der ältesten Haare, an denen jemals ein Suchtmittelnachweis durchgeführt wurde«, feixte Ali, als er mit seinem Auszubildenden in eines der Chemielabore übersiedelte. Sie schlüpften in frische Schutzkittel und zogen auf Alis Geheiß sogar Handschuhe und Mundschutz an. »Sicher ist sicher. Wir suchen nach etwas viel Schlimmerem als THC oder Kokain. Die Mütze würde ich an deiner Stelle auch erst mal gut waschen, bevor ich sie wieder aufsetze.« Er pulverisierte das lange weiße Haar, gab das Ergebnis auf ein Stückchen Kupferblech und befeuchtete es mit halbkonzentrierter Salzsäure.

Jimmy sah mit angehaltenem Atem zu.

»Jetzt müssen wir zwei Minuten warten, dann können wir sehen, ob Kupfer und Salzsäure unseren Verdacht auf Quecksilber erhärten. Wobei ich das in der Praxis noch nie erlebt habe. Aber in meiner Studienzeit war das mal das Thema. Ein superheißes Eisen in den Neunzigern, wegen so einer Frau in Amerika. Sag mal, wie genau ist deine alte Lehrerin eigentlich tot umgefallen? Hat sie vorher Anzeichen von Ataxie gezeigt?«

»Ataxie?«, fragte Jimmy. »Sorry, ich war nur auf der Hauptschule.«

Dr. Alis Mundschutz verrutschte leicht. »Das bedeutet Bewegungsstörung. Und Hauptschule heißt heutzutage übrigens Mittelschule.«

»Was wahrscheinlich nicht bedeutet, dass bei den Schülern im Mittel mehr hängen bleibt als in der Hauptschule«, seufzte Jimmy.

»Stell dein Licht nicht unter den Scheffel«, knurrte sein Chef. »Der Schulbesuch ist in unserer Gesellschaft nur eine aufgezwungene Verordnung. Darauf kommt es nicht an. Wichtig ist, was du draus machst. Ich kann dir sagen, solange du noch nach Fremdwörtern fragst, ist alles in Ordnung.«

»Danke. Also, Frau Mutschler war ganz schön wacklig auf den Beinen. Weiß allerdings nicht, ob das schon als … Ataxie zählt. Aber warum? Auf was deutet so eine Ataxie hin?«

Dr. Ali lehnte sich auf seinem Stuhl zurück und zog die Omar-Sharif-Augenbrauen zusammen. »Nicht ungeduldig werden. Und die zwei Minuten sind ja auch schon um. Reich mir mal ein Stück Filterpapier, Jimmy.« Er entfernte die Salzsäure-Haarpulver-Mischung von der Kupferplatte und rieb die Stelle mit dem Filterpapier gründlich ab. Dann hielt er die Platte schräg ins Licht und drehte sie langsam hin und her, um die Oberfläche genau zu studieren. Dort, wo sich das Haarpulver befunden hatte, glänzte nun ein feiner silbriger Überzug wie der Fingerabdruck eines Weihnachtsengels.

Der rassigste Rechtsmediziner Bayerns pfiff den Refrain von »Another One Bites the Dust«, was durch den Mundschutz hindurch seltsam melancholisch klang.

»Freddie Mercury … Es scheint, als wäre der gute alte Freddie vielleicht doch nicht umsonst jahrelang in München um die Häuser gezogen«, murmelte Ali. »Wusstest du, dass Freddie Mercury mal ein Apartment im Glockenbachviertel hatte, in der Stollbergstraße? Ich war noch ein Kind und habe damals in der Pestalozzistraße gewohnt. Wir waren quasi Nachbarn. Ich hab ihn sogar mal gesehen. Beim Metzger. Meine Mutter wollte Hackfleisch kaufen, und da ist der mit seinem damaligen Gspusi reingekommen. Ein männliches Gspusi natürlich, mit Schnurrbart und allem. Wahrscheinlich wollten sie sich nur Leberkassemmeln kaufen, aber der Metzger hat sie rausgeworfen! Hochkant! Er bedient keine solchen Schweine, hat er gesagt. Dann sind sie wieder gegangen, einfach so, und meine Mutter hat vor lauter Aufregung Fleischsalat gekauft, obwohl den bei uns keiner mochte.«

»Ich versteh nur Bahnhof«, gab Jimmy zu. »Ist nicht so meine Musikrichtung.«

»*Nobody is perfect*, und ist ja auch schon eine Weile her. Aber ein bissl Englisch kannst du schon, oder?«

»Nicht so gut. Dafür, dass ich Jimmy heiße, bin ich eine Schande für die Englisch sprechende Welt«, antwortete der aufstrebende Laboratoriumsassistent zerknirscht.

»Wer sagt denn so was?«

»Die Mutschler damals.«

Ali klatschte direkt unter Jimmys Nase so unvermutet in die Hände, dass Jimmy erschrocken zurückwich. »Na, da schließt sich doch der Kreis! Die Mutschler, jaja. Das muss ein wahrer Leitstern der Pädagogik gewesen sein. Egal, wann hattest du zuletzt Chemie?«

»Äh, heute Vormittag?«, sagte Jimmy, immer noch unsicher über die Absichten seines Chefs.

»Und du magst Chemie?«

»Jetzt schon, ja.«

»Dann sag mir doch mal ein paar lateinische Namen der Elemente auf.«

»Echt? Ist das ein Test oder so was?«

»Das ganze Leben ist ein Test«, lachte Dr. Al-Jamal. »Schieß los! Oder *shoot out*, wie der Herr Mercury vorhin so schön gesungen hat.«

»Na gut. Womit soll ich anfangen?«

»Am besten mit der zweiten Untergruppe. Mit Zink.« In Said Al-Jamals Miene lagen unverhohlene Begeisterung und die Vorfreude darüber, gleich einen verdammt guten Witz zu landen.

»Okay, ähm … Zincum, Cadmium, Mercurium …« Jimmy stockte und sah seinem Chef direkt in die schokoladenbraunen Augen. »Mercurium! Das ist Quecksilber. Sie meinen also, die Toten von der Messe und die Mutschler hängen irgendwie zusammen?«

»Nehmen wir mal an, es war Mord. Dann brauchen wir ein Motiv. Frau Mutschler war jahrzehntelang Lehrerin und noch nicht allzu lang in Rente. Ist es vermessen, an einen ehemaligen Schüler als Täter zu denken?«

»Weil sie einem mal eine Fünf statt einer Vier ins Zeugnis geschrieben hat? Na, ich weiß ja nicht, hätte man sie deshalb gleich ermordet?«

»Das frage ich dich! Du hast sie gekannt. Du warst ihr Schüler. Was hast du gefühlt, als es mit der Versetzung nicht geklappt hat? Als es nicht mal für die Realschule gereicht hat? Hast du nicht gedacht, dass das irgendwie die Schuld von der Mutschler ist?«

Jimmy guckte angestrengt an die Decke, während er sich verlegen auf die Lippe biss. Es sah nicht besonders vorteilhaft aus.

»Mach nicht so ein doofes Gesicht«, ermahnte ihn Dr. Ali milde. »Wenn du den Job bei mir nicht schon hättest, würde ich jetzt denken, du hättest nicht besonders viel auf der Pfanne.«

Sein eifriger Schüler wandte den Blick betroffen von der Decke ab und sah seinen Lehrmeister an. »Genau so hat die Mutschler auch immer mit mir geredet«, klagte er. »Aber – nein. Schuld an meinem schulischen, ähm, Unglück hatte sie keine, und ich habe ihr das auch nie vorgeworfen. Meine Bildungslaufbahn habe ich schon ganz allein versaut. Und wenn ich dafür irgendwem Vorwürfe machen wollte, dann doch am ehesten noch meiner Mutter. Und meiner Pubertät.« Er schnaubte. »Ehrlich, Mann. Ich meine, ich kenn die ganzen Storys von den Schulmassakern in Amerika und so, und ich habe natürlich auch schon mal Rachegedanken gehabt und meine Nächte beim Zocken am Egoshooter verbracht – aber niemand, bei dem es nicht komplett hackt, würde wirklich so was tun. Nicht mal Toasty, und der ist der Einzige aus meinem Bekanntenkreis, der schon mal kurz in U-Haft war.«

»Wegen was?«, wollte Ali wissen.

»Ach, nur 'n bisserl Körperverletzung unter Drogeneinfluss. Kurze Prügelei.«

»Na dann. Kann ja mal vorkommen. Wen hat er denn verprügelt, seine Freundin?«

»Nö …« Jimmy nestelte an seinem Kittelkragen. »Mich.«

***

»Du hast den richtigen Riecher für diesen Job, mein Lieber«, lobte Dr. Ali Jimmy am nächsten Mittag, als der in sein Büro kam. »Ich habe unser Präparat an die Chemieabteilung gegeben und die noch weitere Tests machen lassen. Deine Frau Mutschler ist vergiftet worden. Aber nicht mit stinknormalem Quecksilber, wie man es früher vom Zahnarzt eingebaut bekommen hat oder was in alten Thermometern oder neuen Energiesparlampen vorhanden ist. Nein«, Said Al-Jamal machte eine dramatische Pause, »deine alte Lehrerin verdankt ihren spektakulären Abgang nichts Geringerem als Dimethylquecksilber.«

Jimmy Ingolf Böck blickte ihn erwartungsvoll an. »Und?«

Dr. Ali richtete tadelnd seinen langen Zeigefinger auf den blonden Gilchinger. »Und? Und ist kein besonders zielführender Beitrag. Wenn du etwas wissen willst, darfst du keine offenen Fragen stellen, mein Junge. Merk dir das. Also, Dimethylquecksilber ist so ungefähr die giftigste Substanz dieser Erde, wenn man seine Dämpfe einatmet. Ein Schnapsglas davon in die Klimaanlage der Münchner U-Bahn gekippt, und zack, Tausende Tote. Die orale Einnahme funktioniert natürlich auch. Oder die Aufnahme durch die Haut. Vor zwanzig Jahren gab es einen Fall mit einer amerikanischen Chemikerin. Eine wirklich bedauernswerte Frau, Karen Wetterhahn, wenn ich mich recht erinnere. Ihr ist im Labor ein einziger, klitzekleiner Tropfen Dimethylquecksilber auf den Handschuh gefallen. Ein Jahr später war sie tot.«

»Wow. Woher genau kommt dieses Zeug dann, aus der Forschung?«

»Das ist jetzt mal eine gute Frage, Watson. Ich habe mich mal schlaugemacht, obwohl Chemie ja nicht so ganz direkt mein Fachgebiet ist«, sagte Ali bescheiden.

»Wer ist Watson?«, hakte Jimmy schüchtern nach.

Ali war bester Laune, weil ihn der neue, frisch an Land gezogene

Fall so forderte. Der Einwurf seines Assistenten brachte ihn daher nur ganz kurz aus der Fassung. »Oioioioioi«, seufzte er. »Mittelschule, ich sag's ja.«

»'tschuldigung auch!« Jimmy zog semibeleidigt eine Schnute.

»Okay, okay, ich weiß, du arbeitest daran. Also, Watson ist der Assistent von Sherlock Holmes. Klingelt's jetzt?«

»Sherlock Holmes? Der aus dem Fernsehen?«

»Na ja, im Original ist er eine Figur in mehreren Büchern, aber immerhin. Genau der.«

»Also gut, dann bin ich von nun an also Watson. Aber Sie haben meine Frage immer noch nicht beantwortet, Mister Holmes.«

»Woher das Zeug kommt? Tja, dafür muss ich wohl etwas ausholen.« Ali stieß sich in seinem Drehstuhl von seinem Schreibtisch ab und fuhr eine Runde durchs Büro. Als er wieder in Jimmys Gesichtsfeld erschien, hatte er eine dramatische Miene aufgesetzt und den Zeigefinger erhoben. »Es gibt eine Menge Möglichkeiten, sich aus Versehen zu vergiften. Passiert ständig. Jemand könnte auch sein Wissen genutzt und eine Substanz ein bisschen anders dosiert haben, und schon haben wir den Exitus. Man schätzt, dass pro Jahr allein in Deutschland an die tausend Morde unentdeckt bleiben. Eigentlich einleuchtend, denn wenn ich die Wahl habe, ob ich meiner Erbtante den Schädel zu Brei haue oder ihr etwas in den Tropf tu – geschenkt! Vergiften ist eine leichte und elegante Art des Mordens. Zu viel Insulin, zu viel Hustensaft, zu viel hausgemachte Wildschweinwurst … es ist immer die Menge, die's macht. Sollte dir jemals eine Konservendose mit aufgeblähtem Deckel begegnen, lieber Jimmy, iss den Inhalt nicht. Könnte Botulinumtoxin drin sein.«

»Das, was sich Promifrauen in die Lippen spritzen lassen?«

»Fast. Für Schlauchbootlippen wird Kollagen verwendet. Botulinumtoxin ist das giftigste Bakterien-Abbauprodukt dieser Erde. Damit legt man Falten lahm.«

»Die trauen sich was, die verzweifelten Frauen.«

»Die Schönheitsindustrie bezieht den Wirkstoff nur stark verdünnt. Trotzdem sollte man sich das Zeug nicht in seinen grünen Smoothie kippen. Dimethylquecksilber allerdings noch viel weniger.« Er seufzte. »Also ein traditioneller Giftmord! Dass ich es auf meine alten Tage noch mal mit so einem zu tun kriege, hätte ich nicht gedacht.« Dr. Said Al-Jamal blickte versonnen aus dem Fenster seines kleinen Büro-Labors in den Münchner Märzhimmel. »Wann hat es zuletzt Giftanschläge gegeben? Die Medicis waren ganz groß im Vergiften, auch die früheren Geheimdienste und natürlich die Nazis mit ihrer Blausäure. Für sich selbst trugen sie Zyankalikapseln bei sich. Bei Kriegsende, nach dem letzten Konzert der Berliner Philharmoniker, haben Hitlerjungen die Kapseln angeblich an die Besucher verteilt, so wie Bonbons. Nettes Give-away, oder? Dann war da noch irgendwann diese Milzbrandgeschichte, aber Milzbrandsporen sind zu ungeeignet für den Massengebrauch, viel zu aufwendig in der Herstellung. Heutzutage greift man doch vermehrt wieder zur Kalaschnikow, wenn man den Medien glauben darf. Also, hip sind Giftmorde im Moment wahrlich nicht. Endlich mal ein Mörder, der gegen den Strom schwimmt! Gefällt mir eigentlich ganz gut.«

»Und was machen wir jetzt mit ihm?«

»Nix.«

»Nix? Das ist nicht Ihr Ernst.«

»Doch, Jimmy, mein voller. Wir können nämlich nicht nur nix machen, es ist uns sogar verboten. Im besten Valentin'schen Sinne: Wollen hätten wir schon mögen, aber dürfen haben wir uns nicht getraut. Oder so. Wir sind schlichtweg nicht dafür zuständig.«

»Aber das ist der Fall des Jahrhunderts! Nicht nur Gilching spielt verrückt, der ganze Landkreis ist schon komplett gaga. Die Kripo ermittelt sogar mit einer Profilerin wie aus dem Fernsehen!«

Dr. Ali hob einen Finger. »Eben. Die haben nicht nur so eine Profilerin, die haben Dr. Ophelia Reitschuster. Das ist genau die Profilerin, die mich vor fünf Jahren in der Kantine vor aller Leute Ohren den rassigsten Rechtsmediziner Bayerns genannt hat. Die Bezeichnung hängt mir heute noch nach. Übrigens heißt das korrekt nicht Profilerin, sondern Fallanalytikerin. Ich weiß sogar, dass sie sich ärgert, wenn man sie so nennt. Die Profilerin. Ha.«

»Sie sind aber nachtragend«, sagte Jimmy. »Aber haben wir trotz allem nicht die Pflicht, der Kripo und der Falltante unsere Erkenntnisse mitzuteilen?«

»Ist dir der Ameisenlöwe ein Begriff, mein Junge? Nein? Das ist ein Insekt, das gerne Ameisen frisst. Leider ist es viel zu langsam, um die flinken Dinger zu erwischen. Also gräbt es sich eine Grube im Sand, setzt sich rein und wartet, bis eine Ameise ausrutscht und ihm sozusagen von allein ins Maul fällt. Und genau so werden wir uns verhalten. Wir werden die Brucker Kollegen, Frau Dr. Reitschuster und den Mörder von selbst auffliegen lassen. Beziehungsweise so lange warten, bis sie auf der Nase liegen. Es sei denn, es ist schon vorher Gefahr im Verzug. Dann müssen wir natürlich Schlimmeres verhindern!«

Quecksilbrige Quengelware

Der Penny-Markt an der Gilchinger Sonnenstraße war noch beinahe menschenleer, als sich an einem frühen Vormittag eine Frau mit Schlapphut und Sonnenbrille durch die Eingangstür stahl.

Grundsätzlich war Elke Rothwald billigen, menschen- und naturverachtenden Discountern eher abhold. Ihr grünes Herz hätte ihr nie im Leben erlaubt, sich von solchen Massenprodukten zu ernähren. Nicht einmal ihre Haut hätte sie mit den Cremes oder Reinigungsmitteln, die hier angeboten wurden, in Berührung bringen wollen. Alles in diesem Laden, ob Inhalt oder absurd aufgeblähte Verpackung, schrie: Erdöl! Erdöl! Erdöl!

Doch heute war sie nicht aus persönlicher Neigung hier, sondern sozusagen in höherem Auftrag: In ihrer bunten Patchwork-Tasche aus recycelten Stoffresten wartete eine hauchdünne Einmalspritze auf ihren Einsatz, fix und fertig aufgezogen mit zwei Millilitern Dimethylquecksilber.

Auf der Gesundheitsmesse hatte sie versagt, aber diesmal würde sie ein echtes Fanal setzen. Sie würde die richtigen Zecken zum Platzen bringen: fette, besinnungslos dahinkonsumierende Füllmenschen, Discounterkunden eben. Überflüssigen Abschaum der Gesellschaft, dem es egal war, was für Müll er in sich hineinschaufelte und unter welchen Bedingungen dieser erzeugt worden war. Hauptsache billig.

Eher ziellos schlenderte Elke Rothwald auf der Suche nach einem geeigneten Produkt zum Vergiften durch die Regalgänge. Süß musste es sein, um das an Marzipan erinnernde Bittermandelaroma des Dimethylquecksilbers zu übertünchen. Süß und am besten flüssig. Und natürlich hassenswert. Kein Grundlebensmittel, aus dem sich ein anständiger Rentner an der Armutsgrenze etwas zubereiten wollte. Elke war auf der Suche nach etwas, das nur eine Konsumzecke kaufen würde. Ein mit künstlichen Aromen, Emulgatoren und Geschmacksverstärkern vollgestopftes Stück *convenience food.*

»Nein!«, schallte es da in strengem Tonfall durch den Markt.

Elke nahm automatisch Haltung an und straffte die Schultern.

»Nein! Nein, nein, nein – neeeiiiiin!«, dröhnte es weiter, diesmal in ansteigender Lautstärke und zunehmend schrillerer Tonfarbe. »Finger weg! Wir brauchen keinen Wickie-Joghurt, du hattest gestern erst einen! Bring den zurück, aber SOFORT!«

Mittlerweile hatte Elke, die immer noch vor dem Kühlregal verharrte, die Geräuschquelle geortet. Es handelte sich um eine Blondine mit hektischen Flecken im Gesicht und einem Einkaufswagen voller Mineralwasser in PET-Flaschen. Elke verzog das Gesicht unter ihrem Schlapphut. Wasser, das Abertausende Kilometer von seinem Quellort entfernt und gewaltsam mit Mineralien und Kohlendioxid aufgeladen worden war wie eine Stopfgans, um danach orientierungs- und wurzellos in einer Erdölhülle voller Weichmacher herumschwappen zu müssen. Wusste doch jeder, dass das Brustkrebs verursachte!

Während ihr Blick abschätzig an der Blondine abwärts wanderte, stach ihr unter deren edel schimmerndem Pullover die potenzielle Gegenargumentation der Trägerin ins Auge. Ihr konnte es egal sein, dass ihr in naher Zukunft Brustkrebs drohte, denn ihre Dinger waren sowieso schon künstlich.

Noch schlimmer als den Vorbau fand Elke allerdings die enge Veloursledеrhose, die in hohe Schaftstiefel aus demselben Material überging. Das wiederum sah leider gar nicht künstlich, sondern ziemlich echt aus. Ob die Frau eigentlich wusste, wie viele Babyziegen vergast worden waren, nur damit sie im modischen Outfit durch einen Discounter stöckeln konnte?

Befriedigt registrierte Elke, dass die Blondine eher abgezehrt als schlank wirkte. Kein Wunder, wenn man den ganzen Tag seinem missratenen Sprössling hinterherbrüllen musste.

Der bog gerade um die Ecke, vor unterdrückter Wut im Stadium der Auflösung begriffen. Schweiß klebte seine blonden Haare an die Schläfen, Rotz floss aus der zarten Nase, Tränen tropften von den langen Wimpern auf den bestimmt nicht billigen Pullover mit Karomuster, der an Studierende britischer Eliteuniversitäten erinnerte. Der Junge zitterte wie eine Bildstörung. Vor sich hielt er einen Joghurt in bunter Verpackung, als trüge er eine Monstranz auf einem katholischen Bittgang.

Warum war dieses Balg überhaupt hier? Der war doch bestimmt schon vier, deutlich über einen Meter groß. Sollte der um diese Uhrzeit nicht im Kindergarten sein? Als Elke die Erkenntnis dämmerte, trat sie angeekelt einen Schritt zurück. Wenn das Gör nicht im Kindergarten war, konnte das nur eines bedeuten: Es war krank. Ansteckend.

Wie um ihren Gedanken zu bestätigen, begann das ohnehin schon rotz- und tränenverschmierte Geschöpf im selben Moment zu husten. Nein, schlimmer noch, es würgte.

Elke brachte sich hinter dem Saftregal in Sicherheit, während der Wutanfall des Kindes nahtlos von einer Brechattacke abgelöst wurde.

Die Mutter stöhnte auf, Bewegung kam in ihre ausgezehrten Gliedmaßen, doch es war zu spät. Kotzespritzer prasselten wie Platzregen auf die elegante Veloursléderhose und quer über die Kühltheke.

Elke schüttelte den Kopf. Um diese Drecksbälger war es wirklich nicht schade. Die öffentliche Meinung machte ja trotz aller Genderpolitik immer noch einen auf Mutterliebe, aber die öffentliche Meinung wurde vermutlich nicht unbedingt von Vorkommnissen um halb zehn Uhr vormittags im Discounter geprägt. Mutterliebe hin oder her – es war schwer vorstellbar, dass irgendjemand so eine Kreatur vermissen würde. Jedenfalls nicht lange.

Verblüfft sah Elke zu, wie die Blondine die Geschäftsführerin herbeizitierte und ihr statt einer Entschuldigung noch mit einer Klage drohte. Die Klimaanlage sei schuld am Unwohlsein ihres Sohnes, da funktioniere doch etwas nicht, bestimmt sprühe aus den Kühlaggregaten keimbelastete Luft, da könne man noch froh sein, dass der Junge keinen Asthmaanfall erlitten hatte! Beinahe hätte Elke, von einer Welle heißen Hasses überrollt, ihr ursprüngliches Vorhaben vergessen: ein Produkt mit möglichst süßem Geschmack und cremiger Konsistenz zu finden. Zugeschnitten auf dummdreiste Konsumzecken.

Sie wagte sich wieder in den Gang, während eine Mitarbeiterin mit Eimer und Wischmopp anrückte und einen »Vorsicht, nass!«-Warnaufsteller vor das Erbrochene stellte. Elke suchte weiter. Wenige Meter später, da, hübsch zwischen dem bayerischen Schmand und dem günstigen Frischkäse im Aktionsregal präsentiert, leuchtete er ihr auch schon entgegen: »Wickies schlauer Joghurt«. Genau derjenige, den das Kotzbalg gerade unter noch mehr Tränen zurückgestellt hatte. Bedruckt mit einer grellbunten Comicfigur, umhüllt mit unnötig viel aufgeblasenem Plastik. Keine hundert Gramm totsterilisierter, mit Vanillearoma und Raffinadezucker vollgepumpter Molkereiabfall, dem ein Extrabehälter mit eingefärbter »Cranberry-Rhabarber-Mousse« beigefügt war. Als ob Wikinger etwas mit Joghurt am Hut gehabt hätten. Oder mit Cranberrys! »Wikingerstark mit Wickie«. Ja, ja. Bald würde es heißen: »Ausgestorben wie die Wikinger mit Hey-hey-Wickie«.

Während Elke den Joghurt in die Hand nahm, als würde sie ernsthaft seinen Kauf erwägen, und dabei vom weiten Ärmel ihres wollweißen Pullovers versteckt ganz nebenbei die Kanüle durch Wickies Herz stach, fiel ihr noch etwas ein. Etwas besonders Nettes, das ihre Laune enorm hob. Noch im Gehen, die leere Spritze harmlos in der Handtasche schaukelnd, musste sie darüber lächeln.

Hatte die unausrottbare alte Ziege mit der Glitzerstola von der Gesundheitsmesse nicht auch so ein störrisches Balg mit Wickie-T-Shirt dabeigehabt? Ein Urenkelchen, so hatte sie der Thai-Köchin gegenüber gesagt. Dessen Mutter ging bestimmt auch gerne hier mit ihm einkaufen. Das wäre doch perfekt. Die uralte Kuh mit ihrem Pups-Gelaber hatte ihr den Coup mit der Gesundheitsmesse verdorben. Sollte es ausgerechnet deren Urenkel treffen, wäre es besonders wenig schade.

Um Helmesbreite

Sowohl Dr. Said Al-Jamal als auch sein junger Assistent Jimmy Ingolf Böck fanden in der Nacht nach ihrer Entdeckung nur wenig Ruhe. Als sie in der nächsten Mittagspause wieder zusammentrafen und sich in die Augen sahen, wussten beide, dass sie handeln mussten.

»*Any news?*«, fragte Ali ahnungsvoll.

Jimmy entgegnete: »Nix Neis. Nur schlecht geschlafen.«

»Ich auch. Aber bei mir gibt's schon was Neis: Die Leute von der Chemie rücken uns auf die Pelle. Das Zeug aus dem Haar von der Frau Mutschler ist tatsächlich Dimethylquecksilber. So rein, dass es unter die EU-Gefahrstoffverordnung fällt. Sie wollen unbedingt wissen, woher wir das haben. So was muss gemeldet und erklärt werden, sonst verdächtigen sie am Ende uns noch, Bioterroristen oder Giftmörder zu sein. Das war's dann wohl mit meinem Stolz gegenüber der Profilerin. Ich werde zugeben, dass ich ohne polizeilichen Auftrag gehandelt habe, und die Kripo Bruck informieren.«

Alis Ameisenlöwen-Taktik war gestorben. Die Nachricht wirbelte die Ermittlungen durcheinander, als hätte man eine Mistgabel in einen Ameisenhaufen gerammt. Sie bedeutete, dass das Vergiftungsunglück von der Gilchinger Gesundheitsmesse kein Einzelfall war und tatsächlich von einer Mordserie gesprochen werden musste. Irgendwo da draußen gab es einen Täter. Einen, der nicht nur zu weiteren Giftmorden bereit war, sondern tatsächlich auch schon einen ausgeführt hatte. Bereits sechs Menschenleben gingen auf sein Konto, und auch Frau Verena Mutschler passte in sein Beuteschema der gehobenen, ernährungsbewussten Rentner.

Angesichts der neuen Erkenntnisse begab sich Fallanalytikerin Dr. Ophelia Reitschuster persönlich in die Starnberger Polizeiinspektion, um über die geänderte Ermittlungslage zu informieren. Begleitet wurde sie von einem grauen Herrn der Brucker Kripo, welcher im Anschluss die Zuständigkeiten erläutern sollte. Folglich fanden sich die Einsatzkräfte des heimgesuchten Landkreises erneut auf den schicken neuen Freischwinger-Stühlen wieder.

Die Dame von der Fallanalyse hatte langes dunkles Haar, eine modische rosa Brille und keine Lachfalten. Sie kleidete sich eine Spur zu eng und hielt sich sehr gerade. Als Erstes hob sie das Verbot der Ausgabe von warmem Essen auf. Da es sich bei dem unbekannten Giftmörder erwiesenermaßen nicht um einen Gelegenheitstäter, sondern um einen zu allem bereiten, planvoll vorgehenden Soziopathen mit Fortsetzungsdrang handle, bestünde die beste Vorsorge in einem gesunden Menschenverstand, so Dr. Ophelia Reitschuster. »Auf gut Deutsch gesagt: Meiden Sie einfach alles, was Ihnen spanisch vorkommt.«

Niemand lachte.

Roland und Schlomo, traditionsgemäß in der letzten Reihe sitzend, sahen ihren Kollegen beim freien Schwingen zu. »Ophelia. Bei dem Namen ist doch alles klar«, flüsterte Schlomo missbilligend, während die Fallanalytikerin ihre PowerPoint-Präsentation neu laden musste, weil irgendein Gerät seinen Akku vorzeitig entladen hatte.

»Warum? Sieht doch gut aus.«

»Rein äußerlich vielleicht. Aber Ophelia! Wer von seinen Eltern dermaßen mit kulturellem Anspruch befrachtet wird, kann ja nur verlieren. Schau sie dir doch an. Sie ist Dr. phil. und alles – und ich wette, ihre Eltern sind trotzdem enttäuscht, weil sie kein Opernstar geworden ist. Oder Museumskuratorin. So jemand muss doch zwangsweise unlocker werden.«

»Aber dafür kann sie doch nix. Was bedeutet eigentlich Schlomo?«

»Erwischt.« Schlomo entblößte seine perlweißen Zähne. »Der Weise.«

Dr. Reitschuster erteilte dem Auditorium eine kurze Belehrung über den typischen Werdegang und Charakter von soziopathischen Serienmördern und teilte umfangreiche, von der Inspektionssekretärin Sybille im Schweiße ihres Angesichts frisch kopierte Abschriften dieser aus. »Wie Sie alle bestimmt sowieso schon wissen, liegt die Soziopathen-Quote unter allen Verbrechern bei unter einem Prozent. Ich schlage vor, wir wenden von nun an die eher unkonventionelle Methode des gemeinsamen Nachdenkens an. Das verbindet und sorgt für frische Impulse. Außerdem sind Sie an der Psyche unseres Mörders ganz automatisch näher dran als ich, weil Sie in derselben Region wie er leben.«

»Unverschämtheit«, zischte Wachtmeister Rappolder leise.

»Also, hat vielleicht schon jemand eine Idee? Schießen Sie los! Im übertragenen Sinne, versteht sich, haha!«

Stille. Unbehagliche Gewichtsverlagerungen auf kaum knarzenden Sitzflächen aus stabilem Rindspaltleder.

»Die Bedrohungslage ist ja schon sehr eindeutig«, sinnierte Roland wagemutig in den Raum. »Je älter und aktiver oder sozial engagierter, desto toter. Sieht fast so aus, als würde der Mörder Senioren bestrafen, die gesund leben.«

Spengler dachte nach. »Erst vor Kurzem hat mir ein alter Schulfreund, der in der Gemeindeverwaltung arbeitet, etwas Interessantes erzählt. Er sagte, es gäbe in Gilching eigentlich kaum Langzeit-Intensivpflege. Die Alten sterben relativ schnell weg, jedenfalls im Vergleich zu anderen Landkreisen. Kreislaufstillstand und aus.«

»Die können wir unmöglich alle exhumieren«, gab Kommissarin Neureither zu bedenken. »Wenn die Ärzte beim Ausstellen des Totenscheins keinen Verdacht hatten, würde ein wochenlanger Papierkrieg auf uns zukommen, bevor wir die erste Leiche in den Fingern haben.«

»Dann ist es wohl das Beste, wenn wir die Gilchinger Altersresidenzen fürs Erste schließen«, folgerte Dr. Ophelia Reitschuster. »Wir evakuieren die Bewohner nach München oder stellen Container –«

»Nein. Nein! Auf gar keinen Fall. Unmöglich«, beschied Spengler. Er war blass um die Nase geworden. »Das Fünfseenland ist das Florida Deutschlands. Sämtliche Luxusrentner, denen es in Berlin zu kriminell und in Baden-Württemberg zu langweilig ist, ziehen hierher. Wenn national bekannt wird, dass man hier seines Lebens nicht mehr sicher ist, dann … pfff!« Er machte eine flatternde Handbewegung, die den Abflug eines aufgescheuchten Rentners gen Mallorca symbolisieren sollte.

Roland konnte das nicht so stehen lassen. Immerhin lebte auch er in seinem vergleichsweise zarten Alter in diesem Seniorenparadies, und zwar gerne.

»Das Fünfseenland ist nicht nur das Florida Deutschlands – wenn ich Ihren transatlantischen Vergleich übernehmen darf – sondern auch das Silicon Valley Deutschlands, denken Sie mal an das DLR! Denken Sie an Alexander Gerst!«

»Das Silicon Valley der Betreuungsindustrie vielleicht«, höhnte die Profilerin. »Oder haben Sie in der letzten Zeit von irgendeiner Starnberger oder Gilchinger Garagenklitsche gehört, die groß auf dem Weltmarkt mitspielt? Na? Doch höchstens diese Schalfabrik.«

»Die mit den schönen Mustern?«, hakte Sybille nach. »Von der habe ich auch schon was gekauft. Im Outlet in Seefeld, war wirklich nicht teuer. Und a tolle Qualität, kann man nix sagen. Meine Tochter trägt die Produkte auch, und die hat eine Allergie auf bestimmte Fasern.«

Bevor Dr. Reitschuster auf das interessante Thema eingehen konnte, grätschte Dr. Spengler in den Monolog seiner schnäppchengeilen Sekretärin. »Wenn die Damen jetzt bitte wieder zur Sache kämen, wir haben immerhin einen frei herumlaufenden Giftmörder an der Backe!«

Doch die Fallanalytikerin war von seiner vorherigen Abfuhr in Sachen Rentner-Evakuierung so nachhaltig beleidigt, dass sie ihn keines Blickes würdigte. Stattdessen wandte sie sich strahlend an die geschmeichelte Sybille. »Dieser Outlet-Store ist gar nicht weit weg von hier, gell?«

»Liegt für Sie sozusagen auf dem Heimweg.«

»Was meinen Sie, ob der in einer halben Stunde noch offen hat?« Dr. Reitschuster guckte unverblümt auf die große Uhr über der Tür.

»Weiber!«, brach es aus Dr. Spengler heraus, doch um den männlichen Zusammenhalt seines Restteams war es ebenfalls geschehen.

»Ich würde mitkommen«, bot Schlomo den entzückten Damen an. »Vielleicht finde ich dort ein paar Mitbringsel für den weiblichen Teil meiner Familie. Ich kann ja unmöglich mit leeren Händen aus Deutschland zurückkehren.«

Dr. Spengler seufzte resigniert. Immerhin meinte er, in Roland Maeßmers Augen etwas Unterstützung zu erkennen, als er das Meeting für beendet erklärte.

Während die Herren und Damen auf der Starnberger Inspektion also relativ ergebnislos zusammensaßen und sich hinterher eine Interessengemeinschaft Outlet-Shopping formierte, spielte sich in der beschaulichen Gilchinger Sonnenstraße mal wieder ein Drama ab.

Gitte Grabow hatte sich bereit erklärt, an diesem Nachmittag auf Lukas aufzupassen, damit seine Mutter sich auf ihren Schwangerschaftsvorsorgetermin bei Frauenarzt Dr. Reckmann konzentrieren konnte. Allzu lang war es ja nicht mehr hin bis zum errechneten Geburtstermin. Man musste sich sozusagen tagtäglich auf einen Blasensprung einstellen.

Weil ihr Vorrat an Krabbencocktail und Pumpernickel sich dem Ende zuneigte und sie sowieso einkaufen musste, nahm die Grabow ihren Pseudo-Urenkel kurzerhand mit in den Penny-Markt um die Ecke. Hier gab es zwar keinen anständigen Krabbencocktail, aber immerhin Pumpernickel. Den Krabbencocktail würde sie hinterher im Fischladen auf der anderen Straßenseite kaufen, beim aufmerksamen Herrn Rossegger. Der würde Lukas zwar keine Gelbwurst geben, aber mit etwas Glück eine Krabbe. Oder zwei. Die waren auch viel gesünder, wegen der Beta-4-Säure oder dem Omega-2-Fett, so genau wusste es Gitte nicht.

Hatti hatte natürlich weder im Penny-Markt noch im Fischladen Zutritt. Während Lukas und Gitte im Discounter waren, saß er vor dem Zeitschriftenladen und spielte mit seiner neuen Freundin Chucky. Bestimmt freuten sich beide schon darauf, nach getanem Einkauf je ein Leckerli von Lukas entgegennehmen zu dürfen.

Apropos Lukas, der stiefelte brav hinter Gitte her und war beinahe in Vergessenheit geraten.

Sie klemmte sich ihre Pumpernickelrolle unter den Arm, wendete sich um und tätschelte ihm den Kopf. »Wer so ein braver Junge ist, der darf sich auch etwas aussuchen«, verkündete sie. »Brave Kinder belohnt man gerne. Also, Lukas, was soll es sein? Ein Saft vielleicht oder ein Würstchen?«

Das ließ sich Lukas nicht zweimal sagen. Strahlend eilte er los, und Gitte hatte Mühe, mit ihm Schritt zu halten.

»Ich will das da!«, tönte er endlich mit glänzenden Augen. Wie angewurzelt stand er vor dem Kühlregal, sodass Gitte beinahe über ihn und seinen ausgestreckten Arm gestolpert wäre.

Sie schob den Kopf vor und kniff die Augen zusammen, um zu erkennen, worauf er deutete. Aha. Ein bunt verpacktes Viereck mit runden Ecken, relativ flach, darauf die Zeichnung eines kleinen Jungen – oder war es ein Mädchen? – mit halblangem Haar und einem Helm. Er oder sie machte eine pfiffige Geste und wies auf den über dem Helm gedruckten Namen des Produkts. »Wickies schlauer Joghurt«. Ein schlauer Joghurt? Der Name »Wickie« brachte ihr leider auch keine Klärung über das Geschlecht des Kindes. Gitte Grabow linste auf den Preis: 1,79 Euro. Ganz schön gesalzen für einen einzelnen Joghurt, fand sie, und wenn er noch so schlau war. Aber gut, sie hatte Lukas erlaubt, sich etwas auszusuchen, also würde sie zu ihrem Wort stehen. Zuvor jedoch musste sie da noch eine Kleinigkeit bezüglich der Grammatik klären. Dass die jungen Eltern heutzutage aber auch gar keinen Wert mehr darauf legten.

»Das da, ich will das da!«, wiederholte Lukas.

»Wie heißt das, mein junger Freund?«

»Kann ich bitte das da?«

Gitte Grabow schüttelte bedauernd den Kopf. »Fast richtig, mein Liebster. Aber ganze Menschen sprechen in ganzen Sätzen, Schätzelein. Also, versuch's noch mal.«

Lukas aber versuchte es nicht noch mal. Lukas bockte, so aufmunternd ihm Gitte auch zunickte. Sie versuchte wirklich alles. Sie sprach ihm den Satz sogar vor, ganz deutlich und langsam: »Kann ich bitte das da *haben*?«

Doch alle Liebesmüh war vergebens. Lukas war mittlerweile so in seinem Zorn gefangen, dass nichts mehr half. Er zitterte, er ballte die Fäuste, unter seinen Schläfen pochten die lila Adern. Selbst wenn er den Satz des Anstoßes jetzt hätte sprechen wollen – er hätte es nicht gekonnt. Auch an seinem Hals traten nun Adern hervor, die jedem Wrestler zur Zierde gereicht hätten.

Gitte Grabow und Lukas verließen den Penny-Markt an diesem

Frühlingsnachmittag unverrichteter Dinge. Der Joghurt mit der mikroskopisch kleinen Einstichstelle knapp über Wickies Herz wurde noch am selben Abend von einer fleißigen Mitarbeiterin aussortiert und dem Entsorgungskreislauf anvertraut, weil sein Ablaufdatum schon zu nahe gerückt war.

Schuhsohle in Austernsoße

»Na, kommt ihr gut voran?«, fragte Carla nach Feierabend ihren Gatten. Es war kurz vor neun, Lukas schlief. Roland zuckte innerlich zusammen, weil ihm das Thema unangenehm war. Natürlich wollte er alles nur Denkbare zum Schutz seiner Familie vor diesem Giftmörder tun – trotzdem war das nicht seine Baustelle. Er, der große Kommissar, war immer noch damit beschäftigt, die sozialen Verwerfungen Allings zu studieren. Dabei kam er tatsächlich gut voran. Er hatte bereits herausgefunden, dass der Besitzer des Fischteichs bereits mehrfach von seinem Nachbarn wegen angeblicher Tierquälerei verklagt worden war. Und dass dieser Nachbar als Student in einem Laden für Designmöbel und -lampen gejobbt hatte, die unter anderem auch Quecksilber enthielten. Leider hatte der verdächtige Nachbar für die Zeit des Fischsterbens ein Alibi, weil er die erste Jahreshälfte traditionell in Pattaya verbrachte. Roland hatte es noch nicht einmal geschafft, ihn persönlich ans Telefon zu bekommen. Damit konnte er seine Frau also nicht beeindrucken. Die wollte wohl eher hören, dass ihr dank seiner umsichtigen kriminalistischen Fürsorge keinerlei Gefahr drohte. Wenn er diesen Giftmörder schnappen würde, das wäre etwas!

»Wir tappen zwar immer noch im Dunkeln, aber so schlimm, wie die Medien es machen, ist es nicht«, beruhigte Roland also seine Gattin. »Ich würde sagen, wir sind ermittlungstechnisch tatsächlich schon auf dem aufsteigenden Ast. Nicht wie im letzten Jahr, als der Spengler die pure Existenz einer möglichen Leiche angezweifelt hat. Diesmal ist der Ernstfall nicht wegzudiskutieren. Wir können offiziell weitermachen, und man darf auch wieder heiß essen. Und diese Frau Dr. Profiler hat auch ein paar schöne und eigentlich ganz logische Dinge gesagt. Sie meint zum Beispiel, der Mörder würde Veganer und alte Leute hassen. Weil bisher alle Toten Veganer oder alte Leute waren, manche sogar beides.«

»Da hat sie einen Punkt, die Frau Profilerin.«

»Meinst du? Ich muss ja gestehen, ich bin mir da nicht sicher.

Denk noch mal drüber nach. Lass dir das mal auf der Zunge zergehen: Rentner und Tofu-Fresser.«

»Nicht gleich so despektierlich, bitte schön! In Jannipas Restaurant drüben esse ich auch ganz gerne mal den Tofu in Austernsoße.«

»Das liegt aber nur daran, dass Thailänder so verdammt gut kochen können. Bei Jannipa würde dir auch eine Schuhsohle in Austernsoße schmecken.«

»Wahrscheinlich. Ich weiß aber immer noch nicht, was du jetzt an der Sache mit den Rentnern und/oder Veganern verkehrt findest. Das klingt doch einleuchtend, dass jemand die nicht mag, wenn er sie gehäuft umbringt.«

»Und genau das glaube ich eben nicht. Ich glaube, der Mörder hasst einfach alle Menschen, grundsätzlich. Dass seine Opfer bisher nur Rentner und Veganer waren, ist nur ein dummer Zufall. Vielleicht, weil sie leichter zu erwischen waren. Ich sage dir mal was: Der übt noch. Der hat das schlimmste Gift der Menschheitsgeschichte zur Verfügung, hat also noch Potenzial. Bisher ist das für ihn nur eine Spielerei. Eine Aufwärmübung.«

»Wieso denkst du, dass er alle Menschen hasst?«

»Weil es ihm scheißegal war, wen es auf der Gesundheitsmesse getroffen hat. Er hat das milde Tofu-Curry vergiftet, nicht das extrascharfe. Das hätte auch eine Familie essen können. Eine Schulklasse. Oder eine Kindergeburtstagsgesellschaft.«

»Stimmt. Wenn Gitte nicht so über den Tofu hergezogen wäre, würdest du jetzt ganz allein hier sitzen.«

Die Eheleute Maeßmer schwiegen ins Dunkle hinein. Carla hatte sich instinktiv die Hände auf den Bauch gelegt. Aus dem Flur schimmerte blau und kaum wahrnehmbar Lukas' Nachtlicht herüber.

»Dieses Zeug, dieses Dimitri…«

»Dimethylquecksilber.«

»Danke. Das kann der Kerl theoretisch überall reintun, oder?«

Roland nickte. »Es löst sich gut in warmen Flüssigkeiten auf. Deshalb ja auch das breiartige Curry. Der Eigengeschmack soll nicht allzu stark sein, aber etwas süßlich. Riecht angeblich auch ein bisserl nach Bittermandel, aber wenn man das wahrnimmt, ist es eh schon zu spät.«

»Und wie sollen wir uns dagegen schützen?«

»Indem wir nur noch zu Hause kochen, auch wenn wir keine vegan lebenden Rentner sind. Und nicht mit saisonalen und schon gar nicht mit regionalen Zutaten. Wir dürfen dem Mörder nicht die Gelegenheit bieten, zufällig unser Essen zu vergiften. Morgen fahre ich Richtung München und mache einen Großeinkauf in einem Aldi. In Vaterstetten vielleicht. Und ich werde nicht mehr in der Kantine essen.« Er zögerte, bevor er weitersprach. »Willst du vielleicht noch mal so Kekse backen?«

Carla drückte gerührt seine Hand. »Ich will. Aber Kekse helfen wahrscheinlich nur sehr bedingt gegen Soziopathen. Besser wäre es, ihr findet ihn, bevor er Ernst macht.«

Goldener Sprühregen und frische Wolken

Der erste April war ein Samstag, doch die Baufirma hatte es eilig. Schon am Montag sollten die Baugruben für die drei Doppelhäuser ausgehoben werden. Und vorher musste das bisschen Altbestand weg. Es herrschte Nieselregen, als die Bagger anrückten. Elke Rothwald stand am Zaun, geschützt von einer wild wuchernden Hecke, die sie selbst vor Jahren aus Stecklingen gezogen hatte. Fast wäre sie zu spät gekommen, weil sie im Flur ihrer Praxis über einen Umzugskarton gestolpert war und sich böse das Knie aufgeschlagen hatte. Ihre Husky-Schäferhund-Mischung Shiva drückte sich an ihr gesundes Bein.

Die Waldkolonie war wie ausgestorben. Alle erwachsenen Bewohner erholten sich noch von der vergangenen Woche harter Arbeit, mit der sie die Raten für ihre überdimensionierten Doppelhaushälften abzustottern suchten, die erst dann abbezahlt wären, wenn die Kinder längst aus dem Haus und die ihretwegen angeschafften Immobilien für sie allein zu groß sein würden. Dann würden die geknechteten Alt-Eltern die Häuser an Frisch-Eltern veräußern, damit sich diese mit der Renovierung übernehmen und sich spätestens nach dem dritten Kind wegen dem ewigen Streit ums Geld scheiden lassen könnten. Die Senioren beziehungsweise Alleinerziehenden würden in Mietwohnungen nach München ziehen, weil sie genug von der Last des Eigenheims hatten, und der Kreislauf begann von vorn.

Hier muss man doch eingreifen, dachte Elke, während die Baggerschaufel das erste Mal gegen ihr ehemaliges Heim krachte und die hundertjährige Holzwand einfach eindrückte, als wäre sie ein Vollkornkeks. Bei jedem Treffer zuckte sie zusammen. Die lokale Abrissfirma würde das unbehandelte Bauholz nach Altgilching bringen, um es für das Osterfeuer zu spenden. Wenn der Kipper mit den zersplitterten Latten und geschnitzten Balken vom Grundstück gefahren wäre, würde hier nichts mehr an ihr Heim der letzten dreißig Jahre erinnern. Außer vielleicht ein paar mürbe graue Holzbrösel.

Man müsste den Familien für alle Zeiten austreiben, dass das Fünfseenland ein guter Ort für sie war. Doch dazu bedürfte es eines Fanals. Nachdem auch ihrem Versuch im Penny-Markt nicht der gewünschte Erfolg beschieden war, hatte Elke lange darüber nachgedacht, wo und wie sie diese große Aufgabe in Angriff nehmen würde.

Zuerst war ihr der Brunnen am Marktplatz eingefallen: die neun unterschiedlich hohen Fontänen, eingelassen in Kalksteinplatten, die man von sonst woher angekarrt hatte. Eingeklemmt zwischen Römerstraße und der Fressmeile, in der nur abends und bei gutem Wetter etwas los war. Der ganze Marktplatz schrie in seiner grotesken Fehlplanung zum Himmel. Das karge Geviert war ein Symbol für alles Ungesunde in der menschlichen Gesellschaft.

Die Reißbrett-Todeszone. Die kreuz und quer verlaufenden Sichtachsen und Winkel, die auch nichts wohnlicher machten. Und um den Brunnen herum ein paar überdimensionierte Pergolen, an denen Rosen und Clematis ums Überleben in der Steinwüste kämpften. Die mit Erde gefüllten Ausschnitte im Asphalt waren viel zu klein, um die Pflanzen mit ausreichend Regenwasser zu versorgen. Der künstliche Bachlauf, der den Fontänenbrunnen mit der Pollinger Straße verband, funktionierte auch nur selten. Und wenn er einmal lief, dann gaben sich Algen und Müll darin bald ein buntes, stinkendes Stelldichein. Der einzige Zweck dieser flachen, gepflasterten Rinnen war es, dass sich hin und wieder Fahrradreifen und Gehstöcke in ihnen verfingen und sich Radler sowie Rentner den Oberschenkelhals brachen. Die Vorstellung entlockte Elke wiederum ein Schmunzeln. Manchmal ersuchten die Unfallopfer hinterher in ihrer Praxis um Behandlung mit Arnikakügelchen. Die Trottel. Bestimmt waren die Alten sowieso nur gestürzt, weil sie auf ihre Enkelkinder statt auf sich selbst achtgegeben hatten.

Wenigstens für Kinder, das musste Elke gegen ihren Willen zugeben, war der Brunnen im Sommer ein Paradies. Er kostete keinen Eintritt, die Eisdiele war nicht weit entfernt, und ringsherum gab es genügend Sitzmöglichkeiten für die fetten Ärsche ihrer Mütter. In den sanft sprudelnden Fontänen, die sich aus Senktanks unter offenen Schutzgittern speisten und maximal einen guten Meter hoch waren, konnte man noch nicht einmal ertrinken. Die größte Gefahr ging von dem vielen Kinderurin aus, der in einem sehr langen Kreislauf wieder und wieder in die Luft gestoßen wurde und sich als feiner Sprühregen auch auf unbeteiligten Passanten niederließ.

Bisher.

Die Vorstellung, Gilchings missratenes und ungeliebtes Ortszentrum endlich zu einer Oase der Ruhe zu machen, war sehr verlockend.

Doch Elke hatte sich vorgenommen, etwas Unübertreffliches zu leisten. Einen richtig grandiosen Schlusspunkt unter ihre Entvölkerungsaktionen zu setzen. Um das Fünfseenland zu retten und all die gebärfreudigen menschlichen Zecken ein für alle Mal zu vertreiben, musste man sie an ihrem empfindlichsten Punkt treffen, und der waren die Kinder. Möglichst viele Kinder. Leider war der Brunnen am Markt dafür einfach nicht planungssicher genug. Zudem müsste sie mit dem Vergiften des Brunnenwassers bis mindestens Ende Mai, wenn nicht Juni warten, wenn es warm genug für planschende Kinder war. Und selbst dann könnte bereits ein kleiner Temperatureinbruch ihre Hoffnungen zunichtemachen.

Glücklicherweise hatte sie gestern Abend erst eine Stellenanzeige im »Kreisboten« entdeckt.

***

Erica Marotti, obwohl seit über zwanzig Jahren dank ihres Ehemanns Luigi an die südländische Lebensart gewöhnt, konnte Unpünktlichkeit nicht leiden.

Für die straffe Organisation eines wachsenden Catering-Unternehmens, das im Großraum München an die viertausend Kinder vom Krippen- bis zum Abituralter mit frischem, regionalem Bio-Essen versorgte, war die genaue Einhaltung von Terminen unerlässlich. Letztendlich hing es von jedem einzelnen Glied in der langen, liebevollen Lieferkette ab, ob die Kinder rechtzeitig ihr Mittagessen erhielten oder nicht. Bei Nuvola Fresco kam es also auf jede von Hand geschälte Pastinake und frisch entzipfelte Buschbohne an.

Aus diesem Grund unterschrieb Erica Marotti im Geiste schon den Arbeitsvertrag, als die Interessentin an dem offenen Job als Küchenhilfe eine ganze Viertelstunde zu früh zum Bewerbungsgespräch erschien. *Perfetto!* Gut, die langen grauen Locken würde sie natürlich unter einem Haarnetz verstecken müssen, aber Leute mit genau dieser Einstellung brauchte sie.

Obwohl die Dame nicht gerade wenig überqualifiziert war. Ratlos blickte die dynamische Bio-Unternehmerin vom Lebenslauf zu den Händen der Bewerberin und wieder zurück. »Wir haben eigentlich an eine Wiedereinsteigerin vom Fach gedacht und nicht an eine selbstständige Heilpraktikerin mit eigener Praxis und abgeschlossenem Pädagogikstudium.«

Elke legte den Kopf schief und strich sich lächelnd eine graue Haarsträhne hinters Ohr. Sie hatte sich im Voraus sehr genau zurechtgelegt, was Frau Marotti wohl gerne hören wollte, und versuchte, den Eindruck zu erwecken, aus einer Notlage heraus zu handeln. »Wissen Sie, ich war schon immer eine Frühaufsteherin und koche sehr gerne. Es entspannt mich, Gemüse zu schälen und zu schneiden. Es gibt doch nichts Schöneres als eine Rübe, an der noch frischer Boden klebt. Das erdet einen, im wahrsten Sinne des Wortes. Und«, sie blickte Frau Marotti direkt und etwas von unten in die Augen, »ehrlich gesagt ist die Selbstständigkeit heutzutage auch nicht mehr so sicher.«

»Das ist wohl wahr. Aber haben Sie schon Erfahrung in der Gastronomie?«

»Natürlich. Ich habe mein ganzes Studium durch die Arbeit im Verkauf bei der Bäckerei Boneberger finanziert. Und nur, falls ich das noch nicht deutlich genug gemacht habe: Ich liebe Bio nicht nur, ich lebe es. Es würde mir wirklich viel bedeuten, wenn ich meine Überzeugung auf indirektem Wege an unsere Jugend weitergeben könnte. Gesunde Ernährung ist doch mit das Wichtigste im Leben. Und gerade nach dieser schrecklichen Giftsache muss man doch verstärkt darauf achten, dass unsere Lebensweise nicht in Verruf gerät, nicht wahr?«

Schon nach dem erfolgreichen Probearbeitstag erhielt Elke, die neue Aushilfe, ihren eigenen Schlüssel für die Küchenräume. Während der Osterferien lief der Betrieb stark eingeschränkt und war damit ideal zum Eingewöhnen. Trotzdem durfte sie jetzt nichts überstürzen. Zuerst musste sie verinnerlichen, wer wann welches Essen an welche Adressen ausfuhr. Ihr Vorhaben sollte auf keinen Fall die Routine durcheinanderbringen.

Bald war ihr klar, dass sich nicht jedes Gericht gleichermaßen gut als Trägermasse eignete. Nuvola Fresco servierte den lieben Kleinen und etwas Größeren ja nur selten einfach einen warmen Brei, sondern hatte verschiedene Gerichte aus vielen einzelnen Zutaten im Repertoire. Und wie sollte sie zum Beispiel mehrere tausend Fischnuggets mit Rosmarin-Kartoffelspalten vergiften? Mit einem Airbrushgerät? Zu auffällig. Elke hatte sich die Aufgabe wirklich einfacher vorgestellt. In hochwertige, stückige Hauptgerichte konnte sie nicht einfach so mal nebenbei ein Löffelchen Gift rühren, und die Beilagen waren auch nicht besser. Mehrmals die Woche gab es Dipgemüse, Kräutersalat oder einen saisonalen Rohkostteller. Es war zum Verzweifeln.

Erst als Elke den Speiseplan für die nächsten Wochen durchsah, schöpfte sie Hoffnung. Nach den Osterferien würde es endlich geeignete Gerichte geben. Rührei mit Speck zum Beispiel. Oder Grießbrei mit Erdbeersoße.

Nun hieß es also nur noch, das Ende der Osterferien und den perfekten Morgen abzuwarten, um die wertvolle Substanz unters jüngere Volk zu bringen.

Fadennudeln und Todesengel

Angesichts der öffentlichen Giftmörder-Hysterie hätte Gitte Grabow fast vergessen, ihre Geburtstagsplanung weiter voranzutreiben. Dabei wollte so eine Feier doch von langer und vor allem sicherer Hand geplant werden. Die Gästeliste war dabei das Einfachste, die hatte sie im Kopf. Sie wusste, dass Roland noch einen Kollegen mitbringen würde, aber den musste er selbst einladen. Ihre eigene Gästeliste umfasste nur fünf Menschen und einen Hund: Hatti, die drei Maeßmers – und die zwei verbliebenen Schwestern Dubois. Ja, das hatte sie eine Menge Überwindung gekostet. Doch sie hielt es für das Richtige, die beiden lebensmüden Damen aus der Reserve zu locken und ihnen ein Vorbild an Daseinsfreude zu geben. Wo, wenn nicht auf einer österlichen Gartenparty, umringt von Frühlingsblumen und Familienglück, sollte man sonst zur Besinnung kommen?

Nachdem sie ihre Gäste kannte, musste sie jedoch feststellen, dass ihre Hand nicht mehr ruhig genug zum Schreiben von Einladungen war. Sie hatte bei Zeitschriften Köcher im Sonnen-Zentrum ein Päckchen hochwertiger Klappkarten aus marmoriertem Papier erstanden, von denen sie eine nach der anderen ruinierte. Bereits das Wort »Einladung« geriet so zittrig, dass es aussah wie der Versuch, eine Portion Fadennudeln zu zeichnen.

So ging das nicht. Carla, Lukas, Roland Maeßmer und der Hund waren sowieso eingeladen, das konnte sie ihnen notfalls mündlich bestätigen, aber Romana und Ramona Dubois? Eine so grandiose Versöhnungsgeste wie diese bedurfte einer nicht minder grandiosen äußeren Form.

Also machte sich die große Gitte Grabow ein weiteres Mal auf, die Residenz Alpenblick zu besuchen und die Einladung persönlich auszusprechen, und die schwerfälligen Schwestern freuten sich, sie zu sehen. Sie drängten ihr einen Stapel ungebrauchter Rätselhefte auf – »Bruno kauft uns die immer, damit unsere grauen Zellen nicht verkümmern, aber die Rätsel sind uns zu anstrengend« – und sagten sofort zu.

»Wir haben ja sonst nichts zu tun«, meinten sie. »Wenn wir dann noch am Leben sind, können wir genauso gut zu deiner Party kommen.«

Nun ja, die Reaktion war nicht so enthusiastisch, wie Gitte gehofft hatte, aber immerhin.

»Was bleibt uns sonst auch anderes übrig?« Ramonas Worte waren keine Frage, sondern eine bittere Feststellung. »Weißt du überhaupt, wie man heute in Deutschland stirbt, Gitte? Wie man stirbt, wenn du Krebs im Endstadium hast, wenn dir die Füße abfaulen und das Wasser im Brustkorb steht, als wäre deine Lunge ein Schwamm? Es ist ja nicht so, dass man überhaupt nicht sterben dürfte, wir sind ja ein zivilisiertes Land. Immerhin. Aber wir Alten bringen am meisten Geld, solange wir nicht an Maschinen hängen. Außerdem sind die so aufwendig zu reinigen. Wenn man also im Krankenhaus liegt und keine Aussicht auf Verbesserung mehr besteht, das Oberstübchen aber noch einigermaßen klar ist, dann darf man – jetzt halt dich fest, Gitte – ganz offiziell verhungern. Sie geben dir nur noch Schmerzmittel und legen ab und zu einen feuchten Waschlappen auf deine Lippen, damit die nicht aufspringen und der Mundgeruch nicht allzu extrem ist. Zu viele Schmerzmittel geben sie dir natürlich auch wieder nicht, denn das wäre dann ja assistierte Selbsttötung. In manchen Kliniken legen sie dir gegen deinen Willen einen Tropf und versorgen dich mit Flüssigkeit, damit sie nicht wegen unterlassener Hilfeleistung verklagt werden können. Je nachdem, wie gut du beisammen bist, dauert dein Siechtum ein paar Tage oder auch Wochen.« Ramona verwies mit einem Nicken ihres Dreifachkinns auf ihre Leibesfülle. »Bei uns tippe ich mal auf Wochen des Leidens. Ha! Und dafür haben wir dieses Land wieder aufgebaut! Dafür, dass wir am Ende selbstbestimmt verhungern dürfen! Bei jedem Schwein im Schlachthof geht das Sterben schneller. Sogar bei den Juden ging es schneller.«

»So etwas darfst du nicht sagen«, flüsterte Gitte. Sie war kreideweiß. »Die Juden wollten nicht sterben.«

»Das habe ich auch nicht behauptet. Aber wenn man heute mobile Gaskammern aufstellen würde – freiwillig, kostenlos, vor jeder Klinik eine –, was glaubst du, wie viele Alte und Kranke sich da reindrängeln würden! Wahrscheinlich bräuchte man noch eine

Rampe, damit auch die Rollifahrer eigenständig in den Tod fahren können. Und eine Ampel, um den Andrang in geregelte Bahnen zu lenken. Korrekt nach der deutschen Straßenverkehrsordnung, haha!«

Zitternd richtete sich Gitte auf. »Du bist doch nicht mehr ganz normal im Oberstübchen, Ramona! Warum seid ihr überhaupt hergekommen? Stirbt es sich in Gilching denn besser als anderswo? Ist es wegen dieser Giftsache?«

»Das ist nur ein glücklicher Zufall«, sagte Romana mit strahlenden Augen. »Wir sind ja schon vorher eingezogen.«

»Aber es stirbt sich in Gilching tatsächlich besser«, zirpte Ramona. »Wir haben eine rationale Entscheidung getroffen, nachdem wir recherchiert hatten, in welchen Orten die Aufenthaltsdauer am kürzesten ist. In diesem Punkt liegt Gilching deutschlandweit ganz, ganz weit vorn. Mit Abstand!«

»Die Aufenthaltsdauer?«

»Na, die durchschnittliche Länge vom allerletzten Urlaub deines Lebens im Hotel Finito. Die Zeit vom Einzug ins Pflegeheim bis zum kalten Auszug.«

»Was soll das denn sein, der kalte Auszug?«

»Der Tod! Der Toood!«, krähte Romana so vergnügt, dass die Federung ihres Rollstuhls quietschte.

»In Gilchings Altersheimen untergebrachte Senioren sterben durchschnittlich ein Dreivierteljahr früher als alle anderen. Besonders die in den Einrichtungen von Elicare. So wie dieser hier. Wir sind ja nicht dumm. Uns ist klar, dass das nicht allein an der guten Landluft im Fünfseenland liegen kann. Jemand scheint nachzuhelfen. Irgendwo auf den langen Fluren ist eine gnädige Seele unterwegs.«

»So etwas Menschenverachtendes habe ich ja noch nie gehört.« Gitte versuchte es mit Logik. »Vielleicht liegt die kürzere Verweildauer in den Heimen nur daran, dass die Leute hier mehr Geld haben? Sie können es sich eben leisten, sich möglichst lange zu Hause pflegen zu lassen. In Gilching gibt es doch wirklich auffällig viele Immobilienbesitzer. Welcher von denen möchte denn bitte schön nicht in seinen eigenen vier Wänden sterben, wenn es irgendwie möglich ist? Ich auch nicht, *mon dieu*!«

Ramona winkte ab. »Du wirst uns unsere Hoffnung nicht nehmen. Irgendwann geht diese Tür auf, und unser Todesengel tritt ein. Wir müssen nur warten.«

»Ja, warten!«, setzte Romana salbungsvoll nach. »Warten und Tee trinken. Das ist doch sowieso das Einzige, was einem in unserem Alter noch zusteht. Wir sind schließlich keine Backfische mehr«, sagte sie und warf einen missbilligenden Blick auf Gittes Lackslipper, an denen diesmal unzweifelhaft Ackererde klebte.

»Ich sage euch mal, was ihr seid: Feiglinge seid ihr! Ihr traut euch nicht, euren Weg allein zu Ende zu gehen. Ihr hofft auf einen Mörder, der euch die Verantwortung abnimmt, aber das ist doch pure Augenwischerei. Letztendlich müssen wir auch durch die letzte Tür allein gehen.«

»Der Himmel ist heute wirklich ausnehmend weiß-blau. Wie auf einer Postkarte«, lenkte Ramona ab. Sie war an die Fensterfront gerollt und starrte hinaus. »Sieh es doch so, Gitte: Wir gehen einfach schon mal vor. Wir waren ja immer schon eine Spur ungeduldiger als du. Aber wir werden dir ein Plätzchen freihalten.«

»Im Himmel, meint ihr? Ach, der Himmel ist für uns alle drei schon lange verloren, weiß-blau oder nicht. Ich halte mich an meine Erde, solange es noch geht. Wir sehen uns dann bei meiner Gartenparty!« Und damit wandte Gitte Grabow sich um und stolzierte durch die Apartmenttür hinaus.

»Kannst gerne auch vorher noch mal vorbeischauen!«, rief ihr Romana hinterher. »Und vergiss deine Rätselhefte nicht! Bei deinen grauen Zellen besteht ja noch Hoffnung …«

Augen auf

Am Nachmittag saßen Gitte, Lukas und Carla auf dem Lederfauteuil unter Gittes Palmen zusammen, um im Internet auf Rolands Tablet nach Augen zu suchen. Nach essbaren Zuckeraugen. Denn das kleine Haus am westlichen Ende der Sonnenstraße sollte einen Doppelgeburtstag erleben, der sich gewaschen hatte, und Lukas bestand auf einem Monster-Geburtstagskuchen mit Augen. Vielen Augen. Er war zwar schon im Februar drei geworden, sollte aber eine nachträgliche Gartenparty ohne Schnee feiern dürfen.

Gitte Grabow war dies nicht unrecht. Solcherlei fröhliche, ungezwungene Aspekte des Lebens waren es doch, die die Freude daran ausmachten. Wer würde denn noch freiwillig sterben wollen, wenn er ebenso gut Schokoladenkuchen mit Augen essen konnte?

»Die da!«, rief Lukas und deutete auf eine Großpackung Zuckeraugen mit durchsichtigen Gelatineaufsätzen, deren Pupillen wackelten.

»Mon dieu!«, seufzte Gitte. »Wie heißt das richtig?«

»Der Mörder muss sich auskennen mit dem, was er tut«, wechselte Carla plötzlich das Thema. »Diese Frau Mutschler war vielleicht tatsächlich ein Unfall, aber die Aktion auf der Gesundheitsmesse war doch eindeutig gezielter Mord. Das war ein Riesentopf Tofu-Curry, da wären sicherlich zwanzig, dreißig Portionen drin gewesen. Der Täter hat genau gewusst, wie das Teufelszeug wirkt, und in Kauf genommen, dass dreißig Leute draufgehen.«

»Wieso denn eigentlich *der* Mörder und *der* Täter? Gehen auf diese Gesundheitsmessen nicht vorwiegend Frauen? Also, als Besucher, aber auch als Aussteller?«

»Guter Punkt, Gitte! Ich sehe schon, wenn wir so weitermachen, lösen wir diesen Fall einfach so beim Kaffeetrinken und Augenaussuchen.«

»Die da! Ich will die da!«

»Cognac«, wandte Gitte mit bescheidenem Lächeln ein und hob ihre zarte Goldrandtasse. »Der perlende Rosé, den ich sonst immer trinke, ist gerade aus.«

»Aber es ist doch erst sechzehn Uhr!«

»Nun, eine Dame entscheidet selbst über die Genussmomente in ihrem Leben, oder nicht? Auch darüber, wann sie stattfinden.«

»Ich will die da! Bitte! Haaaa-ben!«

»Natürlich, wenn es die Kasse hinterher zahlt«, seufzte Carla und legte das von Lukas mit vielen kleinen Fingerabdrücken verzierte Tablet beiseite, um sich die Lendenwirbelsäule zu massieren.

»Sind Sie denn nicht privat versichert? Sie sind doch Beamtengattin, oder etwa nicht?«

»Schon, aber bei den Privaten gibt es keine richtige Familienversicherung. – Und ja, Lukas, ich werde diese hier bestellen. – In einem Haushalt läuft das grundsätzlich über den besser verdienenden Elternteil. Das heißt, Lukas und später auch das Wurschtl in meinem Bauch sind über Roland mitversichert. Nur ich muss medizinische Holzklasse fahren. Aber egal. Trotzdem kann ich mir gerade noch eine Großpackung mit zweihundertfünfzig Augen leisten. Wie sind Sie eigentlich versichert, Gitte?«

»Als Künstlerin natürlich privat. Dafür gehen ungefähr sieben Zehntel meiner Rente drauf, meine Liebe.«

»Mama, wann kommen die Augen?«

»Übermorgen, Lukas. Schau, ich habe schon auf ›Jetzt kaufen‹ geklickt. Immerhin sind die Ärzte dann immer nett zu Ihnen, oder?«

»Meistens, doch. Wenn man davon absieht, dass heutzutage sowieso kein Mensch mehr anständige Manieren hat.« Gitte Grabow schnalzte mit der Zunge und warf ihrer jungen Nachbarin einen langen, bohrenden Blick aus den äußersten Augenwinkeln zu. »Nette Ärzte also. Worauf wollen Sie eigentlich hinaus, Carla?«

Die Angesprochene lachte ertappt, hielt Gittes Blick aber stand. »Na ja, ich dachte mir, dass Sie doch hin und wieder über Magenschmerzen klagen. Und dass Sie nach Ihrem kleinen Sturz im Winter vielleicht auch Ihren Ellenbogen noch nicht ganz auskuriert haben. Die privaten Kassen zahlen doch auch alternative Heilmethoden, richtig?«

»Nicht alles, aber vieles …«

»Mama, wann ist übermorgen?«

»Vielleicht hätten Sie ja Lust, dem einen oder anderen Heilpraktiker, der bei der Gesundheitsmesse ausgestellt hat, ein bisschen auf den Zahn zu fühlen.«

»Warten Sie mal«, sagte das kinematografische Urgestein langsam, »Sie wollen, dass ich die Liste der Verdächtigen durchgehe? Der M… Mmm… Mordverdächtigen?«

»Ähm, ja, sozusagen«, gab Carla zu.

»Und wie viele wären das?«

»Auf der Messe waren dieses Jahr fünf Aussteller aus der Gastronomie und dreiundzwanzig Aussteller aus dem Gesundheitsbereich.«

»Die sind doch sicherlich schon alle von der Polizei überprüft und befragt worden?«

»Ja, ebenso wie alle anderen Helfer und Organisatoren. Niemand hat eine entsprechende Vorstrafe, niemand hat etwas Auffälliges beobachtet. Die Polizei kann aber ohne konkreten Verdacht nicht weiter ermitteln. Und wenn wir jetzt davon ausgehen, dass ein gastronomischer Betrieb sich nicht seine eigene Geschäftsgrundlage vergiftet, bleiben nur noch diejenigen übrig, die eigentlich den Menschen helfen sollten. Und die vielleicht sogar einen Vorteil davon hätten, wenn die Bevölkerung Angst um ihre Gesundheit und ihr Leben hat und weiß, dass die Schulmedizin machtlos ist … die Heilpraktiker. Auf der Veranstaltung waren aber zum Beispiel auch ein Masseur, das Team einer Enthaarungspraxis und eine Heileurythmistin, was auch immer man darunter verstehen soll. Auch ein Nagelstudio.«

»Und von denen soll ich mich jetzt durchkneten und lackieren und am Schluss wohl auch noch enthaaren lassen, wenn es nach Ihnen geht?« Gitte probierte einen koketten Augenaufschlag.

»Wann ist übermorgen, Mama?«

»Ganz bald, Lukas. Nur noch zweimal schlafen. Die Massage und die Enthaarung kann ich gerne übernehmen«, beschwichtigte Carla. »Beziehungsweise Roland, der kriegt langsam einen Rücken wie ein Gorilla. Aber wenn Sie sich fürchten, lassen wir das. War eh eine Schnapsidee.«

»Ich und mich fürchten? Pah! Ich habe keine Angst um mein Leben. Mich bringt so schnell nichts um, das ist schon allein durch meine Existenz hinlänglich bewiesen. Außerdem sind Sie doch schwanger und abstinent, Sie können also gar keine Schnapsidee haben. Vielmehr ist das ein äußerst guter Plan!«, lobte die alte Dame. »Wenn einer von uns diesen Wicht aufspüren sollte, dann doch ich. Um mich ist es erstens nicht so schade wie um Sie, sollte etwas passieren, und außerdem habe ich mir im Laufe meines langen Lebens eine exzellente Menschenkenntnis erworben. Ich werde das Untier schon aus der Höhle locken, damit Ihr lieber Mann ihm das Handwerk legen kann.« Ergriffene Stille schwebte über dem Lederfauteuil, bevor die Grande Dame fortfuhr, die leere Goldrandtasse als Kampfansage an den unbekannten Mörderwicht emporgereckt. »Also abgemacht, Frau Maeßmer, ich werde das Lockvögelchen spielen«, versprach Gitte Grabow. Doch kurz darauf klappten ihre Augenlider besorgt nach schräg unten: »Ich frage mich nur, wie ich da überall hinkommen soll? Ich habe ja keinen Führerschein und Sie tagsüber meistens kein Auto. Die Praxen liegen doch bestimmt recht weit voneinander entfernt, und eine Dame in meinem Alter fährt unmöglich noch Fahrrad. Auch nicht, wenn es elektronisch sein sollte. Das ist mir alles zu flatterhaft.«

»Darüber habe ich auch schon nachgedacht«, beruhigte Carla sie. »Wir haben einen mächtigen Verbündeten in Sachen Mobilität, den ich bereits gefragt habe. Er ist ganz begeistert von der Idee und freut sich, dass er eine Berühmtheit wie Sie unterstützen darf. Sie werden bequem von Heilpraxis zu Heilpraxis chauffiert und haben, wenn es nötig sein sollte, jederzeit einen kräftigen Mann an Ihrer Seite.«

»Mit Verlaub, Carla, aber wer soll das sein? Das klingt mir nach einer eierlegenden Wollmilchsau, wie man das hier in Bayern so schön sagt.«

»Taxi-Rudi!«, lachte Carla. »Bei ihm haben wir wegen der Zementwerksache noch einen Stein im Brett. Da war der Rudi ja im Fernsehen, und das hat die Taxiumsätze seines Unternehmens fast verdoppelt.«

»Also schön. Und dieser Rudi fährt mich wirklich ganz umsonst? Wunderbar. Das heißt, ich bekomme einen Chauffeur! Da werden meine Bekannten aber staunen. Dass die Jugend von heute noch so altruistisch ist, hätte ich nicht gedacht.«

»Na ja, der Rudi ist immerhin auch schon Ende vierzig.«

»Sag ich doch! Halb so alt wie ich. Könnte mein Enkel sein.«

»Eine kleine Bedingung stellt er aber doch.«

»Bitte? Es genügt ihm nicht, einen Weltstar wie mich herumfahren zu dürfen? Was will er denn?«

»Mama, darf der Hatti auch Augen essen?«

»Nein, Zucker ist ganz ungesund für Hunde. Höchstens eins – und auch nur vielleicht. Also, Gitte, wo war ich gleich? Ach ja, Rudi möchte mit Ihnen werben. Er will ein Porträt von Ihnen auf eine Folie drucken lassen und die auf sein Taxi kleben.«

»Einverstanden, aber nur eines, das vor 1990 entstanden ist. Die Wende ist mir optisch überhaupt nicht gut bekommen.«

Carla lächelte. »Das wird sich sicherlich einrichten lassen.« Sie ergriff Gittes Hand und schüttelte sie. »Wir schaffen das. Zusammen. Wir haben ja schon einmal gezeigt, dass man uns nicht unterschätzen darf.«

Die beiden Frauen sahen sich tief in die Augen und standen auf, um die Mördersuche in Angriff zu nehmen. Das heißt, sie hatten es vor: Denn tatsächlich machte ihnen schon das Aufstehen größte Schwierigkeiten. Weder die schwangere Carla noch die uralte Gitte kamen beim ersten Versuch auf die Beine. Der Hexenschuss plagte die eine, die müden Knochen die andere. Ein motivierter Ruck ging durch ihre gequälten Körper, dann sanken sie beide ächzend zurück in die weichen Lederpolster.

»Kommen Sie schon«, ermunterte Gitte Carla. »Sie haben es doch gerade eben selbst gesagt, dass wir das schaffen. Zusammen!« Sie streckte ihre dünnen Arme nach der Nachbarin aus. An den Handgelenken konnte man schon fast zwischen Elle und Speiche hindurchgucken, doch ihr Griff war immer noch fest genug. »Unser Kreislauf mag im Moment vielleicht nicht der stabilste sein, aber mit unseren grauen Zellen fangen wir noch jeden Giftmörder. Bestimmt.«

Eine Klangschale voll Graupensuppe

Gleich am nächsten Morgen lernte Gitte Grabow ihren neuen Chauffeur kennen. Rudi war ein kompakter, blonder Mann mit einem Händedruck, der ihre fragilen Mittelhandknochen akut in Gefahr brachte. Er wies eine gewisse Ähnlichkeit mit dem jüngsten der zahlreichen James-Bond-Darsteller auf und schien überaus geeignet, eine alte Dame auf Mördersuche zu unterstützen.

Gitte Grabow war sehr angetan. Doch bevor sie sich aufmachte, den Giftmörder zu finden, ließ sie sich von Taxi-Rudi erst einmal zu ihrem Hausarzt Dr. Stocker kutschieren. Ihr letzter Besuch dort lag schon Monate zurück, und seit dem neunzigsten Geburtstag bezahlte ihr die Kasse vierteljährliche Gesundheitschecks.

Der eigentliche Grund für den Besuch war jedoch, dass sie auf vertrautem Terrain erst einmal üben wollte. Möglicherweise würde sie ihre Sterbender-Schwan-Performance ja demnächst einem gemeingefährlichen Mörder präsentieren müssen, dann durfte sie sich keinen noch so kleinen Fehler leisten.

Ganz aus dem Stegreif legte Gitte in der Stocker'schen Praxis die Vorstellung ihres Lebens hin. Sie ächzte bereits bei der Anmeldung, als hätte ihr letztes Stündlein geschlagen. Im Wartezimmer hüstelte sie so lange, bis die anderen Patienten sich an die gegenüberliegende Wand drückten, und sogar den Gehstock, den sie eigentlich nur zu Zwecken des Renommees besaß, hielt sie so fest umklammert, dass ihre Fingerknöchel weiß hervortraten. Ab und an sank sie leicht vornüber und lehnte die trockene blasse Stirn gegen den Griff. Es hätte nur noch gefehlt, dass sie Broschüren verschiedener Beerdigungsinstitute studierte. Kurzum: Gitte Grabow war das Urbild eines baldigen Fahrgasts über den Unterweltsfluss Styx.

Als sie endlich dran war, saß sie Dr. Stocker zuerst minutenlang nach Luft ringend gegenüber, wedelte schwach mit den Händen und blickte immer wieder seufzend zur Decke.

»Bei Ihrem Anblick, Frau Grabow, muss man sich wundern, dass Sie es überhaupt noch vor die Tür geschafft haben. Alle Achtung! Wenn ich nicht aus der Zeitung wüsste, dass Sie erst vor einigen

Monaten das Gilchinger Zementwerk stillgelegt und diesen kleinen Jungen gerettet haben, würde ich denken, Sie wären reif für die Intensivstation. Aber eigentlich sind Sie doch ein ziemlich harter Hund. Also, was fehlt Ihnen heute?«

»Das mit dem Zementwerk war leider nicht ich allein«, entgegnete sie geschmeichelt. »Ich habe allerhöchstens mein klitzekleines Scherflein beigetragen.« Dass Dr. Stocker sie einen harten Hund genannt hatte, ermutigte sie, sodass sie bei der Schilderung ihrer Beschwerden vielleicht ein klein wenig zu ausfallend wurde. Sie erzählte von Sehstörungen, Schwindelanfällen und Kopfschmerzen beim Lesen. Außerdem würde sie sich oft ohne den leisesten Schimmer, was sie dort eigentlich gewollt hatte, in der Küche wiederfinden und Leute auf der Straße nicht mehr erkennen, obwohl sie sie seit Jahren, wenn nicht gar Jahrzehnten kannte. »Bin ich dement?«, flüsterte sie schließlich.

Der Arzt sah sie lange an. Gutmütig.

Gitte glaubte sogar, etwas wie Rührung in seinen Augen zu sehen. War das ein gutes oder schlechtes Zeichen? War er emotional ergriffen, weil er ihr gleich mitteilen würde, dass sie in nächster Zeit sterben müsste?

»Ich glaube nicht«, antwortete Dr. Stocker nach einer schier unendlichen Zeitspanne. »Gut, ich werde noch ein Blutbild in Auftrag geben, damit wir ein paar Dinge ausschließen können. Aber Sie sind meiner Meinung nach nicht dement. Allerhöchstens kurzsichtig.«

»Kurzsichtig?« Gittes Unterlippe begann, vor Empörung zu zittern. »Herr Doktor, das ist unmöglich. Ich kann nicht kurzsichtig sein. Hinter mir liegen vier Behandlungen wegen grünem Star, die letzte fand erst im vergangenen Sommer statt.«

»Grüner Star und Kurzsichtigkeit haben eigentlich nichts miteinander zu tun.«

»Aber … aber … Als ich jung war, habe ich immer besser gesehen als alle anderen. Wirklich, ich war berühmt-berüchtigt für meine Adleraugen!«

Der Doktor nickte milde. »Frau Grabow, als ich jung war, konnte ich einen Halbmarathon laufen und hinterher ein ganzes Pfund Spaghetti essen. Heute schaffe ich keine acht Kilometer mehr – die Knie –, und Spaghetti hat mir meine Frau verboten. Nudeln machen dick, sagt sie. Früher bin ich mit dem ersten Zug nach Garmisch-Partenkirchen gefahren, habe den Jubiläumsgrat gemacht und war zum Abendessen wieder zu Hause. Heute denke ich: Ach, der Steinberg ist doch auch ein schönes Ausflugsziel. Die Zeiten ändern sich eben.«

Nach der erfolgreichen Einstiegsdarbietung beim Hausarzt ging Gitte Grabow gleich in die Vollen.

Carla hatte ihr zur mittäglichen Stärkung eine gute Fleischbrühe gekocht und bereits einen Termin beim einzigen Aussteller vereinbart, der mit einem Umlaut begann: Das Ehepaar Öchsle. »Irgendwo müssen wir ja anfangen«, sagte Carla. »Ich habe denen am Telefon erklärt, Sie seien meine Mutter und fühlten sich allgemein unwohl.«

»Sie haben doch nicht etwa meinem echten Namen genannt?«, entsetzte sich Gitte Grabow. »Ich dachte, ich bin anderkaffer! Inkognito!«

»Natürlich, natürlich«, lächelte Carla. »Ich habe Frau Gerlinde Gärtner angekündigt. Und ich bin sehr gespannt!«

Leider wurde Gittes nächster Termin bei Weitem nicht so gemütlich wie ihre schauspielerische Aufwärmübung bei Dr. Stocker.

Der hochglänzende Werbeflyer für die Öchsle'schen Dienste war omnipräsent im Fünfseenland. Auch Gitte war er schon seit Monaten immer wieder unter die Augen gekommen, ohne dass sie ihn ein einziges Mal wirklich beachtet hätte. Hartnäckig lag er bei allen Geschäften des täglichen Bedarfs aus und fand sogar zwei- oder dreimal den Weg in ihren Briefkastenschlitz. Doch da Gitte sich grundsätzlich nicht für abstrakte Ölmalerei und verschlungene Schreibschrift erwärmen konnte – ganz egal, was selbige anpriesen –, war das Infoblättchen immer rasch und ungelesen ins Altpapier gewandert.

Doch nun hatte Gitte Grabow einen Pakt mit Carla geschlossen, und noch vor dem Einsteigen ins Taxi entzifferte sie mühsam die Schreibschrift.

»Shanti & Shalimar Öchsle. Erwecke mit uns das Feuer in dir.

Von astrologischer Edelsteindiät und Astralreisen über Klangschalenmeditation bis Ziel-Coaching. Geh deinen Weg!«, las Gitte und schüttelte angewidert den Kopf. Dieses ungerechtfertigte Geduze heutzutage hatte sie noch nie leiden können, auch wenn »Edelsteindiät« eigentlich ganz vielversprechend klang. Aber seit wann konnte man Edelsteine essen? Wurden sie jetzt etwa wie Blattgold in Speisen gemischt? Und wohin sollte ein Coaching denn sonst führen, wenn nicht zum Ziel?

Im letzten Moment drückte ihr Carla auch noch Lukas samt Spider-Man-Kindersitz aufs Auge. Gitte Grabow wusste zwar nicht, was Taxi-Rudi dazu sagen würde, war aber insgeheim froh um jede Art von männlicher Verstärkung.

»Aber der Hund bleibt da, gell?«, beharrte sie dennoch.

»Natürlich, natürlich. Hatti darf auch gar nicht mit, wegen anderer, eventuell allergischer Fahrgäste. So ein Taxi ist ja kein Zootransport.«

Anfangs war Rudi nicht begeistert davon, zusätzlich zu seiner betagten Ehrenpassagierin noch ein Kleinkind zu befördern. »Dem wird bestimmt bald schlecht, und dann speibt der mir des Auto voll. Wie alt isser denn, drei? Also, i mog Kinder ja wirklich, aber so kleine ruinieren einem immer die Polster. Des is a Naturgesetz.«

»Der hier nicht«, beteuerte die Grabow. »Lukas liebt Autos aller Art, er würde niemals in eines hineinspeiben. Außerdem sind wir zusammen genau hundert Jahre alt, und das bringt Glück. Ihnen auch.«

»Na, wenn Sie des sogn«, brummte Rudi und befestigte professionell den Spider-Man-Kindersitz auf der Rückbank. »Es ist doch erst halb zwei. Warum ist er eigentlich ned im Kindergarten?«

Gitte verzichtete darauf, Rudi über den Läuseausbruch und das Hundeverbot zu informieren. »Ach, Sie wissen doch, der Platzmangel«, antwortete sie ausweichend. »Da setzen die Leute Kind um Kind in die Welt, und dann ist niemand da, um sie zu betreuen – außer mir.« Sie blinzelte treuherzig, und die Sache war erledigt.

Lukas stieg brav ein, strahlte über das ganze Gesicht und machte nicht den Eindruck, als ob ihm so schnell etwas auf den Magen schlagen würde. »Ist das ein … Hybridfahrzeug?«, fragte er nach respektvollem, einminütigem Schweigen. Er sprach das lange Wort so behutsam und fehlerfrei aus, dass man sich vorstellen konnte, wie er es neben anderen als abendliches Einschlafritual in seine Bettdecke flüsterte: *Einsatzleitwagen. Straßenfertiger. Mobilkran. Hybridfahrzeug.*

»Ja, des is a Toyota Prius, den hob i erst seit zwei Wochen«, nickte Taxi-Rudi und lächelte Lukas an. »I hob mi erst an die Automatik gewöhnen müssen, aber er is vui sparsamer im Verbrauch als mei oider Wogn und aa leiser. Fahrt si prima bis jetzt. Du kennst di ja guat aus mit Autos!« Taxi-Rudi schien autoaffine Kinder wirklich zu mögen.

Das Heilerduo Shanti & Shalimar lebte nicht in Gilching, sondern nördlich von Alling. Da auf der Römer- und Brucker Straße mangels Umgehung wie immer ein Heidenverkehr herrschte, dauerte die Anfahrt eine satte Viertelstunde, in welcher sich Gitte Grabow so ihre Gedanken machte und es ein wenig mit der Angst bekam. Was, wenn schon diese Öchsles die Mörder waren? Wenn sie ihr auf die Schliche kamen und herausfanden, dass sie eigentlich gar nicht ernsthaft an Astralreisen interessiert war, sondern sie nur ausspionieren wollte? Würden sie sie mit Kräuterdämpfen betäuben und ebenfalls vergiften?

Bevor sie vor dem genauso abgelegenen wie heruntergekommenen Häuslein der Öchsles ausstieg, zeigte Rudi ihr die neben seiner Handbremse liegende Brechstange. »Die hob i für den Fall dabei, dass man Ihnen bei den Schamanen ned den gebührenden Respekt entgegenbringt«, erklärte er mit bierernster Miene. »Und nehmen S' bloß nix an. Tee oder Gebäck oder so. Wer woaß, was die da reinmischen!« Anscheinend war Rudi von Carla bestens gebrieft worden.

»G-g-g-gift?«

»I denk eher an THC oder so was. Damit Sie sich richtig entspannen und ein Stammpatient von denen werden. Manche Heilpraktiker oder Leute, die sich so nennen, machen so was, des hob i erst letztens in der Zeitung glesn. Eine Frau hat ihren Patienten heimlich Cortison gespritzt, damit der Heuschnupfen auch wirklich weggeht. Hat natürlich super geholfen, zumindest bei denen ohne Cortison-Allergie. Aber des war den Herrschaften dann auch wieder nicht recht.« Er langte hinter sich und tätschelte Lukas' Kopf. »Wie schaut's aus, junger Mann, schau ma uns zam meinen Hybridmotor an, während die Oma auf spirituelle Reisen geht?«

Gitte atmete erleichtert auf. Oh ja. Taxi-Rudi war die richtige Wahl für diesen Job. Ihr persönlicher James-Bond-Verschnitt würde schon auf sie aufpassen. Und auf Lukas. Sie fühlte sich gleich viel besser, als sie zum Eingang des Anwesens stolperte und den rostigen Türklopfer in Form eines Löwenkopfes betätigte.

Shanti Öchsle öffnete in Windeseile, als hätte sie hinter der lila lackierten Holztür gewartet. Vielleicht hatte sie das sogar. Sie war winzig klein und trug einen offenbar selbst gehäkelten sandgelben Pullover, der sie der zuweilen selbst gerne häkelnden Gitte Grabow spontan sympathisch machte. Von ihren Ohrläppchen baumelten zwei riesige flache Steintropfen in einem ansprechenden Farbton, der sich zwischen Grün und Blau nicht entscheiden konnte.

Genau wie die Augen meines lieben Adoptiv-Urenkels Lukas, dachte Gitte gerührt.

»Chrysokolle«, erklärte Shanti, die den interessierten Blick bemerkt hatte. »Ich bin im Sternzeichen der Fische geboren, der Chrysokoll ist mein Führungsstein.«

»Sehr hübsch«, gab Gitte Grabow zu und hoffte, nicht gleich über ihren eigenen Führungsstein aufgeklärt zu werden. Denn dazu hätte sie vermutlich ihren Geburtstag verraten müssen, und das war ausgeschlossen. Den echten kannte außer Carla nur ihr lieber Dr. Stocker, dem sie ihn nur unter dem Siegel absoluter Verschwiegenheit verraten hatte.

»Du musst Gerlinde sein, komm doch rein!«

Gitte Grabow zuckte zurück, aber nur innerlich. Sie war darauf vorbereitet, einem möglichen Serienmörder auf die Schliche zu kommen. Für die gute Sache würde sie es auch ertragen, geduzt zu werden.

Fräulein Shanti bot ihr einen fellüberzogenen Hocker an und kam auf das breite Angebot des Hauses Öchsle zu sprechen: Ernährungsberatung, Meditationen, Feuergänge, jahreszeitliche Rituale und Lichtkörpererweckungen. Wobei der Lichtkörper – Shanti

Öchsle beugte sich verschwörerisch vor und erlaubte Gitte Grabow damit unbeabsichtigt einen tiefen Blick unter ihren Häkelpullover – keinesfalls mit dem Astralleib zu verwechseln sei. »Zwei völlig verschiedene Paar Schuhe, Gerlinde! Der Astralleib ist nur ein Symbol, man kennt das Wort vielleicht aus den Medien, weil es so gut klingt. Komplette Irreführung! Unsere Lichtkörper beziehen sich auf die dem Universum zugrunde liegenden Kristallstrukturen und damit auf all die kleinen, aber ganzheitlich wichtigen Bindungen, die zwischen den Dingen und Gedanken bestehen. All unsere Klienten, mit denen wir bisher eine Lichtkörpererweckung durchgeführt haben, waren sich über die erstaunliche Wirkung vollkommen einig. Man geht wochenlang wie auf Wolken, man spürt die Verbindung zu den Elementen, fühlt sich gleichzeitig geerdet und beflügelt …«

Gitte blieb misstrauisch. Sie hatte kein gesteigertes Bedürfnis danach, beflügelt zu werden. Wer zu beflügelt über die Erde eilte, flog am Ende doch nur umso härter auf die Nase!

Doch das wollte sie dem sympathischen Fräulein Shanti nicht auf ebenjene binden. Stattdessen erklärte sie sich zu einer halbstündigen Schnupper-Klangschalenmeditation bereit. Einerseits, weil sie von dem großen Angebot noch am harmlosesten zu sein schien, und andererseits, weil es sowieso Zeit für ihr Nachmittagsnickerchen war und sie entspannen wollte. Sie folgte Shanti in den Behandlungsraum, der sehr gemütlich, wenn auch ungewöhnlich möbliert war. Die Wände strahlten himmelblau, es gab nur Schaffelle, die auf dem Boden lagen. Auf eins davon ließ sie sich mit Shantis Hilfe nieder. So weit, so gut. Aber sollte sie nun eine halbe Stunde auf einem weichen Schaffell sitzen und nur »Om« sagen? Nein, wurde Gitte von Shanti aufgeklärt. Nicht »Om« sagen, »Om« fühlen. Atmen. Sein!

Dazu rührte Shanti mit einem Schlegel in einer Schale herum. Der volle, schwingende Ton klang exakt so wie der Essensgong der Höheren Mädchenschule in Stolp, die Gitte besucht hatte. Ihre Gedanken begannen, aus dem Raum mit den Schaffellen hinaus und zurück nach Hinterpommern zu schweifen. Damals, als Backfisch, hatte sie immer einen Bärenhunger gehabt. Selbst wenn es wieder nur Graupensuppe mit Schwarzbrot gab, sie hatte immer alles aufgegessen, um groß und stark wie ihre Brüder zu werden. Die Erinnerung daran führte dazu, dass sie über achtzig Jahre später auf einem Schaffell hockte und den Speichel einschießen fühlte.

Sie konnte an nichts anderes mehr denken als an Graupensuppe, auf der dick die Petersilie schwamm. An die freitäglichen Mehlspeisen ihrer Mutter, die die harte, hinter ihr liegende Schulwoche vergessen ließen. An buttersatte, ofenwarme Hefestuten und an das Sonntagsessen zu Hause, Schweinebraten mit gefüllten Kartoffelklößen.

Gegen Ende der halbstündigen Schnupper-Meditation knurrte Gitte Grabows Magen lauter, als die Klangschale klang. Sie darbte, lechzte nach rascher Rückkehr in ihr eigenes, schaffellfreies Wohnzimmer, um sich auf dem bequemen Sofa ein Portiönchen Krabbencocktail zu Gemüte zu führen. Auf die perfide Attacke von Shanti Öchsle, die sie nicht ohne Weiteres gehen lassen wollte, war sie daher nicht gefasst.

»Wir veranstalten übrigens morgen um acht eine Lichtkörpererweckung im privaten Rahmen«, säuselte sie, während sie Gitte in den Kamelhaarmantel half und ihr dabei unauffällig eine Rechnung über fünfundvierzig Euro zusteckte.

»Tut mir leid, aber ich bin eher ein Nachtmensch. Mir ist morgens noch so gar nicht nach Erweckungen.«

»Dann solltest du das dringend ändern! Du hättest auch keine lange Anreise. Du kommst doch aus Gilching?«

»Woher wissen Sie das?«

»Steht auf dem Taxi, mit dem du gekommen sind. Taxi-Rudi aus Gilching.«

»Oh.«

»Dann kennst du bestimmt die Wildblumenwiese im Südosten, ein wahrer Kraftort. Jetzt überwinde dich schon, willst du nicht mitmachen?« Shanti Öchsle strahlte, dass die großen Chrysokolle an ihren Ohrläppchen vor Freude wackelten. Als Gitte nicht antwortete, entließ sie sie mit den Worten: »Es ist nie zu spät, seinen Lichtkörper zu erwecken. Wir sehen uns morgen um acht.«

Sein, Odel, Nichtsein

»Aber natürlich fahren Sie da morgen früh hin!«, riet Carla. Sie war mit den Ergebnissen von Gitte Grabows erstem Undercover-Einsatz sehr zufrieden. »Auch wenn diese Shanti ganz harmlos klingt – wir haben ja ihrem Mann noch nicht auf den Zahn gefühlt. Was, wenn der unser Volltreffer ist?«

»Sie meinen, wenn der seine Patienten vergiftet, damit sich die Lichtkörpererweckung auch richtig lohnt? *Mon dieu!* Dann muss ich ihn natürlich aufhalten!«

Die angepriesene Wildblumenwiese entpuppte sich als frisch geodelte Senke in Hör- und Sichtweite des südlichsten Gilchinger Gewerbegebietszipfels. Das nette Fräulein Shanti hatte ihr Ehegespons Herrn Shalimar mitgebracht, einen etwas übergewichtigen, eher unscheinbaren Mann mit verbindlichem Lächeln. Um den Hals trug er an einem Lederbändchen einen Chrysokoll von erstaunlichen Ausmaßen. Gitte Grabow fragte sich, ob das riesige Schmuckstück wohl von seinem Bäuchlein ablenken sollte. Die Öchsles standen in der Mitte der Senke, umgeben von drei Gitte Grabow unbekannten Lichtkörperbesitzern in spe, zwischen sich auf dem Boden ein paar große Federn und Fellstücke auf einem ausgebreiteten gebatikten Tuch, in dessen Mitte sich ein Odelfleck abzuzeichnen begann.

»Entschuldigen Sie«, zirpte Gitte Grabow, nachdem sie ihre Empörung darüber, sich mit ihren Lackslippern in dieses Matschloch zu begeben, überwunden hatte. »Aber wo sind hier denn bitte die Wildblumen? Ich habe mir die Lichtkörpererweckung eigentlich romantisch vorgestellt, aber nun sehe ich hier nur Kuh- … ähm, nun ja, ich sehe nur Exkremente. Und Unkraut.«

»Dieses Wort hören wir hier gar nicht gerne!«, säuselte Shalimar mit drohendem Unterton in der Stimme und guckte mit erhobenen Augenbrauen hinüber zu seiner Frau Shanti, die an diesem Morgen einen schmutzig weißen Wollponcho mit neongrünen Bommeln trug. Die Bommeln waren, wie Gitte voller Respekt bemerkte, noch größer als die Ohrringe aus Chrysokoll am vorigen Tag. »Nicht wahr, Liebling? Unkraut ist ein Begriff aus dem Nationalsozialismus«, fügte Herr Shalimar erläuternd hinzu. »Und den schätzen wir hier gar nicht. Diese Art von Bewertung liegt uns nicht. In unseren Augen gibt es kein Unkraut. Jede Pflanze hat ein eigenes Wesen und eine ihr eigene Bestimmung.«

»Wie dem auch sei«, beharrte Gitte Grabow, »wenn Sie jetzt bitte meinen Lichtkörper erwecken würden? In meinem doch schon etwas fortgeschrittenen Alter kann ich nicht mehr so lange stehen.«

Langsam begann sie, im feuchtklammen Morgennebel zu frösteln, und auch der Odelgeruch setzte ihr zu, doch das verschwieg sie aus Höflichkeit.

Die Heiler lächelten. Die drei anderen Teilnehmer, alles rotwangige Damen in den Fünfzigern, schienen es mit der Erweckung nicht so eilig zu haben. Sie schwankten mit locker herabhängenden Armen vor und zurück, wobei sie das Gewicht auf die Fußsohlen verlagerten. Bestimmt waren sie nicht zum ersten Mal hier. Hatte wohl noch nicht geklappt mit der Erweckung.

»Nun«, begann Shanti, »der Lichtkörper kann nicht von außen erweckt werden. Das wäre ja so, als würde man eine Kerze mit Atomstrom betreiben. Das Licht schläft in dir selbst, und nur du selbst hast die Kraft, es zu entfachen. Alles, was wir von außen dafür tun können, ist, die Erweckung durch die richtige Umgebung zu erleichtern und uns gemeinsam in die richtigen Schwingungen zu versetzen.«

Gitte Grabow sah verdutzt in die Runde. »Dann sind wir also alle an diesen rustikalen Ort gekommen, um … nichts zu tun? Um auf die richtige Stimmung zu warten? *Mon dieu!* Wissen Sie was? Das wird bei mir nicht funktionieren. So etwas habe ich schon Anfang der Siebziger probiert, als das auch gerade Mode war. Davon ist mir einfach nur übel geworden, sonst nichts. Das möchte ich lieber nicht wiederholen. Ich lasse mich jetzt nach Hause fahren und erwecke erst einmal meinen richtigen Körper. Und zwar mit einer guten Tasse heißen Grogs!«

Sie drehte sich um und winkte dem wartenden Taxi-Rudi zu, der alsgleich herbeieilte und ihr einen stützenden Arm anbot. Die drei gut durchbluteten Damen blieben zurück, wirkten jedoch nicht mehr sonderlich konzentriert.

»Gerlinde! Denke immer daran: Das innere Licht kann nur im geeigneten Gefäß erstrahlen!«, rief Shanti Öchsle Gitte nach.

»Ich weiß, ich weiß. So wie man perlenden Rosé theoretisch auch nicht aus einem Zahnputzbecher trinken sollte«, erwiderte Gitte Grabow huldvoll und stieg ins Taxi. »Aber manchmal ist es einfach praktisch.«

Gitte Grabow ließ sich von Carla ein starkes Heißgetränk zubereiten und berichtete von ihrer Erweckung. Carla stimmte mit ihr darin überein, dass die Öchsles sich für ein soziopathisches Mörderpaar zu passiv verhalten hatten. Die einzigen Verdächtigen mit Umlaut waren damit abgehakt. Gitte Grabow vertrieb mit etwas Essig den Odelduft aus ihren Lackslippern und setzte ihre Ermittlungen noch am selben Tag fort. Gut, dass sie so früh aufgestanden war.

Sie und Carla hatten entschieden, dass sie bei ihrer Mördersuche in konzentrischen Kreisen vorgehen würden. Langsam, aber stetig würde sie sich so dem Zentrum des Bösen nähern – Gilching. Auf ihrer Liste standen neben einem Massagestudio und einer makrobiotischen Ernährungsberaterin in Starnberg, der Weßlinger Kräuterfee und drei verschiedenen Therapeuten aus Seefeld auch noch zwei Germeringer Heilpraktiker. Das Massagestudio wollte Carla übernehmen, hatte jedoch in dieser Woche keinen Termin mehr bekommen. Die beiden Germeringer würde sich Gitte nun als Nächstes vorknöpfen, solange Rudi keine größeren Aufträge erhielt.

Beide Praxen lagen ganz in der Nähe des Bahnhofsplatzes. Ob es daran lag, dass dieser wieder einmal umgebaut wurde, oder daran, dass Gitte Grabow alias Gerlinde Gärtner noch am Telefon ihren Status als Privatpatientin und damit vermutlicher Goldeselin erwähnte – sie erhielt bei beiden sofort einen Termin zu einer allgemeinen Erstuntersuchung. Rudi, bei dem erst am Abend eine größere Fahrt anstand, fragte diesmal schon von sich aus, ob er Lukas mit an Bord nehmen könne. Hatti blickte dem Taxi geknickt hinterher, unterließ es aber, bis nach Germering mitzurennen.

Zuerst besuchte Gitte Grabow eine gelernte Kosmetikerin, die auf mysteriöse Art die Aura ihrer Leber spürte und sich mit ihr – also, der Leber – unterhielt, als seien sie alte Freunde. Es missfiel Gitte, dass die Kosmetikerin ihre Leber duzte.

Das Missfallen immerhin spürte die Kosmetikerin auch, und so hielt sie die Untersuchung knapp. »Sie sollten darüber nachdenken, etwas mehr Tee statt Alkohol zu trinken«, gab sie ihr noch mit auf den Weg.

Die dritte Station der Mördersuche bildete ein äußerst wohlriechender und glattgesichtiger Herr in einer leuchtend orangefarbenen griechischen Toga, der neben klassischer Homöopathie auch etwas namens »Channeling« anbot. Gitte Grabow kam nicht dazu, sich näher danach zu erkundigen, da ihr der Herr in einem Moment nachlassender Aufmerksamkeit eine Handvoll weißer Zuckerkügelchen in den Mund stopfte, was sie veranlasste, laut nach Hilfe zu rufen.

Kurz darauf stürmte Taxi-Rudi die Praxis, in der erhobenen Rechten sein Brecheisen. »Hat der Mensch Sie genötigt? Soll i eam die Haxen zertrümmern?«, fragte er kampfbereit.

»Er hat mir Zuckerkügelchen in den Mund gestopft«, beschwerte sich Gitte Grabow.

»Keine Gewalt! Das waren nur Globuli«, wehrte der Herr in der wallenden Toga ab. Mit gerötetem Gesicht sah er vollends aus wie eine Orange. »Frau Gärtner schien mir unpässlich zu sein, also habe ich ihr ein paar Globuli gegeben, Nux vomica, D6!«

»Also kloane Zuckerkugeln. Sie san doch koa Diabetikerin, Frau Gr... Gärtner? Dann war des wohl aa koa Körperverletzung.« Er ließ das Brecheisen bedauernd sinken. »Apropos Zucker, moana Sie, i kunnt Ihren Urenkel auf a Eis eilodn? Germering hat ja sonst ned vui zu bieten, aber die Eisdiele vom Roberto am Bahnhof hat scho offen und is gar ned so verkehrt.«

Bei der Aussicht darauf, stundenlang mit einem Taxi durch die Gegend zu fahren und über verschiedene Fahrzeugtypen zu sprechen, verblasste das Angebot des Kindergartens für Lukas völlig. Carla war es recht. Bei Taxi-Rudi mit seiner Brechstange fühlte sie ihren Sohn weit besser aufgehoben als bei Fynn-Uwe mit seinen Läusen. Außerdem trainierte er durch die Ausflüge wie von selbst seine Blase, um das bewunderte Hybridfahrzeug nicht zu durchnässen. Das fröhliche Trio harmonierte auch in den nächsten Tagen bestens. Es setzte seine bunte Ermittlungsreihe fort, bereit, den zulassungslosen Gesundheitsaposteln des Fünfseenlandes auf den Zahn zu fühlen.

Gitte musste feststellen, dass die meisten dieser Menschen Farben trugen, die ihnen nicht standen, etwa Gelb und Orange. Eigentlich war die gesamte Heilerparade, die vor Gitte Grabows Augen und Ohren vorbeizog, in Gelb oder Orange gewandet, mit gelegentlichen Ausreißern in erdige Rot- oder Beerentöne. Weiß, wie Gitte es nach ihrer TV-geprägten bisherigen Kenntnis des heilenden Berufsstands erwartet hätte, war nie darunter. Vermutlich, weil man als echter Naturfreund keine Waschmaschine besaß, die man aber bräuchte, um seine weißen Gewänder dauerhaft strahlen zu lassen … Dafür erblickte Gitte sehr viele sehr bunte Girlanden mit kleinen, ausgefransten Tüchlein daran. Tibetische Gebetsfahnen, wie sie schnell lernte. Welchen Chemikalien die ihre knalligen Farben verdankten, fragte sie nicht.

Am vierten Tag bot ein nicht allzu schmaler, aber beeindruckend langhaariger Mann mit unglücklichen Augen hinter winzigen, achteckigen Brillengläsern Gitte an, ihn auf einer Traumreise zu begleiten.

Sie müsse sich auch nicht erst die Mühe machen, ihn Dr. philosophiae Henneke-Brennscheidt zu nennen, sagte er sanft, fast entschuldigend. Für seine Kunden sei er nur der Meister. »Möchten Sie einen Tee?«, fragte der Meister.

»Gerne! Die Anreise hat mich doch etwas erschöpft«, hauchte Gitte, die von Taxi-Rudi bis hinauf in den dritten Stock eines Seefelder Mehrzweckgebäudes begleitet worden war. »Mit etwas Zucker und viel Milch, wenn es geht.«

»Da muss ich Sie leider enttäuschen«, lächelte der Meister.

Gitte nahm an, er bezöge sich auf ihren letztgenannten Wunsch. »Das macht nichts, ich nehme auch Sahne.«

»Die kann ich Ihnen auch nicht anbieten. Dies ist ein Haushalt, der keinerlei CO_2-Fußabdrücke erzeugen möchte, daher unterstütze ich die Milchviehwirtschaft nicht. Kühe«, er betonte die

Tierart wie etwas höchst Unanständiges, »mögen harmlos aussehen, erzeugen aber während ihrer durchschnittlichen Lebensdauer mehr gefährliche Gase als jemand, der hin und wieder mit einem privaten Sportflugzeug fliegt.«

Gitte Grabow verzichtete nicht nur auf den Tee, sondern auch auf die kostenlose Traumreise mit Dr. philosophiae Henneke-Brennscheidt. Unter dem Vorwand von plötzlicher Ermattung ließ sie sich von Taxi-Rudi abholen und zu ihrem nächsten Termin fahren. Eine Reise mit dem Taxi war zwar im Allgemeinen nicht kostenlos, dafür aber ganz unzweifelhaft auch in der Realität effektiv, was man von Traumreisen nicht zwingend behaupten konnte. Auf der Fahrt deutete Gitte Grabow mehrfach aus dem Fenster und wies Lukas auf die echten, pupsenden Kühe hin, die zwischen Seefeld und Unering grasten.

Und alle, wirklich alle, die Gitte besuchte, hatten Schwierigkeiten mit ihrer Ernährung. Nicht nur mit ihrer, Gitte Grabows, sondern auch mit ihrer eigenen, das war ihnen deutlich anzusehen. Eingefallene Wangen, gerötete Augen und rissige Hände, wohin Gitte blickte. Dünn, das ja, aber keinerlei Energie. Außer Rohkost und Kräutertee kam denen vermutlich nicht viel über die Lippen, obwohl die darbenden Körper sich doch nach einer anständigen Portion Schweinshaxe mit Weißbier verzehren mussten. Oder wenigstens nach Pumpernickel mit Krabbencocktail.

Die Starnberger Heileurythmistin bot Gitte, nachdem sie ihr eine halbe Stunde lang zu Panflötenmusik die Arme verdreht hatte, einen Detox-Smoothie an.

Gitte verstand nicht. »Ich benötige meine Nahrung nicht breiförmig, ich habe grünen Star, keine Zahnfäule. In meinem ganzen Gebiss finden sich nur sieben Goldplomben und drei Kronen!« Zum Beweis öffnete sie den Mund und tippte mit der Zeigefingerspitze auf einen silbern glänzenden Eckzahn. »Gutes altes Amalgam, wahrscheinlich älter als Sie.«

Die Heileurythmistin formte mit den Lippen ein erschrockenes O. »Und da haben Sie noch nie gedetoxt? Dabei wären Spinat und Spirulina-Extrakte für Amalgam-Opfer wie Sie besonders wichtig. Probieren Sie den Smoothie wenigstens!«

Gitte Grabow lehnte ab. »Sie können das nennen, wie Sie wollen, ich nenne das Brei. Und zwar grünen Brei. Zu meiner Zeit hat man mit so etwas die Säuglinge gefüttert. Sind wir Deutschen heutzutage denn sogar zum Kauen zu faul?«

Heiliger Carbohydratus

Jedes Mal, wenn sie eine weitere Praxis verließ, schüttelte Gitte verständnislos den Kopf. »Esst mehr Speck!«, wollte sie den Herrschaften statt eines Abschieds zurufen, nahm aber an, dass das sinnlos wäre. Bei denen fehlte es schon am elementarsten Antrieb, das Leben zu genießen.

Das war allerdings auch schon das Böseste, was Gitte Grabow in den zwielichtigen Heilerpraxen des Landkreises entgegenschlug: die fehlende Lebenslust. Sie begegnete niemandem, dem sie einen geplanten Massenmord zugetraut hätte. Die Herrschaften mit den minimalen Zoo-Zwei-Fußabdrücken mochten zwar die eine oder andere für sie unverständliche Überzeugung in sich tragen, aber ganz sicher keinen soziopathischen Killerinstinkt. Dafür liebten sie es viel zu sehr, sich selbst zu kasteien. Abgesehen vom übergewichtigen Herrn Shalimar, der vermutlich heimlich nachts zum McDrive fuhr, schränkten sie sich alle freiwillig und ohne Not auf schreckliche Art und Weise ein. Nicht nur in Sachen Alkohol und Fleisch- und Milchprodukten von pupsenden Kühen. Auch Brot und Nudeln waren, ganz wie bei Dr. Stockers werter Gattin, bei den Heilern von heute nicht gerne gesehen.

»Ich glaube nicht an den heiligen Carbohydratus«, beschied ihr zum Beispiel auch die Heilpraktikerin, die Gitte Grabow schon kannte. Es war die ungeschminkte Dame mit der graublonden Löwenmähne, die ihr in der Woche zuvor kein Iberogast verkaufen hatte wollen. Gitte Grabow war auf ihrer Suche in Gilching gelandet. Auf dem Messingschild an Praxistür und Hauseingang stand »Elke Rothwald – Heilende Hände«, obwohl sie auch auf andere Gebiete spezialisiert war. Neben den heilenden Händen besaß sie noch Qualifikationen in Kinesiologie und TCM. Was auch immer das war. Heiliger Carbohydratus? Gitte musste mehrmals nachfragen, bevor sie die Ironie hinter dem Spruch von Frau Rothwald verstand.

Sie hatte wie immer ganz unverfänglich mit ihrem Rheuma angefangen, doch die Frau war gleich mit dem falschen Fuß in die Unterhaltung eingestiegen.

»Das ist kein Wunder in Ihrem Alter«, hatte sie gelacht, und irgendetwas an ihrem Lachen war Gitte Grabow nicht ganz geheuer erschienen. Trotz der naturnahen Erscheinung der Frau und ihrer gesunden Zähne, hinter denen das Lachen emporperlte, klang es schäbig. Fast ein bisschen erfreut. »Sie sind mit Abstand meine hochbetagteste Patientin in diesem Jahr.«

»Nun, unabhängig von meinem Alter leide ich also ein klein wenig unter Rheuma, denke ich, ganz besonders hier, im Ellenbogen«, beendete Gitte Grabow ihre mittlerweile perfekt eingeübte Vorstellung. »Ich wünsche mir etwas zur Linderung der Schmerzen, aber bitte nichts Chemisches.«

»Nichts Chemisches?« Schon wieder lauerte etwas Ungutes in dem interessierten Blick der Frau mit den heilenden Händen.

»Ich möchte keine Tabletten schlucken oder bittere Arzneien löffeln müssen. Da weiß man ja nie, wo das am Ende hinkommt, der Körper ist ja schließlich groß, nicht wahr? Außerdem habe ich mich ehrlich gesagt schon immer etwas schwergetan mit dem Schlucken, auch wenn ich beinahe noch alle echten Zähne habe.«

»Also etwas Natürliches.«

»Jawohl, Mutter Natur kennt uns doch immer noch am besten.«

»Ich könnte Ihnen eine Wärmetherapie in meiner Schwitzhütte anbieten«, sagte die Heilerin langsam. »Die liegt allerdings auf dem Steinberg, Sie müssten also ein bisschen zu Fuß gehen.«

»Nein danke, das kommt dann nicht in Frage.« Gitte Grabow legte keinen gesteigerten Wert darauf, einen weiteren odelgetränkten Kraftort aufzusuchen. »Aber vielleicht ist ja diese neuartige Methode für mich geeignet, die jetzt sogar von den Krankenkassen bezahlt wird«, schlug sie vor. »Diese Apoka… Akute… Acapulco…«

»Meinen Sie Akupunktur?«

»Das müssen Sie mir sagen, Sie haben das doch studiert.«

»Sie meinen bestimmt Akupunktur. Das Verfahren ist gut gegen Rheuma und zeigt normalerweise schnell Erfolge. Aber dafür müsste ich Sie natürlich stechen. Sogar ziemlich oft.«

Alle Farbe wich aus Gitte Grabows Gesicht. »Stechen? Sie meinen mit einer Nadel?«

»Mit sehr vielen Nadeln sogar. Ihr Rheuma ist ja überall in Ihren Gelenken, das muss man an Ort und Stelle behandeln.«

»Auf gar keinen Fall!«, ereiferte sich Gitte. »Ich habe den Zweiten Weltkrieg, einen Dreh mit Klaus Kinski und vier Augenoperationen überlebt, da lasse ich Sie doch nicht einfach so an mir rumstechen!«

»Ich glaube, Sie kennen sich mit der Methode doch noch nicht so ganz aus«, versuchte es die Heilerin milde. »Schulmedizin ist ja etwas vollkommen anderes als Naturheilkunde.«

Doch damit war sie bei der alten Dame anscheinend an der falschen Adresse.

»Ich weiß, was Naturheilkunde ist«, beharrte diese. »Ich habe schon gekneippt und mir Heusäcke auf den Bauch gelegt, da sind Sie noch mit den Mücken geflogen!«, brüstete sich Gitte, was Frau Rothwalds Geduldsfaden überspannte.

»Jetzt seien Sie doch nicht gleich so zickig!«

»Zickig? Ich? Wie reden Sie überhaupt mit mir!«, entrüstete sich die betagteste Patientin des Jahres. »Was ist das überhaupt für ein Wort – zickig? Also, in meiner Jugend gab es das noch nicht. Da hieß das allerhöchstens, jemand ist grün hinter den Ohren. Wenn es das ist, was Sie meinen, Sie impertinente Person.«

»Das meine ich nicht«, erklärte Frau Rothwald schmallippig. »Sondern zickig im Sinne von zickig. Ihre aufbrausende Art ist übrigens ein deutliches Anzeichen für einen aus der Balance geratenen Fettsäurenhaushalt, wahrscheinlich aufgrund einseitiger Ernährung mit tierischen Produkten. Haben Sie Gicht?«

»Aber *mon dieu*! So weit kommt es noch. Und ich habe auch keinerlei Probleme mit meinen Fettsäuren, Sie!«

»Beides geht normalerweise Hand in Hand«, fuhr die impertinente Lockige ungerührt fort. »Von nichts kommt nichts. Leiden Sie vielleicht des Öfteren unter Scheidenpilz?«

Der Grabow reichte es endgültig. Das Entsetzen versiegelte ihr die Lippen, und mit entschlossener Geste griff sie nach ihrer Handtasche, um diesen Ort der Demütigung endgültig zu verlassen. Während Taxi-Rudi sie in die Sonnenstraße zurückfuhr, sagte sie kein Wort.

Zu Hause angelangt musste sich die große, uralte Dame der deutschen Unterhaltungskunst erst einmal zurückziehen. Nicht einmal Lukas wollte sie jetzt um sich haben. Der durfte mit Hatti durch den Garten toben, während sie sich auf ihr Fauteuil legte und bei einem Glas perlenden Rosé zur Ruhe zu kommen versuchte. Ihr schwirrte der Kopf von Kristallschädeln und Lichtkörpern, transpersoneller Erziehung, psychomagischer Arbeit, Quantenheilung, Zuckerkügelchen und Traumreisen nach Mexiko. Wieso zur Hölle blieben all diese Leute eigentlich nicht gleich bei ihrem guten alten katholischen oder notfalls evangelischen Glauben? Dort gab es doch auch salbungsvolle Gesten, unverständliches Gequatsche und güldenes Brimborium. Gut, bei den Evangelischen vielleicht etwas weniger Brimborium. Und weder die noch die Katholiken mussten sich auf eine Wildkräuterwiese mit fragwürdiger Naturdüngung begeben, um im Kreise stehend nichts zu tun und vom Morgentau Gelenkrheuma zu kriegen.

Gitte Grabow benötigte noch ein weiteres Glas perlenden Rosé, bevor sie im Erdgeschoss klingelte und ihrer werten Nachbarin mitteilte, dass sie fürs Erste von der Mördersuche genug habe. Es seien zwar noch drei oder vier Adressen aus Gilching übrig, aber es entkräfte sie doch zu sehr, sich permanent mit diesen unseriösen Wichten herumzuschlagen. Außerdem stünde ja noch ihre Geburtstagsfeier an, die sich auch nicht von allein plane.

Carla verstand. »Aber von den unseriösen Wichten, die Sie bisher getroffen haben, wer könnte da am ehesten der Mörder sein?«

Die Grabow winkte ab. »Ehrlich? Mein Urteil lautet: alle. Von diesen Quacksalbern hat doch jeder irgendeine Leiche im Keller, sonst wären sie anständige Ärzte geworden, oder etwa nicht? Ich meine, überall bei diesen Leuten stehen Räucherstäbchen und hängen ausgefranste Fahnen herum, wir sind doch nicht in Indien, bitte schön! Ein Herr hat mir gegen meinen Willen Zuckerkugeln in den Mund gestopft, eine junge Dame hat mit meiner Leber gesprochen, stellen Sie sich mal vor, das war wie bei so einer Talkshow im Fernsehen«, entrüstete sie sich. Noch bei der Erinnerung an die ihr zugemuteten Unbilden wurde ihr ganz warm unter der Schädeldecke. »Und heute wollte so eine lockige Hexe wissen, ob ich Sch…, aber nein, damit will ich Sie nicht behelligen«, seufzte Gitte. »Wir beide sind ja zivilisierte Menschen. Zum Glück.«

Flaschengeist

Bei all dem vielen Hin und Her der letzten Wochen empfand Elke Rothwald es als sehr angenehm, wieder einmal ihrer Tätigkeit als Hospizhelferin nachgehen zu dürfen. Sie wollte noch vor dem Osterwochenende der Bitte des jungen Dr. Heuchert entsprechen und nach den zwei jüngsten Neuzugängen der Residenz Alpenblick sehen. Sie hatte noch einmal mit dem Doktor telefoniert, und er hatte ihr mehr über die Damen erzählt. Es handle sich um die verbliebenen zwei von ehemals drei offenbar berühmten Schwestern, die etwas lebensmüde seien, wie er sich ausdrückte. Elke hatte noch nie von den Dubois-Drillingen gehört, da sie schon in ihrer Jugend Fernsehshows wie »Trachtenstadl«, »Bergmusik« oder »Hymnen der Heimat« gemieden hatte, trotzdem machte sie sich guten Mutes auf den Weg.

Die Einrichtung des Apartments der Schwestern war überraschend bieder. Bei ehemaligen Showgrößen hatte Elke mindestens Glitzer und Pfauenfedern erwartet, mit denen die Bühnenkostüme verziert gewesen waren, auf die sich vermutlich ihr Ruhm gründete. Stattdessen fand sie sich in einer nüchtern gehaltenen Sinfonie aus Beige- und Brauntönen voller ausgewählter Antiquitäten wieder. Es gab eine große Bücherwand und ein übergroßes Ölgemälde dreier rosafarbener Pudel.

Auf einem runden Thonet-Beistelltischchen mit makellosem Sisalgeflecht unter der ebenso makellosen Glasplatte stand verwaist eines der heimeigenen Essenstabletts, säuberlich abgedeckt. Neugierig warf Elke einen schnellen Blick auf den beigefügten bunten Ausdruck: »Nusskuchen. Glutenfrei, laktosefrei, vegan.«

Elke Rothwalds schmale Lippen verzogen sich zu einem zufriedenen Lächeln. Ein Klassiker. Der gesündeste aller Kuchen, zubereitet von guten Menschen für andere gute Menschen. Perfekt geeignet, um mit seiner Hilfe eine weitere Seniorin zu erlösen. Wenn nicht gleich zwei auf einen Streich! Schwestern teilten sich doch bestimmt hin und wieder ein Stück Kuchen?

Zu seiner körnigen Klebrigkeit würde der Nachgeschmack des Giftes eine aufregende Note beisteuern. Exotisch. Wie Bittermandel-Aroma.

Sie setzte sich auf einen der zierlichen Thonet-Stühle, hob die Abdeckhaube von dem unberührten Nusskuchen und holte ihren Kugelschreiber aus der Handtasche.

»Ach? Fräulein Rothwald, Sie auch hier?«

Elkes Hand fuhr zurück und hätte dabei den Kugelschreiber fast von der Tischkante gestoßen. Im letzten Moment fing sie ihn ab und verstaute ihn so beiläufig wie möglich wieder in ihrer Handtasche, während sie sich mit einem Lächeln auf den Lippen erhob und umdrehte. In der Tür stand die alte Schachtel vom Vortag, die sich bei ihr über Akupunktur gegen Rheuma erkundigt hatte. Ihr und ihrem Stegreifvortrag über die blähenden Auswirkungen von Tofu hatte sie den mangelnden Erfolg ihrer Aktion auf der Gesundheitsmesse zu verdanken. Bestimmt ein Dutzend Menschen hatten sich danach für ein anderes Gericht entschieden und waren dem sicheren Tod so wieder von der Schippe gesprungen.

»Das ist ja eine Überraschung! Was machen Sie denn hier?«

»Ich warte«, improvisierte Elke. »Die Schwestern Dubois interessieren sich für alternative Heilmethoden, und ich mache auch Hausbesuche.«

»Wie nett von Ihnen.« Die Alte kam näher und nahm auf dem freien Thonet-Stuhl Platz. »Ich glaube, ich halte es doch eher mit der Schulmedizin, aber meine Freundinnen sind in dieser Hinsicht wohl etwas empfänglicher. Macht Ihnen das auch keine Umstände?«

»Ich bin ziemlich oft hier, weil ich nebenher auch für die Caritas arbeite.« Elke schalt sich still einen Trottel, weil ihr die Worte so vorschnell über die Lippen gerutscht waren. Wahrscheinlich das Adrenalin. Die Alte schien nichts zu bemerken. Vor allem, da gerade die breiten Türflügel des Apartments auseinanderglitten und zwei schwarz gekleidete Klopse auf Rädern im Rahmen erschienen.

Hinter ihnen stand ein weiß gekleideter Pfleger mit affiger Gelfrisur und einem winzigen rosafarbenen Pudel im Arm. Der

Zwergpudel, für den das Haustierverbot in der Residenz Alpenblick offenbar nicht galt, versuchte vergeblich, sein kurz geschorenes Restfell zu sträuben. Er machte hohe Kläffgeräusche, von denen nicht klar war, welchem der zwei Gäste sie galten.

»Da leisten wir unserem Bruno und unserer Lilibet ein einziges Mal beim Gassigehen Gesellschaft, und dann haben wir gleich zwei Besucher auf einmal«, stöhnte Romana Dubois wenig begeistert. »Wer sind Sie denn, bitte?«

»Ich bin ehrenamtlich hier und wollte mit Ihnen über alternative Behandlungsmethoden sprechen. Aber ich kann auch gerne ein andermal wiederkommen«, sagte Elke und wollte schon unauffällig ihre Handtasche an sich nehmen. »Frau Gärtner hat sich bestimmt schon auf Ihre Gesellschaft gefreut.«

Romana Dubois legte fragend den Kopf schief. »Welche Frau Gärtner? Meinen Sie etwa unsere alte Freundin Gitte Grabow?«

Auf dem Rückweg – der eher einer Flucht glich – durch die langen, minimalistisch dekorierten Flure der Seniorenresidenz fasste Elke Rothwald den Beschluss, zum ersten Mal auch ohne deren Aufforderung gezielt eine Seniorin zu erlösen.

Alte Schachteln ohne Anhang mussten weg. Besonders dann, wenn sie ihr auf die Schliche zu kommen drohten. Das war bei so einem Fossil zwar nicht besonders realistisch, aber im Gespräch hatte die alte Dame durchaus gewirkt, als wäre sie in ihrem Oberstübchen noch ziemlich klar. Darüber hinaus hatte sie sich glatt unter falschem Namen von ihr behandeln lassen. Mit der stimmte doch etwas nicht. Nicht nur, dass sie partout keine Lebensmüdigkeit erkennen ließ, auch dieser an den Tag gelegte Eifer war merkwürdig. Die Neugierde. Der Wissensdurst. Zuletzt war ihr so ein Eifer bei Dr. Heuchert begegnet, der ihr ja auch irgendwie auf die Schliche gekommen war. Sie durfte nichts riskieren. Auch ein uralter Drache war gefährlich, solange er noch zuckte.

Zum Glück wusste sie jetzt, wie die Alte in Wirklichkeit hieß. Es würde ein Leichtes sein, ihre richtige Adresse herauszufinden.

***

Als Abschluss ihres zurückgelegten Heilermarathons entschied sich Gitte Grabow zu einem weiteren Besuch bei Dr. Stocker. Es waren schließlich nur noch ein paar Tage bis zu ihrem Geburtstag, da wollte sie medizinisch grünes Licht, um notfalls ein wenig über die Stränge zu schlagen. Jetzt waren auch die Ergebnisse ihres Blutbildes da.

»Eigentlich ist bei Ihnen alles in Ordnung«, sagte der Hausarzt schließlich langsam. »Keine verdächtigen Entzündungswerte, das Cholesterin ist lediglich leicht erhöht, die roten Blutkörperchen sind jetzt nicht gerade im Überfluss vorhanden, aber abgesehen von der Geschichte mit Ihren Augen sind Sie sogar überraschend gut in Schuss. Alles wie bei einer Achtzigjährigen, würde ich sagen.«

»Oh, Herr Doktor!«, flötete Gitte Grabow geschmeichelt, obwohl ihr das Zögern in den Worten des Arztes signalisierte, dass noch etwas im Busch war.

»Freuen Sie sich nicht zu früh, meine Liebe. Da ist noch eine kleine Sache: Ihre Leber.«

»Was ist mit meiner Leber? Ich hatte noch nie Probleme mit meiner Leber«, sagte Gitte eine Spur zu hastig.

Der Doktor nickte gravitätisch. »Nun ja, eigentlich nichts Schlimmes. Es ist nur so, dass Ihre Leber als einziger Teil Ihres Körpers nicht der einer Achtzigjährigen ist.«

»Sondern?«

»Sondern der einer Siebenundneunzigjährigen. Haben Sie schon einmal darüber nachgedacht, mehr Vital- und Ballaststoffe zu sich zu nehmen? Besitzen Sie einen Mixer?«

»Aber natürlich, sogar eine echte Moulinette!«, nickte Gitte Grabow nicht ohne Stolz. »Die habe ich mir nach Tschernobyl gekauft, um meine eigene Mayonnaise ohne radioaktive Eier machen zu können. Mit Eipulver und solchen Dingen. Das war zwar nicht besonders schmackhaft, aber die Moulinette funktioniert bestimmt noch.«

»Das ist doch prima. Bewährte Qualität. Dann schlage ich Ihnen vor, Sie gehen jetzt nach Hause und kaufen sich auf dem Heimweg etwas frischen Spinat oder eine Avocado, einen Becher Naturjoghurt und ein paar Mandeln. Vielleicht noch mit einem Löffel

Honig geben Sie alles in Ihre Moulinette, mixen es und gießen es mit Mineralwasser auf, und schon haben Sie im Handumdrehen einen schönen grünen Smoothie! Der wird Ihnen und Ihrer Leber guttun.«

Das große Kämmen

Wenn man so will, wurde das Leben des kleinen Lukas Maeßmer durch ein paar gut zwei Millimeter große Blutsauger gerettet: Kopfläuse.

Das anstehende Osterwochenende und die damit verbundene innere Einkehr führten dazu, dass Carla nun doch erst einmal alles, was sie an Textilien finden konnte, bei sechzig Grad wusch. Alles andere wurde entweder in luftdichten Tüten isoliert oder für vierundzwanzig Stunden in die Tiefkühltruhe gestopft. Sie staubsaugte und wischte, was das Zeug hielt, obwohl die Broschüre des Gesundheitsamtes zur Ruhe mahnte. Doch der Desinfektionsfimmel schien sich gut mit ihrem schwangerschaftsbedingten Nestbautrieb zu vertragen. Alles, was nutzlos herumstand, störte sie in ihrem hygienischen Wüten, selbst die vor wenigen Tagen noch so liebevoll ausgesuchte Osterdekoration. Den hässlichen Kerzenleuchter für Rolands Mutter, den sie noch nicht eingepackt hatte, schubste sie mit dem Ellenbogen in eine Schachtel voller abgehängter Vorhänge und stellte diese ins Kellerabteil. Höchstwahrscheinlich war die Ankündigung von Oma Renates Besuch sowieso nur wieder eine Blendgranate, so wie die letzten drei Male. Sie konnte sich doch eh nicht von ihrer Insel losreißen.

Auch Gitte Grabow hatte einen Tagesplan. Da sie mit dem Arztbesuch und der Mördersuche fürs Erste fertig war, gedachte sie, den ganzen Mittwochnachmittag auf ihrem Kanapee unter Palmen zu verbringen.

Es gab genug zu tun. Zum Beispiel hatte sich schon im letzten Herbst ein Faden an ihrer selbst gehäkelten Glitzerstola gelöst, als sie auf dem Förderband des Zementwerks damit an einem Steinbrocken hängen geblieben war, und das war ja kein Zustand. Das musste dringend behoben werden! Sie würde dem störrischen Faden seinen Platz wieder zuweisen. Außerdem hatte sie immer noch kein einziges der Rätselhefte aus der Residenz Alpenblick aufgeschlagen. Motiviert machte sie sich eine Tasse guten Kräutertee und setzte sich mit diesem, der Glitzerstola und den Rätselheften auf ihr Lederfauteuil.

Nach weniger als zehn Minuten ließ sie die Häkelnadel sinken. Sie rieb sich die Augen. Wirklich ärgerlich, dass sie damals unbedingt schwarze Glitzerwolle hatte nehmen müssen. Da konnte doch kein Mensch ohne Mikroskop mehr die einzelnen Fäden erkennen! Gitte beschloss, die leicht lädierte Stola bei Gelegenheit zu Soms Änderungsschneiderei in der Römerstraße zu bringen. Som war zwar gelernte Schneiderin und vermutlich keine Häkelmeisterin, aber eine so patente Frau wie sie würde sich bestimmt zu helfen wissen. Textil war schließlich Textil, oder etwa nicht?

Gitte nahm einen Schluck Tee und griff zum ersten Rätselheft. Ein strahlender älterer Herr lächelte ihr vom Titel entgegen, dessen geschätzte fünfzig schneeweiße Zähne unmöglich echt sein konnten. »Denksport hält fit!«, stand über seinem gepflegten Haarkranz. Gitte Grabow schnaubte angriffslustig. Mal sehen, wer hier den besseren Biss von ihnen beiden hatte!

Wieder keine zehn Minuten später ließ sie auch das Rätselheft sinken und stieß einen tiefen Seufzer aus. Sie wusste nicht, ob es an der fehlenden Aufputschwirkung des Kräutertees lag oder an der permanenten akustischen Untermalung durch Carla Maeßmers Staubsauger ein Stockwerk tiefer – in ihrem Hirn herrschte Flaute. Nicht einmal der Kreuzworträtsel-Klassiker »berühmter Filmhund mit sechs Buchstaben« fiel ihr ein, und sie war sich sicher, dass sie ihn eigentlich kannte. Gitte musste sich eingestehen, dass sie den perlenden Rosé ganz gewaltig vermisste. Schon beim Gedanken daran lief ihr das Wasser im Mund zusammen.

Ärgerlich über sich selbst stand sie auf und begann, ruhelos in der Wohnung herumzustreifen. Wenn Carla Maeßmer im Erdgeschoss noch weiter staubsaugte, würde das mit der Erholung nie etwas werden. Vielleicht war ihr Hörgerät für manche Situationen auch einfach zu gut. Jedes Mal, wenn die junge Frau mit dem Staubsauger eine Fußleiste rammte, zuckte Gitte zusammen.

Nein, in der Wohnung konnte sie nicht bleiben, solange die kühle Verheißung des perlenden Rosés aus der Küche lockte. Ihr Blick fiel auf ein Zellophantütchen mit Carlas gebackenen Keksen, das schon seit einigen Tagen unberührt auf dem zierlichen chinesischen Lacktischchen stand. Sie befürchtete, dass die Kekse ihren Kronen und Plomben nicht unbedingt guttun würden. Aber sie sahen aus, als wären sie hervorragend geeignet, um Vögel zu füttern. Zum Beispiel … Möwen! Es war bestimmt fünfzig Jahre her, dass Gitte zuletzt Möwen gefüttert hatte. Sie wagte einen Blick zum Fenster hinaus. Das Wetter schien wunderbar zu sein, warum sollte sie nicht einfach einen Ausflug machen? Taxi-Rudi wäre es sicher ganz recht, wenn er sie kutschieren durfte, aber niemandem mit der Brechstange drohen musste.

Gitte ergriff den Telefonhörer. »Herr Rudi, wir machen einen Ausflug! Also, das heißt, natürlich nur, wenn Sie heute Zeit haben. Haben Sie heute Zeit?«

»Meine festen Termine heute sind schon erledigt, und die am Flughafen streiken immer noch, also habe ich Zeit. Wohin soll's denn gehen?«

»An den See, bitte schön!«

»Aber gerne. Und an welchen genau?«

»Ach, das ist egal. Hier gibt es doch so viele schöne. Ich möchte gerne einmal wieder Möwen füttern.«

»Dann fahren wir nach Starnberg«, beschloss Taxi-Rudi. »Wenn es irgendwo Möwen gibt, dann da.«

In Starnberg stellte sich heraus, dass es am ersten Tag mit schönem Frühlingswetter keinen einzigen Parkplatz in Seenähe gab. Außerdem erhielt Rudi einen Anruf mit der Bitte um einen sofortigen Transport zum Forsthaus Kasten, und das war eine lohnende Fahrt. Der Taxler wusste sich nicht anders zu helfen, als mit etwas schlechtem Gewissen seinen Star am Ablegeplatz der Weißen Flotte zurückzulassen. Er vergewisserte sich noch, dass Gitte Grabow ihren Ausweis sowie genügend Kleingeld bei sich trug, ermahnte sie, im Bereich der Seepromenade auf ihre Handtasche aufzupassen, und versprach ihr, sie in genau zwei Stunden wieder am selben Platz abzuholen. Dann war er fort.

Gitte Grabow kam nicht einmal ansatzweise dazu, die Abfahrtszeiten der Bayerischen Seenschifffahrt zu Ende zu studieren. Busladungen von asiatischen Touristen ergossen sich über die breiten Asphaltwege, Jugendliche mit kurzen Hosen und auf Rollbrettern hüpften über die Sitzbänke, und europäische Rentner, die Gittes Söhne hätten sein können, standen ihr im Weg und starrten missgelaunt auf ihre Telefone.

Entschlossen winkelte die Grabow ihre Ellenbogen an und kämpfte sich bis zu einer Aussichtsplattform vor, von der aus sie den Möwen Bröckchen von Carlas komischen Keksen zuwarf. Doch sie wurde enttäuscht. Verwöhnt, wie sie waren, überließen die Möwen die Kekskrümel kampflos den dicken Karpfen. Sie machten sich nicht einmal die Mühe zu schreien, wie sie es in ihrer Jugend an der Ostsee getan hatten, sondern zuckten nur mit ihren breiten Schultern unter den fettig weißen Federn und schwammen anderen Angeboten zu.

Beleidigt von ihrer Ignoranz wandte sich Gitte Grabow ab, um den Möwen und Menschenmassen zu entkommen. Starnberg war nun einmal nicht ihr Gilching. Das hier war eine Weltstadt, mit allen Finessen und Fallstricken. Starnberg hatte auch nicht wie Gilching ein italienisches Fischerdorf zur Partnerstadt, sondern eine ausgewachsene südfranzösische Handelsmetropole mit nicht minder teurem Pflaster. Nobel, aber komplett marktorientiert. Kein Wunder, dass in Starnberg nicht einmal die Möwen mehr bodenständig genug waren, um sich an den einfachen Genüssen des Lebens zu erfreuen.

Ihre überaus langsame Flucht zu Fuß endete nach vierhundert Metern auf dem Starnberger Kirchplatz, an dem gelegen sie eine hübsche Buchhandlung erspähte.

Das Geschäft war ebenerdig und leider gerade geschlossen. Es hieß – wohl in Anlehnung an den Hafentrubel – Bücherjolle. Die Schaufenster waren angenehm beleuchtet und mit allerlei künstlichen Blumen und bunten Eiern dekoriert.

Neugierig trat Gitte Grabow näher und studierte die präsentierten Bücher, die allesamt den Themen Frühjahrskur und Naturheilkunde gewidmet waren. Sie trugen Titel wie »Akupunktur für Anfänger«, »Do-it-yourself Detox«, »Schüßler-Salze leicht gemacht«, »Einführung in die Homöopathie«, »Schöner altern mit Low Carb«, »Bachblüten-Express« sowie »Kräuterkuren im Jahresverlauf«. Einige Bücher lehnten aufgeklappt an kleinen Plexiglasständern, damit die Laufkundschaft einen Blick in ihr Inneres werfen konnte. »Sanfte Therapien für jedermann«, stand da, und: »Medizin oder Gift – die Dosis entscheidet!« Die Schrift war groß und deutlich, und es gab eine Menge hübscher Abbildungen.

Gitte drückte sich die Nase an der Schaufensterscheibe platt. Es konnte ja nicht schaden, dachte die große Grabow, wenn man sich mit dem Gegenstand seiner geheimen Ermittlungen gründlich auseinandersetzte. Gut, das hätte sie vielleicht schon vorher tun sollen, aber zum Lernen war es nie zu spät! Und so würde sie wenigstens im Nachhinein erfahren, wovon all die orangefarben gekleideten Menschen gesprochen hatten und was der Unterschied zwischen Avocado, Acapulco und Akupunktur war.

Erst nachdem sie alle Fachbücher gründlich betrachtet hatte, machte sie sich auf den Weg zurück zum An- und Ablegeplatz der Weißen Flotte. Es war zwar noch eine gute halbe Stunde hin bis zur vereinbarten Reunion mit Rudi, aber sie wollte nicht hetzen müssen. Auf die Minute genau zur ausgemachten Zeit erreichte sie den Treffpunkt.

Rudi erschien Sekunden nach ihr und reichte ihr sofort den Arm als Stütze. Erst in diesem Moment fiel Gitte Grabow auf, dass ihr in all dem Gewimmel bis dahin noch niemand seine Hilfe angeboten hatte. Herzloses Starnberg! Gut, die Leute waren immerhin nicht so aufdringlich wie in Gilching, wo einer Dame auch gegen ihren Willen über die Straße geholfen wurde. Aber trotzdem. Hier würde sie so schnell keine Möwe mehr füttern.

Zu Hause angekommen war Gitte von ihrem Naturheilkunde-Crashkurs im Schaufenster der Bücherjolle motiviert genug, um sich ein weiteres Kännchen Kräutertee zu kochen. Mit ihm zog sie sich auf ihr Kanapee zurück. Die wohltuende Wirkung auf ihren Organismus war unbestreitbar, aber irgendwie wollte sich beim Teetrinken dennoch nicht das gewohnte Hochgefühl einstellen. Es fehlte das gewisse Prickeln. Ermattet beschloss sie, sich doch noch ein Gläschen perlenden Rosé zu genehmigen. Schließlich hatte vor ihrem Fenster schon die Dämmerung eingesetzt.

***

Zu mitternächtlicher Stunde machte sich Elke Rothwald auf in die Sonnenstraße, im Gepäck eine voll aufgezogene Spritze mit Dimethylquecksilber. Husky-Schäferhund-Mischling Shiva hatte sie vorsorglich zu Hause gelassen.

Es war ein Leichtes gewesen, an die Adresse dieser Gitte Grabow zu kommen. Sie stand schlicht und ergreifend im Telefonbuch. An der angegebenen Adresse war bereits alles dunkel, die Rollos waren heruntergelassen. Das Haus schien von zwei Parteien bewohnt zu werden. Auf und neben der Terrasse der unteren Partei stand allerlei Kinderscheiß herum, wohingegen der Südbalkon im ersten Stock fast leer wirkte. Dichter Efeu, jahrzehntealt und schon größtenteils in seine spitzblättrige, buschförmige Altform übergegangen, wucherte entlang der Hausmauer und bildete armdicke Astschlingen. Perfekt zum Hochklettern.

Die Sonnenstraße lag still und stumm, in einiger Entfernung flackerte eine einsame Straßenlaterne. Elke näherte sich im Schatten einer Thuja dem Efeudickicht. Die Sarouel-Hose verlieh ihr genügend Bewegungsfreiheit, um in völliger Lautlosigkeit den Südbalkon zu erklimmen. Der Efeu ertrug ihr Gewicht problemlos.

Letztendlich entpuppte sich alles als so einfach, dass sie beinahe laut aufgelacht hätte. Auf dem Balkon stand ein Sechserkarton mit Weinflaschen, vier waren noch übrig. Elke schmunzelte angesichts dieses lobenswerten Falls von sparsamem Stromverbrauch in sich hinein. Die Alte war bestimmt zu geizig, um sich einen größeren Kühlschrank zu kaufen.

Sie hob eine der Flaschen hoch: perlender Rosé aus Italien, Erzeugerabfüllung. Eigentlich ganz hübsch. Nicht der Allererste, aber auch nicht vom Discounter. Bio-Qualität. Den würde sie eventuell sogar selbst probieren. Die Flaschen hatten keinen Schraubverschluss, sondern nackte Korken, über die ein weißer Faden lief. Wie praktisch, dank der originellen Korkenlösung musste sie noch nicht einmal die Versiegelung durchstechen, was eventuell sichtbar gewesen wäre. So würde auch der Sauerstoff drinbleiben und der Rosé unbehelligt weiterperlen.

Elke Rothwald hielt die Luft an, als sie die Spritze aus der Tasche nahm und die Nadel in den Korken trieb. Bei der ersten Flasche war kein Durchkommen. Sie fluchte stumm. Doch bei der zweiten Flasche hatte sie Glück – deren Korken wurde von einer krümeligen, porösen Schicht durchzogen. Mit viel Druck bohrte sie die Kanüle tatsächlich hinein. Langsam ließ sie den gesamten Inhalt der Spritze in die hellrosafarbene Flüssigkeit laufen, die darauf nur mit ein paar kaum wahrnehmbaren, auf der Oberfläche sich bildenden Bläschen reagierte, die rasch zerplatzten.

Auf dem Rückweg hatte Elke nicht so viel Glück.

Hattis Geruchssinn war zwar von den Quecksilberdämpfen auf dem Steinberg in Mitleidenschaft gezogen worden, aber nicht komplett außer Funktion gesetzt. Um das Frauchen seiner Todfeindin Shiva, die böse Ärztin seines alten Herrchens, zu erschnuppern, reichte es gerade noch. Winselnd hatte er an der Terrassentür gesessen, bis Kommissar Roland Maeßmer sich endlich aus dem Bett rollte und ihn in den Garten entließ. Lautlos schoss der Silberpfeil in die Nacht hinaus. Er hatte ein Ziel.

»Entweder das Kind oder der Hund. Einer nervt immer«, meckerte Roland in Unkenntnis von dessen Beweggründen, bevor er wieder einschlief.

Doch Elke Rothwalds Reflexe waren durch jahrzehntelange Abstinenz und das Adrenalin geschärft. Früh bemerkte sie den auf sie zustürmenden Hund, schaffte es, ihn mit einem Tritt und einem Faustschlag auf die empfindliche Schnauze abzuwehren und das Grundstück unverletzt zu verlassen. Nur ein Stück ihres linken Hosenbeins, in das sich Hatti verbissen hatte, blieb im Maeßmer'schen Garten zurück.

Schmeicheleien von spanischen Skalpellen

Wider alle Erwartungen – und vielleicht auch Hoffnungen – der Familie Maeßmer erschien Rolands Mutter am Tag darauf tatsächlich. Um halb sieben Uhr morgens klingelte es an der Tür, und da stand sie: eine sonnenverhutzelte Bayern-Barbie mit weißblondem Zopf, tätowierten Augenbrauen und Lippenstift in Neonorange. Ein kaftanartiges, wild gemustertes Gewand umspielte ihre straffen Formen, an denen der eine oder andere Münchner Schönheitschirurg nicht unschuldig war.

Tatsächlich hatte Regina Maeßmer auch diesmal weniger wegen ihrer Familie, sondern eher wegen eines kleinen Eingriffs die Reise in die alte Heimat auf sich genommen. Mit den Spritzen und Skalpellen, so pflegte sie zu sagen, würden die Spanier nämlich ebenso ungeschickt umgehen wie mit Geld. Immer sei es zu viel oder zu wenig, was sie wegschnitten, und die Nähte schief und krumm, da vertraue sie sich lieber der deutschen Gründlichkeit an.

»Mei Biabal!«, juchzte sie beim Anblick des unrasierten Kommissars in Feinrippunterhemd und Pyjamahose. Selbst sechs Jahre im spanischsprachigen Ausland hatten ihrem Münchner Dialekt nichts anhaben können.

Als auch Carla und Lukas auf der Bildfläche erschienen, hielt Regina es nicht für nötig, sich nach ihrem Wohlergehen zu erkundigen. Das wäre nicht ihre Art gewesen; in Oberbayern hatte man es nicht so mit sozialen Aufdringlichkeiten. Eher mit der Direktheit. »Mei, Carla, dei Teint is fei ned der beste«, wandte Regina sich an die Ehefrau ihres einzigen Sohnes. »I woaß scho, des san die Hormone, aber i an deiner Stelle dad da scho amoi wos do.« Sie kniff die Augen zusammen. »San des Pickel? Des muass doch wirkle ned sei, in deim Oiter! Du, i kenn da so a Praxis am Isartor, de machen a Eins-a-Fruchtsäurepeeling.«

Und so weiter und so fort. Man trank einen Kaffee zusammen und betätschelte den Enkel, bevor sich das Biabal in den gehobenen Dienst verabschiedete. Carla konnte nicht umhin, das Lächeln in Rolands mittlerweile rasiertem Gesicht als Erleichterung zu deuten.

Als ihre Schwiegermutter sechs Stunden später endlich wieder aufbrechen wollte, hätte Carla ihr Lukas' Geschenk am liebsten um die Ohren gehauen. Das Ding, im Keller schnell noch in Klarsichtfolie eingewickelt, eignete sich perfekt dazu. Doch natürlich machte sie gute Miene zum blöden Spiel und ließ Regina in dem Glauben, Lukas hätte den hässlichen Kerzenleuchter im Kindergarten selbst getöpfert. Blieb nur zu hoffen, dass sie sich das Trumm auf die Terrasse stellte und in den nächsten Jahren jedes Mal beim Vorbeigehen an ihren vernachlässigten deutschen Enkel und den Teint ihrer Schwiegertochter dachte.

Doch Regina Maeßmer hatte nicht vor, das Keramikteil außer Landes zu transportieren. Auf der Rückfahrt zum Flughafen wurde ihr schnell klar, dass sie Lukas' Geschenk loswerden musste. Der Kerzenständer war sicherlich mit viel Liebe getöpfert worden, aber in den internationalen Luftraum würde er dennoch nicht vordringen. Selbst wenn sie gewollt hätte – ihr Handgepäck war ihr heilig. Und nur für ein Stück Ton würde sie ganz sicher kein Extraköfferchen aufgeben oder Luftfracht bezahlen, wobei ihn irgendein grober Kerl beim Schmeißen auf das Gepäckband sowieso zerbräche. Nein, bei aller Liebe zum Enkelsohn, den konnte sie nicht mitnehmen.

Nur wohin mit ihm? Als sie mit ihrem Mietwagen entlang der Brucker Straße Richtung Alling fuhr, hielt sie vergeblich nach einem öffentlichen Mülleimer Ausschau. Für so etwas war in diesem Kaff wohl kein Bedarf, die Leute konsumierten einfach nichts auf der Straße. Sie entdeckte drei Behälter für Hundekotbeutel, doch in deren schmale Schlitze passte das tönerne Ungetüm niemals hinein.

Während sie hinter einem staubenden Kipplaster voller Bauschutt, der in die Wesslinger Straße abbiegen wollte, wartete, erblickte sie die verlockend illuminierte Metzgerei Jakob auf der rechten Seite. Kurz entschlossen setzte sie den Blinker, um sich vor dem Flug eine letzte kräftige Zwischenmahlzeit zu gönnen. Etwas Würzig-Deutsches. Sie konnte keine Tapas mit Weißbrot mehr sehen.

Wenig später stand Regina Maeßmer am Stehtischchen der Metzgerei und kaute an einem krachenden Stück Schweinsbratenkruste. Glücklich schmeckte sie den vertrauten Aromen nach, während sie in den Gilchinger Nachmittag starrte. Gleich gegenüber befand sich ein Laden für gebrauchte Kinderkleidung und altes Spielzeug. Die Schaufenster waren liebevoll dekoriert, es gab viel Schnickschnack aus Holz und anderen Naturmaterialien. Regina ging ein Licht auf. Wenn sie nicht gerade den idealen Abstellort für Lukas' grässlichen Kerzenständer gefunden hatte!

Martina Gabler seufzte, als sie ihren Laden nach einer kurzen Nachmittagspause wieder aufsperrte und dabei das neue Geschenk ihres Nachbarsjungen Jan entdeckte. Ein selbst getöpferter, in Klarsichtfolie eingewickelter Kerzenleuchter stand auf dem Fußabstreifer vor ihrem Laden, so schlicht und gleichzeitig so ergreifend scheußlich, wie ihn nur ein Kindergartenkind zustande bringen konnte. Der kleine Jan hatte einen Narren an ihr gefressen und ihr schon öfter eins seiner handgemachten Werke verehrt, aber noch nie ein so wuchtiges.

Na schön. Das Trumm war zwar groß und hässlich, aber bei Weitem nicht abstoßend. Obszöne Elemente waren bei seiner Gestaltung nicht verwendet worden. Es würde ihr nicht über die Maßen wehtun, das Ding als Osterdekoration zu verwenden und dem kleinen Jan damit eine Freude zu machen. Warum also nicht?

Martina Gabler beschloss, die Zellophanverpackung dranzulassen. Das wirkte ordentlicher. Und auch für den unwahrscheinlichen Fall, dass jemand Kaufinteresse an dem Teil entwickeln würde, war es praktisch. Sie schob die Blech-Osterhasen in der Schaufensterauslage etwas zur Seite und stellte das grobschlächtige Geschenk in ein Nest aus grünem Papiergras. Na also! Fiel gar nicht unangenehm auf. Sie ruckelte noch ein bisschen an Jans Werkstück, bevor sie sich wieder dem Sortieren und Präsentieren von neu gelieferter Kleinkinder-Bademode widmete.

Hätte Martina Gabler auf die Unterseite des Kerzenleuchters geblickt, hätte sie beim Anblick der deutlich eingekerbten SS-Runen ihre Meinung über das Trumm wohl ändern müssen.

Kommissar Roland Maeßmer kam knapp drei Stunden nach dem Abschied seiner Mutter nach Hause. »Überstunde«, nuschelte er.

»Sag nichts!«, bellte Carla. »Du sitzt gemütlich im Büro, und ich muss deine Sippschaft bedienen. Den ganzen Tag hat sie mich angemacht, die blöde Kuh! Nicht einmal vor deiner eigenen Mutter kannst du mich beschützen!«

»Hättest ihr halt ein paar von deinen Keksen gebacken, vielleicht wäre sie dran erstickt.« Unter den weit aufgerissenen Augen seiner Gattin streifte sich Roland die Schuhe von den Füßen und zog sich in sein Arbeitszimmer zurück. Der winzige Raum wurde zwar zu neunzig Prozent von Staubsauger, Bügelbrett und anderen Haushaltsdingen eingenommen, trotzdem bezeichnete er ihn als sein Arbeitszimmer. Und das brauchte er jetzt, sein eigenes, wenn auch kleines Revier. Seufzend ließ er sich auf den Stuhl vor seinem Computertisch sinken. Keifende Frau, kreischendes Kind, kackender Hund, morgen auch noch Frühschicht – aber kein Tropfen Alkohol im Haus. Kurz überlegte er, ob er bei ihrer Nachbarin klingeln und sich eine Flasche von diesem rosa Wein ausleihen sollte, unterließ es aber aus Rücksicht auf Gitte Grabows Alter. Die wollte ja bestimmt auch mal irgendwann Feierabend machen.

Sticheleien

Es begann am Gründonnerstag, und zwar mit einer WhatsApp-Nachricht.

Komme etwas später. Bin zur Enthaarung bei Frau Reuther und danach noch woanders. Brauche kein Mittagessen.

Carla starrte die drei kurzen Sätze an, bis die Buchstaben vor ihren Augen verschwammen, was nicht an einer schwangerschaftsbedingten vorübergehenden Kurzsichtigkeit lag. Sondern an der Wut, die in ihrem zusammengequetschten Magen so giftig züngelte, dass ihre Augäpfel aus ihren Höhlen hervorquellen wollten.

Eigentlich hatte sie gedacht, nach dem letzten Streit wäre das Thema vom Tisch. Erst vor einer Woche war Roland mit seinem albernen Wunsch herausgerückt.

»Schatz, ich will mich tätowieren lassen. Ich hätte gerne ein … sichtbares Zeichen meiner Vaterschaft. Ein Symbol, für immer. Ich meine, nachdem du ja die Kinder kriegst und ich damit nicht so viel zu tun hab. Bei dir hinterlässt das Muttersein äußerliche Spuren, bei mir nur innerliche. Aber ich möchte, dass sich durch meine Vaterschaft auch etwas an meinem Körper verändert.«

Seine Angetraute verzog einen Mundwinkel. »Du brauchst gar nicht erst weiter reden, du Charmeur. Zeig mal!«

Roland reichte ihr zögerlich ein Papier in einer Klarsichthülle, darauf das Motiv eines in sich verschlungenen Knotens. »Ist was Keltisches.«

Carla war überrascht. Sie hatte nicht gewusst, dass in ihrem sonst so ordentlichen Gatten das Bedürfnis nach körperlicher Verunzierung steckte. Stets legte er Wert auf korrekte Uniform und mäkelte sogar an den von ihr gebügelten Hemdkrägen herum, seit sie diese aus Sparsamkeitsgründen nicht mehr in die Reinigung brachte. Und jetzt wollte er sich auf einmal so etwas in die Haut stechen lassen? Immerhin kein Porträt von einem lachenden Lukas und seinem von ihr noch zu gebärenden Geschwisterlein, sondern ein Ornament. Trotzdem nicht viel besser als das, was gemeinhin als Arschgeweih galt, und motivmäßig auch nicht allzu weit von einem solchen entfernt.

»Ich dachte, ich könnte mir auf jedes Schulterblatt eins stechen lassen, also eins für jedes Kind. Der Knoten steht übrigens für das ewige Leben, was meinst du?«

»Dass du damit aussehen wirst wie ein Prolet.«

»Das ist mir egal«, entgegnete Roland eingeschnappt. »Ich denke über ein Tattoo nach, seit ich fünfzehn bin, und ich möchte das jetzt. Außerdem ist es mein Rücken und nicht meine Stirn, sieht ja eh keiner.«

»Ich sehe es! Und zwar ständig, jeden Tag im Bad, im Urlaub, im Schwimmbad, im Bett.«

»Also in Letzterem vielleicht nicht. Wenn du weiter so garstig bist, seh ich nämlich schwarz. Wann haben wir denn bitte schön zum letzten Mal Sex gehabt?«

Die Tattoo-Unterhaltung hatte keine Woche zuvor stattgefunden, jetzt stand Carla sprachlos im Wohnzimmer, das Handy in der Hand, und starrte den Türstock zum Flur an, der auf Höhe ihrer Lendenwirbel vom vielen Rückenreiben schon einen matten Glanz angenommen hatte.

Roland zog das jetzt tatsächlich durch, oder wie? Da litt sie monatelang wie ein Galeerensträfling unter ihren Rückenschmerzen, verkniff sich die teure Linderung aus finanziellen Gründen, und er wollte einfach mal ein paar hundert Euro hinblättern, um sich tätowieren zu lassen? Wohlgemerkt aus rein ästhetischen und noch dazu sehr fragwürdigen Gründen.

»Was du darfst, darf ich schon lange«, murmelte sie, schloss das WhatsApp-Fenster und wählte die Nummer der Schwitzhütten-Hexe, deren Anzeige sie gestern im »Kreisboten« entdeckt hatte:

Schamanin Ilka Red Skógur lädt Sie in eine original sibirische Schwitzhütte ein. Reinigen Sie sich ganzheitlich und erspüren Sie intensiv die Wärme von Mutter Erde. Bringen Sie Ihre Chakren zum Leuchten, und laden Sie Ihr Energiefeld mit Kräuteressenzen und mildem Salzsteinlicht auf. Temperatur 50–60 Grad.

Kurz überlegte Carla, ob von so einer Aktion Gefahr ausgehen könnte, kam aber zu dem beruhigenden Ergebnis, dass man in einer Schwitzhütte bestimmt keine potenziell vergifteten Substanzen einnahm. Außerdem hatte der Name »Ilka Red Skógur« nicht auf der Ausstellerliste der Gesundheitsmesse gestanden. Und wenn diese Schamanin ihr doch etwas Merkwürdiges zu essen oder trinken anböte, würde sie einfach dankend ablehnen. Viel Hunger hatte sie zurzeit sowieso nicht, die latente Ehekrise und das fast drei Kilo schwere Ungeborene schlugen ihr auf den Magen.

Wärme! Mehr als alles andere begehrte Carla Maeßmer an diesen tristen Tagen Wärme. Nach einem kurzen sonnigen Intermezzo herrschte draußen wieder die übliche Märztristesse. Carlas Wirbelsäule fühlte sich an wie ein scharfkantiger Eiszapfen, der jeden Moment zersplittern konnte. Sie wusste, dass sie kein Hohlkreuz machen sollte, damit der Bauch nicht nach vorn wegkippte und so das Gewebe überdehnte, aber die Schwerkraft war einfach zu anziehend. Leider war diese Haltung vermutlich schuld an ihren Rückenschmerzen.

Zu gerne hätte Carla sich in einer Sauna aufgewärmt, doch ihr Kreislauf versagte schon bei dem Gedanken daran. Ein Solarium kam für sie ebenfalls nicht in Frage, und in die geliebte heimische Badewanne passte schon lange nur noch die Hälfte ihres Mammutkörpers. Ob das Kind in ihrem Bauch sich auch schon eine Unterhautfettschicht zugelegt hatte wie ein Mammut? Bestimmt, wenn Carla danach ging, wie sie sich fühlte. Mindestens vier Zentimeter dick.

Es war höchste Zeit, der Mammutmama etwas Gutes zu tun!

Als die Schwitzhüttendame endlich ans Telefon ging, klang sie so, als könnte sie alle von Carlas gesundheitlichen Problemen lösen, voller Enthusiasmus und Selbstvertrauen.

Sie stieg direkt ins Thema ein, ohne sich lange mit Personalien aufzuhalten. »Guten Tag. Wer innere Ruhe und Frieden sucht, ist bei mir richtig!« Wenn sie ihr nur eine halbe Stunde für das Vorheizen Zeit gäbe, könnten sie quasi sofort loslegen, sagte Ilka Red Skógur noch und beschrieb ihr den Weg zur Schwitzhütte auf dem Steinberg.

Carla strahlte. Von innen heraus, obwohl ihre Chakren noch gar nicht zum Leuchten gebracht worden waren. Wie praktisch, dass Lukas gerade mit Gitte Grabow und Taxi-Rudi unterwegs war. Sie machten einen Shopping-Ausflug, weil Gitte neue Schuhe brauchte. So musste sie nur Hatti mitnehmen und konnte zwei Fliegen mit einer Klappe schlagen – Wellness und Gassigehen. In der S-Bahn schrieb sie ihrerseits eine SMS an Taxi-Rudi und damit auch Gitte Grabow: *Lasst euch Zeit beim Schuhe-Aussuchen. Bin bis 15 Uhr auf dem Steinberg und mache Wellness in der Schwitzhütte. Bei einer Schamanin!*

Die Nachricht erreichte Gilchings uralten Filmstar auf dem Weg ins Herrschinger Schuhhaus Treml. Gitte Grabow hatte sich beim Schuhkauf noch nie leichtgetan, und in den letzten Jahren war es nicht besser geworden. Das erste Geschäft hatte zwar eine Menge Orthopädieware bereitgehalten, wovon jedoch nichts ihren erlesenen Geschmack getroffen hatte. Nun saß sie auf dem Beifahrersitz des geparkten Hybridtaxis und ärgerte sich, keinen Nagellack dabeizuhaben. In solchen Situationen – auf dem Beifahrersitz auf einen Mann wartend – hatte sie sich früher stets in Ruhe die Nägel lackiert. Entgegen der landläufigen Meinung war es nämlich gar nicht so selten, dass Frauen in Autos saßen, um auf einen Mann zu warten. Jetzt zum Beispiel war Rudi im Tengelmann an der Landsberger Straße verschwunden, weil er noch dringend etwas für seine Angetraute einkaufen musste.

»Mal schnell eben«, hatte er gesagt, aber das war nun auch schon wieder zehn Minuten her. Vermutlich fand er das Gesuchte nicht. Wenn seine Frau es ganz dringend brauchte, war es bestimmt ein Haushalts- oder Küchenartikel, von dessen Existenz und Verwendungszweck Rudi noch nie zuvor etwas gehört hatte. Kannte man ja. Fanden Männer in Supermärkten eigentlich jemals irgendetwas?

Auch Lukas auf dem Rücksitz langweilte sich. Da das Taxi schräg vor dem Tengelmann-Gebäude stand, konnte er noch nicht einmal vorbeifahrenden Autos nachschauen, ohne sich zu verrenken.

In diesem Moment gab ein fröhlicher Klingelton die neu eingetroffene Textnachricht auf Taxi-Rudis Smartphone bekannt. Er hatte es extra im Wagen gelassen, damit Carla bei Bedarf Gitte Grabow und vor allem Lukas erreichen konnte. Dafür hatte Gilchings greises Starlet schon mehrere Einweisungen in die Geheimnisse der mobilen Kommunikation erhalten.

Mal sehen, ob sie sich noch daran erinnerte. Und ob die Nachricht überhaupt von Carla war. Im anderen Fall, so hatten sie vereinbart, würde Gitte Grabow die Botschaft nicht lesen. Sie klappte die aparte Lederhülle mit Schachbrettmuster auf, tippte entschlossen auf das Symbol mit der leuchtenden Eins und hielt das Gerät eine Armlänge von sich, um die Nachricht zu entziffern. Sie war tatsächlich von Carla Maeßmer.

»Wellness?«, murmelte Gitte. »Ist das irgendetwas mit Wellen? Geht sie in ihrem Zustand etwa schwimmen?« Sie schüttelte den Kopf. »Aber nein, seit wann kann man denn auf dem Steinberg schwimmen.«

Sie hielt inne und wurde totenblass. Die böse Frau Rothwald trieb doch auch irgendetwas auf diesem Steinberg. War das etwa Wellness? Allein das Wort klang schon aggressiv, mit den zwei e und der scharfen Endung. Hatte Elke Rothwald sich etwa einen falschen Namen zugelegt und Carla unter fadenscheinigen Versprechungen auf den Steinberg gelockt? Wie Gitte der neulich irrtümlich mitgenommenen Apotheken-Zeitschrift »Baby und Familie« entnommen hatte, verfügten Schwangere im Vergleich zu ihrem nicht schwangeren Alter Ego über einen bis zu fünfundzwanzig Prozent verringerten Intellekt, die waren in solcher Hinsicht bestimmt extrem anfällig.

Eins war jedenfalls klar: Jemand musste die Mutter ihres Wahl-Urenkels davor retten, Wellness zu machen. Jetzt sofort. Zurückschreiben konnte sie nicht, da sie mit der automatischen Worterkennung auf Kriegsfuß stand. Hektisch rief sie Carla Maeßmer an, doch es meldete sich nur die Mailbox. Es war aber doch Not an der Frau! Sie musste sie unbedingt warnen und konnte damit auf keinen Fall warten, bis Taxi-Rudi in den unendlichen Weiten des Tengelmann-Marktes den mysteriösen Haushaltsartikel für seine Frau gefunden hatte.

Wege zur Wellness

Hatti hatte einen äußerst schlechten Tag. Die Fahrt mit der S-Bahn hatte er noch lustig gefunden, aber mit jedem Meter, den sie sich dem Steinberg näherten, nahm seine Laune ab.

»Benimm dich«, zischte Carla, während sie das widerspenstige Tier hinter der Cantina El Diablo und am Kino Filmstation vorbei am Ohr auf den Sackgassen-Parkplatz am Ende der Bahnhofstraße zerrte. Der Steinberg begann unmittelbar hier seine sanfte, aber bestimmte Steigung. »Muss ich dich auf deine alten Tage noch anleinen, oder was? Wenn du dich nicht zusammenreißt, kannst du deine Oliven für die nächste Woche vergessen!«

Carla stöhnte auf. Vorn zog der Bauch, hinten zerrte der Köter. Sie hatte Mühe, das Gleichgewicht zu halten. Zu dumm, dass das Tier so riesengroß war. Ein unauffälliges Schoßhündchen hätte sie Gitte, Lukas und vor allem Rudi vielleicht noch anhängen können, hübsch verstaut in einer wasserdichten Tragetasche, aber so ein Kalb? Nach ein paar Metern gab sie auf und ließ Hattis Ohr los. »Dann mach doch, was du willst. Hauptsache, ich fall wegen dir nicht um.«

Gitte Grabows Herz schlug nicht nur bis zum Hals, sondern bis zu den Haarwurzeln, als sie sich auf den Fahrersitz des Taxis sinken ließ. Gut, dass sie nicht mehr gar so viele Haarwurzeln hatte wie noch in ihrer wilden Jugend. Ihre ganze Kopfhaut kribbelte.

Möglichst leise zog sie die Autotür zu und schnallte sich an. Sie schluckte, sah sich um. Immer noch keine Spur vom einkaufenden Taxi-Rudi. Wenn er jetzt aus dem Tengelmann käme, würde er gleich wissen, was sie vorgehabt hätte. Die Ausrede, den Jungen bespaßen zu wollen, würde bestimmt nicht ziehen. Wobei, Lukas saß auf der Rückbank und staunte.

»Willst du jetzt fahren, Gitti-Oma?«

»Tja, weißt du, ich will es zumindest versuchen. Wir müssen nämlich ganz schnell wohin und können deshalb leider nicht auf den Herrn Rudi warten.« Nun galt es. Mitgefangen, mitgehangen.

Wo war bei diesem verflixten Auto gleich wieder der Schlüssel? Ach ja, sie erinnerte sich: Es genügte, wenn er irgendwo im Auto war – und Rudi war netterweise ohne seine Taxi-Brieftasche mit dem Wechselgeld und dem Schlüssel im Tengelmann verschwunden.

Gitte Grabows Augen schossen nach links und nach rechts, bevor sie sich vorbeugte und den runden Knopf drückte, auf dem »START« stand.

»Kannst du überhaupt fahren?«, meldete sich das schlechte Gewissen von der Rückbank.

»Das werden wir gleich sehen, mein Junge«, flüsterte die große Gitte Grabow, vom eigenen Elan überwältigt, straffte das Rückgrat, hielt sich am Lenkrad fest und trat auf das Gaspedal.

Nichts passierte. Gitte zog eine Schnute. Vielleicht war das Benzin aus? Oder die Batterie leer? Typisch, so ein neumodisches Ding, das konnte ja nicht so zuverlässig funktionieren wie der gute alte Ottomotor ihrer Jugend.

»Das ist die Bremse. Du musst auf das andere Pedal daneben treten«, sprang zum Glück der Fachmann von der Rückbank ein. »Aber langsam. Das Auto ist ja nicht so alt wie das vom Papa.«

Stechzeit

Als Roland Maeßmer beherzt die Tür zu Lisa Colorettas Studio an der Brucker Straße öffnete, wandte die Ladenbesitzerin ihm den Rücken zu. Sie putzte gerade eine Vitrine neben der zentralen Theke, und weil diese Vitrine kaum einen Meter hoch war, musste sie sich dazu ziemlich tief bücken. Ihr Hinterteil in der engen Jeans schien dabei im Rhythmus ihrer Bewegungen zu wippen. Es war ein sehr ansprechendes Hinterteil, das sie dem Kommissar da entgegenstreckte. Über der engen Jeans trug sie einen noch engeren schwarzen Rollkragenpullover, der Richtung Jeans eine Handbreit Haut frei ließ, die selbstverständlich wild tätowiert war. Roland war zu sehr Gentleman, um genau hinzusehen, doch er wünschte sich, dass auch Carla etwas mehr für Bodymodification übrig hätte, und biss sich im selben Moment auf die Lippen. Er wandte den Blick ab. Ging ihn ja auch eigentlich nichts an, was eine fremde Frau auf ihrem Rücken hatte. Als er sich räusperte, schrak Lisa Coloretta hoch und drehte sich um.

»Hach je, funktioniert diese blöde Türglocke immer noch nicht! Ich kriege jedes Mal einen Riesenschreck, wenn plötzlich jemand im Laden steht.«

»Entschuldigung«, murmelte Roland.

»Nein, ich muss mich entschuldigen!«, lachte die Tätowiererin. Sie stellte das Glasreinigungsspray beiseite, zog die türkisgrünen Putzhandschuhe aus und schüttelte ihm kräftig die Hand. »Ich bin die Lisa.« Sie wies auf die Vitrine voller glänzendem Piercingschmuck. »Wenn ich die nicht dreimal täglich sauber mache, kann man vor den Fingerabdrücken meiner Kinder den Inhalt nicht mehr erkennen.«

Rolands erhitzte Gemütslage kühlte sich deutlich ab. Kinder? Lisa hatte Kinder, und das gleich in der Mehrzahl? Also gab es auch ein weibliches Leben nach der Geburt! So eine heiße Mama wollte er auch zu Hause haben. Klar, er würde seine Carla nicht gleich zu einem quadratmetergroßen Tattoo überreden können. Aber vielleicht ein kleines Piercing? Durch den … Nippel? Lisa hatte bestimmt Ringe in jedem einzelnen ihrer zwei Nippel, die sich ganz hauchzart durch den engen schwarzen Rollkragenpullover abzeichneten. Rolands Temperatur stieg wieder an. Er hatte gar nicht gewusst, dass ein Rollkragenpullover so scharf aussehen konnte.

»Hast du 'n Termin?«, riss ihn die Trägerin des besagten Kleidungsstücks aus den Gedanken.

Schuldbewusst musste Roland feststellen, dass er ihr bereits seit mehreren Sekunden auf die Möpse starrte. »Äh, nein, nicht direkt, ich wollte erst einmal das Motiv besprechen.«

Lisa lächelte. »Was stellst du dir denn vor?«

»Was Ornamentales, so Richtung keltischer Knoten«, entgegnete Roland und kramte seinen säuberlich zusammengefalteten Ausdruck hervor. Wenig später fand er sich Schulter an Schulter mit Lisa Coloretta an ihrem großen Computerbildschirm wieder, um sich weiter inspirieren zu lassen.

»Wo soll es denn hin, das gute Stück?«

»Auf mein Schulterblatt«, entgegnete Roland. »Oder besser, auf jedes Schulterblatt eins. Ich habe nämlich auch bald zwei Kinder«, erwähnte er stolz.

»Dann bist du bestimmt Arzt oder Polizist.«

»Kommissar. Woher wissen Sie – äh, du …?«

»Weil sich Ärzte und Polizisten immer zuerst den Rücken tätowieren lassen.«

Roland fühlte sich ertappt. »Tatsächlich?«

»Immer. Handwerker oder Einzelhandelskauffrauen fangen beispielsweise todsicher mit dem linken inneren Unterarm an. Notfalls mit dem rechten. Und Studenten nehmen gerne die Wade.«

»Solche Unterschiede gibt es? Das sollte man mal soziologisch untersuchen lassen.«

»Ich bin schon bald zwanzig Jahre im Geschäft und habe noch nie erlebt, dass sich ein Polizist woanders tätowieren lässt als auf dem Rücken. Siehst du deine Kollegen denn nie oben ohne?«, wunderte sich Lisa.

»Eher selten. So eine Polizeiwache ist ja kein Fußballverein.«

»Du würdest dich wundern, wie viele von denen tätowiert

sind«, plauderte die professionelle Hautverziererin. »Und zwar gewaltig. Die wollen nicht nur ein kleines Blümelein oder ein asiatisches Schriftzeichen, sondern gleich eine Seeschlacht auf dem gesamten Rücken. Bis in die kleinste Einzelheit geplant, mit historisch korrekten Details und Anspielungen auf ihr Privatleben. Beamte machen sich am meisten Gedanken. Oft kommt es mir so vor, als würden sich die Leute mit den anständigsten Berufen am krassesten tätowieren lassen. Vielleicht sind sie einfach nur kreativer. So eine Respektsperson wie du, die hat eben noch Esprit … Wenn schon, denn schon!«

Roland konnte nur nicken und genießen. Es war lange her, dass eine so attraktive Frau so deutlich mit ihm geflirtet hatte.

»Würdest du dich bitte freimachen?«

»Wie bitte?«, krächzte er.

»Ausziehen. Aber nur obenrum. Ich möchte mir deinen Rücken ansehen, damit ich dich besser beraten kann.«

Roland schluckte und befolgte ihren Befehl. Sie hatte ja recht und machte das schließlich beruflich. Er zog die Schultern zurück und den minimalen Bauchansatz ein, als er sich mit dem Rücken vor sie hinstellte. Er hoffte, dass die warme Beleuchtung des Ladens seiner Rumpfmuskulatur schmeichelte.

»Was hast du denn da für rote Pickelchen?«, riss ihn Lisa Coloretta aus seiner gedanklichen Strip-Show. »Hast du die immer?«

Roland errötete. Er hatte seinen vorangegangenen Termin bei Tina Reuther, der Epilationsexpertin, ganz vergessen gehabt. »Die gehen schon wieder weg«, beteuerte er. »Ich habe mich vorhin nur enthaaren lassen. Hoffentlich dauerhaft. Damit man das Tattoo auch gescheit sieht.«

»Sehr lobenswert! Welche Größe hast du dir für das Motiv vorgestellt?«, schnurrte Lisa.

»Nicht größer als ein iPhone 7.«

Sie lachte. »iPhone 7! Seltsam, das sagen die Leute in letzter Zeit sehr oft. Als ob das heutzutage die einzige Referenz wäre. Was ist nur aus dem guten alten Lineal geworden? Aber wenn ich ehrlich sein darf – bei der Größe wird das Motiv bei dir aussehen wie zwei dicke blaue Flecken. Es ist ja ziemlich kleinteilig.«

»Was würdest du denn vorschlagen?«

»Entweder vergisst du das iPhone 7 und freundest dich mit Kindskopfgröße an, oder du wählst ein anderes Motiv. Vielleicht zwei Rockabilly-Täubchen, die aufeinander zufliegen? Tauben sind Klassiker und stehen für Liebe, Treue und Fernweh. Und sie würden super als Symbol deiner zwei Kinder passen.« Lisa Coloretta gab Roland einen kumpelhaften Klaps zwischen die frisch enthaarten Schultern und erlaubte ihm dann, sich wieder anzuziehen.

Roland hüstelte, als er sein Hemd zuknöpfte. »Täubchen sind nicht so mein Fall. Dann lieber Kindskopfgröße.« Er war noch immer hin und weg, sodass er beschloss, sich keine vorherigen Werke der Dame ansehen zu müssen. Ihm war klar, dass die Chemie stimmte. Diese Frau würde er an seinen nackten Oberkörper lassen, und wenn er dann bäuchlings auf der Behandlungsliege lag und sie sich mit der brummenden Tätowiermaschine über ihn beugte, dann würden ihn vielleicht hin und wieder ihre Brüste in dem engen schwarzen Rollkragenpullover streifen. »Wann hättest du denn noch einen Termin frei?«

»Vielleicht gleich nächsten Dienstag, wenn die Ostersause vorbei ist? Ich freu mich schon drauf, dir unter die Haut zu gehen, Cop.« Sie wandte sich ihm strahlend zu und streckte die Hand aus. »Wie heißt du eigentlich?«

Roland schlug ein. Ihre Haut war trocken und warm. Ob der Mikrofaser-Putzlappen von vorhin oder die zwischenmenschliche Energie im Raum daran schuld war, wusste er nicht, aber eine kleine elektrostatische Aufladung entlud sich prickelnd zwischen ihnen. »Äh, Roland, angenehm.«

»Roland! Das ist doch mal ein substanzieller Name. Nicht so wie Kevin oder Jimmy. Ich glaube, ich habe noch nie einen Roland tätowiert«, plauderte Lisa. »Aber du würdest dich wundern, wer sich alles von mir stechen lässt. Meine erste Kundin in diesem Laden war zum Beispiel eine sechsfache Großmutter, die eine Wette verloren hatte. Der habe ich eine kleine Rose aufs Bein gestochen. War ihr erstes und bestimmt ihr letztes Tattoo, aber für sie ein unvergessliches Erlebnis! Ich liebe es, mit meiner Arbeit Lebensabschnitte zu markieren.«

In die traute Zweisamkeit platzte im wahrsten Sinne des Wortes die Ladentür. Jemand stieß sie so kräftig auf, dass sie hart gegen die Wand schlug und ein Stückchen Putz abplatzte.

»Grüß Gott auch!«, rief Lisa dem Neuankömmling ungehalten zu. »Wer wird denn gleich mit der –«

»Halt die Klappe, du Fotze! Du hast mich vergiftet!«

Roland ging in Habachtstellung, ohne darüber nachzudenken. Solche Art Aggression war er von Betrunkenen oder vermeintlich zu Unrecht kontrollierten Autofahrern gewohnt. Nun hieß es, gleichzeitig gelassen und kampfbereit zu bleiben und immer den Überblick über die Situation zu behalten.

Der Mann, der da so wenig Manieren an den Tag legte, trug einen Armeeparka und eine Kurt-Cobain-Gedächtnisfrisur. Seine Jeans hing tief. Er war etwa zehn Jahre jünger als Roland, sah aber durch seine schlechte Haltung und die grauen Tränensäcke deutlich fertiger aus. Mit beiden Armen stützte er sich auf die Theke, um sich so weit zu Lisa hinüberzubeugen, dass sein wutentbranntes Gesicht fast an ihres stieß. Ein Schauer aus Spucketröpfchen glitzerte auf ihrem schwarzen Rollkragenpullover und dem Flachbildschirm, der das eingescannte keltische Knotenmotiv zeigte.

»Bitte? Du spinnst wohl, Toasty! Ich hab dir von Anfang an gesagt, ich mach's nicht gerne, aber du wolltest ja unbedingt einen brennenden Kühlschrank in Knallpink. Damit musst du jetzt schon selbst klarkommen, das war ganz allein deine blöde Idee, mein Lieber!«

»Darum geht es doch nicht, du Kuh! Ich habe mir alle meine Tattoos gut ausgesucht, aber diesmal war irgendwas in der Farbe.« Der junge Mann schälte sich aus seinem Parka und entblößte anklagend seinen linken Unterarm, auf dem tatsächlich ein pinker Kühlschrank inmitten orangefarben leuchtender Flammen prangte. »Das ist doch nicht normal.«

»Was hast du denn?«, fragte Lisa nach einem skeptischen Blick auf das Corpus Delicti. »Ist doch super verheilt und sieht eins a aus, wenn man auf brennende rosa Kühlschränke steht.«

Toasty entging die Ironie in ihren Worten. Er wirkte überhaupt ganz unironisch. »Aber seit dem Stechen geht es mir scheiße. Ich habe die ganze Zeit so ein Piken und Brennen im Hals.«

Roland horchte auf. Ein Brennen? Diesbezüglich war seine Aufmerksamkeit geschärft. Dimethylquecksilberdämpfe griffen die Atemwege an. Was, wenn es sich bei dem Mörder tatsächlich nicht um einen doppelgesichtigen Heilpraktiker handelte – wovon seine Carla überzeugt war –, sondern um eine hübsche Tätowiererin? Erstarrt beobachtete Roland, wie ungerührt Lisa Coloretta auf die Anwürfe ihres Kunden reagierte.

Schulterzuckend fuhr sie fort, am Bildschirm das keltische Motiv zu vergrößern. »Na, dann wirst du dir halt 'nen Infekt eingefangen haben. Ist ja immer noch fast Winter. Da kann das schnell passieren. Meine Kinder laufen auch schon wieder mit Rotznasen durch die Gegend. Kein Grund zur Beunruhigung.«

»Ich geb dir gleich Beunruhigung!« Der Aggressor wies auf ein Wandregal voller Farbfläschchen. »Du hast die Bude voll mit irgendwelchem Chemiescheiß und findest das nicht beunruhigend? Ich schon! Ganz Gilching sucht einen Serienmörder, der Leute mit Chemiescheiß vergiftet, und ich hab ihn gefunden – dich!«, schrie Toasty und machte Anstalten, sich mit erhobenen Fäusten hinter den Tresen zu stürzen.

Darauf hatte Roland gewartet. Er stürzte eine Millisekunde schneller und brachte den Mann zu Boden. Fast war er selbst erstaunt, wie problemlos das ging. Er verfügte eben auch als Kommissar noch über genügend Esprit!

»Hast du zufällig Kabelbinder da?«, fragte er die Dame des Hauses im Plauderton, die bejahte und ihm das Gewünschte brachte. Roland drehte dem Kerl die Arme auf den Rücken und fesselte sie. Toasty leistete keinen Widerstand. Kurz vor dem Aufprall auf dem Parkettboden war seine Schläfe mit einem IKEA-Rollschränkchen aus Stahlblech, Modell Helmer, kollidiert.

Die Tätowiererin zeigte sich von der brillanten Demonstration männlicher Überlegenheit im Einsatz weniger beeindruckt, als von Roland erhofft.

»Oh Mist, oh Doppelbockmistkacke«, jammerte Lisa Coloretta, ließ sich auf ihren Wartesessel fallen und zog die Beine an. Langsam schaukelte sie vor und zurück und knabberte dabei an ihren Nägeln wie ein nervöser Teenager. »Ich hab noch keine zwei Monate geöffnet, und jetzt so was! Das ist total schlecht fürs Geschäft, wo es doch grad einigermaßen läuft. So was spricht sich rum, da wird kein Mensch mehr kommen! Bulleneinsatz im Tattoostudio, da reicht doch schon eine Schlagzeile, dass die Leute denken, wir Tätowierer sind alle unseriös. Gerade haben wir uns in Gilching so schön eingerichtet, und die Kinder gehen in den neuen Kindergarten. Ich hätte auf meine Freunde hören sollen. ›Mädel‹, haben die gesagt, ›lass das lieber, ein Tattoostudio in so einem Kaff, das kann nicht gut gehen.‹ Außerdem habe ich überhaupt keine Zeit für Zeugenaussagen, Anwaltskack und den ganzen Mist, der jetzt auf mich zukommt. Und heute ist der letzte Tag vor den Ferien, da hat der Kindergarten nur bis zwei auf. Eigentlich müsste ich sofort los, Lina und Arthur abholen!«

»Das haben wir gleich«, versuchte Roland, seine neue Damenbekanntschaft zu beruhigen. »Erst einmal besteht kein Grund zur Aufregung. Ich bin ja gerade nicht im Dienst und darf auch als Privatmann eine Zeugenaussage machen. Ich kümmere mich schon drum. Am besten, ich rufe gleich meinen Kollegen von der Rechtsmedizin an, der kann sich ohne großen Bahnhof um die Sache kümmern und die Vorwürfe von diesem Clown schnell widerlegen. Bis der da ist, hast du Zeit genug, deine Kinder zu holen.«

Keine halbe Stunde später hielt ein weißer VW-Bus mit quietschenden Bremsen vor dem Tattoostudio. Heraus sprangen Jimmy und sein Chef Ali.

»Glück gehabt, Roland!«, rief Bayerns rassigster Rechtsmediziner. »Als Beamter ohne Schichtdienst habe ich schon Feierabend, aber Jimmy hat mir noch seinen Bus gezeigt. Ich will ihm die Karre vielleicht abkaufen.«

»Also, so schnell, wie ihr in der Rushhour hier seid, würde ich sagen – zögere bloß nicht und schnapp dir das Ding! Der Bus scheint Ferrari-Qualitäten zu haben.«

»Eher der Fahrer«, lachte Ali und zupfte sich das Hemd zurecht. »Meine Fingernägel stecken immer noch in den Armlehnen, aber wir haben überlebt. Und welchem Skandal haben wir unseren Spontantrip nach Gilching diesmal zu verdanken?«

Dr. Said Al-Jamal schaute sich erst interessiert im Studio um und dann die Tätowiererin sowie ihren immer noch gefesselten Ankläger genau an. Lisa Coloretta hatte ihre Kinder in der Zwischenzeit vor der Duplokiste im Nebenraum geparkt und sich selbst etwas beruhigt.

Toasty war ohne ärztliche Betreuung wieder zu Bewusstsein gekommen und grummelte vor sich hin. Als er seinen alten Weggefährten Jimmy in trauter Dreisamkeit mit der Staatsgewalt erblickte, wich sein Grummeln erst der Verblüffung, dann der Verbitterung. »Ihr wollt mir doch jetzt sonst was anhängen. Ich sag nix mehr.«

Zuerst wandte Ali sich also an Lisa. »Wenn ich die Situation richtig verstanden habe, wirft unser junger Freund Ihnen vor, ihn kürzlich mit der Tätowierfarbe vergiftet zu haben. Angesichts der angespannten Atmosphäre in der Gegend ist es ja grundsätzlich lobenswert, der Polizei zuzuarbeiten und entsprechende Beobachtungen zu melden. Wollen wir also auch diesem Hinweis auf den Grund gehen! Frau Coloretta – wie lange haben Sie für diesen Kühlschrank, ein doch recht außergewöhnliches Motiv, gebraucht?«

»Etwas mehr als drei Stunden reine Stechzeit. Vorzeichnungen und Kundengespräche berechne ich nicht.«

»Na, sehen Sie!«, triumphierte Ali. »Ich denke, es werden keine weiteren Tests mehr nötig sein, um dieses Missverständnis aus der Welt zu schaffen. Ganz abgesehen davon, dass Tätowierfarbe so viel Polyvinylpyrrolidone enthält, dass sie blubbern würde, wenn man Dimethylquecksilber hineinmischen würde, ist der Vorwurf von dem Herrn auch sonst Quatsch, da müssen wir gar nicht erst den Amtsschimmel in Bewegung setzen. Wenn Sie den jungen Mann auf dem Kieker gehabt hätten, dann würden Sie sich doch nicht die Mühe eines Drei-Stunden-Tattoos machen, um ihn zu vergiften. Das wäre doch auch einfacher gegangen. Wenn ich nicht selbst von oben bis unten zutätowiert wäre, würde ich die junge Dame vielleicht auch für verdächtig halten, aber von allen Tattoostudios, in denen ich jemals war, ist das hier das mit der besten Hygiene und der sympathischsten Chefin. Apropos, welchen Stil stechen Sie eigentlich am liebsten, Frau Coloretta?«

Die Tätowiererin gewann allmählich ihre Fassung zurück.

»Danke«, flüsterte sie. »Am liebsten steche ich Rockabilly-Comic-Zeug. Keine Kühlschränke.«

»Sie sind tätowiert, Chef?«, fragte Jimmy, der einige Sekunden unter Sprachlosigkeit gelitten hatte. »Wo denn?«

»Eigentlich überall unter meiner Laborkleidung«, schmunzelte Dr. Said Al-Jamal. »Ich mag es nicht, wenn mich jemand in eine Schublade steckt, deshalb habe ich keine Knast-Tattoos auf meinen Fingern und auch keine Stacheldrahtranken auf dem Unterarm oder so. Aber vielleicht habe ich zum Beispiel einen riesigen rosa Glückskarpfen quer auf dem Arsch, wer weiß das schon?«

»Sie machen Witze.«

»Möglich …«

Es dauerte eine ganze Weile, bis Toasty sich zu einer Aussage und zur Preisgabe seiner Personalien überreden ließ. Erst Jimmys Drohung, sich andernfalls an ganz andere Verdachtsmomente aus ihrer gemeinsamen Jugend zu erinnern, brachte ihn zum Einlenken. Roland nahm ihm das Versprechen ab, seine Erkältung brav zu Hause auszukurieren, und ließ ihn laufen. Geknickt zog Toasty ab, nicht ohne Jimmy noch einen dankbaren Blick zuzuwerfen.

Danach wussten Ali und Roland nicht so recht, was sie mit sich anfangen sollten. Lisa Coloretta musste noch ihre Aussage zu Protokoll geben, behandelte aber gerade einen Kunden, dem sie wegen des kleinen Zwischenfalls nicht hatte absagen wollen. »Gerade jetzt nicht«, hatte sie gesagt, »da muss man am Ball bleiben.«

Jimmy war mit seinem VW-Bus zu seinem ehemaligen Arbeitgeber McDonald's am entgegengesetzten Ortsausgang gebrettert, um sich von den alten Kollegen ein Spezialmenü zusammenstellen zu lassen. Jetzt, wo man wieder warm essen durfte. Er hatte Roland und Ali gefragt, ob er ihnen etwas mitbringen sollte, doch beide hatten abgelehnt.

»Immer, wenn ich hier in der Gegend bin, überkommt mich seltsamerweise ein enormer Hunger auf Schnitzel«, sinnierte Ali. »Das muss an dem Riesentrumm liegen, zu dem uns die Sekretärin von deinem Spengler im letzten Herbst eingeladen hat, damit wir heimlich ihre Leiche suchen.«

»Hat ja auch gewirkt. Wir haben die Leiche gesucht und sie gefunden, so ungefähr, jedenfalls. Positive Konditionierung nennt man das. Und beim Schnitzelessen sind wir beide uns zum ersten Mal nähergekommen«, grinste Roland.

»Tja, Liebe geht halt doch durch den Magen.«

»Hol dir doch was. Am besten drüben, in der Metzgerei Jakob. Wenn du da keine Schnitzelsemmel kriegst, dann weiß ich auch nicht. Kannst mir eigentlich auch eine mitbringen. Um der alten Zeiten willen.«

Etwas neidisch sah Roland dem rassigen Rechtsmediziner hinterher, wie er in lässigem Cowboyschritt hinüber zur Metzgerei stapfte. Für einen Mann, der den Großteil des Tages an einem Schreibtisch verbrachte, hatte sein Freund eine erstaunlich gute Haltung. Und in der engen Jeans einen verdammt südländischen Hüftschwung.

Als er ein paar Minuten später auf der Wartebank einer nahe liegenden Bushaltestelle saß und beim Essen einen Queen-Song summte, konnte Roland nicht mehr an sich halten.

»Was ich dich schon lange fragen wollte, Ali: Bist du eigentlich schwul?«

Der zurückgekehrte Jimmy verschluckte sich an seiner extraknusprigen Apfeltasche.

»Wie kommst du denn darauf, mein lieber Roland?«, fragte Dr. Ali cool.

»Ach, nur wegen der Tattoos und allem. Und weil es keine Frau Al-Jamal gibt. Oder?«

»Die gibt es tatsächlich nicht und wird es auch nie geben.« Den letzten Satz hatte Said Al-Jamal laut und schnell dahingezischt. Für die Verhältnisse des sonst so gelassenen Rechtsmediziners in einer beinahe aufbrausenden Art.

Die Männer schwiegen erschrocken. Jimmy und Roland versuchten, nach dem Geständnis möglichst unbefangen weiterzukauen, während Ali mit den Fußspitzen auf dem groben Asphalt herumtippelte, als wollte er gleich ein Tanzsolo hinlegen.

»Fehlt Ihnen Ihr Drehstuhl, Chef?«, fragte Jimmy mitfühlend mit vollem Mund.

»Vielleicht«, beschied Dr. Ali knapp. »Und deshalb werde ich jetzt nach nebenan zu dem Secondhandladen gehen und mir ein bisschen die Beine vertreten.«

»Der hat doch aber nur Kindersachen«, warf Roland ein. »Meine Frau kauft da gerne ein.«

»Und? Meinst du, ich habe ein Problem mit Kindern? Ich war sogar selbst mal eins, stellt euch das mal vor. Und die Kinder in meinem Verwandtenkreis kriegen immer gerne was von mir geschenkt. Ich bin nämlich homosexuell und nicht pädophil«, schnappte Ali, bevor er strammen Schrittes die Brucker Straße querte, nur knapp vor einem herannahenden und gewaltig staubenden Kieslaster.

Ali schüttelte den Kopf. Als ob sich ein erwachsener Mann keine Kindersecondhandläden angucken dürfte. Das Angebot interessierte ihn tatsächlich. Er hatte schon von der anderen Straßenseite aus ein Auge darauf geworfen: Ein uraltes Kettcar stand vor der Tür, rot lackiert. Genau dasselbe Modell, das er sich Weihnachten 1983 so vergeblich gewünscht hatte. Und Weihnachten 1984. Und 1985. Fünfundfünfzig Euro sollte es dem liebevoll per Wollfaden angeknüpften Preisschildchen nach kosten. Gar nicht teuer. Ob er es sich nach über dreißig Jahren selbst kaufen sollte – natürlich offiziell für seinen kleinen Neffen Theo?

Müßig kauend ließ er seinen Blick über die prächtige Playmobillandschaft im Schaufenster wandern, komplett mit Riesenrad und batteriebetriebener Gondel-Seilbahn. Was waren das heutzutage für Gören, die solch göttliches Spielzeug hergaben!

Da blieb sein Auge an der Osterdekoration hängen. Dr. Ali runzelte die Stirn, hörte auf zu kauen, trat einen Schritt näher und fixierte das unterarmlange hellbraune Objekt in der Zellophanverpackung, das in einem Nest aus künstlichem Gras und neben altmodischem Blechspielzeug in Form von Hasen und Küken herumstand wie ein verstrahlter Baumstumpf. Er drehte sich um. »Jimmy! Hierher, aber flott! Das musst du dir anschauen!«

Nachdem von Lisa Colorettas Tattoostudio nachgewiesenermaßen keine unmittelbare Gefahr für Leib und Leben der Bevölkerung ausging, überquerte Jimmy folgsam die Brucker Straße. Roland war kurz zuvor wieder im Tattooladen verschwunden.

»Da!«, wies der rassigste Rechtsmediziner Bayerns auf das hässliche Keramikprodukt in der Schaufensterauslage. Lange Sekunden verstrichen, in denen sein rechtschaffener Gilchinger Azubi das Keramikding ratlos anstarrte.

Schließlich tat Jimmy Ali den Gefallen und fragte. »Was soll das sein?«

»Das da, mein Lieber«, triumphierte Ali, »ist ein sogenannter Allacher Julleuchter.«

»Aha«, erschallte es da vom Ladeneingang her. Geschäftsführerin Martina Gabler hatte sich dort postiert, um mit skeptisch in die Hüften gestemmten Armen zu lauschen. »Was Sie nicht sagen. Ich hab gedacht, mein Nachbarsbub hätte den gemacht. Und Sie sind sich sicher, dass das in Wirklichkeit ein Allinger was ist?«

»Ein Julleuchter«, dozierte Ali weiter, geschmeichelt über das zusätzliche Publikum. »Aber ein Allacher, kein Allinger. Das gute Stück ist also gar nicht weit von hier entfernt hergestellt worden, und zwar in der Allacher Porzellanmanufaktur, die in den Dreißigern von der SS übernommen wurde und in der man Dachauer KZ-Häftlinge gezwungen hat, allerlei Nippes herzustellen. Zum Beispiel bunte Hitlerjungen für den Wohnzimmerschrank oder eben den Julleuchter. '39 hat jeder SS-Offizier so einen zu Weihnachten gekriegt. Nur, dass man damals nicht mehr Weihnachten sagen durfte, es hieß Julfest. Angeblich entsprach es der nordisch-heidnischen Tradition Skandinaviens, sich zur Wintersonnenwende so einen Leuchter aufzustellen. Als Symbol für die unsterbliche Sonne.«

»Und wieso angeblich?«

»Glauben Sie denn wirklich, die alten Skandinavier hätten so einen blöden Kerzenleuchter nötig gehabt? Vor allem, wo die ja auch erst seit vergleichsweise kurzer Zeit Kerzen hatten und dann relativ schnell der elektrische Strom eingeführt wurde. Wenn, dann gab es bei denen höchstens traditionelle Pechfackelhalter, Kienspanleuchter oder Tonschüsseln, in denen man seine alten Lumpen anzünden konnte, nachdem man sie mit Schweineschmalz getränkt hatte.«

»Und die armen Trottel von der SS mussten sich dieses hässliche Ding dann ins Fenster stellen, damit niemand an ihrer germanischen Gesinnung zweifelte? Die können einem im Nachhinein fast leidtun«, schnaubte Frau Gabler, während sie den Julleuchter fixierte, als könnte er jederzeit den Hitlergruß zeigen und davonspringen. »Na ja, aber eben auch nur fast. Woher wissen Sie das eigentlich alles?«

Dr. Said Al-Jamal lächelte schmerzlich. »Meine Mutter war mit einem der Gründer von der Allacher Porzellanfabrik verwandt. Wenn die anno '39 nicht enteignet worden wären, hätten wir vielleicht ein schönes Sümmchen von ihm geerbt. Meine deutschen Vorfahren hätten in diesem Fall auch sicherlich schönere Dinge als das da produziert.« Er deutete auf den Kerzenhalter. »Dass der ganze Ersatz-Weihnachtskram in der Bevölkerung nie wirklich eingeschlagen hat, kann man gut an der heutigen Bekanntheit des Julleuchters sehen, die nicht besonders hoch ist. Wie lange steht der bei Ihnen schon im Schaufenster?«

»Vielleicht zwei, drei Tage …«

»Und vor mir hat Sie noch niemand darauf angesprochen?«

»Nein«, gab Martina Gabler zu.

»Ich habe am Gymnasium meine Facharbeit darüber geschrieben«, sagte Ali stolz. »In Allach wurden immerhin über fünfzigtausend Stück davon hergestellt. Ein paar Jahre später folgten in einem anderen KZ noch mal fünfzehntausend. Wie gesagt, die Leuchter gab es nicht zu kaufen. Das war eine Ehrengabe, die nur SS-Offiziere erhielten. Die Crème de la Crème der damaligen Gesellschaft. Gegenstände, die nur an ausgesuchte Personen verliehen werden, genießen normalerweise relativ schnell Kultstatus. Jeder will das haben, was die oberen Zehntausend haben. Und der Julleuchter? Nicht einmal der fanatischste Militaria-Sammler kennt ihn überhaupt. Manchmal wird einer für einen Fuffi nach Amerika verkauft, aber das war's dann auch. Schon 1939 wollte den eigentlich keine Sau haben, dafür ist das Design wohl einfach zu hässlich. Ich finde das übrigens sehr verständlich, denn er sieht doch wirklich so aus wie das, was Kevin im Werkunterricht zustande bringt, wenn das Ritalin nicht mehr wirkt.«

»Moment, Moment, Werkunterricht gibt es nicht mehr. Hat für das Kultusministerium wohl zu germanisch geklungen. Das heißt heute Textiles Gestalten«, unterbrach Frau Gabler.

»Werken und Textiles Gestalten«, berichtigte sie Jimmy, der sich nur sehr kurz gefragt hatte, ob er den eben erwähnten Kevin auf sich beziehen sollte. »Ist das Ding eigentlich nicht verboten, so wie SS-Gürtelschnallen oder Dolche mit Hakenkreuz und so?«

»Hm, gute Frage«, sagte Dr. Ali. »Theoretisch könnte das heute ein teuer gehandeltes Sammlerstück sein. Es existieren ja eine Menge spezieller Internetforen, alle halblegal. Und sehr theoretisch könnten Sie sich«, er wies auf Frau Gabler, »des Handels mit verbotenen politischen Symbolen strafbar gemacht haben.«

»Aber praktisch ist das Teil so greislich, dass Sie höchstens für optische Belästigung verknackt werden könnten«, gluckste Jimmy. »Und es ist ja auch kein Hakenkreuz drauf.«

»Recht hast du.« Ali wandte sich an die Ladenbesitzerin. »Ich glaube auch nicht, dass Ihnen Ärger ins Haus steht, nur weil Sie einen sehr hässlichen Kerzenständer ins Schaufenster gestellt haben.«

»Ich verspreche, mich zu bessern«, murmelte Frau Gabler mit vor Amüsement zuckenden Mundwinkeln.

»Worum geht's denn?«, fragte Roland, der in diesem Moment vor den Laden trat, da er mit der Anzeigenaufnahme im Tattoostudio fertig war. Fragend guckte er zwischen Ali, Jimmy und Martina Gabler hin und her, bis sein Blick auf den Julleuchter fiel. »Wie kommt der denn hierher? Den haben wir doch meiner Mutter geschenkt!«

Carlas Chakren

Wie am Telefon angekündigt, holte die Schamanin Carla am Ende des Fußwegs ab. Ihre erd- und sandfarbene Kleidung ließ sie fast nahtlos mit der Umgebung verschmelzen. Neben ihr stand eine Husky-Schäferhund-Mischung mit aparter schwarz-weißer Fellzeichnung. Hatti, der sich schon die ganze Zeit über aufgeführt hatte wie ein Irrer, verlor bei deren Anblick vollends die Fassung. Er duckte sich abwechselnd flach auf den Boden, um sich dann wieder möglichst groß und bedrohlich aufzurichten und den Köter und sein Frauchen löwenmäßig anzuknurren.

Carlas Geduldsfaden war gerissen. Sie wusste sich nicht anders zu helfen, als das sich widersetzende Vieh unter leisen Flüchen mit der Leine an die nächste Buche zu binden. »Da kannst du weiterwinseln, du undankbares Geschöpf«, zischte sie ihm zu. »Wellness ist eh nix für Köter.« Sie wandte sich der wartenden Frau zu. »Grüß Gott und entschuldigen Sie bitte. Das ist nicht mein Hund, ich passe nur auf ihn auf, bis sein Herrchen wieder zurück ist. Und Sie sind bestimmt Frau Ilka Red … Sk… also, die mit der Erdwärme?«

»Die bin ich«, sagte die Frau und schüttelte Carla die Hand. »Man spricht meinen Namen übrigens ›Slogür‹ aus. Rrred Slogür. Das ist isländisch.« Sie trug ein Schmunzeln auf ihren ungeschminkten Lippen und streckte Carla die Hand hin.

Ihre Haut war gleichzeitig rau und kühl. Carla empfand ihren Griff als angenehm zupackend, allerdings waren ihre Finger nach Hattis Rumgezerre auch etwas gefühllos.

»Tja, manchmal ist es halt Abneigung auf den ersten Blick«, fuhr die Schamanin fort. »Hunde sind in dieser Hinsicht nicht anders als Menschen.«

Sie führte Carla den Rest des Wegs über einen Trampelpfad durch den stillen Buchenwald, in dem gerade die ersten Knospen aufbrachen. Geduldig passte sie ihre Geschwindigkeit an die Schwerfälligkeit ihrer Kundin an. Nach ein paar Minuten, in denen sie eine moderate Steigung hinaufgewandert waren, traten sie auf eine große Lichtung auf dem Gipfelplateau des Steinbergs. Die eine Hälfte der Fläche bedeckte frisch gepflügter Ackerboden, die andere eine ungemähte, wilde Streuobstwiese. Unauffällig, hinter dem dicken Stamm eines Apfelbaums verborgen, lag in einer Senke die Schwitzhütte.

Ganz anders, als Carla angenommen hatte, handelte es sich bei dieser nicht um ein rundes Zelt aus Ästen und bunten Decken, sondern um eine kleine Festung im Stil einer Hobbithöhle. Mit einem Durchmesser von über fünf Metern und einem dicken Steinwall als Wand ähnelte sie durchaus auch einer Ritterburg. Lukas hätte bestimmt seine Freude daran gehabt und wäre sofort, mit einem Stock als Schwert bewaffnet, laut brüllend um sie herumgerannt.

Dunkle, feuchte Fichtenstämme stützten das Spitzdach, auf dem Holzschindeln lagen, die von Steinen beschwert wurden. Auf dem dem Wind ausgesetzten Plateau des Steinbergs wirkte die Hütte wie die Kulisse eines Fantasy-Films. Hätten sich Carla nicht in allen Blickrichtungen deutliche Zivilisationsanzeichen geboten, hätte sie sich leicht in der tibetischen Hochebene wähnen können.

»Sieht ganz schön massiv aus«, sagte sie anerkennend und klopfte auf die Steinmauer.

»Das ist ja auch keine normale, temporäre Schwitzhütte, sondern eine, die bleibt. Wenn man ab und zu das Dach ausbessert, wird sie vermutlich länger stehen als alle windigen Einfamilienhäuser im Neubaugebiet.«

»Stonehenge steht ja auch noch«, nickte Carla. »War bestimmt ziemlich viel Arbeit, die Steine hier heraufzuschaffen.« Ihr fiel etwas ein. »Nehmen Sie es bitte nicht persönlich, aber ich krieg auf unserem Grundstück noch nicht einmal ein anständiges Mülltonnenhäuschen genehmigt, und das wäre weniger als halb so hoch. Wieso durften Sie die Schwitzhütte hier errichten?«

»Ich behandle den Bauern, dem das Grundstück gehört, als Gegenleistung gratis«, sagte die Schamanin mit schiefem Grinsen. »Aber wenn ich hier oben wohnen würde, wäre auch schon längst der Bagger da, auf so was kann man ja Gift nehmen. So, jetzt wollen wir aber mal beginnen! Geben Sie acht, dass Sie nicht ausrutschen. Nach dem Eingang geht es etwas nach unten.« Sie öffnete die ochsenblutrot lackierte Metalltür der Schwitzhütte und winkte ihre Kundin hinein.

Carla musste erst einmal den Kopf einziehen, bevor sie sich nach drei, vier vorsichtigen Schritten ins Dämmerlicht wieder aufrichtete. Sie ging eine flache Rampe hinab, bis sie etwa einen Meter unter Bodenniveau auf trockener, lehmiger Erde stand, und blinzelte. Vor sich konnte sie den Umriss des Kräuterofens ausmachen, unschwer zu erkennen an der roten Glut, welche die Hauptlichtquelle in der Hütte bildete.

Es war, als wäre sie auf einen anderen Kontinent versetzt worden. Die Atmosphäre war eine Mischung aus tropischem Schmetterlingshaus bei Nacht und mystischem Mutterschoß, aber staubtrocken. Carlas Körper gewöhnte sich schneller an die neue Umgebung als ihre Augen. Das Klima in der Schwitzhütte unterschied sich so sehr von dem feuchten deutschen Aprilwetter draußen, dass Carlas Kreislauf einen Gang zurückschaltete und sich ihr Herzschlag verlangsamte. Gar kein unangenehmes Gefühl, im Gegenteil. Schnuppernd sog sie die würzig-warme Luft ein und freute sich darauf, hier Zeit verbringen zu dürfen.

Frau Red Skógur hatte die Hütte direkt hinter ihr betreten und die Tür rasch zugezogen. »Ich habe schon einmal vorgeheizt. Wenn Ihre Sitzung beginnt, werfe ich noch ein paar getrocknete Kräuter auf die Glut und lasse Sie dann allein. Ich bleibe natürlich in Hörweite, falls etwas sein sollte.«

Die letzte Bemerkung gab Carla zu denken. »Erwarten Sie denn, dass etwas sein könnte? Mein Kreislauf ist eigentlich recht stabil, wenn ich nicht gerade schwanger bin, und fünfzig Grad ist ja auch nicht sooo heiß.«

»Bisher haben alle meine Kunden die Wärme wunderbar vertragen, trotzdem ist das keine Garantie. Immerhin sind Sie ja nicht allein in Ihrem Körper. Aber eine halbe Stunde halten Sie bestimmt aus. Ich werde nach der Hälfte der Zeit kurz nachschauen, wie es Ihnen geht, wenn Sie das beruhigt. Haben Sie sich schon orientiert?«

»Ein bisschen.«

»Auf dem Stuhl links von Ihnen können Sie Ihre Jacke ablegen.

Die Schuhe stellen Sie am besten daneben. Dann setzen Sie sich bitte und atmen ein paarmal tief ein und aus. Bevor ich gehe, werde ich jetzt noch Ihre Chakren fixieren, damit die Energie unserer Mutter Erde ungestört durch Sie hindurchfließen kann.«

Eine höhere Tochter on the road again

Da hieß es immer, die Gangschaltung sei ein Relikt aus vorsintflutlichen Zeiten und dass in so fortschrittlichen Ländern wie den USA kein Mensch mehr wüsste, wie man schaltete. Doch Sintflut hin oder her, Gitte Grabow tat sich mit der Automatik ausgesprochen schwer. Es war aber auch schon mehr als fünfzig Jahre her, dass sie zuletzt hinter einem Steuer gesessen hatte. Ach ja, die Emanzipation! Sie hatte überhaupt nur den Führerschein gemacht, weil der für höhere Töchter damals ein Zeichen der Freiheit gewesen war. In ihrer Kindheit hatte noch folgender Satz gegolten: Selbst fahren brauchst du nicht, das hat ein Mädchen aus gutem Haus nicht nötig.

Als junge Frau hatte sie das auch nie in Frage gestellt, immerhin wimmelte es überall vor arbeitslosen Kutschern, von denen die gewiefteren auf motorisierte Pferdestärken umgestellt hatten und sich nun Chauffeure nannten. Dann allerdings starb überraschend der englische König, seine Tochter Elisabeth wurde gekrönt, und alle Medien berichteten aufgeregt davon, dass die junge Königin im letzten Kriegsjahr eine Ausbildung zur Automechanikerin abgeschlossen habe. Und was einer Königin geziemte …

Trotzdem. Der Toyota Prius hielt dem Vergleich mit dem Borgward Isabella, in dem Gitte 1953 ihren Führerschein gemacht hatte, nicht stand. Zwar war es verheirateten Frauen in Deutschland vor dem 3. Mai 1957 offiziell verboten gewesen, ohne Erlaubnis des Ehemanns die Führerscheinprüfung abzulegen, doch das hatte nicht für attraktive Junggesellinnen gegolten, deren Gesicht dem zuständigen Beamten bekannt vorkam. Im Borgward hatte Gitte sich gefühlt wie eine ägyptische Königin in einer Sänfte, so erhöht hatte sie gesessen.

Kein Wunder also bei der Vorgeschichte, dass die Abwesenheit einer Kupplung sie verwirrte. Und dann diese … diese Längsstützen! Die Frontscheibe des Wagens war nach vorn gezogen wie ein Entenschnabel, und die schrägen Metallstreben zu den Seitenfenstern hin schränkten die Sicht empfindlich ein. Geradeaus hatte Gitte zum Glück freien Blick, aber was wäre, wenn sie eine Kurve fahren wollte? Das wäre doch praktisch ein Blindflug.

Und nach hinten raus war es noch schlimmer. Wie die Seitenspiegel zu verstellen waren, wollte sie erst gar nicht ausprobieren. Durch das fließende Heck mochte das Auto vielleicht ganz windschnittig sein, aber durch das Rückfenster sah sie in etwa so viel wie durch eine beschlagene Lesebrille. Vorausgesetzt, sie konnte überhaupt durch das Fenster schauen und wurde nicht von einem streng blickenden Kleinkind abgelenkt.

Gitte Grabow sah Lukas über den Rückspiegel tief in die Augen und gab sich Mühe, ihre Stirn weitestgehend zu entrunzeln. Dem kleinen Liebling sollte ihre Anspannung verborgen bleiben. »Schätzelein, sag einmal, du kennst dich doch so gut aus, wo ist denn hier der Rückwärtsgang?«

Eifrig half Lukas Gitte beim Ausparken, wobei er nicht vergaß, sie auf den Verkehr aufmerksam zu machen. Die Landsberger Straße war um diese nachmittägliche Zeit vor den Feiertagen noch stärker befahren als sonst, doch auch unter entspannten Bedingungen wäre es schon eine Leistung gewesen, den Tengelmann-Parkplatz rückwärts, den Rad- und Fußweg querend, zu verlassen.

Prompt musste ein Mountainbiker mit quietschenden Bremsen halten, als der cremefarbene Elektro-Prius unhörbar auf die Straße vordrang. Den hatte Gitte nun wirklich nicht kommen sehen. Ganz anders die herannahende Autokolonne auf ihrer Fahrbahn, deren Geschwindigkeit sie viel niedriger eingeschätzt hatte, als sie es in Wirklichkeit war. Was mussten heute auch alle Menschen so rasen?

»Ein bisschen Bremsen hat noch niemandem geschadet«, beschied Gitte Grabow, suchte bedächtig nach dem ersten Gang, den es nicht gab, und wählte auf Lukas' Anraten den Buchstaben »D«, um sich in den Verkehr Richtung Osten einzureihen.

»Bist du auch angeschnallt?«, fragte sie ihren kleinen Beifahrer, um ihn von der überstandenen Lebensgefahr abzulenken.

Zum Glück gab es auf der Landsberger Straße viele Ampeln. Gleich die erste wurde orange, als Gitte sich ihr im Schneckentempo näherte und unter dem Protest ihres Hintermanns kräftig auf die Bremse trat. Sie atmete auf. Die halbe Minute Zwangspause gab ihr Gelegenheit, sich ein bisschen in die Größenverhältnisse des Wagens einzufühlen. Und in die Geografie Gilchings. Wie genau kam sie jetzt gleich wieder zum Steinberg? Da musste man doch unter den S-Bahn-Schienen hindurch, aber das würde ja bedeuten, dass sie über die schreckliche Kreuzung von Landsberger- und Römerstraße müsste. Nein, auf keinen Fall. An dieses zusammengeschusterte Stück epischer Verkehrsfehlplanung traute sich Gitte ja nicht einmal zu Fuß heran.

Ihre mürben grauen Zellen rauchten noch, als die Ampel wieder auf Orange schaltete. Ein ungeduldiger Handwerker in einem weißen Kastenwagen zog links an ihr in die Unterführung zum Starnberger Weg vorbei.

Natürlich! Das war es. Die Kreuzung hier war viel großzügiger und auch weniger befahren als die mit der Römerstraße. Sie würde die S-Bahn-Schienen einfach schon hier unterqueren!

Kurz entschlossen wollte Gitte den Blinker setzen und zog dafür an einem der Hebel neben dem Lenkrad, woraufhin sich mit garstigem Gequietsche die Scheibenwischer in Bewegung setzten. Erschrocken drückte sie den Hebel wieder zurück, zerrte am Lenkrad, trat aufs Gas und schaffte es, blinkerlos und begleitet von einem Hupkonzert, in den Starnberger Weg einzubiegen. Eine behelmte Rentnerin auf dem Fahrrad schimpfte ihr hinterher, doch das konnte Gitte Grabow durch das schräge Heckfenster nicht sehen. Sie war sehr erfreut, den Motor nicht abgewürgt zu haben. Also beherrschte sie das Ding doch ganz gut!

Elegant tauchte der Wagen unter der Bahnbrücke hindurch und bewältigte mühelos den Anstieg zur Sonnenstraße. Hier kannte sie sich wieder aus wie in ihrer Westentasche, hier gewann Gitte Grabow sofort noch mehr Vertrauen in ihre Fahrkünste. Sie musste nur die Kurve rechts hinauf nehmen und dann den im Volksmund »Bahnwegerl« genannten Glatzenfußweg entlangfahren. Schön geradeaus bis zum Ortszentrum am Bahnhof und dem dahinterliegenden Steinberg. Mutig versuchte sie, ein zweites Mal zu blinken – diesmal klappte es –, und schlug das Lenkrad ein.

Es tat einen Schlag. Erst, als der Unterboden des Wagens schon hörbar über den Bordstein schrappte, fiel Gitte wieder ein, dass der Glatzenfußweg nicht ohne Grund so hieß. Der Bordstein war an dieser Stelle so hoch, weil man eben nicht darüberfahren sollte. Ein Fußweg. Da hatte sie sich von der Gewohnheit und dem breiten asphaltierten Weg wohl täuschen lassen.

»Hach je!«, entfuhr es ihr, aber der Prius glitt schon die Kurve hinauf und auf den Skatepark zu. Davor lag ein Bolzplatz, den Gitte Grabow für eine Ackerfläche hielt. »Nun gibt es kein Zurück mehr, ich kann doch nicht im frisch bestellten Feld von diesen armen Bauern wenden!«

Ein halbes Dutzend Halbwüchsiger mit albernen kleinen rollenden Brettern unterbrach seine Übungen der körperlichen Ertüchtigung und starrte mit offenem Mund auf das still vorbeiziehende Taxi. Die Jungen trugen eckige Knieschoner und Stahlhelmen ähnliche Kopfbedeckungen. Ihre Silhouetten erinnerten an abgemagerte, aufrecht stehende Kakerlaken.

Auf der Rückbank räusperte sich jemand höflich. »Du musst nur ein bissl Gas geben«, empfahl Lukas. »Sonst beschwindigst du zu schnell, aber in Gilching darf man nicht zu schnell beschwindigen, weil da ja Häuser sind.«

»Aha«, entgegnete Gitte und setzte ihren zitternden Lackslipper etwas tiefer aufs Gaspedal. Im Moment sah sie zwar weit und breit keine Häuser, aber tatsächlich glitt das Taxi gleich viel langsamer an den Hundehäufchen und Weizenstoppeln vorbei.

Der cremefarbene Prius tauchte an der Fabrikationshalle Romacker wieder in die Zivilisation ein. Langsam, aber stetig fuhr er an dem flachen Gebäude vorbei und durch die abgestellten Autos über den langen, geteerten Pendlerparkplatz. Gitte seufzte auf. Jetzt waren sie auch wieder auf richtigen Wegen unterwegs. Der verbotene Ausflug auf den Glatzenfußweg schien noch glimpflich ausgegangen zu sein. Niemand rannte ihnen nach, keine Alarmsirene schrillte. Und trotzdem schlug Gitte Grabows Herz schneller, als sie sich der Bahnhofstraße näherten. Ab sofort galt wieder die deutsche Straßenverkehrsordnung, der sie sich bestmöglich anzupassen hatte. Zudem befand sich hier, direkt vor dem hellgrün gestrichenen ehemaligen Bahnhofskiosk, der offizielle Stellplatz von Taxi-Rudi, wo er auf Kunden wartete, wenn er gerade keinen uralten Filmstar kutschierte.

Prompt stürzte vor der Buchhandlung LeseLust ein Herr im

Anzug auf Gitte zu. »Taxi! Taxi!«, rief er und wedelte aufgeregt mit seinem Aktenkoffer und der perfekt geglätteten Krawatte.

Ärgerlicherweise hatte Gitte beim Starten des Wagens versehentlich das Fenster heruntergefahren, und nun hatte sie keine Ahnung, wie sie etwas daran ändern sollte. Bevor sie sich eine Strategie zurechtlegen konnte, beugte sich der Mann auch schon zu ihr hinunter. »Zum Flughafen, aber schnell, die Scheiß-S-Bahn fährt mal wieder nicht!«, schrie er bedrohlich.

Dann geschahen zwei Dinge gleichzeitig. Der Anzugmann realisierte, dass die Taxifahrerin eine Greisin war und auf der Rückbank ein Kleinkind auf einem Spider-Man-Sitz saß, und noch während sich diese Erkenntnis in seinem Gehirn verankerte, rollte ihm das Hybridauto lautlos über den Fuß.

»Aaaaahhh! Ich zeig Sie an!«, brüllte er, humpelte einen Meter zurück und warf den Aktenkoffer von sich.

Gitte lächelte. Dieser Gegner war abgeschüttelt. Sie trat ordentlich aufs Gas, und der Prius beschleunigte unter sonorem Brummen. Es dauerte bis zur Abzweigung Römerstraße, bis sie sich wieder traute, in den Seitenspiegel zu gucken. Niemand verfolgte sie.

»Gitti-Oma, was wollte der Mann?«

»Er wollte zum Flughafen, Schätzelein. Aber dafür haben wir jetzt keine Zeit.« Die Grabow, die schon viel besser mit dem Wagen zurechtkam als noch vor zehn Minuten, querte halsbrecherisch, ohne auf den Gegenverkehr zu achten, die Römerstraße. Rechts und links quietschten die Bremsen und fluchten die Fahrer. Auch Klirren und Knirschen war zu hören. Es kam zu mehreren Auffahrunfällen.

»Mon dieu!«, seufzte Gitte und warf einen kurzen Blick in den Rückspiegel. »Wo gehobelt wird, da fallen Späne.«

Ihr Ziel war der Anwohnerparkplatz am Ende der Bebauungszone, direkt neben der S-Bahn-Linie. Von dort führte ein Feldweg, den sie vor zwanzig Jahren gerne zu Verdauungszwecken spazierend bewältigt hatte, auf den Steinberg. Zu Fuß kam man dort sehr viel leichter hin. Gitte sah sich gezwungen, unter dem Geschrei der Verkäuferinnen durch die Auslagen eines Skatermoden- und eines Strickwarengeschäftes zu pflügen, wobei ein Seitenspiegel abbrach.

Auch die folgenden vier Treppenstufen waren nicht unbedingt gut für den Unterboden des Wagens, aber dank der behindertengerechten Rollstuhlrampe an der einen Seite und mit sehr viel Gas wurde auch dieses Hindernis bewältigt.

Doch als sie um die Ecke bogen und das Ende des Parkplatzes erreichten, endete urplötzlich der Teerbelag. Auch der Feldweg war nur ein einfacher Fußweg, noch dazu einer mit unnötigen Kurven. Egal. Wozu fuhr man denn ein Hybridauto?

»Jetzt kann das japanische Ding mal zeigen, was in ihm steckt!«, rief sie und senkte ihren rechten Lackslipper auf das Gaspedal wie ein Richter seinen Richterhammer auf den Holzblock.

Stoisch arbeitete sich der Toyota Prius durch die anfänglich recht flach ansteigende Wiese, bis sich seine Reifen tief im matschigen Boden vergruben und das Auto stehen blieb. Als sich die Fahrertür öffnete und Gitte herausstolperte, schaltete der Elektromotor selbstständig in den Parkmodus. Es klang wie ein erleichterter Seufzer. Eine modisch karierte Dreiviertelhose aus dem Skatermodengeschäft hing über dem verbliebenen Seitenspiegel.

***

»Das ist aber eine seltsame Massagetechnik«, wunderte sich Carla. Die Schwitzhütten-Schamanin hatte ihr zuerst mit ein paar gekonnten Handgriffen die Nackenmuskulatur gelockert, dann ihre Arme ausgestrichen und die Schultern durchgeknetet. Das war noch angenehm gewesen, aber dann hatte Carla auf einmal gemerkt, dass sich keine heilkundigen Finger mehr um ihre Handgelenke legten, sondern hartkantige Schnüre. Kabelbinder? »Sie haben mich gefesselt«, stellte sie fest. Noch war da keine Panik in ihr. Mit den typischen Vorgängen in einer Schwitzhütte kannte sie sich ja nicht aus. Bestimmt gab es eine sinnvolle Erklärung für das seltsame Geschehen.

»Genau«, nickte die Heilerin hinter ihr. »Und wissen Sie auch, warum?«

»Damit ich mich besser entspannen kann?«, hoffte Carla.

»So kann man es auch sagen«, murmelte ihr Widerpart und trat einen Schritt zurück, um ihr Werk zu betrachten. Die Schamanin hatte nun jede kundenfreundliche Munterkeit abgelegt. Sie sprach viel langsamer als zuvor. Genüsslicher. Mit einer silbrig kalten Stimme wie Marlon Brando in »Der Pate«. »Ich habe Sie gefesselt, weil Sie mit einem Polizisten verheiratet sind und mit dieser alten Schachtel gemeinsame Sache machen. Das weiß ich, weil Ihr Witz von einem Köter einem verstorbenen Patienten von mir gehört hat. Sie spionieren mir nach, ich spioniere Ihnen nach, korrekt? Ihre Nachbarin steckt seit einiger Zeit ihre Nase in Sachen, die sie nichts angehen. In Sachen, wegen denen auch Sie hier sind, stimmt's nicht?«

»Aber nein! Ich bin wirklich nur hier, weil ich Rückenschmerzen habe«, beteuerte Carla. »Ich hatte keine Ahnung, dass Sie anscheinend etwas mit der Giftsache zu tun haben.« Sie biss sich auf die Lippe.

»Aber jetzt wissen Sie's. Und weil Sie möglicherweise nicht so dumm sind, wie Sie aussehen, werden Sie sicherlich verstehen, dass ich Sie nicht mehr lebend gehen lassen kann. Sie würden mir bestimmt Ihren Mann auf den Hals hetzen.«

»Nein … nein! Ich sage niemandem etwas! Ich verspreche Ihnen, dass ich niemandem etwas verrate, wenn Sie mir nichts tun!«

»Und wieso sollte ich das riskieren? Bin ich etwa so blond wie Sie?« Die Schamanin schnaubte und schüttelte ihre silbern durchzogene Mähne. »Schon lange nicht mehr. Ich werde Sie jetzt allein lassen und die Lüftungsklappe schließen, damit sich das Kohlenmonoxid schön ausbreitet. Sie haben die einfachste Rolle in diesem Spiel. Sie müssen nur sitzen bleiben und tief einatmen. Es könnte eine Weile dauern, bis Sie ohnmächtig werden, aber lassen Sie mich Ihnen versichern, es tut nicht weh und ist am Schluss ganz schnell vorbei. Man sagt sogar, die meisten Menschen haben bei Sauerstoffmangel euphorische Gefühle. Deshalb erwürgt sich auch jedes Jahr ein Dutzend Japaner beim Wichsen. Lustig, oder?« Jetzt lachte die Schamanin. »Wenn sich nur alle Menschen so freiwillig aus dem Genpool kicken würden! Aber dafür gibt es ja mich. Aber ich bin keine Sadistin, ich will niemanden unnötig quälen. Ich tue nur, was getan werden muss. Schauen Sie, ich erspare Ihnen sogar das Gift.«

»Wo ist es?«, fragte Carla. Sie hatte einen letzten ermittlerischen Geistesblitz.

»Mein Hund passt darauf auf«, erwiderte Elke. »Das ist nämlich ein ausgesprochen feines Zeug. Aber damit würde es so schnell gehen, dass Sie gar nichts davon hätten. Sie können sich glücklich schätzen! Ersticken ist ein viel schönerer Tod, als vergiftet zu werden.«

Carla fluchte innerlich. Nur ihre Lippen bewegten sich. Ihre Gedanken rasten. Dieses Weib war eine Soziopathin. Gestochen scharf erschien der Text von Rolands letzter kriminalpsychologischen Fortbildung vor ihrem inneren Auge. Sie hatte ihn damals so oft abgefragt, dass sie sich an den Inhalt vermutlich besser erinnerte als er. *Das Verhalten von Soziopathen ist denen kleiner Kinder in der Phase der Ich-Findung nicht unähnlich. Da keine ausgereifte Emotionskontrolle vorliegt, werden Maßregelungen von außerhalb nur als negativer Stimulus empfunden.*

Also durfte sie sich gar nicht erst auf Machtkämpfe einlassen und bloß nicht nerven. Bloß die Irre nicht in ihrem Tun bestärken. Cool bleiben. Keine Eskalation riskieren. Carla empfand das dringende Bedürfnis, sich die gefesselten Hände auf den Bauch zu legen. »Ich glaube nicht, dass das eine gute Idee ist«, sagte sie schließlich betont entspannt, als ginge es nicht um Leben oder Tod, sondern um eine lästige Angewohnheit in der Art von Nägelkauen oder Daumenlutschen. »Das wäre Mord … an mir und meinem ungeborenen Kind.«

»Stimmt!« Ilka Red Skógur betrachtete den kugelrunden Bauch ihrer Gefangenen und zog scheinbar besorgt die Stirn in Falten. »Was wird es denn, ein Bub oder ein Mädchen?«

»Ein Mädchen.«

»Wie soll es denn heißen?«

»Leonie, wahrscheinlich.«

»Hübsch! Ganz ein netter Name. Und wann wäre es so weit?«

»In gut vier Wochen.«

»Dann ist die Kleine also jetzt schon lebensfähig.« Elke Rothwald klang fröhlich. »Gerade noch rechtzeitig. Je früher man das Unkraut ausreißt, desto weniger wächst nach.« Sie machte drei Schritte, verschwand aus Carlas Blickfeld und verschloss mit einem dumpfen Knall die Tür der Schwitzhütte von außen. Schlagartig war es nicht mehr dämmrig, sondern stockdunkel im Inneren.

Erstarrt hörte Carla, wie eine Kette vorgelegt wurde. Sie blinzelte ungläubig und fing an zu schreien.

Himpelchen und Pimpelchen

Bis der größte lebende uralte Filmstar des Fünfseenlands sich abgeschnallt und das Toyota-Taxi verlassen hatte, waren bereits wertvolle Sekunden vergangen. Weitere Zeit verrann, während sie mit ihrem kleinen Schützling diskutierte.

»Gitti-Oma, was machen wir hier?«

»Bitte nenne mich nicht immer Oma. Wir wollen ein bisschen spazieren gehen und nach deiner Mama sehen, weil die sich vielleicht nicht so wohlfühlt.«

»Können wir nicht zurückfahren und mein Fahrrad holen? Mit dem Fahrrad kann ich viel besser spazieren gehen.«

»Nein, mein Lieber, das geht jetzt nicht. Wir müssen zuerst deine Mama finden.« Fieberhaft überlegte Gitte Grabow, ob sie das Kind mitnehmen sollte oder nicht. Wer wusste denn schon, was sie erwartete? Andererseits war es stets Carlas größte Furcht, dass sie den kleinen Lukas aufgrund ihres Alters irgendwo vergessen könnte. Und das wollte sie sich nun auch nicht nachsagen lassen.

»Komm jetzt«, drängte sie also und hielt ihm die Hand hin. Lukas hatte sich bereits selbstständig abgeschnallt. »Das kann ich schon allein.« Behände sprang er aus dem Wagen und sah sich um. »Wo suchen wir die Mama?«

»Wir müssen da hinauf«, erklärte Gitte Grabow und wies auf den Höhenzug vor ihnen.

Die Besteigung der Gilchinger Ostwand wurde massiv erschwert, indem sich Lukas Maeßmer in Unkenntnis der Bedrohungslage nach wenigen Metern mitten auf die Wiese setzte und das Weitergehen verweigerte.

Verzweifelt versuchte Gitte Grabow, sich an einen motivierenden Spruch zu erinnern, aber ihr fiel nur ein alter Kinderreim ein. Bedeutungsvoll blickte sie Lukas an und legte die Hände vor seinem Gesicht zu einer Kugel zusammen. Nur die Daumen, die hin und her wackelten, ragten aus ihr hinaus.

»Himmelchen und Pimmelchen … Ach du Schreck, nein,

Himselchen und Pipilein … Moment … Hickseklein und Pickelchen … Ach! Aber jetzt hab ich's … Gleich …« Sie stockte.

Lukas fixierte zwar noch ihre Daumen, zog dabei aber bereits die Mundwinkel nach unten.

Ein hustendes Geräusch weckte Gittes Aufmerksamkeit. Sie ließ die Hände sinken und wandte sich um. Da war doch eine Bewegung am Waldrand gewesen! Die böse Hexe? Nein, viel kleiner, schmaler, grauer – der Hund!

»Hatti!«, juchzte Lukas, sprang auf die Beine und rannte drauflos, um ihn von dem Baum loszubinden. Anschließend waren motivierende Sprüche nicht mehr nötig, der graue Torpedo zog Gitte Grabow und Lukas förmlich den Steinberg hinauf.

»Mon dieu!«, japste Gitte. »Das ist ja wie beim Skijöring!«

Das zusammen hundertjährige Ermittlerpaar kämpfte sich den Rest der mittlerweile ziemlich steilen Wiese hinauf, durch eine lichte Säulenhalle von gigantischen Buchen und eine Brombeerhecke, die dem Dornröschenschloss alle Ehre gemacht hätte. Schließlich erreichten sie die Streuobstwiese auf der Kuppe des Steinbergs.

Hatti wurde immer aufgeregter. Hier musste sie irgendwo sein, die Wellness. Und Carla Maeßmer. Vielleicht in dieser runden Steinhütte da, die in einer Bodensenke hinter einem Obstbaum nicht auf den ersten Blick zu entdecken gewesen war? Gitte stieß einen Schreckensschrei aus: Aus der Spitze der Hütte stieg Rauch! Das hieß, dass sie bereits in Betrieb war und Carla sich darin befinden musste. Allein und ahnungslos dieser Frau und deren Wellness ausgeliefert.

Über den aufrechten Rücken des einst gewesenen Weltstars lief ein Schauer. Nicht einmal ein knappes Jahrhundert der Schwerkraft und des Zellsterbens konnte Gitte Grabows äußere Hülle daran hindern, sich in eine kribbelnde Gänsehaut zu verwandeln. Sie packte Lukas' kleine Hand fester und schritt so forsch aus, wie es ihr möglich war. Es kam ihr vor wie in Zeitlupe. Der Steinberg schien partout nicht von ihr bestiegen werden zu wollen. Selbst der Boden wehrte sich; er bockte, beulte sich aus und formte eisglatte Flächen aus feuchtem, matschigem Gras.

Selbst Lukas jammerte, dass es ihm zu steil sei und er außerdem keine Gummistiefel anhabe. »Das ist ein blöder Spaziergang! Ich will wieder heim!«

Gitte Grabow sparte sich den Atem, ihm die Notlage zu erklären. Diese Situation war sowieso nichts, was man einem Dreijährigen auf die Nase binden musste. Gitte benutzte die gute Landluft lieber, um sich einen weiteren halben Meter die Anhöhe hinaufzuquälen. Sie musste, wie es ihr durch den Kopf schoss, ja auch noch Kräfte für die anstehende Auseinandersetzung mit Frau Rothwald aufsparen. Die würde die arme Carla Maeßmer bestimmt nicht freiwillig aus ihrer Wellness entlassen.

Wie sollte sie sich überhaupt gegen die irre Langhaarige zur Wehr setzen? Sie ärgerte sich, weder ihren Spazierstock noch Taxi-Rudis Brechstange dabeizuhaben. Im direkten Zweikampf war sie waffenlos sicherlich unterlegen. So wie Lukas. Ob man den Hund auf Frau Rothwald hetzen konnte? Hatti machte durchaus einen kampffähigen Eindruck. Die Zähne waren das Einzige, was man an ihm noch nicht abgeschnitten oder gekürzt hatte. Zum Glück. Wenn es nur nicht schon zu spät war.

Die Euphorie vor dem Ende

»Hilfe, Hiiilfeeee!« Carla schrie und schrie, bis ihr die Stimme versagte und sie nur noch hustete. Und das war sogar gut, denn der Anfall brachte sie zur Besinnung: Schreien war in ihrem Fall keine gute Idee, denn erstens kamen hier sowieso kaum Spaziergänger vorbei, und zweitens verbrauchte sie schreiend sehr viel Sauerstoff. Über den sie zunehmend nicht mehr so verfügen konnte, wie sie wollte. Der Rauch wurde dichter und beißender.

Sie zwang sich zur Ruhe. Wenig atmen, flach atmen. Kopf so weit wie möglich vom Räucherofen wegdrehen. Der Rauch erfüllte jetzt schon den ganzen Raum, biss in den Augen und kroch tief in die Lunge. Er schmeckte würzig und harzig, nach einem lauen Grillabend mit viel Rosmarinmarinade und Bier. Und irgendwie auch nach dem Aroma ihres letzten Saunabesuchs mit Roland, als sie in der Therme Erding ihren ersten Hochzeitstag gefeiert hatten. War das schon die beginnende Euphorie kurz vor dem Ende? Oh nein, nicht so schnell! Weiterdenken, nicht aufgeben. Sie musste sich an alles erinnern. Klaren Kopf behalten. Sich ablenken, zum Beispiel mit der Erinnerung an den schönen Tag in der Therme … Das war auch schon wieder vier Jahre her. Bald hätten sie den fünften Hochzeitstag, aber vor lauter Babybauch und Giftmordstress hatte sie den ganz vergessen. Roland würde ihn wohl sowieso ohne sie feiern müssen.

Tränen quollen unter Carlas geschlossenen Lidern hervor, strömten über ihre Wangen und tropften zu Boden, wenn sie hustete. Als sie dabei den Kopf wandte, traf eine der Tränen den Räucherofen. Es zischte. Das kleine Geräusch brachte sie wieder zur Besinnung. Sie musste nachdenken, solange sie dazu noch fähig war.

Eine neue Hustenattacke schüttelte sie, und sie spürte den Stuhl unter sich wackeln. War das die Lösung? Sollte sie sich absichtlich fallen lassen und versuchen, zum Türspalt zu robben?

***

In der Zwischenzeit hatte Taxi-Rudi seine Einkäufe erledigt und war gut gelaunt aus dem Supermarkt getreten, um sich wieder in sein Taxi zu setzen. Er freute sich auf die nette Gesellschaft, die er darin antreffen würde. Vor allem an Lukas hatte er Gefallen gefunden. Er hatte extra ein Hanuta und einen kleinen Tetrapak Multivitaminsaft für ihn gekauft. Für Gitte Grabow hatte er zuerst auch ein Hanuta kaufen wollen, aber dann war ihm eingefallen, dass er nicht ausreichend über den Zustand ihrer Zähne informiert war. Für sie hielt er jetzt ein weiches Yes-Törtchen bereit und hoffte, dass sie seine Wahl nicht als Beleidigung auffassen würde. Zufrieden lächelnd bog Rudi also um die Ecke auf den Parkplatz.

Sein Taxi war nicht da. Verwirrt ging er zum Eingang des Supermarktes zurück, vor dem es eine weitere, größere Parkfläche gab. Sollte er vor lauter Übermut ausnahmsweise hier geparkt haben? Aber nein, natürlich nicht. Das tat er nie. Keine Spur von seinem neuen cremefarbenen Hybridfahrzeug. Er rannte zurück, zu den anderen Parkplätzen, und sah nach, ob es entlang der Landsberger Straße irgendwelche ungewöhnlichen Aktivitäten gab. War das Taxi etwa rückwärts auf die Straße gerollt, weil ein neugieriger Dreijähriger oder eine ungeschickte Siebenundneunzigjährige die Handbremse gelöst hatte? War es von einem Baustellenfahrzeug versehentlich demoliert oder von einem Abschleppwagen irrtümlich abgeholt worden? Hatte das Autohaus nebenan etwas damit zu tun? Immerhin war es ein Toyota-Händler.

Taxi-Rudi grübelte in den ruhig dahinschleichenden Nachmittagsverkehr hinein, bis ihm die Lösung einfiel: sein junger Mitarbeiter Alex! Der war es bestimmt gewesen. Der war so ein Scherzkeks, der nahm den Taxler-Beruf noch nicht so bierernst, dem war alles zuzutrauen. Der hatte ihm auch schon mal Salz in den Zuckerstreuer getan, und er hatte prompt seinen Kaffee damit gewürzt. Das hier sah ihm mal wieder ähnlich! Und seine Eltern wohnten gleich hinter der Unterführung in der Sonnenstraße, genauso wie Gitte Grabow und Lukas. Bestimmt steckten die alle unter einer Decke.

»Na warte, Bürschchen«, brummte Rudi und setzte sich in Bewegung. Doch auch als er die fünfhundert Meter in die Sonnenstraße gejoggt war, keine Spur von seinem Taxi. Jetzt war aber

Schluss mit lustig! Er sah zur Uhr vor der Raiffeisenbank hinauf, die nächste S-Bahn käme in drei Minuten. Schäumend hetzte er zum Bahnsteig Neugilching, erwischte gerade noch die übervolle, weil wie so oft schon länger verspätete S-Bahn Richtung Flughafen und fuhr die eine Station nach Argelsried, ohne sich hinzusetzen. Die kompletten eineinhalb Minuten lang tänzelte er nervös von einem Fuß auf den anderen.

Am Bahnhofsplatz, schräg gegenüber der Buchhandlung LeseLust, war sein üblicher Standplatz. Er erwartete, dort einen feixenden Alex anzutreffen, der ihm mit einer Zusatzschicht ganz bestimmt eine Freude machen wollte. Aber nichts da, das sah er schon vom Zugfenster aus.

Er eilte durch den Bahnhof und trat auf der anderen Seite des Vorplatzes in die Buchhandlung. Glücklicherweise war eine der beiden Damen gerade mit dem Auffüllen eines Glückwunschkartenständers beschäftigt. Es war die blonde, lockige, die immer Klamotten in leuchtenden Farben trug. Erleichterung machte sich in Rudi breit, denn den Doppelnamen der anderen konnte er sich einfach nicht merken.

»Grüß Gott, Frau Fromberger«, keuchte er. »Entschuldigen S', aber ham S' in der letzten Viertelstund mei Taxi gseng?«

»Hab ich tatsächlich!«, lachte Frau Fromberger und schüttelte den Kopf, dass die hübschen blonden Korkenzieherlocken nur so flogen. »Das ist vor vielleicht zehn Minuten hier einem Mann über den Fuß gefahren. Ich hab ihn gleich rauf zum Orthopäden geschickt. Eigentlich wollte er ganz dringend zum Flughafen, aber ein bisserl verspätet ist die S-Bahn ja immer. Wenn er einfach noch zwei Minuten gewartet hätte, wäre ihm nix passiert!«

»Wer war am Steuer?«

»Das haben wir leider nicht gesehen«, mischte sich die zweite Buchhändlerin ein, die mit dem Doppelnamen. »Aber bestimmt kein Profi. Solche Schlangenlinien, wie der gefahren ist. Und ganz langsam. Übrigens in die Richtung«, sie deutete nach Osten. »Von der Römerstraße her hab ich es dann ziemlich scheppern hören.«

Taxi-Rudi wurde blass. »Mei Handy is leider aa im Taxi. Dürft i wohl bitt schön Ihr Telefon benutzen?«

Sein Anruf wurde von einer durchaus freundlichen, wenn auch sehr rauen Frauenstimme angenommen. »Polizeiinspektion Starnberg, Sie sprechen mit Frau Sybille Lechner, was kann ich für Sie tun?«

»Taxi-Rudi aus Guiching am Apparat. Jemand hat mei Taxi geklaut!«

»Ach, Ihres is des«, erwiderte die Dame. »Wegen dem ham scho einige Leit ogruafn. Da san in der letzten Viertelstund so einige Auffahrunfälle und Sachbeschädigungen zamkemma. Aber alle nur in Guiching, wenn's Sie beruhigt.«

»Und was sui i jetzt machen?«

»Kimmt drauf o«, sagte Sybille Lechner bedächtig. »Für a Anzeigen wegen Autodiebstahls miassatn S' auf d' Inschpektion kemma. Aber wenn i die Situation nach den Aussagen der anderen Anrufer richtig einschätz, dann derfat der Dieb eh ned weit kemma sei. Seien S' aber bloß vorsichtig, wenn S' nach Ihrem Wong suachn. Man weiß ja nie, ob der Schlawiner ned Drogen oder so gnumma hat. Vielleicht is er sogar gefährlich.«

Rudi bedankte sich, legte auf und verließ die Buchhandlung LeseLust so schnell wie noch nie. Er schlug die angegebene Richtung zur Römerstraße ein, hinter der dunkel und blattlos der Steinberg emporragte.

Schon von Weitem sah er sein Taxi auf halber Höhe des Hügels kurz vor dem Waldrand stehen. Es schwebte förmlich über den Dächern von Gilching-Argelsried, beide Türen auf der linken Seite standen offen. Rudi hastete die dreihundert Meter über Stock und Stein, als würde er für eine Parcours-Meisterschaft trainieren, dann hatte er seinen Wagen erreicht. Er musterte ihn kritisch. Ein Seitenspiegel fehlte, etliche tiefe Kratzer zogen sich längs durch den Lack, doch ansonsten schien der Prius intakt zu sein. Und leer. Rudi klappte den Deckel der Mittelsäule hoch: Sein Portemonnaie und der Wagenschlüssel waren scheinbar unberührt. Also kein Raubüberfall. Dass sein Smartphone nicht mehr in der Halterung steckte, war noch vertretbar. Gitte Grabow durfte es im Notfall auch benutzen. Aber wo waren Gitte Grabow und Lukas hin?

Er ließ den Blick schweifen und entdeckte Fußabdrücke im

matschigen Gras. Sie führten bergauf. Bevor er den Hügel weiter hinaufeilte, öffnete er noch den Kofferraum und klemmte sich die Brechstange unter den Arm.

Kurz vor dem Waldrand blieb sein Blick an einem auffällig gemusterten Gegenstand im Gras hängen. Er hob ihn auf. Es war ein Smartphone in einer schwarz-weiß karierten Lederhülle. Sein eigenes. Er klappte es auf, ignorierte die piepsende Warnung über den niedrigen Akkustand und entdeckte eine kürzlich gelesene Nachricht: *Lasst euch Zeit beim Schuhe-Aussuchen. Bin bis 15 Uhr auf dem Steinberg und mache Wellness in der Schwitzhütte. Bei einer Schamanin!*

Als Gitte Grabows Privatchauffeur war er über den Stand der Ermittlungen im Vergiftungsfall fast genauso gut informiert wie seine verehrte Privatermittlerin selbst. Wenn eine solche Nachricht sie also dazu gebracht hatte, sich unverzüglich und unter Missachtung sämtlicher Gefahren für Leib und Leben selbst ans Steuer seines Taxis zu setzen, obwohl sie noch keine neuen Schuhe gefunden hatte, dann musste die Lage sehr ernst sein. Dann mussten von dieser Schamanin noch mehr Gefahren für Leib und Leben ausgehen als von seinem Toyota Prius. Und das wiederum konnte nur eines heißen.

Das Telefon piepste verärgert zum zweiten Mal und schaltete sich aus. Na toll. Da musste Taxi-Rudi wohl die klassische Variante wählen.

Er drehte um und rannte den Steinberg wieder hinunter, um über den Wagenfunk Hilfe zu holen. Zweimal fiel er der Länge nach hin, sodass er seinen schönen Ledersitz mit Erde beschmierte, als er hinter das Steuerrad hechtete und die Funkanlage betätigte. Doch Flecken waren jetzt egal. Es schien um Leben und Tod zu gehen, und das Taxi musste wegen des Spiegels sowieso in die Werkstatt.

»Polizeiinspektion Starnberg, Sie sprechen mit Frau Sybille Lechner, was kann ich für Sie tun?«

»I hob grad scho moi ogruafn«, stotterte Rudi. »Mei Taxi war weg, aber jetzt hob i's wiedergfundn.«

»Na, dann is doch ois klar«, warf die Dame fröhlich ein. »So schnell lösen mia unsre Fälle am liabsten.«

»Aber i ruaf ned wega meim Taxi o, des is nimmer des Problem. Es geht eher um so was wia a … a Geiselnahme«, überlegte Rudi. »I bin auf dem Steinberg, also in Guiching, auf dem Hügel, und mei Kundin, die Frau Grabow, die werd bedroht. Und a kloans Kind is aa dabei. Und a hochschwangere Frau. Es is dringend, bitte!«

»Und wia wern diese Personen bedroht? Von wem genau?«

»Von so einer spinnerten Irren, die glaubt, sie war a Schamanin.« Rudi konnte hören, wie die freundliche Dame am anderen Ende der Leitung die Augenbrauen hob.

Doch Sybille Lechner war zu gut geschult, um ihre Professionalität jetzt schon aufzugeben. »Aha. Eine Schamanin. Bei de Indianer findet des fei koaner spinnert, da ham s' heit no welche! Und wo is des glei nomoi, bitte?«

»Auf dem Steinberg halt, in so a Schwitzhüttn!«

Die Professionalität begann zu bröckeln. Sybille Lechner klang zunehmend genervt. »Was is denn bitte a Schwitzhüttn?«

»Äh, so a Art selbst gebaute Sauna, aber ned so warm, mit Rauch und Kräutern …«

Jetzt war die Professionalität vollends dahin. »Klingt doch ganz gmiatlich. Da war i jetzt aa gerne drin.«

Rudi schluckte. Er hatte keine Ahnung, wie er diese Frau mit ihrer Reibeisenstimme vom Ernst der Lage überzeugen sollte. Er starrte das Armaturenbrett vor sich an, als sein Blick an einer grünsilbernen Plakette hängen blieb, die schnelle Hilfe vom Arm des Gesetzes versprach. »Aber der Mo is doch aa Polizist! Des Kind und de Schwangere, de da in der Schwitzhüttn gefangen sind, de hoaßn Maeßmer und ghern zu am Kollegen von Eana. Ohne Scheiß jetzt.«

Sybille Lechner legte sofort auf und alarmierte Roland. Der war zwar heute nicht mehr im Einsatz, musste aber über die Bedrohung seiner Familie trotzdem informiert werden. Sybille hatte Mitleid mit dem armen Mann. Zuerst sagte er für zwei Sekunden nichts und flüsterte dann, dass er sich sofort auf den Weg mache. Er habe es nicht weit bis zum Steinberg. Ja, er könne auf einen Wagen zurückgreifen. Und ja, er sei in Begleitung von Verstärkung.

»Aber nix überstürzen, Roland! I schick dir de Neureither und den Rappolder dazua, sobald's geht!« Sybille legte besorgt auf. Am liebsten hätte sich die Seele der Inspektion selbst auf den Weg nach Gilching gemacht.

»Ganz ehrlich«, erklang da eine angenehme, alterslose Männerstimme, »bei einer Geiselnahme sollte der Ehemann der Geisel nicht unbedingt dabei sein. Wer weiß, was da passiert. Der ist doch total gefangen.«

»Befangen«, korrigierte Sybille.

Einen halb gefüllten Umzugskarton sowie einen koscheren Präsentkorb in den Armen, stand Schlomo Weintraub, der Austauschkollege aus Tel Aviv, im Türrahmen zu Sybilles Vorzimmer. Seit diesem Tag war er im Urlaub und eigentlich nur gekommen, um seine Sachen abzuholen und sich gebührend zu verabschieden.

»Du hast guat reden«, stöhnte Sybille. »Wen soll i denn sonst schicken? Neureither und Rappolder machen Schleierfahndung, de Kollegen aus Bruck bewachen a Demo, de aus Germering san mit dieser Massenkarambolage beschäftigt, und so vui Leit hamma aa wieder ned.«

»Ich fahre privat«, sagte Schlomo kurzerhand und stellte Umzugskarton und Präsentkorb ab. »Roland ist mein Freund. Und wie sich der Teufel so trifft, ist psychologische Krisenintervention mein Fachgebiet.«

»Wie es der Teufel so will!«, rief Sybille ihm noch hinterher, doch Schlomo Weintraub war bereits auf dem Weg.

Nach dem Telefonat eilte Taxi-Rudi den Berg wieder hinauf und sichtete Gitte Grabow und Lukas gerade noch rechtzeitig. Sie waren keine fünf Meter mehr von der Schwitzhütte entfernt. Der dünne graue Hund tobte vor der Tür der Hütte auf und ab wie ein Gummiball, wurde dann aber von irgendetwas abgelenkt und rannte schnell wie der Blitz Richtung Waldrand davon. Man sah ihn kaum.

»Passen Sie auf das Kind auf!«, rief Rudi und stürmte mit dem Brecheisen in der Hand voran. Obwohl die Metalltür der Schwitzhütte mit einer doppelt vorgelegten Kette samt Schloss gesichert war, benötigte er keine dreißig Sekunden, um sie aus den Angeln zu heben.

Hellgrauer Rauch drang durch die Öffnung heraus wie gefärbte Zuckerwatte. Taxi-Rudi ließ das Brecheisen fallen, presste sich sein Sweatshirt vor Mund und Nase und verschwand im Dunkel.

Gitte Grabow und Lukas hielten respektvollen Abstand.

»Was macht der Rudi?«, wollte Lukas wissen.

»Der rettet deine Mama«, hauchte Gitte und dachte: Wenn es denn nicht schon zu spät ist. Sie wagte es nicht, richtig hinzuschauen, zog Lukas zu sich heran und schlug sich und ihm jeweils eine Hand vors Gesicht.

Endlich war durch die faltigen Finger hindurch eine Bewegung in der offenen Hüttentür auszumachen. Rudi taumelte heraus und schleifte einen Stuhl hinter sich her, auf dem die reglose Carla hing.

»Mama!« Lukas riss sich los und rannte zu ihr.

Rudi legte den Stuhl sanft ab und zog ein Taschenmesser aus seiner Hosentasche, mit dem er unter Lukas' und Gittes besorgten Blicken Carlas Fesseln löste. Zu mehr kam er nicht.

Von ihm unbemerkt hatte sich ein silbermähniger Racheengel von hinten angeschlichen und zog ihm nun sein eigenes Brecheisen übers Haupt.

Der heldenhafteste Taxifahrer des Landkreises sank, ohne einen Mucks zu tun, auf der Wiese zusammen.

»Ja, wen haben wir denn da noch?«, flötete Elke Rothwald. »Sohnemann und Omilein, was? Wie praktisch! Dann kann ich den Rest der Sippe ja gleich mit erledigen!«

Dabei rechnete sie nicht mit Hatti alias Teutates, auf den sie vorhin noch Shiva gehetzt hatte. Doch die vermeintlich lebensunfähig überzüchtete Kunstkreatur, die sich als Rennhund niemals mit Ruhm bekleckert hatte, wuchs in dieser Schlacht über sich hinaus. Denn Hatti hatte verstanden, dass es um Leben und Tod ging, und kämpfte nicht nur für sich, sondern auch für sein selbst erwähltes Rudel. Er biss den zu sehr von sich selbst überzeugten Shiva so kräftig in die Schulter, dass er sich heulend ins Gebüsch verzog, und rannte als Sieger zurück auf die Streuobstwiese, wo sein Rudel seiner Hilfe bedurfte. Er nutzte die Gunst des Moments und verbiss sich tief in Elke Rothwalds linker Wade.

Die Schamanin zögerte nicht, sogleich mit der Brechstange auf ihn einzudreschen, traf aber wegen seines überaus schmalen

Körperbaus nicht seinen Kopf, sondern ihr eigenes Schienbein. »Scheiße!«, brüllte sie, ließ die Brechstange fallen und ging mitsamt dem Greyhound zu Boden, um dort mit ihm weiter zu ringen.

»Nun lassen Sie doch wenigstens den Hund zufrieden! Sie haben Menschen auf dem Gewissen! Menschen! Was wollen Sie denn noch?«, rief schließlich Gitte Grabow, als sie es auch endlich bis zur Schwitzhütte geschafft hatte. Sie wollte ins Geschehen eingreifen, musste sich aber davor noch für einen Augenblick an der Mauer abstützen und Luft holen. Weil ein Schwindel sie überkam, tat sie das leider ein paar Zentimeter neben der Mauer. Ihre Hand und dann auch sie selbst trafen nur auf Luft und rollten hinab durch die offene Tür der Schwitzhütte.

Sie fiel weich und begann sofort, sich wieder aufzurappeln. Sie hatte gar nicht gewusst, dass das mit dem Adrenalin noch so gut funktionierte. Im Dämmerlicht wollte sie sich am Räucherofen emporziehen, verbrannte sich an dem glühend heißen Metallgehäuse jedoch entsetzlich die Fingerspitzen. Der Schreck und der Schmerz verliehen ihr weitere, ungeahnte Kräfte. Ganz ohne fremde Hilfe richtete sie sich auf. Im Stehen biss ihr der Rauch empfindlich in Augen und Nase. Mit ausgestreckten Armen strebte sie dem Tageslicht zu, als ein dunkler Schemen mit wehendem Haar in die Türöffnung trat und den Ausgang blockierte.

»Na, Oma, immer noch nicht genug vom Leben?«

»Niemals!«, hustete Gitte Grabow, versuchte beherzt, Elke Rothwald beiseitezustoßen, und wurde zum zweiten Mal in diesem Jahr in den Schwitzkasten genommen. »Meine Frisur!«, brachte sie noch hervor, dann fehlten ihr die Worte. Es drohte ihr die Luft ganz wegzubleiben, da verlor die Schamanin den Halt: Die aus der Ohnmacht erwachte Carla war herangerobbt und hatte ihr das schon von Hatti lädierte Bein weggezogen. Alle drei Frauen gingen zu Boden.

In dem Moment traf auch schon die Polizei auf der Streuobstwiese ein. Roland hatte zwar den kürzesten Weg gehabt, sich aber in der Aufregung im Buchenwald verlaufen. So jedoch folgte ihm Schlomo, der mit seinem Privatwagen von der Germeringer Seite her eine Forststraße hinaufgefahren war, dank seines besseren Navigationssystems auf dem Fuße, und Roland war froh darüber.

Keuchend erreichten sie das niedrige Rundgemäuer, vor dem Taxi-Rudi bewusstlos im Matsch lag. Die Polizisten stellten fest, dass sie die verbeulte Metalltür nicht mehr aufzubrechen brauchten. Sie stand sperrangelweit offen; die Dellen im Blech sprachen von gewaltsamem Eindringen. Dumpfe Schreie und Gepolter drangen aus dem Inneren. Kampflärm.

Roland näherte sich langsam, als plötzlich ein Aggressor hinter der Hütte hervorschoss, sich an sein Bein warf und ihn beinahe zu Fall brachte.

»Papa!«, erklang es. Lukas sah verängstigt zu Roland auf. »Die Mama und die Gitti-Oma sind bei der bösen Frau, aber die will sie hauen! Und ich hab sooo Durst! Hast du mir was zum Trinken mitgebracht?«

»Wir müssen erst die Mama retten. Bleib da weg, Lukas!«

Schlomo und Roland rückten weiter vor und gaben einander Rückendeckung. Im Inneren bot sich ein eindrucksvolles Bild. Ein kreischendes, keuchendes Bündel von Frauen verschiedener Generationen rollte da im Halbdunkel über die angemoderten Tatami-Matten der Schwitzhütte. Unmöglich konnte man von außerhalb einzelne Gliedmaßen erkennen oder gar ausmachen, zu welcher Dame was gehörte.

»Stopp, Polizei! Aufhören! Loslassen!«, erklang auf einmal Schlomo Weintraubs schneidende Stimme. Als das nichts half, wurde sie noch ein bisschen lauter: »Loslassen, sofort! Lassen Sie die Frauen los, sonst schieße ich!«

Das Damenbündel auf dem Boden verharrte für ein paar Sekundenbruchteile.

»Womit denn?«, zischte Roland. »Du bist schon im Urlaub und hast keine Dienstwaffe mehr.«

»Dann nehm ich eben deine«, sprach Schlomo eiskalt und griff dem konsternierten Kollegen ins Holster. Seine geübte, geschmeidige Bewegung entsetzte Roland beinah noch mehr als das raufende Damenknäuel.

»Du bist doch eh zu befangen«, sagte Super-Schlomo und machte samt Waffe einen Ausfallschritt, der ihn vollends wie einen Geheimagenten im Hollywoodeinsatz aussehen ließ.

»Papa, die sollen aufhören! Ich hab sooo Duuurst!«

»Jetzt nicht, Lukas!«

»Und wohin genau willst du schießen, du Bullenschwein?«, höhnte die Rothwald, die gerade am Boden lag. »Auf die Alte? Oder die Schwangere? Na? Baller ruhig los! Wegen mir …« Das kämpfende Knäuel kam wieder in Bewegung.

»Schlomo, nein! Nicht schießen!«, ließ sich eine gepresste, etwas höhere Stimme aus dem Getümmel vernehmen. Carla.

»Schlomo? Was ist das denn für ein Scheißname? Sind Sie etwa Jude?«, keuchte die Rothwald, während sie an Gitte Grabows teurer Dauerwelle zerrte und mit ihrem Knie auf Carlas Kehle zielte.

»Bin ich«, erklärte Schlomo Weintraub mit zusammengekniffenen Augen, die Luger fest auf das Damenknäuel gerichtet, den Finger am Abzug. »Und das ist nicht das erste Mal, dass ich jemanden erschießen muss.«

Auch das brachte die Schamanin nicht aus dem Konzept. Im Gegenteil. Denn sie erkannte, dass hinter Schlomo und Roland der Hund Hatti herantrabte – mit dem letzten Fläschchen Dimetyhlquecksilber im Maul. Er musste es bei seiner Auseinandersetzung mit Shiva erobert haben und jetzt denken, es sei ein Kindergetränk. Man sah ihm den Stolz darüber an, dass er das mit dem Apportieren endlich begriffen hatte.

»So ein braver Hund«, freute sich Elke Rothwald. »Bring das nur her, da ist was ganz Feines drin. Ein gutes Tröpferl …« Sie löste sich von ihren Kontrahentinnen und humpelte lachend ins Freie, um dem bösen Spiel zuzusehen.

Roland begriff sofort, um was es sich handeln musste. Wenn die Substanz in die Hände der Verdächtigen geriet oder in nächster Nähe kaputtging, waren sie alle tot. Er rannte einige Meter zur Seite und versuchte verzweifelt, den treuen Hatti zu sich zu locken. »Komm her, hierher!« Er winkte und hampelte vornübergebeugt herum, das Gesicht eine Fratze aus Lächeln und Todesangst. Wie sehr er sich in diesem Moment wünschte, in den letzten Wochen den Hundefreund herausgekehrt zu haben. Wie sehr er sich wünschte, nicht nur seine schweißigen Hände zu Verfügung zu haben, um das Tier von seiner Vertrauenswürdigkeit zu überzeugen. Zum Beispiel eines dieser blöden Leckerlis, ein paar Oliven, ein gutes Steak! Alle verdammten Steaks dieser Erde hätte er gegeben, um den Hund mit dem Tod im Maul von seinen Liebsten wegzulocken.

Hatti alias Teutates hob unschlüssig die linke Vorderpfote, als wollte er einen Schritt auf Roland zumachen, und wedelte kurz mit dem Schwanzstummel. Dann überlegte es sich der majestätische Rüde offenbar anders – erinnerte er sich an den Fußtritt wegen des stibitzten Steaks? – und sprang auf sein durstiges kleines Herrchen zu.

Die Welt stand still.

Ein Schuss knallte.

Das Geräusch war unspektakulär kurz und trocken. Der Schall berührte kaum die Trommelfelle der Anwesenden, bevor ihnen klar wurde, was geschehen war. Die Sehnerven registrierten es sofort: Schlomo hatte Hatti erschossen.

Ein winziges schwarzes Loch prangte in seiner silbergrauen Brust, als wäre es ausgestanzt worden. Das sonst so stille Tier brummte auf, bevor helles Blut aus der Wunde hervorquoll und die Beine unter ihm nachgaben. Der Hals blieb tapfer durchgestreckt. Erst anschließend senkte sich der schmale Kopf mit den Spitzohren ins Gras. Die Kiefer lösten sich. Das Fläschchen fiel ihm aus dem Maul und rollte einen halben Meter bergab. Es war intakt. Roland hechtete hin und griff danach. Er wollte das Gift an sich nehmen und mit ihm davonrennen, so weit weg von seiner Familie wie möglich.

Leider war ein struppiger Schatten schneller als er. Der blutende Shiva schnappte nach dem Fläschchen, stellte damit seine Ehre wieder her und entkam auf drei Beinen.

Schlomo legte erneut an und schoss ihm hinterher, verfehlte den hakenschlagenden Husky-Schäferhund-Mischling aber.

»Du hast meinen Hund erschossen«, murmelte Roland auf allen vieren.

»Quatsch, ich erschieß doch keine Hunde«, keuchte Schlomo. »Das Herz ist viel weiter oben. Müsste ein Lungensteckschuss sein.«

Wie um seine Worte zu bestätigen, zuckte der graue Torpedo einmal kurz und begann dann, flach zu hecheln.

»Hattaputta!«, weinte Lukas und warf sich über seinen Freund.

»Meine Hände! Meine Haare!«, wimmerte Gitte Grabow.

Carla Maeßmer krabbelte aus eigener Kraft an die frische Luft, sank dort aber sofort wieder zu Boden. Neben dem immer noch bewusstlosen Taxi-Rudi, dem Schlomo gerade den Puls fühlte, setzte sie sich in den Matsch. Ein abwesender Ausdruck legte sich auf ihr Gesicht. »Ich fühle mich gar nicht gut. Ich glaube, mir ist gerade die Fruchtblase geplatzt.«

***

Im Tumult gelang es Elke Rothwald, über die Wiese in den Wald zu flüchten. In Germeringer Richtung, dort, wo er am Osthang von Nadelbäumen dominiert und undurchsichtiger war. Besser geeignet, um sich zu verbergen.

Schlomo rannte ihr hinterher, wurde aber von Roland aufgehalten: »Lass sie, sie ist unbewaffnet! Ruf lieber den Notarzt, schnell!«

»Und den Tierarzt«, krächzte Gitte.

Die skrupellose Giftmörderin war und blieb verschwunden.

»Ich leite sofort die Fahndung ein«, bemerkte der konsternierte Dr. Spengler überflüssigerweise später auf der Inspektion. »Ob sie ein paar arme alte Männer wie mich vom Leben erlöst, ist eine Sache, aber meine Jungs sind für sie tabu. Wer sich mit meinen Leuten anlegt, kriegt es mit mir zu tun. Egal mit welchem Verkehrsmittel – Hubschrauber, Panzer, U-Boot – wir die Hexe jagen müssen, sie entkommt uns nicht. Hat jemand ein aktuelles Bild von ihr?«

Fegefeuer

Wie jedes Jahr hatte das Ereignis seinen langen Schatten vorausgeworfen. Schon Wochen zuvor war es in den kostenlosen Wurfzeitungen und Anzeigenblättern angekündigt worden: das Gilchinger Osterfeuer.

Seit langen Zeiten eine lieb gewonnene Tradition, die vom Heimatpflegeverein mit dem schönen Namen »Guichinger Brauchtum«, der Kirchenjugend und natürlich der Feuerwehr unterstützt wurde. Auch dieses Mal sollte das Osterfeuer an seinem angestammten Platz an den Ausläufern des Steinbergs zwischen der Rosenburg und der Rodelbahn am Leitenweg lodern. Dort war genug Platz für Dutzende Schaulustige, die überdies einen hervorragenden Blick über das nächtliche, von Jahr zu Jahr etwas glitzerndere Gilching genossen.

Das Holz für die riesige Feuersbrunst stammte von Privatleuten, die sich Möbel oder Gehölzsschnitt, entledigen wollten, sowie von Baufirmen, die Überreste von Abbrüchen spendeten. Außer Mode geratene Eckbänke loderten Jahr für Jahr neben morschen Balkonverschalungen, den Wänden einer finnischen Einbausauna und vielen vertrockneten Christbäumen. Es gab keine Vorschriften, nur unbehandelt musste das Holz sein.

In der Nacht zum Ostersamstag hatte Baggerführer Baudrexl das große Watt-Turnier in der Germeringer Stadthalle bis nachts um halb zwei in Atem gehalten. Völlig übermüdet war er ins Bett gegangen und brauchte deshalb lange, um von dem Hundegebell und dem flackernden Licht, das durch die Fenster drang, wach zu werden. Es war gegen vier Uhr morgens.

Baudrexl versuchte, seine Gattin aus dem Schlaf zu rütteln, doch die trug in den auf Watt-Turniere folgenden Nächten wie immer Ohrenstöpsel und grunzte nur angriffslustig, sodass er sich grantelnd allein erhob und den Vorhang am Fenster aufzog.

Auf der Anhöhe hinter dem Haus der Baudrexls brannte das Osterfeuer lichterloh.

»Des is doch no vui z' friah, Kruzifix! Was fangen s' denn jetzt scho o?«, empörte sich der Hausherr, während er mit einer Hand den Vorhang wieder schloss und mit der anderen bereits nach dem schnurlosen Telefon auf dem Bettkasterl suchte. Seine Kumpel von der freiwilligen Feuerwehr würden sich freuen, um diese Uhrzeit rauszumüssen. »Des warn gwieß so a bor bsuffane Buam«, schnaubte er sich selbst zu, während er die 112 wählte. »Machen wieder ois hi, die Saubeitln!«

Allein, es waren keine Saubeutel, die das Osterfeuer eine Nacht zu früh entfacht hatten.

Ein schwarz verkohlter Körper hing inmitten der Flammen, zusammengeschrumpft durch den Feuchtigkeitsentzug, bereits fast bis zur Unkenntlichkeit verbrannt.

Die eintreffende freiwillige Feuerwehr hatte wenig Übung in morbiden Angelegenheiten wie dieser, das Feuer aber dennoch nach Kurzem unter Kontrolle. Auf polizeiliche Anweisung in letzter Minute verwendete man klares Wasser statt des beliebten Löschschaums, um möglichst wenig Spuren zu zerstören. Die Löscharbeiten wurden von einer zähnefletschenden Furie von Hund behindert, die sich auf jeden stürzte, der sich dem Scheiterhaufen nähern wollte. Der Köter verbiss sich im linken Unterarm des stellvertretenden Feuerwehrkommandanten, bis ein beherzter Knüppelschlag ihm das Bewusstsein nahm. Einer der Floriansjünger fesselte das treue Tier mit Kabelbindern und schaffte es zur Seite. Das Tierheim Germering würde sich des verlassenen Gefährten annehmen.

Elke Rothwald hatte sich selbst gerichtet. Ihre aufrechte Haltung und die locker, fast lässig herunterhängenden Arme zeugten von keinem großen Todeskampf. Der haarlose schwarze Schädel neigte sich nach unten, als wollte er der Glut etwas zuflüstern. Ein Gürtel, der angeschmolzenen Optik nach nicht aus echtem Leder, hielt den Körper aufrecht am Stabilisierungspfosten, der das Zentrum des Holzstapels fixieren half.

Dr. Said Al-Jamal war zusätzlich zur Spurensicherung gerufen worden, um die eventuelle Giftbelastung der Leiche einzuschätzen. Sein Urteil als Rechtsmediziner würde darüber entscheiden, ob die

Tote normal bestattet oder schon beim Abtransport als Sondermüll behandelt werden müsste.

»Immerhin ist es kein Kreuz, das hätte sonst so was Christliches«, murmelte Jimmy, als sein Chef mit Asbeststiefeln und Schutzanzug in den Scheiterhaufen stieg. »Oder ein Kühlschrank!« Es war Ehrensache für ihn, dass er Ali auf diesem Sondereinsatz begleitete, auch wenn ihm die frühmorgendliche Uhrzeit nicht besonders lag. Nicht weit entfernt von hier hatte er seine alte Lehrerin sterben sehen. Das verfrüht entfachte Osterfeuer würde vielleicht auch ihren Tod erklären.

Ali hob einen kleinen Gegenstand aus dem rauchenden Holz neben der Leiche. Obwohl er Handschuhe und Atemmaske trug, benutzte er dafür eine Zange – Karen Wetterhahn, der zu Tode gekommenen Chemikerin, sei Dank. Das Ding war eine kleine, dickbauchige Glasflasche. Leer. Ali wendete das Fundstück sinnierend hin und her.

»Ich bin mir ziemlich sicher, was da drin war und was ich bei der Obduktion der Leiche finden werde. Eine größere Menge Dimethylquecksilber.« Er wandte sich zu Roland und deutete in den grauen Wolkenhimmel über dem Steinberg. »Der Großteil davon müsste verdampft sein. Trotzdem rate ich, die Wasserversorgung zu unterbrechen. Im Moment ist der Verbrauch eh nicht hoch, es schlafen ja noch alle. Rufst du das Wasserwerk an? Bevor nicht klar ist, wie viel von dem Zeug durchgesickert ist, darf niemand auch nur seine Zehenspitze in sein Badewasser tunken.«

***

Auf dem Heimweg in die Landeshauptstadt unterhielten sich Jimmy und sein Chef Ali bei zwei großen Bechern Spezialkaffee aus dem McDrive über die neuesten Ermittlungsgeheimnisse. Die Haussuchung in Elke Rothwalds Praxis hatte bereits am Karfreitag ergeben, dass sie nicht nur das ayurvedische Tofu-Curry, sondern auch allerlei anderes vergiftet haben musste. Sie hatten ein richtiges kleines Giftkabinett gefunden – und eine Liste von sogenannten »Erlösten«. In den nächsten Wochen würde die Rechtsmedizin einige Exhumierungen von in Gilchinger Seniorenheimen Verstorbenen vornehmen.

»Boah, so viel Input um sechs Uhr morgens. Ich weiß gar nicht, wo mir der Kopf steht«, klagte Jimmy. »Botox, Quecksilber und jetzt auch noch Insulin … Hoffentlich gibt es wenigstens keine weiteren Täter.«

»Seit dem zwölften März ist in Gilching niemand mehr gestorben. Also, niemand in einem Heim. Selbst wenn Frau Rothwald nicht allein gehandelt hat und einen Mittäter hatte, wird der jetzt sehr, sehr vorsichtig sein.«

»Sie meinen also, dass das mit den Heim-Toten vielleicht weitergeht? Meine Mutter jobbt in dieser neuen Residenz in der Reinigung. Sie ist total froh, in ihrem Alter überhaupt noch etwas gefunden zu haben. Wäre blöd für sie, wenn die wegen der Giftmorde schließen müssen.«

»Na, es ist ja nicht so, dass jetzt alle deutschen Senioren über Nacht aus ihren Rollstühlen und Pflegebetten aufspringen und davonrennen werden. Und leider ist das ja auch nicht der erste Skandal in einem Altenheim. Trotzdem wird die Leitung wohl ausgetauscht werden.«

***

Die Direktorin und der Geschäftsführer der Residenz Alpenblick traten nach Bekanntwerden der Tötungsserie sofort zurück. Seltsamerweise hatte der Skandal kaum Einfluss auf die Unterbringungsanfragen, die sich im Gegenteil sogar erhöhten. Der Betrieb lief unverändert weiter, wenn auch ohne freiwillige Hospizhelfer. Und ohne einen gewissen Herrn Dr. Axel Heuchert.

Der hatte sich kurz vor der Osternacht spontan entschlossen, das Elterngeld II zusammen mit seiner Frau in Anspruch zu nehmen und sich nach dieser Zeit beruflich neu zu orientieren. Die Heucherts waren vor Kurzem Eltern von Zwillingen geworden. Und obwohl sie beide noch nicht lange im Berufsleben standen, hatten sie sich eine attraktive Doppelhaushälfte in der Gilchinger Waldkolonie gekauft. Der Bau hatte schon begonnen. Für die Anzahlung, erzählten sie später ihren ebenso jungen und aufstrebenden neuen

Nachbarn, hätten sie einen Zuschuss von einer kinderlosen Großtante bekommen. Niemand erfuhr, dass sich dieser Zuschuss in Wirklichkeit aus Vermittlungsprämien für gewisse »Erlösungen« zusammensetzte. Dr. Heuchert litt mit fortschreitender Zeit zunehmend unter der Herkunft dieses Todes-Trinkgelds. Ein klein wenig jedenfalls. Mitwisser hatte er glücklicherweise keine mehr, und das Leben ging weiter – überall. Bei anderen. Bei jüngeren. Ein neuer Sommer würde kommen. Die Heucherts hatten bereits einen Sack Rasensamen »Sport & Spiel« für ihren zukünftigen kleinen Garten gekauft. Noch konnten die Zwillinge zwar nicht einmal selbstständig sitzen, aber wenn die Doppelhaushälfte bezugsfertig wäre, würden sie ihnen genau solche quietschbunten Kinderfahrzeuge kaufen wie die, mit denen ihre Nachbarskinder durch die Gärten kurvten. Da war das Geld der lebensmüden Senioren gut angelegt!

Warum sollte Gott Speck verbieten?

Schlomo Weintraub verweilte nun schon mehr als ein halbes Jahr im Land seiner Vorfahren. Nun ja, gut tausend Kilometer südwestlich davon, aber immerhin. Auch, wenn ihm die Einheimischen erklärt hatten, dass Ostpommern ziemlich wenig mit dem heutigen Deutschland und Deutschland im Allgemeinen nichts, aber auch gar nichts mit dem schönen Oberbayern gemein habe, gefiel es ihm dort, wo er war, ganz ausgezeichnet. Er hatte sogar seinen kompletten in Tel Aviv angesparten Jahresurlaub genommen und seinen Aufenthalt auf eigene Kosten um drei Wochen verlängert. Erst einmal.

Doch einmal haben alle schönen Dinge ein Ende, und um den Abschied des netten Kerls mit dem unauffälligen Äußeren gebührend zu feiern, war er von Roland erneut zum großen Sonntagsbrunch in den Maeßmer'schen Garten eingeladen worden. Es war der zweite Versuch, nachdem der erste im Rauch des Osterfeuers und der Hektik des Kreißsaals untergegangen war. In der Nacht auf Karfreitag nach dem Schwitzhüttenbesuch hatte Carla Maeßmer ein kleines Mädchen geboren – knapp vier Wochen zu früh, aber es war gesund und quicklebendig. Das neue Leben und auch das glimpfliche Ende der Giftmordserie wollten von den Bewohnern des Hauses am Ende der Sonnenstraße gebührend begangen werden.

Es gäbe nichts Koscheres oder worauf Juden so Wert legten, meinte Gastgeber Roland mit der ihm eigenen Direktheit. Würde er darauf bestehen, müsse er es schon selbst mitbringen.

Schlomo, der sich weniger als Jude denn als Israeli verstand, fühlte sich zum Glück nicht auf den Schlips getreten. »Keine Angst, ich esse alles. Wir sind doch das auserwählte Volk und so. Meine Familie und meine Freunde sind fast alle der Ansicht, dass da essenstechnisch ein historisches Missverständnis vorliegt. Ich meine, warum sollte Gott uns Speck verbieten?«

Natürlich wäre der große nachträgliche Osterbrunch kein großer nachträglicher Osterbrunch und noch dazu ein rauschendes

Doppel-Geburtstagsfest geworden, wenn es nicht noch weitere Gäste gegeben hätte. Lukas hatte sich geweigert, andere Kinder einzuladen, bestand aber auf dem Besuch des tapferen Taxi-Rudi, der außer einer Platzwunde keine Schäden von seinem selbstlosen Einsatz davongetragen hatte. Die Versicherung hatte auch Gittes kleines Malheur mit dem Toyota Prius bereits zur allgemeinen Zufriedenheit geklärt.

Als sie erfuhr, dass Rolands netter ausländischer Kollege käme, stellte sie weise fest: »Zu groß darf das Ungleichgewicht zwischen den Geschlechtern auf so einer Party nicht sein. Sonst langweilen sich am Ende alle. Taxi-Rudi, Roland, Lukas und dieser Schlomo, das sind ja doppelt so viele Männer wie Frauen hier, wenn wir die kleine Leonie mal nicht mitzählen! Zum Glück habe ich noch zwei weitere Damen eingeladen.«

Wobei sie immer noch nicht wusste, ob die beiden tatsächlich kommen würden. Doch sie war guter Hoffnung. Die waren immerhin nur gehbehindert, nicht mumifiziert, also sollten sie sich ruhig mal einen Ruck geben. Das Kriegsbeil wollte endlich für immer begraben werden.

Auch würde sie mit ihnen als Gästen gegen den internationalen Besucher der Maeßmers nicht komplett zurückstehen. Aus Israel! Von dort hatte sie noch nie jemanden kennengelernt. Sie überlegte lange, was sie wohl zu der Party beisteuern könnte, kam aber einfach auf keinen grünen Zweig. Krabbencocktail? Kalten Braten? Gefüllte Eier? Alles zu riskant. Nicht dass sie ihn mit irgendetwas in Verlegenheit brächte. Sie wollte nicht, dass sich der junge Mann aus Höflichkeit irgendetwas hineinzwingen müsste.

Nach langem Grübeln entschied sich der uralte Filmstar für klassischen Kartoffelsalat mit Eiern und Gürkchen. Der ging immer. Dazu würde sie zwei Flaschen ihres Hausweins mitbringen. Alkohol würde ihr junger Gast ja hoffentlich trinken dürfen. Außerdem passte ihr perlender Rosé mit seiner zarten Farbe und seinem frischen Geschmack doch hervorragend zu einem nachösterlichen Büfett. Gut, dass auf dem Balkon noch zwei allerletzte Flaschen standen.

»Heute wirst du unsere Nachbarin besser kennenlernen«, erklärte Roland, als er den lieb gewonnenen Gast bei strahlendem Sonnenschein durch das Gartentürchen zur Terrasse führte. »Sie fährt nicht immer Autos zu Schrott oder ringt mit Giftmörderinnen. Trotzdem ist sie durchaus ein bisschen speziell.«

»Kein Problem, ich stehe auf spezielle Frauen.«

»Soll früher mal ein ziemliches Schnittchen gewesen sein, die Grabow. Und sie ist eine Schnapsdrossel vor dem Herrn – ich würde tippen, mindestens zwei Drittel ihrer Rente gehen für Alkohol drauf.«

»Beeindruckend! Tja – lieber kultiviert untergehen, als in Schande triumphieren«, sagte Schlomo, ohne zu ahnen, was dieser Satz auslösen würde.

Hinter ihm stand Gitte Grabow. Unbemerkt von den beiden Männern war sie um die Hausecke gebogen. Just, als sie Schlomos Worte vernommen hatte, ließ sie die Glasschüssel mit dem zubereiteten Kartoffelsalat fallen. Sie zerbrach mit einem dumpfen Knirschen, die stückige gelbe Pampe spritzte gegen die Hausmauer und auf die Hosenbeine der Umstehenden. Die akkurat auf dem Salat platzierten Eierhälften kullerten meterweit über den Rasen, Schnittlauchröllchen und Essiggürkchen flogen ins Gebüsch.

»Contre ton visage est mon cul un tête de caractère«, flüsterte Gitte Grabow und sackte in sich zusammen. Im letzten Moment, kurz bevor ihr Kopf gegen den Münchner Rauputz der Hauswand geschrammt wäre, schnellte Roland vor und fing die ohnmächtige Grande Dame auf.

»Aber, aber, wer wird denn gleich ausfällig werden.« Stirnrunzelnd hielt Roland seine bewusstlose und sonst so streitbare Nachbarin in den Armen, als wäre sie ein Osterlämmchen.

»Die Splitter!«, rief Carla, die mit dem Baby auf dem Arm alles beobachtet hatte, und bückte sich nach den Resten der gläsernen Salatschüssel. »Bleib da weg, Lukas!«

Auch Schlomo hatte der Szene interessiert beigewohnt. »Wieso ausfällig, was hat sie denn gesagt?«

»Übersetzt heißt das ungefähr so was wie: Gegen deine Fresse ist mein Arsch ein Charakterkopf.«

»Oh. Das ist aber nicht besonders nett«, schmollte Schlomo,

während er mit anpackte, um den schlaffen Körper der Grabow auf die auf dem Rasen ausgebreitete Picknickdecke zu betten. Der rekonvaleszierende Hatti schnüffelte aufgeregt an ihm herum. »Als ich das letzte Mal einer so alten Dame vorgestellt wurde, hat sie mir über den Kopf gestreichelt und gefragt, ob ich etwas Süßes will. Ganz schöner Abstieg, was? Vielleicht hat eure Nachbarin ja doch schon Alzheimer. Das macht manche Senioren ziemlich aggressiv. Oder Alters-Tourette.«

Carla beschäftigte derweil etwas ganz anderes. Skeptisch zwinkernd wandte sie sich an ihren Gatten. »Seit wann kannst du denn Französisch?«

»Kann ich nicht«, widersprach Roland. »Nicht richtig jedenfalls. Nur fluchen.«

»Und seit wann kannst du auf Französisch fluchen?«, wunderte sich Carla. Was man nach so vielen Ehejahren doch immer noch für neue Seiten an seinem Partner entdecken konnte! Sie kam sich vor wie ein Tourist in Kanada beim Goldschürfen, der unerwartet ein dickes Nugget zutage gefördert hat.

»Seit wir ein Au-pair aus Paris hatten, als ich vier war. Die gute Florence, sie hatte sich das alles wohl ein bisserl lustiger vorgestellt. Statt Dauerparty zu machen, musste sie die meiste Zeit mich, das Kind, rumschleppen. Zum Aufgeben war sie aber zu zäh, also hat sie die vereinbarte Zeit überstanden, aber ständig rumgeflucht in der Hoffnung, dass sie in Berg am Laim sowieso keiner versteht. Ihre Hoffnung hat sich bewahrheitet. Nur der kleine Roland, der sich das ein halbes Jahr lang anhören durfte, hat jedes einzelne Schimpfwort aufgesogen wie ein Schwamm. Florence war die beste Französischlehrerin aller Zeiten. Wenn also jemand mal wissen möchte, was ›Dieses kleine Arschloch bringt mich noch um den Verstand‹ oder ›Fick deine Mutter, du blöder Drecksbastard‹ auf Französisch heißt, dann kann er sich vertrauensvoll an mich wenden.«

»Nicht vor dem Kind!«, warnte Carla, aber es war schon zu spät.

»Ick deine Mutter, ick deine Mutter!«, wiederholte Lukas laut und tanzte wie ein Derwisch durch die Kartoffelsalatbatzen. »Du blöder Drecksabahd!« Als er an der ohnmächtigen Gitte Grabow vorbeitobte, schlug diese unvermutet die Augen auf.

»Drosselbart? König Drosselbart!«, schluchzte sie und griff sich ans Herz, soweit dies in ihrer stabilen Seitenlage möglich war. »Nein, Avi, du kannst nicht bei mir bleiben, mein liebes Jingelchen … König Drosselbart hat gewonnen.« Sie schloss die Augen wieder, schlug die Hände vors Gesicht und verfiel in ein stummes, entsetzlich anzusehendes Schluchzen, das ihren dürren Körper erzittern ließ. Auch Carlas sanftes Streicheln und beruhigendes Zureden brachten keine Abhilfe.

»Merkwürdig«, murmelte Schlomo Weintraub und wandte sich mit verwirrter Miene an Carla. »Heißen viele Leute in Deutschland Avi? Ist der Name gerade in Mode?«

»Das kann man nun wirklich nicht behaupten. Bis vor zehn Sekunden wusste ich noch nicht einmal, dass es diesen Namen gibt.«

»So heißt mein Vater.«

König Drosselbart

König Drosselbart. So hatten sie Adolf Hitler in ihrer geheimen Liebessprache genannt, um das Grauen mit Märchenworten zu übertünchen. Und der König in dem gleichnamigen Märchen war schließlich genauso grausam und bösartig gewesen wie der Führer des Dritten Reiches.

Die Ironie des Schicksals wollte es, dass Simon Weintraub sehr viel arischer aussah als der personifizierte König Drosselbart. Als Simon Gitte kurz vor dessen Machtergreifung kennenlernte, war er ein Malerlehrling und trug blonde, immer etwas farbverklebte Locken, die ihm bis tief in die Stirn hingen. Auch Gitte mit ihren hellblauen Schleifen im Haar und den Sommersprossen über der Stupsnase wirkte damals nicht unbedingt wie ein Mädchen aus jüdischem Haus, in solchen Kategorien dachten weder sie noch ihre äußerst säkularen Eltern.

Gitte und Simon verband ihre gemeinsame Jugend, die sie in den sumpfigen Weiten Hinterpommerns verbrachten, vor allem aber der gemeinsame jüdische Familienhintergrund.

Im Laufe der Jahre wurde die Situation schnell unangenehmer, vor allem für Simon Weintraub. Man warf ihn zuerst aus dem Stolper Sportverein, später aus dem Beruf. Seine Gesellenprüfung wurde nicht anerkannt, sein Meister konnte ihn nicht weiterbeschäftigen. »Wenn du Schmitz oder Schulz heißen würdest, könnte man sicher was machen, aber Weintraub!«

Es wurde nicht einfacher: Simons Tante Lea kam eines Tages nicht vom Einkaufen zurück, und der Familie Weintraub wurde der Mietvertrag gekündigt. Dass der hübsche blonde Junge mit den stahlblauen Augen auch mathematisch-technisch sehr begabt war, half ihm da auch nicht. Es gelang ihm allerdings, sich mit Hilfe eines genialen Urkundenfälschers als Jürgen Schulz auszugeben, seines Zeichens gelernter Bürokaufmann aus Hannover. Das Geld für die neue Identität kam von Gitte. Deren große Brüder hatten sich als Vierteljuden noch im Frankreichfeldzug totschießen lassen dürfen. Nur der örtliche Bürgermeister, der die Todesnachrichten unterzeichnete, wusste von dem kleinen Makel in der Familie, und weil es ihm um die beiden Schulkameraden seines Sohnes leidtat, wollte er der Bühnenkarriere ihrer begabten kleinen Schwester nicht im Wege stehen.

Später lebte Simon für beinahe vier Jahre unbehelligt als Sekretär der großen und immer größer werdenden Gitte Grabow in Berlin, und es war ja nur natürlich, dass er angesichts seiner vielfältigen Aufgaben ein eigenes Arbeitszimmer in ihrer weitläufigen Wohnung hatte.

Avi war ein ungeplantes, aber nicht ungewolltes Ereignis. Als die Geburt des Kindes der Liebe näher rückte, sorgte eine vorgebliche Lungenentzündung dafür, dass Gitte für mehrere Wochen keine Außentermine wahrnehmen musste. Sie brachte den kleinen Jungen zu Hause mit Hilfe ihres Hausarztes zur Welt, der zwar von der Schwangerschaft, nicht aber vom Vater des Kindes wusste. Seiner prominenten Patientin zuliebe verkündete er die Notlüge der Lungenentzündung auch der Öffentlichkeit.

Nachdem Gittes Film »Ein Nerz und eine Seele« kurz darauf alle Kassenrekorde brach, richtete die Polizei eine Dauerwache vor ihrer Adresse ein, damit niemand dem großen deutschen Star ein Haar krümmen konnte. Zwei sogenannte Sicherheitsbeauftragte wurden abkommandiert, um Tag und Nacht in Sechs-Stunden-Schichten für ihr Wohlergehen zu sorgen.

Einer der beiden Sicherheitsbeauftragten, Hansjörg Kuhn, brannte mehr für Gitte als der andere. Seit Jahren war er ein glühender Verehrer. Rot glühend. Wie ein Vulkan.

Gitte Grabow ahnte von alldem nichts, bis Hansjörg Kuhn ihr eines Abends im Treppenhaus auflauerte und sie am Handgelenk packte. Sie sog die Luft ein, spürte aber, dass sie nicht schreien durfte, wenn sie ihr gut verstecktes Familienglück nicht gefährden wollte. Wie in Zeitlupe ließ sie ihre Einkaufstasche fallen, doch auch das machte kein Geräusch. Das ganze Treppenhaus war still, dunkel und in Watte gepackt. Es gab keine Zeugen für den Angriff. Niemand sah oder hörte etwas. Und Gitte Grabow, die ihrem »Beschützer« zum ersten Mal einen genauen Blick widmete, stellte fest, dass sie noch nie einen so kantigen Unterkiefer gesehen hatte wie den seinen.

»Ich kenne dein kleines Geheimnis«, flüsterte er ihr mit heißem Atem ins Ohr. »Du willst mit deiner niedlichen kleinen Familie fliehen. Ich reagiere sehr empfindlich darauf, wenn man mich belügt, und man hat mich belogen. Das hier ist gar nicht die Wohnung einer berühmten Schauspielerin und Sängerin, die ich beschützen soll, sondern ein Nest von dreckigen jüdischen Ratten.«

»A-aber … K-k-kuhn«, stotterte Gitte verzweifelt. Sie erinnerte sich an eine lang zurückliegende Schulstunde über Namenskunde und Ahnenforschung. Damals hatte sie das Wissen, wie weit sich die Söhne und Töchter des Stammes Israel mit den Deutschen bereits vermischt hatten, mit Genugtuung erfüllt. Die unbestreitbar gemeinsame Geschichte schien Schutz zu versprechen. »Ihr Name stammt doch auch von Cohen ab, Sie sind ebenso jüdischer Herkunft!«

Hatte Hansjörg Kuhn auf diese Information hin geschluckt, dann nicht wahrnehmbar. »Sogar Jesus war jüdischer Herkunft«, erwiderte er. »Aber die Vergangenheit zählt im neuen Reich nicht mehr, nur noch die Gegenwart. Und in dieser könnte ich dein Rattennest ausräuchern, gleich drei Juden ins Lager verfrachten und dafür eine Belohnung kassieren. Oder ich könnte mein Wissen für mich behalten.«

Gitte schloss die Augen. »Was wollen Sie?«

»Morgen werde ich zwei Ratten ziehen lassen. Wenn du nur hierbleibst und mir gehörst.« Hansjörg Kuhn wartete stumm auf ihre Entscheidung.

Gitte Grabow öffnete die Augen wieder, um sein wölfisch breites Lächeln zu sehen. Seine weißen Zähne schimmerten im Zwielicht des Treppenhauses, und für einen Moment sah Gitte, die Frau, nur Hansjörg, den Mann. Breit, stark, blond. Unbestreitbar das Abbild des Bösen. Und dennoch – oder gerade deshalb? – attraktiv.

Jahrzehnte später, als sie alles andere, was in dieser Zeit geschehen war, verdrängt hatte, sollte sie in manchen Nächten noch zuweilen von seinem kantigen Gesicht träumen und sich dafür schämen, es anziehend gefunden zu haben. Als ob sie eine Wahl gehabt hätte!

Am nächsten Tag stillte sie Avi ein letztes Mal. Sie packten das zufrieden schlummernde Baby in eine Reisetasche, und Simon verließ mit ihm das Haus. Offiziell war er ihr Sekretär, unterwegs zu einer Besprechung mit einer Synchronisationsfirma in Hamburg. Dort wartete er wie abgemacht im Hotel eines entfernten Verwandten, um das Schiff nach New York zu besteigen. Allein mit dem kleinen Avi. Simon Weintraub erfuhr nie, warum seine große Liebe nicht nachgekommen war. Er vertraute nie wieder einer Frau. Später erzählte er seinem Sohn, die Mutter sei gestorben.

Gittes Dasein wurde unerträglich. Hansjörg zog zu ihr in die Wohnung und gab sich als ihr Verlobter aus. Er begleitete sie zu Veranstaltungen, posierte an ihrer Seite für Pressefotos und trug sogar Simons gute Sachen. Gitte hielt sich an ihre Abmachung. Es gab keine schrecklichen Szenen zwischen ihnen. Für die Öffentlichkeit wirkte das junge Paar so harmonisch, als wäre es direkt aus einem Liebesfilm entsprungen.

Gitte war eine gute Schauspielerin. Aus Todesangst um sich und ihre Liebsten lächelte sie von ganz allein. Es war die Rolle ihres Lebens, und niemand sah hin. Das Publikum bestand ausschließlich aus ihrem Todfeind.

»Komm her, du geile Judensau«, flüsterte ihr Hansjörg jeden Abend ins Ohr und zog sie mit sich auf das Sofa, wo er sich erwartungsvoll zurücklehnte und seine Hose öffnete. »Zeig mir, was eine kleine Nutte wie du von meinem dicken deutschen Schwanz hält.«

Dann musste sie sich auf ihn setzen und ihn reiten. Sie brauchte – nein, sollte – sich dafür nicht einmal ausziehen. Bei aller körperlichen Überlegenheit und seinem dominanten Gehabe war Hansjörg ein Liebhaber der heimlichen Demütigung. Am liebsten war es ihm, wenn sie noch ihren Mantel und ihre Schuhe trug und nur den Rock hob, um ihn zu benutzen. Sie hatte die unerreichbare Femme fatale zu verkörpern, die einen strammen deutschen Soldaten ausschließlich zum Zweck des eigenen Lustgewinns verführte. Dazu gehörten herablassende Blicke und Kommentare, verärgerte Klapse und Beschimpfungen auf Französisch, der schmutzigsten aller Sprachen.

Es fiel Gitte schwer, dabei den geforderten überheblichen Gesichtsausdruck beizubehalten. Immer wieder musste sie den einen Satz sagen: *»Contre ton visage est mon cul un tête de caractère.«*

Um auch psychisch zu überleben, kapselte sie ihre vergangene Rolle als liebende Frau und Mutter völlig von sich ab. Mit jedem Lächeln für Hansjörg wurde die Mauer um die Erinnerung stärker. Gitte vergrub den Schatz so tief wie nur möglich in ihrem Kopf. Schließlich endete der Krieg, und Hansjörg verschwand in irgendeinem Loch wie so viele vermeintliche Adler, die plötzlich zu Ratten mutierten. Doch da fühlte es sich für Gitte schon so an, als hätte es Simon und den kleinen Avi nie gegeben.

***

Am Gilchinger Gartentor erklang ein Räuspern. »Kommen wir ungelegen?«, säuselte Romana Dubois, während ihr Blick auf die immer noch auf der Picknickdecke liegende Gitte Grabow fiel.

»Bruno kann uns noch ein Viertelstündchen umherfahren, wenn es gerade nicht passt«, ergänzte Ramona.

»Ist sie tot? Die Glückliche!«, quietschte ihre Schwester.

»Immer kommt sie uns zuvor«, jammerte Ramona, »und wir sind nur noch die Nachmacher. Wir dürfen dann die Brosamen der großen Gitte aufsammeln. Das geht jetzt seit siebzig Jahren so! Sie kriegt die ernsthaften Rollen, für die sie das Feuilleton feiert, über uns wollen alle nur lachen. Der tragische Star und die lustigen Mädels mit den Kötern. Hört das denn nie auf?«

Carla überließ ihre ohnmächtige Nachbarin der Sorge von Schlomo und Roland und trat mit ihrem winzigen Töchterchen auf dem Arm auf die Neuankömmlinge zu. »Sie müssen die Dubois-Schwestern sein. Unsere Gitte ist nur spontan bewusstlos geworden, in ein paar Minuten ist mit ihr bestimmt wieder alles in Ordnung. Willkommen in unserem Garten! Ich denke, die Betonplatten sind einigermaßen rollitauglich. Wenn Sie mir bitte folgen wollen – machen Sie es sich doch in der Zwischenzeit schon einmal bequem.«

Die theatralischen Schwestern nahmen das Angebot an und rollten Carla langsam hinterher. Ein bisschen neugierig waren sie ja schon, in welchem Umfeld ihre jahrzehntelange Konkurrentin lebte.

»Oh, es gibt sogar Schokoladenkuchen! Mit kleinen Augen drauf, wie pikant. Aber auf den Schock müssen wir wohl erst einmal etwas trinken«, hauchte Romana. Ihr Blick wanderte über den reich gedeckten Gartentisch und blieb an einer Flasche Rosé im Weinkühler hängen. »Ob Sie uns wohl ein Gläschen einschenken würden, Bruno?«

Romana und Ramona Dubois streckten ihre feisten Arme mit den fragilen Sektgläsern aus und stießen miteinander an. Während sie die rosige Flüssigkeit auf ex tranken, lächelten sie fast fröhlich.

»Eigentlich ist es hier in Gilching tatsächlich ganz schön«, seufzte Romana.

»Wenn man nur nicht einen solchen Körper mit sich herumschleppen müsste«, klagte Ramona noch, dann zerbrach das Sektglas in ihrer sich verkrampfenden Hand.

Die andere Sektflöte entglitt Romanas Fingern und zerschellte auf den flusskieselbesetzten Betonplatten der Terrasse.

Das Geräusch ließ Bruno aufhorchen, der sich gerade selbst ein Gläschen hatte genehmigen wollen. Erschrocken sah er, dass seine beiden Schützlinge in ihren Rollstühlen zusammengesunken waren. Aus Romanas Lippen drang noch ein kurzes Fiepen, während sich vor Ramonas Mund etwas Schaum gesammelt hatte. Das lang ersehnte und doch unerwartete, unspektakuläre Ende der Dubois-Schwestern war gekommen.

Während Bruno sich abwandte, um Hilfe zu holen, stieß er die geöffnete Roséflasche vom Tisch, die weich auf Ramonas Fuß fiel. Sie blieb unversehrt, doch ihr rosiger Inhalt rann über die Terrassenkante ins moosige Gras. Er wurde von der durstigen Erde sofort aufgesogen, und wenn er auch noch so schäumte. Niemand, der die Dämpfe hätte einatmen können, hielt sich in unmittelbarer Nähe auf.

Epilog

Das Osterfeuer hatte wie ein reinigendes Ritual gewirkt. Gilching schüttelte die Ängste und die Gedanken an die Todesopfer ab und stieg zu neuem Leben auf wie, nun ja, der Phönix aus der Asche.

Im Fünfseenland kehrte wieder Ruhe ein. Der strahlend sonnige April machte es umso unvorstellbarer, dass es hier jemals schlechte Schlagzeilen gegeben haben sollte. Die Anziehungskraft, die der Ort auf Zuzügler ausübte, war ungebrochen. Bereits in ebenjenem April verzeichnete Gilching siebenundfünfzig Neubürger bei einem gleichzeitigen Minus von nur acht Personen.

Vier davon waren auf natürlichem Weg verstorben, einer zum Studium nach Frankfurt am Main gezogen, was man niemandem, der gerade erst Abitur gemacht und noch nichts von der Welt gesehen hatte, übel nehmen konnte – immerhin gab es weder in Gilching noch in der bayerischen Landeshauptstadt auch nur einen einzigen anständigen Wolkenkratzer. Die restlichen drei Personen hatten Gilching aus keinem anderen Grund als ihrer eigenen Ungeduld den Rücken zugewandt. Bei ihnen handelte es sich um das Ehepaar Frauke und Thomas Richter mit ihrem kleinen Sohn, dem süßen Fynn-Uwe. Über den Bau ihrer Architektenvilla am Steinberg wurde auf unbestimmte Zukunft ein Baustopp verhängt, nachdem ein gewisser Herr Baudrexl sich im Beisein der örtlichen Polizei erinnert hatte, im Abraum der Baugrube etwas glitzern gesehen zu haben.

Kommissar Roland Maeßmer höchstpersönlich nahm sich der Sache an und fand einen skelettierten Fuß, der keine vier Meter vom geplanten Wohnzimmer der Richters anklagend aus dem Geröll guckte. Der eilig hinzugebetene Münchner Gerichtsmediziner Dr. Said Al-Jamal stellte fest, dass es sich bei der Leiche um einen Todesfall aus der letzten Kriegsphase handeln musste, eine Vermutung, die durch die etwas später gefundene SS-Uniform zur Gewissheit wurde. Doch fast ein Dreivierteljahrhundert nach Eintritt des Todes hatte sich das hochkonzentrierte Gift vollständig aus Dr. Dinnekes Überresten verflüchtigt. Da er dem Dimethylquecksilber nicht über längere Zeit ausgesetzt gewesen war, hatte es sich nicht in seinen Knochen ablagern können. Als Ursache für sein Ableben vermutete Dr. Ali daher Gewalteinwirkung durch einen stumpfen Gegenstand auf den Schädel, wenngleich er betonte, dass die sichtbare Verletzung ebenso gut post mortem zugefügt hätte werden können. Immerhin hatte die Leiche unter einem beachtlichen Steinhaufen gelegen.

Der Fall wurde rasch geschlossen, dennoch zog man drei Archäologen und zwei Spezialisten für neuere bayerische Geschichte heran, um den möglicherweise in den Kriegswirren in Vergessenheit geratenen Soldatenfriedhof auf dem Gilchinger Steinberg genauestens zu untersuchen.

Entnervt von der Verzögerung und der Aussicht, auf unbestimmte Zukunft in der verwinkelten Idylle des Hotel Thalmeier leben zu müssen, zogen die Bauherren Richter kurzerhand die Reißleine. Die Fundamente ihres Traums vom Leben auf dem Land wechselten für einen Betrag von knapp zwei Millionen den Besitzer, und Familie Richter zog in eine längst vor dem Kauf fertiggestellte Penthouse-Wohnung über den Dächern von Starnberg.

Der Junge mit dem Namen von italienischem Fenchel besuchte schon bald einen teuren englischsprachigen Kindergarten unter privater Leitung in Berg.

***

Wenige Wochen nach dem Osterfest starb in Gilching eine ältere Dame, ohne dass sie dabei fremder Hilfe bedurft hätte. Das Ende von Theresia »Resi« Mayr, geborene Feuchtinger, gestaltete sich so wünschenswert und vorbildlich wie ihr Leben. Im Kreis ihrer Familie, die sich aus drei Kindern, fünf Enkeln und acht Urenkeln zusammensetzte, schlief sie friedlich ein – kurz nachdem sich herausgestellt hatte, dass das Zittern ihrer Hände nicht von Parkinson, sondern von einem metastasierenden Gehirntumor herrührte. Sie war sechsundneunzig, als sie starb. Eine fleißige Frau, die noch gewusst hatte, wie man Sauerkraut einmachte und Hemden von Hand nähte. Dinge wie diese hatte sie in ihrer Ausbildung zur Hauswirtschafterin vor achtzig Jahren gelernt. Ebenso, wie man seine Ein- und Ausgaben auf den Pfennig genau in einer ledergebundenen Buchhaltungskladde notierte, um niemals den Überblick zu verlieren.

Als man die Wohnung der Resi Mayr ausräumte, fanden sich ein paar dieser Kladden unter ihrem Bett. Diese beinhalteten allerdings keine Haushaltungsfinanzen, sondern bedächtig ausformulierte Erinnerungen. Tagebücher. Akribisch geführt vom Beginn ihrer Ausbildung im Jahre 1938 an, während ihrer ersten Berufs- und späteren Ehejahre und bis hin zur Geburt des ersten Enkelkindes 1971. Danach war Resi offenbar die Lust an der Dokumentation vergangen. Niemand hatte von diesen Aufzeichnungen gewusst.

Für Yva Ronja Semmeling, das jüngste Enkelkind von Resi Mayr, waren die Tagebücher ein gefundenes Fressen. Für ihre anstehende Bachelorarbeit im Fach »Bayerische Geschichte« kamen sie gerade recht. Und dann deckten sie auch noch die Kriegsjahre und die Zeit des Wiederaufbaus ab – perfekt! Wie Yva Ronja feststellen musste, war ihrer Großmutter die Bedeutung der Epoche allerdings nicht besonders bewusst gewesen. Sie sonnte sich nicht in ihrer Rolle als Zeitzeugin, sondern hielt sich meist mit Gedanken über junge Männer, aktuelle Monumentalfilme und sogar das Wetter auf. In ihren angegilbten Tagebüchern fanden sich Notizen zur Sonntagspredigt, Gerüchte über ein gescheitertes Bauprojekt am Steinberg und Kuchenrezepte. Resis damaliger Arbeitgeber, ein gewisser Herr Hunderth, hatte offenbar gerne Kuchen gegessen.

Beinahe hätte Yva Ronja die Tagebücher ihrer Oma wieder ins Regal geräumt, ohne sie zu Ende gelesen zu haben. Die steile Frakturschreibschrift war ziemlich schwierig zu entziffern, und mit Backtipps allein würde sie ihre Bachelorarbeit nicht bestreiten können. Doch nach dem siebten Kuchenrezept stolperte sie in den fein säuberlichen Schriftzügen über ein Wort oder vielmehr eine Abkürzung. Sie bestand aus nur zwei Buchstaben: SS. Die SS? Was hatte ihre Oma damit zu tun gehabt?

12. April 1942
Schönes Wetter. Lisi immer noch krank, schwitzt viel. H. hat mir den Nachmittag freigegeben. Er hatte heute Besuch aus Berlin. Ein

langer Mensch von der SS, unsympathisch. Wollte uns aushorchen. H. hat ihm Kaffee gekocht und ihn hinterher verräumt. Weiß nicht, wohin. War wohl das gleiche Mittel wie beim Zieber Toni. H. sehr aufgewühlt. Jemand sollte den armen Menschen ein bisschen vor sich selbst schützen. Ich hab das Zeug im Brunnenschacht oben vergraben.

Nachdem Yva Ronja den Eintrag mehrmals gelesen hatte, verwarf sie ihren Plan, eine Bachelorarbeit über die Kriegsjahre aus Sicht ihrer Großmutter zu schreiben. Fürs Erste jedenfalls. Fürs Zweite zog sie ihr Telefon heraus, suchte und wählte die Nummer der Polizeiinspektion Starnberg. Sie wurde rasch mit einem freundlichen Kommissar mit Namen Maeßmer verbunden.

Roland recherchierte. Das Mittel, von dem die Haushälterin des Goldmachers berichtet hatte, musste etwas wirklich Unangenehmes sein.

Bald schon stieß er auf die Brunnenschächte oberhalb der alten Goldmachervilla. Dabei entdeckte er auch den dort markierten Cache. Eine unglückliche Verwechslung, so schlussfolgerte er, hatte das seit bald achtzig Jahren dort oben versteckte Dimethylquecksilber wieder zum Vorschein gebracht und es der Mehrfachmörderin Elke Rothwald erst ermöglicht, ihr böses Tun auszuweiten. Auf die nicht an Altersheime gebundenen Bewohner des Fünfseenlandes. Und auf den Allinger Fischweiher.

»Na, sehen Sie, damit haben Sie Ihren ersten Fall als Kommissar gelöst«, lächelte Dr. Spengler, als Roland sein Ergebnis präsentierte, und wollte ihm die Schulter tätscheln.

Doch Roland war die joviale Geste unangenehm. Er tauchte unter Spenglers Patschehändchen hinweg, sodass dieses kurz ins Leere tätschelte, bevor sein Besitzer vorgab, es schwungvoll in die Hosentasche stecken zu wollen.

Beide Männer räusperten sich peinlich berührt.

***

Auch wenn Dr. Ophelia Reitschuster und mit ihr die gesamte oberbayerische Kripo mit ihren Mörderhypothesen falschgelegen hatten, war in einer anderen Sparte der Verbrechensbekämpfung in den Wochen nach Ostern genug zu tun: Spurensicherer, Rechtsmediziner, Tatortreiniger und zusätzlich engagierte Chemiker traten sich in und um Gilching auf die Füße, um den verbliebenen Atomen des Giftes hinterherzuschnüffeln und sie unschädlich zu machen. Menschen in Schutzanzügen durchforsteten alle Orte, an denen sich Fritz Cherub Hunderth oder Elke Rothwald jemals auch nur hypothetisch aufgehalten haben könnten. Der gesamte Besitz und die Praxiseinrichtung der fehlgeleiteten Heilpraktikerin wurden unter größten Sicherheitsvorkehrungen in einer Wiederaufbereitungsanlage verbrannt. Am Osterfeuerplatz trug man die Erde bis in zwei Meter Tiefe ab und ersetzte sie durch unbedenklichen Humus.

Die Spur des Julleuchters wurde nicht weniger akribisch verfolgt. Sowohl der Eine-Welt-Laden als auch das Secondhandgeschäft für Kinderbekleidung und Spielzeug wurden gründlich durch Fachpersonal gereinigt und erhielten neue Wandanstriche und Bodenbeläge.

Leider gelang es nicht mehr, den Rucksack ausfindig zu machen, in dem Sören Bauer den vergifteten Julleuchter nach Hause getragen hatte. Er musste wohl mit einer Hilfslieferung in Rumänien gelandet sein und nun dort sein Unwesen treiben.

Als sich herausstellte, dass der Julleuchter durch die Hände der Familie Maeßmer gegangen war, war das für Carla wie ein Sechser im Lotto: Auch ihre Wohnung wurde einer Grundreinigung unterzogen! Freundliche Beamte nahmen Proben von sämtlichen Stellen, an denen der Leuchter ihren Angaben nach gestanden hatte, und schrubbten diese hinterher mit neutralisierenden Mitteln. Gründlich, sorgfältig und auf Staatskosten. Carlas Meinung nach konnte einer frischgebackenen Zweifachmama kaum Besseres widerfahren. Auf einmal konnte sie sich nicht mehr genau daran erinnern, wo sie den tönernen Unhold überall hingestellt hatte. Nicht auch mal in die Garage? Oder auf die Küchenschränke?

Endlich hatte sich das Schicksal zu ihren Gunsten gewendet. Das Baby war da, das Gift und ihre Rückenschmerzen waren weg, und der Sommer kam. Auch ihre Ehe befand sich auf einem aufsteigenden Ast. Wie Roland auf dem Steinberg alles gegeben hatte, um sie und Lukas vor der Mörderin zu beschützen, wie er Hatti mit dem Gift zu sich gelockt und damit sein eigenes Leben riskiert hatte – das hatte sie nachhaltig tief beeindruckt. Ihr Göttergatte erstrahlte in einem ganz neuen Licht, männlich und heldenhaft. Carla musste sogar zugeben, dass die beiden keltischen Knotentattoos auf Rolands Schulterblättern seinen muskulösen Oberkörper durchaus unterstrichen.

Die in der Stillzeit in rauen Mengen ausgeschütteten Serotonine und Östrogene ließen sie Abstand von etwaigen neuen Backexperimenten nehmen. Zudem verspürte sie vermehrt das Bedürfnis nach etwas Herzhaftem wie etwa einem Steak und kaufte sich ein paar tief ausgeschnittene Sommeroberteile. Das Mammut hatte begonnen, sich zurück in eine Tigermama zu verwandeln.

***

Gitte Grabow trat den frei gewordenen Platz in der Seniorenresidenz Alpenblick nicht an, auch wenn man ihr die komplette Doppelsuite Edelweiß zur Alleinnutzung ans Herz gelegt hatte.

Wie bald alle Medien berichteten, hatten Romana und Ramona erst eine Woche vor ihrem Tod einen Termin mit dem Starnberger Notar Dr. Nikolaus Klöcker wahrgenommen und hinterließen die Hälfte ihres beträchtlichen Vermögens dem Kulturkreis Gilching, der mit der Finanzspritze die Bühne im Christoph-Probst-Gymnasium technisch aufrüsten und auf ihr in Zukunft der fünfseenländischen Hochkultur eine Heimat bieten wollte.

Die andere Hälfte ging an ihren verdienten Assistenten Bruno, der sich seinen Traum erfüllte und mitten am Starnberger Kirchplatz ein Coiffeurstudio eröffnete, das auch Mani- sowie Pediküre im Angebot hatte. Seine neue Eigentumswohnung lag drei Stockwerke darüber. Natürlich mit einer gigantischen Dachterrasse, von wo aus er den bestmöglichen Blick auf den See hatte.

Von den Dubois-Schwestern übrig blieben nur hochwertige Kleinmöbel, die im AWO-Laden für guten Umsatz sorgten, sowie der rosa Zwergpudel Lilibet. Mit diesem stand Bruno eines Morgens vor der Tür der Maeßmers und drückte der überraschten Carla die pinke Leine aus echtem Straußenleder in die Hand. »Ich mache mir nichts aus Pudeln, da habe ich mir gedacht, Sie hätten vielleicht mehr Verwendung für ihn. Außerdem zieht am Wochenende meine neue Mitbewohnerin ein. Sie heißt Bonga und ist eine original Norwegische Waldkatze.«

Lukas schloss Lilibet trotz ihrer Farbe sofort ins Herz. Schließlich hatte er jetzt, wo sich zu Hause alles um seine kleine Schwester drehte und Hatti noch nicht wieder voll belastbar war, großen Bedarf an einem weiteren kuscheligen Beschützer.

Lilibet verstand sich gut mit Hatti, obwohl der optische Gegensatz zwischen den beiden Tieren nicht größer hätte sein können. Lukas rechts und links flankierend, tobten sie durch Neugilching wie die wilde Jagd.

»Na prima, jetzt haben wir hier schon vier Wichte, die nicht selbstständig aufs Klo gehen können«, grummelte Roland. »Und einer davon ist auch noch rosa!« Doch in Wirklichkeit freute er sich über den gesunden bunten Trubel, und nach nur wenigen Wochen und einer frühsommerlichen Schur beim Hundefriseur erstrahlte der Pudel wieder in natürlichem Nussbraun.

Sein dicht gelocktes, glänzendes Fell passte somit ausgezeichnet zu Schlomo Weintraubs Haar, der begonnen hatte, die Dachgeschosswohnung über der Etage von Gitte Grabow auszubauen. Schlomo hatte beschlossen, seinen Job in Tel Aviv bis auf Weiteres auf Eis zu legen und Zeit mit seiner unverhofft wiedergefundenen Großmutter zu verbringen, solange es noch ging. Als er seinem Vater Avi davon berichtet hatte, dass er, sein einziger Sohn, dauerhaft im Feindesland bleiben wolle, war dieser nicht gerade begeistert gewesen. Auch die frohe Kunde von seiner wiedergefundenen Mutter half da wenig. Avi traute der Sache nicht so recht.

»Ich bin ein Dreivierteljahrhundert ohne Mama zurechtgekommen. Jetzt brauche ich keine mehr. Und schon gar nicht eine, die mir meinen Sohn nach Deutschland entführt!«

»Du wirst sie lieben, wenn du sie erst kennenlernst«, hatte Schlomo ihm erklärt. »Und ich ziehe ja auch gar nicht nach Deutschland. Ich ziehe nach Bayern!«

Nachwort

Den berühmten Alchemisten Fritz Cherub Hunderth habe ich nach dem Vorbild des realen Franz Seraph Tausend gestaltet, der heutzutage in einer Reihe mit dem historischen Dr. Faust genannt wird. Tausend war tatsächlich zwei Jahre auf dem Gilchinger Steinberg tätig, wo ihm sein Gönner General Ludendorff ein geeignetes Anwesen vermittelte, in dem der begabte Scharlatan weitab von München in Ruhe sein Verfahren des Goldmachens verfeinern sollte.

Der Fiktion ist es geschuldet, dass ich seine Wirkungszeit in Gilching um rund fünfzehn Jahre nach hinten verlegt habe. Und selbstverständlich war der echte Gilchinger Goldmacher Tausend vieles, aber ganz bestimmt kein Giftmörder.

Die Ermittlungsarbeit wäre in der Realität natürlich auch ein wenig anders verlaufen. Zum Beispiel ist die Starnberger Polizeiinspektion für Gilching gar nicht zuständig, Fallanalytikerinnen sind im echten Leben recht seriöse Damen und nicht nur an modischen Schals interessiert, und Kommissare gehen nicht mit der Dienstwaffe am Holster in Enthaarungs- und Tattoostudios. Hoffentlich.

Danksagung

Ich bedanke mich bei allen Gilchingern für die Inspiration – besonders bei denen, die ich persönlich auftreten lassen durfte. Beispielsweise beim Ehepaar Nömayr. Ihr Eine-Welt-Laden verdient auch dann jederzeit einen Besuch, wenn man keinen Allacher Julleuchter kaufen möchte. Die Damen von der Buchhandlung LeseLust stecken jetzt endlich auch mal *zwischen* den Buchdeckeln. Und so herrliche Geschöpfe wie den kinderlieben Boxer-Mischling Chucky oder die Norwegische Waldkatze Bonga hätte ich gar nicht erfinden können. Dem Gilchinger Bürgermeister Manfred Walter danke ich nicht nur dafür, dass er in der Verfilmung des ersten Kapitels meines »Fünfzehenlandes« routiniert den Mörder gespielt hat, sondern vor allem für seine Tipps zum bestmöglichen Auslöschen seiner Bürger. Sind Sie wirklich sicher, in der SPD richtig aufgehoben zu sein?

Außerdem danke ich von Herzen meiner Lektorin Susanne. Sie weiß einfach, wie man meine Dampfplauderei auf Spur bringt.

Schließlich muss ich mich auch noch entschuldigen. Erstens bei meinen Freunden Barbara und Dominik, die Greyhounds züchten und mich bei der Ausgestaltung von Hattis Charakter beraten haben. Es tut mir wirklich leid, dass ich mich der fiktionalen Tierquälerei schuldig machen musste, aber dank eurer Fürsprache hat Hatti nun doch überlebt. Und zweitens bei meinem lieben Mann. Obwohl ich es ihm versprochen hatte, gab es in diesem Buch schon wieder keine Raketen. Aber ich bleibe dran! Der dritte Band steht ja noch aus …